经道

李永其 编

国学经典

百花洲文艺出版社

图书在版编目（CIP）数据

经道 / 李永其编. — 南昌：百花洲文艺出版社,2022.12
ISBN 978-7-5500-4469-2

Ⅰ.①经… Ⅱ.①李… Ⅲ.①国学－少儿读物 Ⅳ.①Z126-49

中国版本图书馆CIP数据核字（2021）第223984号

▲ ▲
▲ ▲
▲ ▲ ▲
▲ ▲ ▲ ▲ ▲

经 道 JING DAO

李永其 编

出 版 人	章华荣
责任编辑	方　方
书籍设计	方　方
制　　作	周璐敏
出版发行	百花洲文艺出版社
社　　址	南昌市红谷滩区世贸路898号博能中心一期A座20楼
邮　　编	330038
经　　销	全国新华书店
印　　刷	浙江海虹彩色印务有限公司
开　　本	787mm×1092mm 1/16　　印张 42
版　　次	2022年12月第1版
印　　次	2022年12月第1次印刷
字　　数	450千字
书　　号	ISBN 978-7-5500-4469-2
定　　价	128.00元

赣版权登字 05-2021-411

邮购联系　0791-86895108
网　　址　http://www.bhzwy.com
图书若有印装错误，影响阅读，可向承印厂联系调换。

序 陪你一起读经典

一

中国古代教育最鲜明特征就是读书，以至我们现在还一直把上学直呼为读书。《三字经》指明了古人读书的路径，从"为学者，必有初，小学终，至四书"，到"诗书易，礼春秋，号六经，当讲求"；从"经既明，方读子，撮其要，记其事"，到"经子通，读诸史，考世系，知终始"。《三字经》点出的这些经典，我们很多人已经很久没有读了。

二

著名历史学家钱穆先生于 1974 年 9 月在韩国延世大学发表演讲大声疾呼，东方教育第一大错误是一意模仿西方，把中国传统教育给丢了，丢掉了中国传统教育的精神和理想。中国传统教育就是读书，读四书五经，读二十四史；中国传统教育的精神和理想都在书里面。

三

新高考语文教材有一个单元为整本书阅读，一个单元专门为一本书设置，这也是对近年来语文教学领域中兴起的整本书阅读法的肯定。但其实中国传统教育的基本特征就是整本书阅读，不仅是整本书阅读，而且是一个体系的整体阅读。中国现代教育从1912年后，传统教育逐渐遭轻视了。

四

《经道》从教育的视角，从传承中华优秀传统教育的视角，选编十四篇（部）经典，编为一本书，宗旨就是邀请大家一起读经典，读古老的经典，读我们读了几千年的经典，掀起一股读经典的热潮，在读经典中坚守我们几千年的精神和理想。

五

《经道》是全民的侍读，陪你一起读经典。

十四篇（部）经典，汇编成一本经典，需要十四亿中国人一起来读。

《经道》，需要日学时习，需要晨诵暮读，需要行吟坐咏，需要修己安人，就像孔子读《诗经》"诵诗三百，歌诗三百，弦诗三百，舞诗三百"。

像音乐一样，阅读也可健身，阅读是一种不需要技巧的歌唱，是人人都可以的歌唱。

《经道》，可以全民阅读，可以全民健身，可以一起向未来。

是为序。

目　录

日学时习 少儿启蒙篇

弟子规

三字经

千字文

声律启蒙

弟子规　碎语

《弟子规》作者李毓秀，字子潜，号采三，山西新绛人。平生只考中秀才，创办敦复斋，致力于教书讲学，被人尊称为李夫子。在康熙年间大力倡导儒学的社会背景下，根据自己的教学实践，编写《训蒙文》，后来贾存仁修订改编并改名为《弟子规》。《弟子规》全篇内容是对《论语·学而篇》"子曰：弟子入则孝，出则弟，谨而信，泛爱众而亲仁，行有余力，则以学文"的阐释，其实这也是作者对几千年来中国教育本质的高度概括，可以说就是古代社会一直贯穿的教育方针。

阅读《弟子规》，我们就是要吸取中华优秀传统教育文化中的思想精髓，并传承发扬光大。如教育必须把德育放在首位，学文习武先学做人，立德后才能传授技艺；如从严施教的原则，严师才能出高徒；如知行合一原则，必须学以致用，学而时习之，内化于心，外化于行，反对空洞的大道理。这正如我们的"教"字，左孝右文，要先孝后文，要立孝，要亲仁，要慈行，有余力然后我们才学文，这铸就了中国人的根本。

弟 子 规

总 叙
zǒng xù

弟子规　圣人训　首孝弟　次谨信
dì zǐ guī　shèng rén xùn　shǒu xiào tì　cì jǐn xìn

泛爱众　而亲仁　有余力　则学文
fàn ài zhòng　ér qīn rén　yǒu yú lì　zé xué wén

入则孝 出则弟
rù zé xiào chū zé tì

父母呼　应勿缓　父母命　行勿懒
fù mǔ hū　yìng wù huǎn　fù mǔ mìng　xíng wù lǎn

父母教　须敬听　父母责　须顺承
fù mǔ jiào　xū jìng tīng　fù mǔ zé　xū shùnchéng

冬则温　夏则清　晨则省　昏则定
dōng zé wēn　xià zé qìng　chén zé xǐng　hūn zé dìng

出必告　反必面　居有常　业无变
chū bì gào　fǎn bì miàn　jū yǒu cháng　yè wú biàn

事虽小　勿擅为　苟擅为　子道亏

物虽小　勿私藏　苟私藏　亲心伤

亲所好　力为具　亲所恶　谨为去

身有伤　贻亲忧　德有伤　贻亲羞

亲爱我　孝何难　亲憎我　孝方贤

亲有过　谏使更　怡吾色　柔吾声

谏不入　悦复谏　号泣随　挞无怨

亲有疾　药先尝　昼夜侍　不离床

丧三年　常悲咽　居处变　酒肉绝

丧尽礼　祭尽诚　事死者　如事生

兄道友　弟道恭　兄弟睦　孝在中

财物轻　怨何生　言语忍　忿自泯

或饮食　或坐走　长者先　幼者后

长呼人　即代叫　人不在　己即到

称尊长　勿呼名　对尊长　勿见能
路遇长　疾趋揖　长无言　退恭立
骑下马　乘下车　过犹待　百步余
长者立　幼勿坐　长者坐　命乃坐
尊长前　声要低　低不闻　却非宜
进必趋　退必迟　问起对　视勿移
事诸父　如事父　事诸兄　如事兄

谨而信

朝起早　夜眠迟　老易至　惜此时
晨必盥　兼漱口　便溺回　辄净手
冠必正　纽必结　袜与履　俱紧切
置冠服　有定位　勿乱顿　致污秽
衣贵洁　不贵华　上循分　下称家

duì yǐn shí
对 饮 食

wù jiǎn zé
勿 拣 择

shí shì kě
食 适 可

wù guò zé
勿 过 则

nián fāng shào
年 方 少

wù yǐn jiǔ
勿 饮 酒

yǐn jiǔ zuì
饮 酒 醉

zuì wéi chǒu
最 为 丑

bù cóng róng
步 从 容

lì duān zhèng
立 端 正

yī shēn yuán
揖 深 圆

bài gōng jìng
拜 恭 敬

wù jiàn yù
勿 践 阈

wù bǒ yǐ
勿 跛 倚

wù jī jù
勿 箕 踞

wù yáo bì
勿 摇 髀

huǎn jiē lián
缓 揭 帘

wù yǒu shēng
勿 有 声

kuān zhuǎn wān
宽 转 弯

wù chù léng
勿 触 棱

zhí xū qì
执 虚 器

rú zhí yíng
如 执 盈

rù xū shì
入 虚 室

rú yǒu rén
如 有 人

shì wù máng
事 勿 忙

máng duō cuò
忙 多 错

wù wèi nán
勿 畏 难

wù qīng lüè
勿 轻 略

dòu nào chǎng
斗 闹 场

jué wù jìn
绝 勿 近

xié pì shì
邪 僻 事

jué wù wèn
绝 勿 问

jiāng rù mén
将 入 门

wèn shú cún
问 孰 存

jiāng shàng táng
将 上 堂

shēng bì yáng
声 必 扬

rén wèn shuí
人 问 谁

duì yǐ míng
对 以 名

wú yǔ wǒ
吾 与 我

bù fēn míng
不 分 明

yòng rén wù
用 人 物

xū míng qiú
须 明 求

tǎng bù wèn
倘 不 问

jí wéi tōu
即 为 偷

jiè rén wù
借 人 物

jí shí huán
及 时 还

rén jiè wù
人 借 物

yǒu wù qiān
有 勿 悭

fán chū yán
凡 出 言

xìn wéi xiān
信 为 先

zhà yǔ wàng
诈 与 妄

xī kě yān
奚 可 焉

huà shuō duō
话 说 多

bù rú shǎo
不 如 少

wéi qí shì
惟 其 是

wù nìng qiǎo
勿 佞 巧

刻薄语　秽污词　市井气　切戒之

见未真　勿轻言　知未的　勿轻传

事非宜　勿轻诺　苟轻诺　进退错

凡道字　重且舒　勿急疾　勿模糊

彼说长　此说短　不关己　莫闲管

见人善　即思齐　纵去远　以渐跻

见人恶　即内省　有则改　无加警

惟德学　惟才艺　不如人　当自砺

若衣服　若饮食　不如人　勿生戚

闻过怒　闻誉乐　损友来　益友却

闻誉恐　闻过欣　直谅士　渐相亲

无心非　名为错　有心非　名为恶

过能改　归于无　倘掩饰　增一辜

泛爱众而亲仁

凡是人　皆须爱　天同覆　地同载

行高者　名自高　人所重　非貌高

才大者　望自大　人所服　非言大

己有能　勿自私　人所能　勿轻訾

勿谄富　勿骄贫　勿厌故　勿喜新

人不闲　勿事搅　人不安　勿话扰

人有短　切莫揭　人有私　切莫说

道人善　即是善　人知之　愈思勉

扬人恶　即是恶　疾之甚　祸且作

善相劝　德皆建　过不规　道两亏

凡取与　贵分晓　与宜多　取宜少

将加人　先问己　己不欲　即速已

恩欲报　怨欲忘　报怨短　报恩长

待婢仆　身贵端　虽贵端　慈而宽

势服人　心不然　理服人　方无言

同是人　类不齐　流俗众　仁者希

果仁者　人多畏　言不讳　色不媚

能亲仁　无限好　德日进　过日少

不亲仁　无限害　小人进　百事坏

行有余力则以学文

不力行　但学文　长浮华　成何人

但力行　不学文　任己见　昧理真

读书法　有三到　心眼口　信皆要

方读此　勿慕彼　此未终　彼勿起

宽为限　紧用功　工夫到　滞塞通

心有疑　随札记　就人问　求确义

房室清　墙壁净　几案洁　笔砚正

墨磨偏　心不端　字不敬　心先病

列典籍　有定处　读看毕　还原处

虽有急　卷束齐　有缺损　就补之

非圣书　屏勿视　蔽聪明　坏心志

勿自暴　勿自弃　圣与贤　可驯致

三字经

相传"宋儒王伯厚先生作《三字经》，以课家塾"，《三字经》最初的作者应为王应麟。王应麟（1223—1296），字伯厚，号厚斋，又号深宁居士，今浙江宁波人，南宋著名学者、教育家、政治家。宋朝教育发达，学风甚浓，书院教育达到历史鼎盛时期。《三字经》是宋朝教育繁荣的一个缩影、一个标识、一个符号。王应麟作《三字经》的目的，只为教育。它通篇阐释的就是"学习"二字，如学习的意义、学习的目的、学习的步骤、学习的内容、学习的方法，是古代教育的一部教学大纲。《三

字经》将我国教育的主要形式定位为读书，

所以我国一直把走进学校接受教育通俗地说

成读书。读《三字经》，是我们读书的开始；

读《三字经》里要我们读的书目，贯穿我们

读书的一生。"人遗子，金满籝，我教子，

惟一经"，《三字经》问世后，影响深远，

经历几个朝代成为蒙学教材的经典，1990 年

被联合国教科文组织选编入《儿童道德丛书》。

《三字经》在流传中随着历史的发展而发展，

在不同历史时期都有人对《三字经》不断地

增改补充，如清朝道光年间贺兴思增补内容，

清末民初章太炎等人多次增改。读《三字经》，

让我们浸润在学习的欢乐中，让我们警醒在

学习的敬畏中，让我们徜徉在学习的时空中。

三字经

人之初　性本善　性相近　习相远

苟不教　性乃迁　教之道　贵以专

昔孟母　择邻处　子不学　断机杼

窦燕山　有义方　教五子　名俱扬

养不教　父之过　教不严　师之惰

子不学　非所宜　幼不学　老何为

玉不琢　不成器　人不学　不知义

为人子　方少时　亲师友　习礼仪

香九龄　能温席　孝于亲　所当执

融四岁　能让梨　弟于长　宜先知

首孝弟　次见闻　知某数　识某文

yī ér shí	shí ér bǎi	bǎi ér qiān	qiān ér wàn
一而十	十而百	百而千	千而万

sān cái zhě	tiān dì rén	sān guāng zhě	rì yuè xīng
三才者	天地人	三光者	日月星

sān gāng zhě	jūn chén yì	fù zǐ qīn	fū fù shùn
三纲者	君臣义	父子亲	夫妇顺

yuē chūn xià	yuē qiū dōng	cǐ sì shí	yùn bù qióng
曰春夏	曰秋冬	此四时	运不穷

yuē nán běi	yuē xī dōng	cǐ sì fāng	yìng hū zhōng
曰南北	曰西东	此四方	应乎中

yuē shuǐ huǒ	mù jīn tǔ	cǐ wǔ xíng	běn hū shù
曰水火	木金土	此五行	本乎数

yuē rén yì	lǐ zhì xìn	cǐ wǔ cháng	bù róng wěn
曰仁义	礼智信	此五常	不容紊

dào liáng shū	mài shǔ jì	cǐ liù gǔ	rén suǒ shí
稻粱菽	麦黍稷	此六谷	人所食

mǎ niú yáng	jī quǎn shǐ	cǐ liù chù	rén suǒ sì
马牛羊	鸡犬豕	此六畜	人所饲

yuē xǐ nù	yuē āi jù	ài wù yù	qī qíng jù
曰喜怒	曰哀惧	爱恶欲	七情具

páo tǔ gé	mù shí jīn	sī yǔ zhú	nǎi bā yīn
匏土革	木石金	丝与竹	乃八音

gāo zēng zǔ	fù ér shēn	shēn ér zǐ	zǐ ér sūn
高曾祖	父而身	身而子	子而孙

zì zǐ sūn	zhì xuán zēng	nǎi jiǔ zú	rén zhī lún
自子孙	至玄曾	乃九族	人之伦

fù zǐ ēn	fū fù cóng	xiōng zé yǒu	dì zé gōng
父子恩	夫妇从	兄则友	弟则恭

长幼序　友与朋　君则敬　臣则忠

此十义　人所同　凡训蒙　须讲究

详训诂　明句读　为学者　必有初

小学终　至四书　论语者　二十篇

群弟子　记善言　孟子者　七篇止

讲道德　说仁义　作中庸　子思笔

中不偏　庸不易　作大学　乃曾子

自修齐　至平治　孝经通　四书熟

如六经　始可读　诗书易　礼春秋

号六经　当讲求　有连山　有归藏

有周易　三易详　有典谟　有训诰

有誓命　书之奥　我周公　作周礼

著六官　存治体　大小戴　注礼记

述圣言　礼乐备　曰国风　曰雅颂

hào sì shī
号 四 诗

dāng fěng yǒng
当 讽 咏

shī jì wáng
诗 既 亡

chūn qiū zuò
春 秋 作

yù bāo biǎn
寓 褒 贬

bié shàn è
别 善 恶

sān zhuàn zhě
三 传 者

yǒu gōng yáng
有 公 羊

yǒu zuǒ shì
有 左 氏

yǒu gǔ liáng
有 穀 梁

jīng jì míng
经 既 明

fāng dú zǐ
方 读 子

cuō qí yào
撮 其 要

jì qí shì
记 其 事

wǔ zǐ zhě
五 子 者

yǒu xún yáng
有 荀 扬

wén zhōng zǐ
文 中 子

jí lǎo zhuāng
及 老 庄

jīng zǐ tōng
经 子 通

dú zhū shǐ
读 诸 史

kǎo shì xì
考 世 系

zhī zhōng shǐ
知 终 始

zì xī nóng
自 羲 农

zhì huáng dì
至 黄 帝

hào sān huáng
号 三 皇

jū shàng shì
居 上 世

táng yǒu yú
唐 有 虞

hào èr dì
号 二 帝

xiāng yī xùn
相 揖 逊

chēng shèng shì
称 盛 世

xià yǒu yǔ
夏 有 禹

shāng yǒu tāng
商 有 汤

zhōu wén wǔ
周 文 武

chēng sān wáng
称 三 王

xià chuán zǐ
夏 传 子

jiā tiān xià
家 天 下

sì bǎi zǎi
四 百 载

qiān xià shè
迁 夏 社

tāng fá xià
汤 伐 夏

guó hào shāng
国 号 商

liù bǎi zǎi
六 百 载

zhì zhòu wáng
至 纣 亡

zhōu wǔ wáng
周 武 王

shǐ zhū zhòu
始 诛 纣

bā bǎi zǎi
八 百 载

zuì cháng jiǔ
最 长 久

zhōu zhé dōng
周 辙 东

wáng gāng zhuì
王 纲 坠

chěng gān gē
逞 干 戈

shàng yóu shuì
尚 游 说

shǐ chūn qiū
始 春 秋

zhōng zhàn guó
终 战 国

wǔ bà qiáng
五 霸 强

qī xióng chū
七 雄 出

yíng qín shì
赢 秦 氏

shǐ jiān bìng
始 兼 并

传二世　楚汉争　高祖兴　汉业建

至孝平　王莽篡　光武兴　为东汉

四百年　终于献　魏蜀吴　争汉鼎

号三国　迄两晋　宋齐继　梁陈承

为南朝　都金陵　北元魏　分东西

宇文周　与高齐　迨至隋　一土宇

不再传　失统绪　唐高祖　起义师

除隋乱　创国基　二十传　三百载

梁灭之　国乃改　梁唐晋　及汉周

称五代　皆有由　炎宋兴　受周禅

十八传　南北混　辽与金　帝号纷

迨灭辽　宋犹存　至元兴　金绪歇

有宋世　一同灭　并中国　兼戎翟

九十年　国祚废　明太祖　久亲师

传建文　方四祀　迁北京　永乐嗣

迨崇祯　煤山逝　清太祖　膺景命

靖四方　克大定　至世祖　乃大同

十二世　清祚终　读史者　考实录

通古今　若亲目　口而诵　心而惟

朝于斯　夕于斯　昔仲尼　师项橐

古圣贤　尚勤学　赵中令　读鲁论

彼既仕　学且勤　披蒲编　削竹简

彼无书　且知勉　头悬梁　锥刺股

彼不教　自勤苦　如囊萤　如映雪

家虽贫　学不辍　如负薪　如挂角

身虽劳　犹苦卓　苏老泉　二十七

始发愤　读书籍　彼既老　犹悔迟

尔小生　宜早思　若梁灏　八十二

duì dà tíng
对 大 廷

kuí duō shì
魁 多 士

bǐ jì chéng
彼 既 成

zhòng chēng yì
众 称 异

ěr xiǎo shēng
尔 小 生

yí lì zhì
宜 立 志

yíng bā suì
莹 八 岁

néng yǒng shī
能 咏 诗

bì qī suì
泌 七 岁

néng fù qí
能 赋 棋

bǐ yǐng wù
彼 颖 悟

rén chēng qí
人 称 奇

ěr yòu xué
尔 幼 学

dāng xiào zhī
当 效 之

cài wén jī
蔡 文 姬

néng biàn qín
能 辨 琴

xiè dào yùn
谢 道 韫

néng yǒng yín
能 咏 吟

bǐ nǚ zǐ
彼 女 子

qiě cōng mǐn
且 聪 敏

ěr nán zǐ
尔 男 子

dāng zì jǐng
当 自 警

táng liú yàn
唐 刘 晏

fāng qī suì
方 七 岁

jǔ shén tóng
举 神 童

zuò zhèng zì
作 正 字

bǐ suī yòu
彼 虽 幼

shēn yǐ shì
身 已 仕

ěr yòu xué
尔 幼 学

miǎn ér zhì
勉 而 致

yǒu wéi zhě
有 为 者

yì ruò shì
亦 若 是

quǎn shǒu yè
犬 守 夜

jī sī chén
鸡 司 晨

gǒu bù xué
苟 不 学

hé wéi rén
曷 为 人

cán tǔ sī
蚕 吐 丝

fēng niàng mì
蜂 酿 蜜

rén bù xué
人 不 学

bù rú wù
不 如 物

yòu ér xué
幼 而 学

zhuàng ér xí
壮 而 行

shàng zhì jūn
上 致 君

xià zé mín
下 泽 民

yáng míng shēng
扬 名 声

xiǎn fù mǔ
显 父 母

guāng yú qián
光 于 前

yù yú hòu
裕 于 后

rén yí zǐ
人 遗 子

jīn mǎn yíng
金 满 籝

wǒ jiào zǐ
我 教 子

wéi yī jīng
惟 一 经

qín yǒu gōng
勤 有 功

xì wú yì
戏 无 益

jiè zhī zāi
戒 之 哉

yí miǎn lì
宜 勉 力

千字文

碎语

《千字文》作者周兴嗣，字思纂，今安徽当涂人，南朝大臣、史学家。《千字文》是中国古代以识字为主的综合性蒙学教材。相传梁武帝萧衍为教育子辈，令大臣殷铁石从晋代书法大家王羲之的手迹中拓了一千个各不相同的文字，让诸子临摹习字。因为一个字一张纸，一字一字教学，杂乱难记，于是梁武帝召喜爱的文臣周兴嗣将这些字字孤立互不联属的文字编纂成文，"卿有才思，为我韵之"。周兴嗣奉命当夜成文，武帝大悦，即令刻印，成就了中国教育史上重要的启蒙经典。中国古代很早就出现了用于启蒙的识字读本，如秦朝的《仓颉篇》、汉朝司马相如《凡将篇》、三国时代《始学篇》，但都没有对后世产生大的影响，未能成为经典。在这种背景下，《千字文》横空出世，成为流传最广、最久远的蒙学教材。一篇《千字文》，一千个汉字，却气象万千，蔚为壮观，令人惊叹。读《千字文》，联想最近发生的中小学教材问题，不禁唏嘘汗颜，临深履薄，让我们以一种严谨的态度敲击编写教材的键盘，担当起教育这份千秋伟业的神圣使命吧。

千字文

tiān dì xuán huáng
天 地 玄 黄 ，

yǔ zhòu hóng huāng
宇 宙 洪 荒 。

rì yuè yíng zè
日 月 盈 昃 ，

chén xiù liè zhāng
辰 宿 列 张 。

hán lái shǔ wǎng
寒 来 暑 往 ，

qiū shōu dōng cáng
秋 收 冬 藏 。

rùn yú chéng suì
闰 余 成 岁 ，

lù lǚ tiáo yáng
律 吕 调 阳 。

yún téng zhì yǔ
云 腾 致 雨 ，

lù jié wéi shuāng
露 结 为 霜 。

jīn shēng lí shuǐ
金 生 丽 水 ，

yù chū kūn gāng
玉 出 昆 冈 。

jiàn hào jù què
剑 号 巨 阙 ，

zhū chēng yè guāng
珠 称 夜 光 。

guǒ zhēn lǐ nài
果 珍 李 奈 ，

cài zhòng jiè jiāng
菜 重 芥 姜 。

hǎi xián hé dàn
海 咸 河 淡 ，

lín qián yǔ xiáng
鳞 潜 羽 翔 。

lóng shī huǒ dì
龙 师 火 帝 ，

niǎo guān rén huáng
鸟 官 人 皇 。

始制文字，乃服衣裳。

推位让国，有虞陶唐。

吊民伐罪，周发殷汤。

坐朝问道，垂拱平章。

爱育黎首，臣伏戎羌。

遐迩一体，率宾归王。

鸣凤在竹，白驹食场。

化被草木，赖及万方。

盖此身发，四大五常。

恭惟鞠养，岂敢毁伤。

女慕贞洁，男效才良。

知过必改，得能莫忘。

罔谈彼短，靡恃己长。

信使可覆，器欲难量。

mò bēi sī rǎn　shī zàn gāo yáng
墨 悲 丝 染 ， 诗 赞 羔 羊 。

jǐng xíng wéi xián　kè niàn zuò shèng
景 行 维 贤 ， 克 念 作 圣 。

dé jiàn míng lì　xíng duān biǎo zhèng
德 建 名 立 ， 形 端 表 正 。

kōng gǔ chuán shēng　xū táng xí tīng
空 谷 传 声 ， 虚 堂 习 听 。

huò yīn è jī　fú yuán shàn qìng
祸 因 恶 积 ， 福 缘 善 庆 。

chǐ bì fēi bǎo　cùn yīn shì jìng
尺 璧 非 宝 ， 寸 阴 是 竞 。

zī fù shì jūn　yuē yán yǔ jìng
资 父 事 君 ， 曰 严 与 敬 。

xiào dāng jié lì　zhōng zé jìn mìng
孝 当 竭 力 ， 忠 则 尽 命 。

lín shēn lǚ bó　sù xīng wēn qìng
临 深 履 薄 ， 夙 兴 温 清 。

sì lán sī xīn　rú sōng zhī shèng
似 兰 斯 馨 ， 如 松 之 盛 。

chuān liú bù xī　yuān chéng qǔ yìng
川 流 不 息 ， 渊 澄 取 映 。

róng zhǐ ruò sī　yán cí ān dìng
容 止 若 思 ， 言 辞 安 定 。

dǔ chū chéng měi　shèn zhōng yí lìng
笃 初 诚 美 ， 慎 终 宜 令 。

róng yè suǒ jī　jí shèn wú jìng
荣 业 所 基 ， 籍 甚 无 竟 。

学优登仕，摄职从政。

存以甘棠，去而益咏。

乐殊贵贱，礼别尊卑。

上和下睦，夫唱妇随。

外受傅训，入奉母仪。

诸姑伯叔，犹子比儿。

孔怀兄弟，同气连枝。

交友投分，切磨箴规。

仁慈隐恻，造次弗离。

节义廉退，颠沛匪亏。

性静情逸，心动神疲。

守真志满，逐物意移。

坚持雅操，好爵自縻。

都邑华夏，东西二京。

背邙面洛，浮渭据泾。

宫殿盘郁，楼观飞惊。

图写禽兽，画彩仙灵。

丙舍旁启，甲帐对楹。

肆筵设席，鼓瑟吹笙。

升阶纳陛，弁转疑星。

右通广内，左达承明。

既集坟典，亦聚群英。

杜稿锺隶，漆书壁经。

府罗将相，路侠槐卿。

户封八县，家给千兵。

高冠陪辇，驱毂振缨。

世禄侈富，车驾肥轻。

策功茂实，勒碑刻铭。

磻溪伊尹，佐时阿衡。

奄宅曲阜，微旦孰营。

桓公匡合，济弱扶倾。

绮回汉惠，说感武丁。

俊乂密勿，多士实宁。

晋楚更霸，赵魏困横。

假途灭虢，践土会盟。

何遵约法，韩弊烦刑。

起翦颇牧，用军最精。

宣威沙漠，驰誉丹青。

九州禹迹，百郡秦并。

岳宗泰岱，禅主云亭。

雁门紫塞，鸡田赤城。

昆池碣石，巨野洞庭。

旷远绵邈， 岩岫杳冥。

治本于农， 务兹稼穑。

俶载南亩， 我艺黍稷。

税熟贡新， 劝赏黜陟。

孟轲敦素， 史鱼秉直。

庶几中庸， 劳谦谨敕。

聆音察理， 鉴貌辨色。

贻厥嘉猷， 勉其祗植。

省躬讥诫， 宠增抗极。

殆辱近耻， 林皋幸即。

两疏见机， 解组谁逼。

索居闲处， 沉默寂寥。

求古寻论， 散虑逍遥。

欣奏累遣， 戚谢欢招。

渠荷的历，园莽抽条。

枇杷晚翠，梧桐蚤凋。

陈根委翳，落叶飘摇。

游鹍独运，凌摩绛霄。

耽读玩市，寓目囊箱。

易輶攸畏，属耳垣墙。

具膳餐饭，适口充肠。

饱饫烹宰，饥厌糟糠。

亲戚故旧，老少异粮。

妾御绩纺，侍巾帷房。

纨扇圆洁，银烛炜煌。

昼眠夕寐，蓝笋象床。

弦歌酒宴，接杯举觞。

矫手顿足，悦豫且康。

嫡后嗣续，祭祀烝尝。

稽颡再拜，悚惧恐惶。

笺牒简要，顾答审详。

骸垢想浴，执热愿凉。

驴骡犊特，骇跃超骧。

诛斩贼盗，捕获叛亡。

布射僚丸，嵇琴阮啸。

恬笔伦纸，钧巧任钓。

释纷利俗，并皆佳妙。

毛施淑姿，工颦妍笑。

年矢每催，曦晖朗曜。

璇玑悬斡，晦魄环照。

指薪修祜，永绥吉劭。

矩步引领，俯仰廊庙。

shù dài jīn zhuāng　　pái huái zhān tiào
束 带 矜 庄 ，　　徘 徊 瞻 眺 。

gū lòu guǎ wén　　yú méng děng qiào
孤 陋 寡 闻 ，　　愚 蒙 等 诮 。

wèi yǔ zhù zhě　　yān zāi hū yě
谓 语 助 者 ，　　焉 哉 乎 也 。

声律启蒙

碎
语

　　《声律启蒙》作者车万育（1632—1705），字双亭，一字与三，号鹤田，又号敏州、云崔，今湖南邵阳人。康熙二年（1663）举湖广乡试，次年三甲八十四名进士，选庶吉士，散馆改户部给事中，转兵科掌印给事中。车万育的从政生涯几乎一直在谏垣，他性刚直，拒请谒，发积弊，声震天下。在政务闲暇之际，另辟蹊径，以一腔柔情，编写儿童启蒙读本《声律启蒙》。据史料考证，车万育曾担任岳麓书院山长，且学问赅博。《声律启蒙》是专为训练儿童掌握声韵格律的启蒙读物，分为上下卷。按韵分编，包罗天文、地理、花木、鸟兽、人物、器物等的虚实应对。从单字对到双字对，三字对、五字对、七字对到十一字对，声韵协调，琅琅上口，集思想性、艺术性、知识性、趣味性于一体，也抒发了车万育的情志。读《声律启蒙》，是学习汉语言的一项基本功，能让我们掌握汉语言的民族性，是传承中华优秀传统文化基本途径。

声律启蒙

上卷

一东

云对雨，雪对风，晚照对晴空。来鸿对去燕，宿鸟对鸣虫。三尺剑，六钧弓，岭北对江东。人间清暑殿，天上广寒宫。两岸晓烟杨柳绿，一园春雨杏花红。两鬓风霜，途次早行之客；一蓑烟雨，溪边晚钓之翁。

沿对革，异对同，白叟对黄童。江风对海雾，牧子对渔翁。颜巷陋，阮途穷，冀北对辽东。池中濯足水，门外打头风。梁帝讲经同泰寺，汉皇置酒未央宫。尘虑萦心，懒抚七弦绿绮；霜华满鬓，羞看百炼青铜。

贫对富，塞对通，野叟对溪童。鬓皤对眉绿，齿皓对唇红。天浩浩，日融融，佩剑对弯弓。半溪流水绿，千树落花红。野渡燕穿杨柳雨，芳池鱼戏荇荷风。女子眉纤，额下现一弯新月；男儿气壮，胸中吐万丈长虹。

二冬

春对夏，秋对冬，暮鼓对晨钟。观山对玩水，绿竹对苍松。冯妇虎，叶公龙，舞蝶对鸣蛩。衔泥双紫燕，课蜜几黄蜂。春日园中莺恰恰，秋天塞外雁雍雍。秦岭云横，迢递八千远路；巫山雨洗，嵯峨十二危峰。

明对暗，淡对浓，上智对中庸。镜奁对衣笥，野杵对村舂。花灼烁，草蒙茸，九夏对三冬。台高名戏马，斋小号蟠龙。手擘蟹螯从毕卓，身披鹤氅自王恭。五老峰高，秀插云霄如玉笔；三姑石大，响传风雨若金镛。

仁对义，让对恭，禹舜对羲农。雪花对云叶，芍药对芙蓉。陈后主，汉中宗，绣虎对雕龙。柳塘风淡淡，花圃月浓浓。春日正宜朝看蝶，秋风那更夜闻蛩。战士邀功，必借干戈成勇武；逸民适志，须凭诗酒养疏慵。

三江

楼对阁，户对窗，巨海对长江。蓉裳对蕙帐，玉斝对银釭。青布幔，碧油幢，宝剑对金缸。忠心安社稷，利口覆家邦。世祖中兴延马武，桀王失道杀龙逢。秋雨潇潇，熳烂黄花都满径；春风袅袅，扶疏绿竹正盈窗。

旌对旆，盖对幢，故国对他邦。千山对万水，九泽对三江。山岌岌，水淙淙，鼓振对钟撞。清风生酒舍，皓月照书窗。阵上倒戈辛纣战，道旁系剑子婴降。夏日池塘，出没浴波鸥对对；春风帘幕，往来营垒燕双双。

铢对两，只对双，华岳对湘江。朝车对禁鼓，宿火对寒缸。青琐闼，碧纱窗，汉社对周邦。笙箫鸣细细，钟鼓响拟拟。主簿栖鸾名有览，治中展骥姓惟庞。苏武牧羊，雪屡餐于北海；庄周活鲋，水必决于西江。

四支

茶对酒，赋对诗，燕子对莺儿。栽花对种竹，落絮对游丝。四目颉，一足夔，鸲鹆对鹭鸶。半池红菡萏，一架白荼蘼。几阵秋风能应候，一犁春雨甚知时。智伯恩深，国士吞变形之炭；羊公德大，邑人竖堕泪之碑。

行对止，速对迟，舞剑对围棋。花笺对草字，竹简对毛锥。汾水鼎，岘山碑，虎豹对熊罴。花开红锦绣，水漾碧琉璃。去妇因探邻舍枣，出妻为种后园葵。笛韵和谐，仙管恰从云里降；橹声咿轧，渔舟正向雪中移。

戈对甲，鼓对旗，紫燕对黄鹂。梅酸对李苦，青眼对白眉。三弄笛，一围棋，雨打对风吹。海棠春睡早，杨柳昼眠迟。张骏曾为《槐树赋》，杜陵不作海棠诗。晋士特奇，可比一斑之豹；唐儒博识，堪为五总之龟。

五微

来对往，密对稀，燕舞对莺飞。风清对月朗，露重对烟微。霜菊瘦，雨梅肥，客路对渔矶。晚霞舒锦绣，朝露缀珠玑。夏暑客思欹石枕，秋寒妇念寄边衣。春水才深，青草岸边渔父去；夕阳半落，绿莎原上牧童归。

宽对猛，是对非，服美对乘肥。珊瑚对玳瑁，锦绣对珠玑。桃灼灼，柳依依，绿暗对红稀。窗前莺并语，帘外燕双飞。汉致太平三尺剑，周臻大定一戎衣。吟

成赏月之诗，只愁月堕；斟满送
春之酒，惟憾春归。

声对色，饱对饥，虎节对龙
旗。杨花对桂叶，白简对朱衣。龙
也吠，燕于飞，荡荡对巍巍。春暄
资日气，秋冷借霜威。出使振威
冯奉世，治民异等尹翁归。燕我
弟兄，载咏棣棠辈辈；命伊将帅，
为歌杨柳依依。

六鱼

无对有，实对虚，作赋对观
书。绿窗对朱户，宝马对香车。
伯乐马，浩然驴，弋雁对求鱼。分

金齐鲍叔，奉璧蔺相如。掷地金声孙绰赋，回文锦字窦滔书。未遇殷宗，胥靡困傅岩之筑；既逢周后，太公舍渭水之渔。

终对始，疾对徐，短褐对华裾。六朝对三国，天禄对石渠。千字策，八行书，有若对相如。花残无戏蝶，藻密有潜鱼。落叶舞风高复下，小荷浮水卷还舒。爱见人长，共服宣尼休假盖；恐彰己吝，谁知阮裕竟焚车。

麟对凤，鳖对鱼，内史对中书。犁锄对耒耜，畎浍对郊墟。犀角带，象牙梳，驷马对安车。青衣

能报赦，黄耳解传书。庭畔有人
持短剑，门前无客曳长裾。波浪
拍船，骇舟人之水宿；峰峦绕舍，
乐隐者之山居。

七虞

金对玉，宝对珠，玉兔对金
乌。孤舟对短棹，一雁对双凫。
横醉眼，捻吟须，李白对杨朱。秋
霜多过雁。夜月有啼乌。日暖园
林花易赏，雪寒村舍酒难沽。人处
岭南，善探巨象口中齿；客居江
右，偶夺骊龙颔下珠。

贤对圣，智对愚，傅粉对施

朱。名缰对利锁，挈榼对提壶。鸠哺子，燕调雏，石帐对邬厨。烟轻笼岸柳，风急撼庭梧。鹦眼一方端石砚，龙涎三炷博山炉。曲沼鱼多，可使渔人结网；平田兔少，漫劳耕者守株。

秦对赵，越对吴，钓客对耕夫。箕裘对杖履，杞梓对桑榆。天欲晓，日将晡，狡兔对妖狐。读书甘刺股，煮粥惜焚须。韩信武能平四海，左思文足赋三都。嘉遁幽人，适志竹篱茅舍；胜游公子，玩情柳陌花衢。

八齐

岩对岫，涧对溪，远岸对危堤。鹤长对凫短，水雁对山鸡。星拱北，月流西。汉露对汤霓。桃林牛已放，虞坂马长嘶。叔侄去官闻广受，弟兄让国有夷齐。三月春浓，芍药丛中蝴蝶舞；五更天晓，海棠枝上子规啼。

云对雨，水对泥，白璧对玄圭。献瓜对投李，禁鼓对征鼙。徐稚榻，鲁班梯，凤翥对鸾栖。有官清似水，无客醉如泥。截发惟闻陶侃母，断机只有乐羊妻。秋望佳人，目送楼头千里雁；早行远客，梦惊枕上五更鸡。

熊对虎，象对犀，霹雳对虹霓。杜鹃对孔雀，桂岭对梅溪。萧史凤，宋宗鸡，远近对高低。水寒鱼不跃，林茂鸟频栖。杨柳和烟彭泽县，桃花流水武陵溪。公子追欢，闲骤玉骢游绮陌；佳人倦绣，闷欹珊枕掩香闺。

九佳

河对海，汉对淮，赤岸对朱崖。鹭飞对鱼跃，宝钿对金钗。鱼圉圉，鸟喈喈，草履对芒鞋。古贤

崇笃厚，时辈喜诙谐。孟训文公
谈性善，颜师孔子问心斋。缓抚琴
弦，像流莺而并语；斜排筝柱，
类过雁之相挨。

丰对俭，等对差，布袄对荆
钗。雁行对鱼阵，榆塞对兰崖。
挑荠女，采莲娃，菊径对苔阶。诗
成六义备，乐奏八音谐。造律吏哀
秦法酷，知音人说郑声哇。天欲
飞霜，塞上有鸿行已过；云将作
雨，庭前多蚁阵先排。

城对市，巷对街，破屋对空
阶。桃枝对桂叶，砌蚓对墙蜗。梅
可望，橘堪怀，季路对高柴。花藏

沽酒市，竹映读书斋。马首不容孤竹扣，车轮终就洛阳埋。朝宰锦衣，贵束乌犀之带；宫人宝髻，宜簪白燕之钗。

十灰

增对损，闭对开，碧草对苍苔。书签对笔架，两曜对三台。周召虎，宋桓魋，阆苑对蓬莱。薰风生殿阁，皓月照楼台。却马汉文思罢献，吞蝗唐太冀移灾。照耀八荒，赫赫丽天秋日；震惊百里，轰轰出地春雷。

沙对水，火对灰，雨雪对风

雷。书淫对《传》癖，水浒对岩隈。歌旧曲，酿新醅，舞馆对歌台。春棠经雨放，秋菊傲霜开。作酒固难忘曲蘖，调羹必要用盐梅。月满庾楼，据胡床而可玩；花开唐苑，轰羯鼓以奚催。

休对咎，福对灾，象箸对犀杯。宫花对御柳，峻阁对高台。花蓓蕾，草根荄，剔藓对剜苔。雨前庭蚁闹，霜后阵鸿哀。元亮南窗今日傲，孙弘东阁几时开。平展青茵，野外茸茸软草；高张翠幄，庭前郁郁凉槐。

十一真
shí yī zhēn

邪对正，假对真，獬豸对麒麟。韩卢对苏雁，陆橘对庄椿。韩五鬼，李三人，北魏对西秦。蝉鸣哀暮夏，莺啭怨残春。野烧焰腾红烁烁，溪流波皱碧粼粼。行无踪，居无庐，颂成《酒德》；动有时，藏有节，论著《钱神》。

哀对乐，富对贫。好友对嘉宾。弹冠对结绶，白日对青春。金翡翠，玉麒麟，虎爪对龙麟。柳塘生细浪，花径起香尘。闲爱登山穿谢屐，醉思漉酒脱陶巾。雪冷霜严，倚槛松筠同傲岁；日迟风暖，满园花柳各争春。

香对火，炭对薪，日观对天津。禅心对道眼，野妇对宫嫔。仁无敌，德有邻，万石对千钧。滔滔三峡水，冉冉一溪冰。充国功名当画阁，子张言行贵书绅。笃志诗书，思入圣贤绝域；忘情官爵，羞沾名利纤尘。

十二文

家对国，武对文，四辅对三军。九经对三史，菊馥对兰芬。歌北鄙，咏南熏，迩听对遥闻。召公周太保，李广汉将军。闻化蜀民皆草偃，争权晋土已瓜分。巫峡夜深，猿啸苦哀巴地月。衡峰秋早，雁飞高贴楚天云。

歆对正，见对闻，偃武对修文。羊车对鹤驾，朝旭对晚曛。花有艳，竹成文，马燧对羊欣。山中梁宰相，树下汉将军。施帐解围嘉道韫，当垆沽酒叹文君。好景有期，北岭几枝梅似雪；丰年先兆，西郊千顷稼如云。

尧对舜，夏对殷，蔡惠对刘蕡。山明对水秀，五典对三坟。唐李杜，晋机云，事父对忠君。雨晴鸠唤妇，霜冷雁呼群。酒量洪深周仆射，诗才俊逸鲍参军，鸟翼长随，凤兮洵众禽长；狐威不假，虎也真百兽尊。

十三元

幽对显，寂对喧，柳岸对桃源。莺朋对燕友，早暮对寒暄。鱼跃沼，鹤乘轩，醉胆对吟魂。轻尘生范甑，积雪拥袁门。缕缕轻烟芳草渡，丝丝微雨杏花村。诣阙王通，献《太平》十二策。出关老子，著《道德》五千言。

儿对女，子对孙，药圃对花

村。高楼对邃阁，赤豹对玄猿。妃子骑，夫人轩，旷野对平原。鲍巴能鼓瑟，伯氏善吹埙。馥馥早梅思驿使，萋萋芳草怨王孙。秋夕月明，苏子黄岗游绝壁；春朝花发，石家金谷启芳园。

歌对舞，德对恩，犬马对鸡豚。龙池对凤沼，雨骤对云屯。刘向阁，李膺门，唳鹤对啼猿。柳摇春白昼，梅弄月黄昏。岁冷松筠皆有节，春喧桃李本无言，噪晚齐蝉，岁岁秋来泣恨；啼宵蜀鸟，年年春去伤魂。

十四寒

多对少，易对难，虎踞对龙蟠，龙舟对凤辇，白鹤对青鸾。风淅淅，露涟涟，绣毂对雕鞍。鱼游荷叶沼，鹭立蓼花滩。有酒阮貂奚用解，无鱼冯铗必须弹。丁固梦松，柯叶忽然生腹上；文郎画竹，枝梢倏尔长毫端。

寒对暑，湿对干，鲁隐对齐桓。寒毡对暖席，夜饮对晨餐。叔子带，仲由冠，郏鄏对邯郸。嘉禾忧夏旱，衰柳耐秋寒。杨柳绿遮元亮宅，杏花红映仲尼坛。江水流长，环绕似青罗带；海蟾轮满，澄明如白玉盘。

横对竖，窄对宽，黑志对弹丸。朱帘对画栋，彩槛对雕栏。春既老，夜将阑，百辟对千官，怀仁称足足，抱义美般般。好马君王曾市骨，食猪处士仅思肝。世仰双仙，元礼舟中携郭泰；人称连璧，夏侯车上并潘安。

十五删

兴对废，附对攀，露草对霜菅。歌廉对借寇，习孔对希颜。山垒垒，水潺潺，奉璧对探镮。

《礼》由公旦作，《诗》本仲尼删。驴困客方经灞水，鸡鸣人已出函关。几夜霜飞，已有苍鸿辞北塞；数朝雾暗，岂无玄豹隐南山。

犹对尚，侈对悭，雾鬓对烟鬟。莺啼对鹊噪，独鹤对双鹇。黄牛峡，金马山，结草对衔环。昆山惟玉集，合浦有珠还。阮籍旧能为眼白，老莱新爱着衣斑。栖迟避世人，草衣木食；窈窕倾城女，云鬓花颜。

姚对宋，柳对颜，赏善对惩奸。愁中对梦里，巧慧对痴顽。孔北海，谢东山，使越对征蛮。

淫声闻濮上，离曲听阳关。骁将袍披仁贵白，小儿衣着老莱斑。茅舍无人，难却尘埃生榻上；竹亭有客，尚留风月在窗间。

下卷

一先

晴对雨，地对天，天地对山川。山川对草木，赤壁对青田。郏鄏鼎，武城弦，木笔对苔钱，金城三月柳，玉井九秋莲。何处春朝风景好，谁家秋夜月华圆，珠缀花梢，千点蔷薇香露；练横树杪，几丝杨柳残烟。

前对后，后对先，众丑对孤妍。莺簧对蝶板，虎穴对龙渊。击石磬，观韦编，鼠目对鸢肩，春园花柳地，秋沼芰荷天。白羽频挥闲客坐，乌纱半坠醉翁眠。野店几家，羊角风摇沽酒旆；长川一带，鸭头波泛卖鱼船。

离对坎，震对乾，一日对千年。尧天对舜日，蜀水对秦川。苏武节，郑虔毡，涧壑对林泉。挥戈能退日，持管莫窥天。寒食芳辰花烂漫，中秋佳节月婵娟。梦里荣华，飘忽枕中之客；壶中日月，

ān xián shì shàng zhī xiān
安 闲 市 上 之 仙。

èr xiāo
二 萧

gōng duì màn　lìn duì jiāo　shuǐ yuǎn duì shān
恭 对 慢， 吝 对 骄， 水 远 对 山

yáo　sōng xuān duì zhú jiàn　xuě fù duì fēng yáo
遥。 松 轩 对 竹 槛， 雪 赋 对 风 谣。

chéng wǔ mǎ　guàn shuāng diāo　zhú miè duì xiāng xiāo
乘 五 马， 贯 双 雕， 烛 灭 对 香 消。

míng chán cháng chè yè　zhòu yǔ bú zhōng zhāo　lóu gé
明 蟾 常 彻 夜， 骤 雨 不 终 朝。 楼 阁

tiān liáng fēng sà sà　guān hé dì gé yǔ xiāo xiāo　jǐ
天 凉 风 飒 飒， 关 河 地 隔 雨 潇 潇。 几

diǎn lù sī　rì mù cháng fēi hóng liǎo àn　yī shuāng
点 鹭 鸶， 日 暮 常 飞 红 蓼 岸； 一 双

xī chì　chūn zhāo pín fàn lǜ yáng qiáo
鸂 鶒， 春 朝 频 泛 绿 杨 桥。

kāi duì luò　àn duì zhāo　zhào sè duì yú
开 对 落， 暗 对 昭， 赵 瑟 对 虞

sháo　yáo chē duì yì jì　jǐn xiù duì qióng yáo　xiū
韶。 轺 车 对 驿 骑， 锦 绣 对 琼 瑶。 羞

rǎng bì　lǎn zhé yāo　fàn zèng duì yán piáo　hán tiān
攘 臂， 懒 折 腰， 范 甑 对 颜 瓢。 寒 天

yuān zhàng jiǔ　yè yuè fèng tái xiāo　wǔ nǚ yāo zhī
鸳 帐 酒， 夜 月 凤 台 箫。 舞 女 腰 肢

杨柳软，佳人颜貌海棠娇。豪客寻春，南陌草青香阵阵；闲人避暑，东堂蕉绿影摇摇。

班对马，董对晁，夏昼对春宵。雷声对电影，麦穗对禾苗。八千路，廿四桥，总角对垂髫。露桃匀嫩脸，风柳舞纤腰。贾谊赋成伤鵩鸟，周公诗就托鸱鸮。幽寺寻僧，逸兴岂知俄尔尽；长亭送客，离魂不觉黯然消。

三肴

风对雅，象对爻，巨蟒对长蛟。天文对地理，蟋蟀对螵蛸。龙天矫，虎咆哮，北学对东胶。筑台须垒土，成屋必诛茅。潘岳不忘秋兴赋，边韶常被昼眠嘲。抚养群黎，已见国家隆治；滋生万物，方知天地泰交。

蛇对虺，蜃对蛟，麟薮对鹊巢。风声对月色，麦穗对桑苞。何妥难，子云嘲，楚甸对商郊。五音惟耳听，万虑在心包。葛被汤征因仇饷，楚遭齐伐责包茅。高矣若天，洵是圣人大道；淡而如水，实为君子神交。

牛对马，犬对猫，旨酒对嘉肴。桃红对柳绿，竹叶对松梢。藜

杖叟，布衣樵，北野对东郊。白
驹形皎皎，黄鸟语交交。花圃春残
无客到，柴门夜永有僧敲。墙畔
佳人，飘扬竞把秋千舞；楼前公
子，笑语争将蹴鞠抛。

四豪

琴对瑟，剑对刀，地迥对天
高。峨冠对博带，紫绶对绯袍。煎
异茗，酌香醪，虎兕对猿猱。武夫
攻骑射，野妇务蚕缲。秋雨一川
淇澳竹，春风两岸武陵桃。螺髻青
浓，楼外晚山千仞；鸭头绿腻，溪
中春水半篙。

刑对赏，贬对褒，破斧对征袍。梧桐对橘柚，枳棘对蓬蒿。雷焕剑，吕虔刀，橄榄对葡萄。一橡书舍小，百尺酒楼高。李白能诗时秉笔，刘伶爱酒每铺糟。礼别尊卑，拱北众星常灿灿；势分高下，朝东万水自滔滔。

瓜对果，李对桃，犬子对羊羔。春分对夏至，谷水对山涛。双凤翼，九牛毛，主逸对臣劳。水流无限阔，山耸有余高。雨打村童新牧笠，尘生边将旧征袍。俊士居官，荣引鹓鸿之序；忠臣报国，誓殚犬马之劳。

五歌

山对水，海对河，雪竹对烟萝。新欢对旧恨，痛饮对高歌。琴再抚，剑重磨，媚柳对枯荷。荷盘从雨洗，柳线任风搓。饮酒岂知歆醉帽，观棋不觉烂樵柯。山寺清幽，直踞千寻云岭；江楼宏敞，遥临万倾烟波。

繁对简，少对多，里咏对途歌。宦情对旅况，银鹿对铜驼。刺史鸭，将军鹅，玉律对金科。古堤垂嚲柳，曲沼长新荷。命驾吕因思叔夜，引车蔺为避廉颇。千尺水帘，今古无人能手卷；一轮月镜，乾坤何匠用功磨。

霜对露，浪对波，径菊对池荷。酒阑对歌罢，日暖对风和。梁父咏，楚狂歌，放鹤对观鹅。史才推永叔，刀笔仰萧何。种橘犹嫌千树少，寄梅谁信一枝多。林下风生，黄发村童推牧笠；江头日出，皓眉溪叟晒渔蓑。

六麻

松对柏，缕对麻，蚁阵对蜂衙。赪鳞对白鹭，冻雀对昏鸦。白堕酒，碧沉茶，品笛对吹笳。秋凉梧堕叶，春暖杏开花。雨长苔痕侵壁砌，月移梅影上窗纱。飒飒秋风，度城头之箪篥；迟迟晚照，动江上之琵琶。

优对劣，凸对凹，翠竹对黄花。松杉对杞梓，荍麦对桑麻。山不断，水无涯，煮酒对烹茶。鱼游池面水，鹭立岸头沙。百亩风翻陶令秫，一畦雨熟邵平瓜。闲捧竹根，饮李白一壶之酒；偶擎桐叶，啜卢仝七碗之茶。

吴对楚，蜀对巴，落日对流霞。酒钱对诗债，柏叶对松花。驰驿骑，泛仙槎，碧玉对丹砂。设桥偏送笋，开道竟还瓜。楚国大夫沉汨水，洛阳才子谪长沙。书簏琴囊，乃士流活计；药炉茶鼎，实闲客生涯。

七阳

高对下，短对长，柳影对花香。词人对赋客，五帝对三王。深院落，小池塘，晚眺对晨妆。绛霄唐帝殿，绿野晋公堂。寒集谢庄衣上雪，秋添潘岳鬓边霜。人浴兰汤，事不忘于端午；客斟菊酒，兴常记于重阳。

尧对舜，禹对汤，晋宋对隋

唐。奇花对异卉，夏日对秋霜。八

叉手，九回肠，地久对天长。一堤

杨柳绿，三径菊花黄。闻鼓塞兵方

战斗，听钟宫女正梳妆。春饮方

归，纱帽半淹邻舍酒；早朝初退，

衮衣微惹御炉香。

荀对孟，老对庄，鞟柳对垂

杨。仙宫对梵宇，小阁对长廊。

风月窟，水云乡，蟋蟀对螳螂。

暖烟香霭霭，寒烛影煌煌。伍子

欲酬渔父剑，韩生尝窃贾公香。

三月韶光，常忆花明柳媚；一年好

景，难忘橘绿橙黄。

八庚

深对浅，重对轻，有影对无声。蜂腰对蝶翅，宿醉对余醒。天北缺，日东生，独卧对同行。寒冰三尺厚，秋月十分明。万卷书容闲客览，一樽酒待故人倾。心侈唐玄，厌看霓裳之曲；意骄陈主，饱闻玉树之赓。

虚对实，送对迎，后甲对先庚。鼓琴对舍瑟，搏虎对骑鲸。金匼匝，玉㻅琤，玉宇对金茎。花间双粉蝶，柳内几黄莺。贫里每甘藜藿味，醉中厌听管弦声。肠断秋闱，凉吹已侵重被冷；梦惊晓枕，残蟾犹照半窗明。

渔对猎，钓对耕，玉振对金声。雉城对雁塞，柳袅对葵倾。吹玉笛，弄银笙，阮杖对桓筝。墨呼松处士，纸号楮先生。露浥好花潘岳县，风搓细柳亚夫营。抚动琴弦，遽觉座中风雨至；哦成诗句，应知窗外鬼神惊。

九青

红对紫，白对青，渔火对禅灯。唐诗对汉史，释典对仙经。龟曳尾，鹤梳翎，月榭对风亭。一轮秋夜月，几点晓天星。晋士只知山简醉，楚人谁识屈原醒。绣倦佳人，慵把鸳鸯文作枕；吮毫画者，思将孔雀写为屏。

行对坐，醉对醒，佩紫对纤青。棋枰对笔架，雨雪对雷霆。狂蛱蝶，小蜻蜓，水岸对沙汀。天台孙绰赋，剑阁孟阳铭。传信子卿千里雁，照书车胤一囊萤。冉冉白云，夜半高遮千里月；澄澄碧水，宵中寒映一天星。

书对史，传对经，鹦鹉对鹡鸰。黄茅对白荻，绿草对青萍。风绕铎，雨淋铃，水阁对山亭。渚莲

千朵白，岸柳两行青。汉代宫中
生秀柞，尧时阶畔长祥蓂。一枰
决胜，棋子分黑白；半幅通灵，画
色间丹青。

十 蒸

新对旧，降对升，白犬对苍
鹰。葛巾对藜杖，涧水对池冰。张
兔网，挂鱼罾，燕雀对鹍鹏。炉中
煎药火，窗下读书灯。织锦逐梭
成舞凤，画屏误笔作飞蝇。宴客
刘公，座上满斟三雅爵；迎仙汉
帝，宫中高插九光灯。

儒对士，佛对僧，面友对心

朋。春残对夏老，夜寝对晨兴，千里马，九霄鹏，霞蔚对云蒸。寒堆阴岭雪，春泮水池冰。亚父愤生撞玉斗，周公誓死作《金縢》。将军元晖，莫怪人讥为饿虎；侍中卢昶，难逃世号作饥鹰。

规对矩，墨对绳，独步对同登。吟哦对讽咏，访友对寻僧。风绕屋，水襄陵，紫鹄对苍鹰。鸟寒惊夜月，鱼暖上春冰。扬子口中飞白凤，何郎鼻上集青蝇。巨鲤跃池，翻几重之密藻；颠猿饮涧，挂百尺之垂藤。

十一尤

荣对辱，喜对忧，夜宴对春游。燕关对楚水，蜀犬对吴牛。茶敌睡，酒消愁，青眼对白头。马迁修《史记》，孔子作《春秋》。适兴子猷常泛棹，思归王粲强登楼。窗下佳人，妆罢重将金插鬓；筵前舞妓，曲终还要锦缠头。

唇对齿，角对头，策马对骑牛。毫尖对笔底，绮阁对雕楼。杨柳岸，荻芦洲，语燕对啼鸠。客乘金络马，人泛木兰舟。绿野耕夫春举耜，碧池渔父晚垂钩。波浪千层，喜见蛟龙得水；云霄万里，惊看雕鹗横秋。

庵对寺，殿对楼，酒艇对渔舟。金龙对彩凤，羵豕对童牛。王郎帽，苏子裘，四季对三秋。峰峦扶地秀，江汉接天流。一湾绿水渔村小，万里青山佛寺幽。龙马呈河，羲皇阐微而画卦；神龟出洛，禹王取法以陈畴。

十二侵

眉对目，口对心，锦瑟对瑶琴。晓耕对寒钓，晚笛对秋砧。

松郁郁，竹森森，闵损对曾参。秦王亲击缶，虞帝自挥琴。三献卞和尝泣玉，四知杨震固辞金。寂寂秋朝，庭叶因霜摧嫩色；沉沉春夜，砌花随月转清阴。

前对后，古对今，野兽对山禽。犍牛对牝马，水浅对山深。曾点瑟，戴逵琴，璞玉对浑金。艳红花弄色，浓绿柳敷阴。不雨汤王方剪爪，有风楚子正披襟。书生惜壮岁韶华，寸阴尺璧；游子爱良宵光景，一刻千金。

丝对竹，剑对琴，素志对丹心。千愁对一醉，虎啸对龙吟。

子罕玉，不疑金，往古对来今。天寒邹吹律，岁旱傅为霖。渠说子规为帝魄，侬知孔雀是家禽。屈子沉江，处处舟中争系粽；牛郎渡渚，家家台上竞穿针。

十三覃

千对百，两对三，地北对天南。佛堂对仙洞，道院对禅庵。山泼黛，水浮蓝，雪岭对云潭。凤飞方翙翙，虎视已眈眈。窗下书生时讽咏，筵前酒客日酣酣。白草满郊，秋日牧征人之马；绿桑盈亩，春时供农妇之蚕。

将对欲，可对堪，德被对恩罩。权衡对尺度，雪寺对云庵。安邑枣，洞庭柑，不愧对无惭。魏徵能直谏，王衍善清谈。紫梨摘去从山北，丹荔传来自海南。攘鸡非君子所为，但当月一；养狙是山公之智，止用朝三。

中对外，北对南，贝母对宜男。移山对浚井，谏苦对言甘。千取百，二为三，魏尚对周堪。海门翻夕浪，山市拥晴岚。新缔直投公子纻，旧交犹脱馆人骖。文达淹通，已咏冰兮寒过水；永和博雅，可知青者胜于蓝。

十四盐

悲对乐，爱对嫌，玉兔对银蟾。醉侯对诗史，眼底对眉尖。风飘飘，雨绵绵，李苦对瓜甜。画堂施锦帐，酒市舞青帘。横槊赋诗传孟德，引壶酌酒尚陶潜。两曜迭明，日东生而月西出；五行式序，水下润而火上炎。

如对似，减对添，绣幕对朱帘。探珠对献玉，鹭立对鱼潜。玉屑饭，水晶盐，手剑对腰镰。燕巢依邃阁，蛛网挂虚檐。夺槊至三唐敬德，奕棋第一晋王恬。南浦客归，湛湛春波千顷净；西楼人悄，弯弯夜月一钩纤。

逢对遇，仰对瞻，市井对闾阎。投簪对结绶，握发对掀髯。张绣幕，卷珠帘，石碏对江淹。宵征方肃肃，夜饮已厌厌。心褊小人长戚戚，礼多君子屡谦谦。美刺殊文，备三百五篇诗咏；吉凶异画，变六十四卦爻占。

十五咸

清对浊，苦对咸，一启对三缄。烟蓑对雨笠，月榜对风帆。莺睍睆，燕呢喃，柳杞对松杉。情深悲素扇，泪痛湿青衫。汉室既能分四姓，周朝何用叛三监。破的而探牛心，豪矜王济；竖竿以挂犊鼻，贫笑阮咸。

　　能对否，圣对贤，卫瓘对浑瑊。雀罗对鱼网，翠巘对苍崖。红罗帐，白布衫，笔格对书函。蕊香蜂竞采，泥软燕争衔。凶孽誓清闻祖逖，王家能义有巫咸。溪叟新居，渔舍清幽临水岸；山僧久隐，梵宫寂寞倚云岩。

　　冠对带，帽对衫，议鲠对言谗。行舟对御马，俗弊对民喦。鼠且硕，兔多毚，史册对书缄。塞城

闻奏角，江浦认归帆。河水一源
形弥弥，泰山万仞势岩岩。郑为武
公，赋《缁衣》而美德；周因《巷
伯》，歌贝锦以伤谗。

晨诵暮读　青年励志篇

朱子家训

小学（节选）

大学

中庸

朱子家训

碎语

《朱子家训》作者朱熹（1130—1200），字元晦，又字仲晦，号晦庵，晚称晦翁，又称紫阳先生、考亭先生、沧州病叟、云谷老人、逆翁，谥号文，世称朱文公，后世尊称为朱子，祖籍为今江西婺源，出生于今福建尤溪。南宋著名理学家、思想家、哲学家、诗人、教育家，理学集大成者。现在流传的《朱子家训》有二篇，一篇为原载于《紫阳朱氏家谱》的朱熹写的《朱子家训》，一篇为明末朱柏

庐写的又名《朱子治家格言》的《朱子家训》，
不能把两者混淆。《经道》选朱熹《朱子家训》，
一是因为朱熹对后世的影响更大，二是因为
此《朱子家训》境界更高，名为治家，实乃
治己治世，"诗书不可不读，礼义不可不知"，
朱熹的《朱子家训》对当今大力弘扬家教家风，
有莫大的参考价值。

朱子家训

朱　熹

君之所贵者，仁也。臣之所贵者，忠也。父之所贵者，慈也。子之所贵者，孝也。兄之所贵者，友也。弟之所贵者，恭也。夫之所贵者，和也。妇之所贵者，柔也。事师长贵乎礼也，交朋友贵乎信也。见老者，敬之；见幼者，爱之。有德者，年虽下于我，我必尊之；不肖者，年虽高于我，我必远之。慎勿谈人之短，切莫矜己之长。仇者以义解之，怨者以直报之，随所遇而安之。人有小过，含容而忍之；人有大过，以理而谕之。勿以善小而不为，勿以恶小而为之。人有恶，则掩之；人有善，则扬之。处世无私仇，治家无私法。勿损人而利己，勿妒贤而嫉能。勿称忿而报横逆，勿非礼而害物命。见不义之财勿取，遇合理之事则从。诗书不可不读，礼义不可不知。子孙不可不教，僮仆不可不恤。斯文不可不敬，患难不可不扶。守我之分者，礼也；听我之命者，天也。人能如是，天必相之。此乃日用常行之道，若衣服之于身体，饮食之于口腹，不可一日无也，可不慎哉！

小学

　　《小学》为朱熹（《朱子家训》已作注释，
不再赘述）所编著，《小学原序》中说"今
其全书虽不可见，而杂出于传记者亦多"，
可见《小学》一书古已有之，宋已失传，是
朱熹重新搜集编撰成书，为"庶几有补于风
化之万一云尔"。南宋时期，国家危机深重，
金、蒙南侵，社会动荡，内忧外患，纲常破坏，
朱熹痛感于"乡无善俗，世乏良材，利欲纷拏，
异言喧豗"，奋然"爰辑旧闻，庶觉来裔"，
希望"嗟嗟小子！敬受此书"。

　　《小学》共十一卷，分内外两篇。内篇有

四个部分：前三个是立教、明伦、敬身，第四个是稽古。外篇分两部分：一是嘉言，二是善行。稽古、嘉言和善行，其下均各有立教、明伦、敬身三纲目。

必须认识到：《小学》是旧时封建社会的教材，宣传孔孟之道，灌输封建思想，有必须批判的糟粕，也有应该继承发扬的优良成分，读者应当辩证地看待，对该书内容扬弃吸取。诸如讲究节气，重视品德，强调自我节制、发愤立志等等，在中华民族的主体意识结构方面是有影响的。

小学（节选）

朱 熹

小学原序

古者小学，教人以洒扫应对进退之节，爱亲敬长隆师亲友之道。皆所以为修身、齐家、治国、平天下之本，而必使其讲而习之于幼穉之时。欲其习与智长，化与心成，而无扞格不胜之患也。今其全书虽不可见，而杂出于传记者亦多。读者往往直以古今异宜而莫之行。殊不知，其无古今之异者，固未始不可行也。今颇搜辑，以为此书，授之童蒙，资其讲习。庶几有补于风化之万一云尔。

淳熙丁未三月朔旦，晦庵题

小学题辞

元亨利贞，天道之常，仁义礼智，人性之纲。凡此厥初，无有不善，蔼然四端，随感而见。爱亲敬兄，忠君弟长，是曰秉彝。有顺无彊。惟圣性者，浩浩其天，不加毫末，万善足焉。众人蚩蚩，物欲交蔽，乃颓其纲，安此暴弃。惟圣斯恻，建学立师，以培其根，以达其支。小学之方，洒扫应对，入孝出恭，动罔或悖，行有馀力，诵诗读书，咏歌舞蹈，思罔或逾。穷理修身，斯学之大，明命赫然，罔有内外。德崇业广，乃复其初。昔非不足，今岂有馀。世远人亡，经残教弛，蒙养弗端，长益浮靡，乡无善俗，世乏良材，利欲纷拏，异言喧豗。幸兹秉彝，极天罔坠。爰辑旧闻，庶觉来裔。嗟嗟小子，敬受此书。匪我言耄，惟圣之谟。

卷之一

内　篇

立教第一

子思子曰：天命之谓性，率性之谓道，修道之谓教。则天命，遵圣法，述此篇，俾为师者知所以教，而弟子知所以学。

立教一

内则曰：凡生子，择于诸母与可者，必求其宽裕、慈惠、温良、恭敬，慎而寡言者，使为子师。子能食食，教以右手。能言，男唯女俞。男鞶革，女鞶丝。六年，教之数与方名。七年，男女不同席，不共食。八年，出入门户及即席饮食，必后长者。

始教之让。九年，教之数日。十年，出就外傅，居宿于外，学书计，衣不帛襦袴，礼帅初，朝夕学幼仪，请肄简谅。十有三年，学乐诵诗舞勺。成童，舞象，学射御。二十而冠，始学礼。可以衣裘帛。舞大夏，惇行孝弟，博学不教，内而不出。三十而有室，始理男事，博学无方，孙友视志。四十始仕，方物出谋发虑，道合则服从，不可则去。五十命为大夫，服官政。七十致事。

立教二

曲礼曰：幼子常视毋诳。立必正方，不倾听。

立教三

学记曰：古之教者，家有塾，党有庠，术有序，国有学。

立教四

孟子曰：人之有道也，饱食暖衣，逸居而无教，则近于禽兽。圣人有忧之，使契为司徒，教以人伦。父子有亲，君臣有义，夫妇有别，长幼有序，朋友有信。

立教五

舜命契曰：百姓不亲，五品不逊。汝作司徒，敬敷五教，在宽。命夔曰：命汝典乐。教胄子。直而温，宽而栗，刚而无虐，简而无傲。诗言志，歌永言，声依永，律和声，八音克谐，无相夺伦，神人以和。

立教六

周礼，大司徒以乡三物教万民，而宾兴之。一曰六德，知、仁、圣、义、忠、和。二曰六行，孝、友、睦、姻、任、恤。三曰六艺，礼、乐、射、御、书、数。以乡八刑纠万民。一曰不孝之刑，二曰不睦之刑，三曰不姻之刑，四曰不弟之刑，五曰不任之刑，六曰不恤之刑，七曰造言之刑，八曰乱民之刑。

立教七

王制曰：乐正崇四术，立四教。顺先王诗书礼乐以造士。春秋教以礼乐，冬夏教以诗书。

立教八

弟子职曰：先生施教，弟子是则。温恭自虚，所受是极。见善从之，闻义则服。温柔孝弟，毋骄恃力。志毋虚邪，行必正直，游居有常，必有就德。颜色整齐，中心必式。夙兴夜寐，衣带必饬，朝益暮习，小心翼翼。一此不懈，是谓学则。

立教九

孔子曰：弟子入则孝，出则弟，谨而信，泛爱众而亲仁，行有馀力，则以学文。

立教十

兴于诗，立于礼，成于乐。

立教十一

乐记曰：礼乐不可斯须去身。

立教十二

子夏曰：贤贤易色，事父母能竭其力，事君能致其身，与朋友交言而有信，虽曰未学，吾必谓之学矣。

卷之二

内篇

明伦第二　上

孟子曰："设为庠序学校以教之，皆所以明人伦也。"稽圣经，订贤传，述此篇以训蒙士。

明伦一

曲礼曰：凡为人子之礼，冬温而夏清，昏定而晨省。出必告，反必面。所游必有常，所习必有业。恒言不称老。

明伦二

礼记曰：孝子之有深爱者，必有和气。有和气者，必有愉色。有愉色者，必有婉容。孝子如执玉，如奉盈，洞洞属属然，如弗胜，如将失之。严威俨恪，非所以事亲也。

明伦三

曲礼曰：凡为人子者，居不主奥，坐不中席，行不中道，立不中门，食飨不为槩，祭祀不为尸。听于无声，视于无形。不登高，不临深。不苟訾，不苟笑。

明伦四

孔子曰：父母在，不远游，游必有方。

明伦五

曲礼曰：父母存，不许友以死。

明伦六

曲礼曰：父召无诺，先生召无诺，唯而起。

明伦七

士相见礼曰：凡与大人言，始视面，中视抱，卒视面。毋改。众皆若是。若父，则游目，毋上于面，毋下于带。若不言，立则视足，坐则视膝。

明伦八

礼记曰：父命呼，唯而不诺。手执业，则投之，食在口，则吐之，走而不趋。亲老，出不易方，复不过时。亲疾，色容不盛。此孝子之疏节也。父没而不能读父之书，手泽存焉尔。

母没而杯圈不能饮焉，口泽之气存焉尔。

明伦九

曾子曰：孝子之养老也，乐其心，不违其志。乐其耳目，安其寝处，以其饮食忠养之。

明伦十

曾子曰：父母爱之，喜而不忘。父母恶之，惧而无怨。父母有过，谏而不逆。

明伦十一

内则曰：父母有过，下气怡色，柔声以谏。谏若不入，起敬起孝。说则复谏。不说，与其得罪于乡党州闾，宁孰谏。父母怒，不说而挞之流血，不敢疾怨，起敬起孝。

明伦十二

曲礼曰：子之事亲也，三谏而不听，则号泣而随之。

明伦十三

父母有疾，冠者不栉，行不翔，言不惰，琴瑟不御，食肉不至变味，饮酒不至变貌，笑不至矧，怒不至詈。疾止复故。

明伦十四

君有疾，饮药，臣先尝之。亲有疾，饮药，子先尝之。医不三世，不服其药。

明伦十五

孔子曰：父在观其志，父没观其行。三年无改于父之道，可谓孝矣。

明伦十六

内则曰：父母虽没，将为善，思贻父母令名，必果，将为不善，思贻父母羞辱，必不果。

明伦十七

祭义曰：霜露既降，君子履之，必有悽怆之心，非其寒之谓也。春，雨露既濡，君子履之，必有怵惕之心，如将见之。

明伦十八

祭统曰：夫祭也者，必夫妇亲之。所以备外内之官也。官备则具备。

明伦十九

君子之祭也，必身亲莅之，有故，则使人可也。

明伦二十

祭义曰：致齐于内，散齐于外。齐之日，思其居处，思其笑语，思其志意，思其所乐，思其所嗜。齐三日，乃见其所为齐者，祭之日，入室，僾然必有见乎其位。周还出户，肃然必有闻乎其容声。出户而听，忾然必有闻乎其叹息之声。是故先王之孝也，色不忘乎目，声不绝乎耳，心志嗜欲不忘乎心。致爱则存，致悫则著。著存不忘乎心。夫安得不敬乎。

明伦二十一

曲礼曰：君子虽贫，不粥祭器，虽寒，不衣祭服，为宫室，不斩于丘木。

明伦二十二

王制曰：大夫祭器不假。祭器未成，不造燕器。

明伦二十三

孔子谓曾子曰：身体发肤，受之父母，不敢毁伤，孝之始也。立身行道，扬名于后世，以显父母，孝之终也。夫孝始于事亲，中于事君，终于立身。爱亲者，不敢恶于人，敬亲者，不敢慢于人。爱敬尽于事亲，而德教加于百姓，刑于四海。此天子之孝也。在上不骄，高而不危，制节谨度，满而不溢。然后能保其社稷而和其民人，此诸侯之孝也。非先王之法服不敢服，非先王之法言不敢道，非先王之德行不敢行。然后能保其宗庙，此卿大夫之孝也。以孝事君则忠，以敬事长则顺。忠顺不失，以事其上，然后能守其祭祀，此士之孝也。用天之道，因地之利，谨身节用以养父母。此庶人之孝也。故自天子至于庶人，孝无终始，而患不及者，未之有也。

明伦二十四

孔子曰：父母生之，续莫大焉。君亲临之，厚莫重焉。是故不爱其亲而爱他人者，谓之悖德。不敬其亲而敬他人者，谓之悖礼。

明伦二十五

孝子之事亲，居则致其敬，养则致其乐，病则致其忧，丧则致其哀，祭则致其严。五者备矣，然后能事亲。事亲者，居上不骄，为下不乱，在丑不争。居上而骄则亡，为下而乱则刑，在丑而争则兵。此三者不除，虽日用三牲之养，犹为不孝也。

明伦二十六

孟子曰："世俗所谓不孝者五：惰其四支，不顾父母之养，一不孝也。博弈好饮酒，不顾父母之养，二不孝也。好货财，私妻子，不顾父母之养，三不孝也。从耳目之欲，以为父母戮，四不孝也。好勇斗狠，以危父母，五不孝也。"

明伦二十七

曾子曰：身也者，父母之遗体也。行父母之遗体，敢不敬乎？居处不庄，非孝也。事君不忠，非孝也。莅官不敬，非孝也。朋友不信，非孝也。战陈无勇，非孝也。五者不遂，灾及其亲。敢不敬乎。

明伦二十八

孔子曰：五刑之属三千，而罪莫大于不孝。

右明父子之亲。

卷之三

内篇

明伦第二　下

明伦二十九

礼记曰：将适公所，宿齐戒，居外寝，沐浴，史进象笏，书思、对、命。既服，习容观，玉声乃出。

明伦三十

曲礼曰：凡为君使者，已受命，君言不宿于家。君言至，则主人出拜君言之辱。使者归，则必拜送于门外。若使人于君所，则必朝服而命之。使者反，则必下堂而受命。

明伦三十一

论语曰：君召使摈，色勃如也，足躩如也。揖所与立，左右手，衣前后襜如也。趋进，翼如也。宾退，必复命曰："宾不顾矣"。

明伦三十二

入公门，鞠躬如也，如不容。立不中门，行不履阈。过位，色勃如也，足躩如也。其言似不足者，摄齐升堂，鞠躬如也。屏气似不息者。出降一等，逞颜色，怡怡如也。没阶趋，翼如也。复其位，踧踖如也。

明伦三十三

礼记曰：君赐车马，乘以拜赐，衣服，服以拜赐。君未有命，弗敢即乘服也。

明伦三十四

曲礼曰：赐果于君前，其有核者，怀其核。

明伦三十五

御食于君，君赐馀，器之溉者不写。其馀皆写。

明伦三十六

论语曰：君赐食，必正席先尝之。君赐腥，必熟而荐之。君赐生，必畜之。

明伦三十七

侍食于君，君祭先饭。

明伦三十八

疾，君视之，东首，加朝服拖绅。

明伦三十九

君命召，不俟驾行矣。

明伦四十

吉月，必朝服而朝。

明伦四十一

孔子曰：君子事君，进思尽忠，退思补过，将顺其美，匡救其恶。故上下能相亲。

明伦四十二

君使臣以礼，臣事君以忠。

明伦四十三

大臣以道事君，不可则止。

明伦四十四

子路问事君。子曰：勿欺也，而犯之。

明伦四十五

鄙夫可与事君也与哉。其未得之也，患得之。既得之，患失之。苟患失之，无所不至矣。

明伦四十六

孟子曰：责难于君谓之恭，陈善闭邪谓之敬，吾君不能谓之贼。

明伦四十七

有官守者，不得其职则去。有言责者，不得其言则去。

明伦四十八

王蠋曰：忠臣不事二君。

右明君臣之义。

明伦四十九

取妇之家，三日不举乐，思嗣亲也。昏礼不贺，人之序也。

右明夫妇之别。

明伦五十

孟子曰：孩提之童，无不知爱其亲。及其长也，无不知敬其兄也。

明伦五十一

徐行后长者谓之弟。疾行先长者谓之不弟。

明伦五十二

曲礼曰：见父之执，不谓之进不敢进，不谓之退不敢退，不问不敢对。

明伦五十三

年长以倍则父事之。十年以长则兄事之。五年以长则肩随之。

明伦五十四

谋于长者，必操几杖以从之。长者问，不辞让而对，非礼也。

明伦五十五

从于先生，不越路而与人言。遭先生于道，趋而进，正立拱手。先生与之言则对，不与之言则趋而退。从长者而上丘陵，则必乡长者所视。

明伦五十六

长者与之提携，则两手奉长者之手，负剑。辟咡诏之，则掩口而对。

明伦五十七

凡为长者粪之礼，必加帚于箕上，以袂拘而退，其尘不及长者。以箕自乡而扱之。

明伦五十八

将即席，容毋怍。两手抠衣，去齐尺。衣毋拨，足毋蹶。先生书策琴瑟在前，坐而迁之，戒勿越。坐必安，执尔颜。长者不及，毋儳言。正尔容，听必恭，毋剿说，毋雷同。必则古昔，称先王。

明伦五十九

侍坐于先生，先生问焉，终则对。请业则起，请益则起。

明伦六十

尊客之前不叱狗，让食不唾。侍坐于君子，君子欠伸，撰杖屦，视日蚤莫，侍坐者请出矣。

明伦六十一

侍坐于君子，君子问更端，则起而对。

明伦六十二

侍坐于君子，若有告者曰："少间，愿有复也。"则左右屏而待。

明伦六十三

侍饮于长者，酒进则起，拜受于尊所。长者辞，少者反席而饮。长者举未釂，少者不敢饮。长者赐，少者、贱者不敢辞。

明伦六十四

御同于长者，虽贰不辞，偶坐不辞。

明伦六十五

侍于君子，不顾望而对，非礼也。

明伦六十六

少仪曰：尊长于己逾等，不敢问其年。燕见不将命。遇于道，见则面，不请所之。侍坐，弗使不执琴瑟。不画地，手无容，不翣也。寝则坐而将命。侍射则约矢，侍投则拥矢。胜则洗而以请。

明伦六十七

王制曰：父之齿随行，兄之齿雁行，朋友不相逾。轻任并，重任分。斑白者不提挈。君子耆老不徒行，庶人耆老不徒食。

明伦六十八

论语曰：乡人饮酒，杖者出，斯出矣。

右明长幼之序。

明伦六十九

曾子曰：君子以文会友，以友辅仁。

明伦七十

孔子曰：朋友切切偲偲，兄弟怡怡。

明伦七十一

孟子曰：责善，朋友之道也。

明伦七十二

子贡问友。孔子曰：忠告而善道之，不可则止，无自辱焉。

明伦七十三

孔子曰：居是邦也，事其大夫之贤者，友其士之仁者。

明伦七十四

益者三友，损者三友。友直，友谅，友多闻，益矣。友便辟，友善柔，友便佞，损矣。

明伦七十五

孟子曰：不挟长，不挟贵，不挟兄弟而友。友也者，友其德也。不可以有挟也。

明伦七十六

曲礼曰：君子不尽人之欢，不竭人之忠，以全交也。

明伦七十七

凡与客入者，每门让于客。客至于寝门，主人请入为席，然后出迎客。客固辞。主人肃客而入，主人入门而右，客入门而左。主人就东阶，客就西阶。客若降等，则就主人之阶。主人固辞，然后客复就西阶。主人与客让登。主人先登，客从之。拾级聚足，连步以上。上于东阶，则先右足，上于西阶，则先左足。

明伦七十八

大夫士相见，虽贵贱不敌，主人敬客，则先拜客。客敬主人，则先拜主人。

明伦七十九

主人不问，客不先举。

右明朋友之交。

明伦八十

孔子曰：君子之事亲孝。故忠可移于君。事兄弟。故顺可移于长。居家理，故治可移于官。是以行成于内，而名立于后世矣。

明伦八十一

天子有争臣七人，虽无道，不失其天下。诸侯有争臣五人，虽无道，不失其国。大夫有争臣三人，虽无道，不失其家。士有争友，则身不离于令名。父有争子，则身不陷于不义。故当不义，则子不可以不争于父，臣不可以不争于君。

明伦八十二

礼记曰：事亲有隐而无犯，左右就养无方。服勤至死。致丧三年。事君有犯而无隐，左右就养有方，服勤至死，方丧三年。事师无犯无隐，左右就养无方，服勤至死，心丧三年。

明伦八十三

乐共子曰：民生于三。事之如一。父生之，师教之，君食之。非父不生，非食不长，非教不知。生之族也。故一事之，唯其所在，则致死焉。报生以死，报赐以力，人之道也。

明伦八十四

曾子曰：亲戚不说，不敢外交。近者不亲，不敢求远。小者不审，不敢言大。故人之生也，百岁之中，有疾病焉，有老幼焉。故君子思其不可复者而先施焉。亲戚既没，虽欲孝，谁为孝？年既耆艾，虽欲悌，谁为悌？故孝有不及，悌有不时，其此之谓欤。

明伦八十五

官怠于宦成，病加于小愈，祸生于懈惰，孝衰于妻子。察此四者，慎终如始。诗云：靡不有初，鲜克有终。

明伦八十六

无用之辩，不急之察，弃而不治。若夫君臣之义，父子之亲，夫妇之别，则日切磋而不舍也。

右通论。

卷之四

内篇

敬身第三

孔子曰："君子无不敬也。敬身为大。身也者，亲之枝也。敢不敬与？不能敬其身，是伤其亲。伤其亲，是伤其本。伤其本，枝从而亡。"仰圣模，景贤范，述此篇以训蒙士。

敬身一

丹书曰：敬胜怠者吉。怠胜敬者灭。义胜欲者从，欲胜义者凶。

敬身二

曲礼曰：毋不敬，俨若思，安定辞，安民哉。敖不可长，欲不可从，志不可满，乐不可极。贤者狎而敬之，畏而爱之。爱而知其恶，憎而知其善。积而能散，安安而能迁。临财毋苟得。临难毋苟免。狠毋求胜。分毋求多。疑事毋质。直而勿有。

敬身三

孔子曰：非礼勿视，非礼勿听，非礼勿言，非礼勿动。

敬身四

出门如见大宾，使民如承大祭。己所不欲，勿施于人。

敬身五

居处恭，执事敬，与人忠。虽之夷狄，不可弃也。

敬身六

言忠信，行笃敬，虽蛮貊之邦行矣。言不忠信，行不笃敬，虽州里行乎哉？

敬身七

君子有九思。视思明，听思聪，色思温，貌思恭，言思忠，事思敬，疑思问，忿思难，见得思义。

敬身八

曾子曰：君子所贵乎道者三。动容貌，斯远暴慢矣；正颜色，斯近信矣；出辞气，斯远鄙倍矣。

敬身九

曲礼曰：礼不逾节，不侵侮，不好狎。修身践言。谓之善行。

敬身十

乐记曰：君子奸声乱色，不留聪明。淫乐慝礼，不接心术。惰慢邪辟之气，不设于身体。使耳目鼻口心知百体，皆由顺正，以行其义。

敬身十一

孔子曰：君子食无求饱，居无求安，敏于事而慎于言，就有道而正焉，可谓好学也已。

敬身十二

管敬仲曰：畏威如疾，民之上也。从怀如流，民之下也。见怀思威，民之中也。

右明心术之要。

敬身十三

冠义曰：凡人之所以为人者，礼义也。礼义之始，在于正容体，齐颜色，顺辞令。容体正，颜色齐，辞令顺，而后礼义备，以正君臣，亲父子，和长幼。君臣正，父子亲，长幼和，而后礼义立。

敬身十四

曲礼曰：毋侧听，毋嗷应，毋淫视，毋怠荒。游毋倨，立毋跛，坐毋箕，寝毋伏。敛发毋髢，冠毋免，劳毋袒，暑毋褰裳。

敬身十五

登城不指，城上不呼。将适舍，求无固。将上堂，声必扬。户外有二屦，言闻则入，言不闻则不入。将入户，视必下。入户奉扃，视瞻毋回。户开亦开，户阖亦阖。有后入者，阖而勿遂。毋践屦，毋踖席。抠衣趋隅，必慎唯诺。

敬身十六

礼记曰：君子之容舒迟，见所尊者齐遬。足容重，手容恭，目容端，口容止，声容静，头容直，气容肃，立容德，色容庄。

敬身十七

曲礼曰：坐如尸，立如齐。

敬身十八

少仪曰：不窥密，不旁狎，不道旧故，不戏色。毋拔来，毋报往，毋渎神，毋循枉，毋测未至，毋訾衣服成器，毋身质言语。

敬身十九

论语曰：车中不内顾，不疾言，不亲指。

敬身二十

曲礼曰：凡视，上于面则敖，下于带则忧，倾则奸。

敬身二十一

论语曰：孔子于乡党，恂恂如也，似不能言者。其在宗庙朝廷，便便言，唯谨尔。朝与下大夫言，侃侃如也。与上大夫言，訚訚如也。

敬身二十二

孔子食不语，寝不言。

敬身二十三

士相见礼曰：与君言，言使臣。与大人言，言事君，与老者言，言使弟子。与幼者言，言孝弟于父兄。与众言，言忠信慈祥。与居官者言，言忠信。

敬身二十四

论语曰：席不正不坐。

敬身二十五

子见齐衰者，虽狎必变；见冕者与瞽者，虽亵必以貌。凶服者式之，式负版者。

敬身二十六

礼记曰：若有疾风迅雷甚雨则必变，虽夜必兴，衣服冠而坐。

敬身二十七

论语曰：寝不尸，居不容。

敬身二十八

子之燕居，申申如也，夭夭如也。

敬身二十九

曲礼曰：并坐不横肱，授立不跪，授坐不立。

敬身三十

入国不驰，入里必式。

敬身三十一

少仪曰：执虚如执盈，入虚如有人。

敬身三十二

礼记曰：古之君子必佩玉。右徵角，左宫羽，趋以采荠，行以肆夏。周还中规，折还中矩。进则揖之，退则扬之，然后玉锵鸣也。故君子在车则闻鸾和之声，行则鸣佩玉，是以非辟之心无自入也。

敬身三十三

射义曰：射者进退周还必中礼。内志正，外体直，然后持弓矢审固。持弓矢审固，然后可以言中。此可以观德行矣。

右明威仪之则。

敬身三十四

士冠礼，始加，祝曰：令月吉日，始加元服。弃尔幼志，顺尔成德，寿考维祺。介尔景福。再加曰：吉月令辰，乃申尔服。敬尔威仪，淑慎尔德，眉寿万年，永受胡福。三加曰：以岁之正，以月之令，咸加尔服。兄弟具在，以成厥德，黄耇无疆，受天之庆。

敬身三十五

曲礼曰：为人子者，父母存，冠衣不纯素。孤子当室，冠衣不纯采。

敬身三十六

论语曰：君子不以绀緅饰，红紫不以为亵服。当暑，袗絺绤。必表而出之。

敬身三十七

去丧，无所不佩。

敬身三十八

孔子羔裘玄冠，不以吊。

敬身三十九

礼记曰：童子不裘，不帛，不屦絇。

敬身四十

孔子曰：士志于道而耻恶衣恶食者，未足与议也。

右明衣服之制。

敬身四十一

曲礼曰：共食不饱。共饭不泽手。毋抟饭，毋放饭，毋流歠，毋咤食，毋啮骨，毋反鱼肉，毋投与狗骨。毋固获，毋扬饭，饭黍毋以箸。毋嚃羹，毋絮羹，毋刺齿，毋歠醢。客絮羹，主人辞不能亨；客歠醢，主人辞以窭。濡肉齿决，干肉不齿决。毋嘬炙。

敬身四十二

少仪曰：燕侍食于君子，则先饭而后已。毋放饭。毋流歠。小饭而亟之，数噍。毋为口容。

敬身四十三

论语曰：食不厌精，脍不厌细。食饐而餲，鱼馁而肉败，不食。色恶不食，臭恶不食，失饪不食，不时不食，割不正不食，不得其酱不食。肉虽多，不使胜食气。唯酒无量，不及乱。沽酒市脯，不食。不撤姜食。不多食。

敬身四十四

礼记曰：君无故不杀牛，大夫无故不杀羊，士无故不杀犬豕。君子远庖厨，凡有血气之类，弗身践也。

敬身四十五

乐记曰：豢豕为酒，非以为祸也。而狱讼益繁，则酒之流生祸也。是故先王因为酒礼，一献之礼，宾主百拜。终日饮酒而不得醉焉。此先王之所以备酒祸也。

敬身四十六

孟子曰：饮食之人则人贱之矣。为其养小以失大也。

右明饮食之节。

卷之五

内篇

稽古第四

孟子道性善。言必称尧舜。其言曰："舜为法于天下，可传于后世。我犹未免为乡人也。是则可忧也。忧之如何。如舜而已矣。"撼往行，实前言，述此篇使读者有所兴起。

稽古一

孟轲之母，其舍近墓。孟子之少也，嬉戏为墓间之事，踊跃筑埋。孟母曰：此非所以居子也。乃去。舍市，其嬉戏为贾衒。孟母曰：此非所以居子也。乃徙。舍学宫之旁，其嬉戏乃设俎豆，揖让进退。孟母曰：此真可以居子矣。遂居之。孟子幼时，问东家杀猪何为。母曰：欲啖汝。既而悔曰：吾闻古有胎教。今适有知而欺之，是教之不信。乃买猪肉以食之。既长就学，遂成大儒。

稽古二

孔子尝独立，鲤趋而过庭，曰："学诗乎？"对曰："未也。""不学诗，无以言。"鲤退而学诗。他日又独立，鲤趋而过庭。曰："学礼乎？"对曰："未也。""不学礼，无以立。"鲤退而学礼。

稽古三

孔子谓伯鱼曰：女为周南、召南矣乎？人而不为周南、召南，其犹正墙面而立也与。

右立教。

稽古四

虞舜父顽，母嚚，象傲。克谐以孝，烝烝乂不格奸。

稽古五

万章问曰："舜往于田，号泣于旻天。何为其号泣也？"孟子曰："怨慕也。我竭力耕田，共为子职而已矣。父母之不我爱，于我何哉？帝使其子九男二女百官牛羊仓廪备，以事舜于畎亩之中，天下之士多就之者，帝将胥天下而迁之焉。为不顺于父母，如穷人无所归。天下之士悦之，人之所欲也，而不足以解忧。好色，人之所欲，妻帝之二女而不足以解忧。富，人之所欲，富有天下而不足以解忧。贵，人之所欲，贵为天子，而不足以解忧。人悦之，好色富贵，无足以解忧者，惟顺于父母可以解忧。人少则慕父母，知好色则慕少艾，有妻子则慕妻子，仕则慕君，不得于君则热中。大孝终身慕父母。五十而慕者，予于大舜见之矣。”

稽古六

杨子曰：事父母自知不足者，其舜乎。不可得而久者，事亲之谓也。孝子爱日。

稽古七

文王之为世子，朝于王，季日三。鸡初鸣，而衣服至于寝门外，问内竖之御者曰：今日安否如何。内竖曰：安。文王乃喜。及日中又至，亦如之。及莫又至，亦如之。其有不安节，则内竖以告文王。文王色忧，行不能正履。王季复膳，然后亦复初。食上，必在视寒暖之节，食下，问所膳，命膳宰曰：末有原。应曰：诺。然后退。

稽古八

文王有疾，武王不说冠带而养。文王一饭亦一饭。文王再饭亦再饭。

稽古九

孔子曰：武王周公，其达孝矣乎。夫孝者，善继人之志，善述人之事者也。践其位，行其礼，奏其乐，敬其所尊，爱其所亲。事死如事生，事亡如事存。孝之至也。

稽古十

淮南子曰：周公之事文王也，行无专制，事无由己，身若不胜衣，言若不出口。有奉持于文王，洞洞属属，如将不胜，如恐失之。可谓能子矣。

稽古十一

孟子曰：曾子养曾皙，必有酒肉。将彻，必请所与。问有余，必曰有。曾皙死。曾元养曾子，必有酒肉。将彻，不请所与。问有余，曰亡矣，将以复进也。此所谓养口体者也。若曾子则可谓养志也。事亲若曾子者，可也。

稽古十二

孔子曰：孝哉闵子骞。人不间于其父母昆弟之言。

稽古十三

老莱子孝奉二亲。行年七十，作婴儿戏，身着五色斑斓之衣。尝取水上堂，诈跌仆卧地，为小儿啼，弄雏于亲侧，欲亲之喜。

稽古十四

乐正子春下堂而伤其足，数月不出，犹有忧色。门弟子曰："夫子之足瘳矣，数月不出，犹有忧色何也？"乐正子春曰："善如尔之问也。善如尔之问也。吾闻诸曾子，曾子闻诸夫子。曰：'天之所生，地之所养，无人为大。父母全而生之。子全而归之，可谓孝矣。不亏其体，不辱其身，可谓全矣。'故君子顷步而不敢忘孝也。今予忘孝之道，予是以有忧色也。一举足而不敢忘父母，是故道而不径，舟而不游。不敢以先父母之遗体行殆。一出言而不敢忘父母，是故恶言不出于口，忿言不反于身，不辱其身，不羞其亲，可谓孝矣。"

稽古十五

伯俞有过，其母笞之，泣。其母曰：他日笞，子未尝泣，今泣，何也。对曰：俞得罪，笞常痛。今母之力不能使痛。是以泣。

稽古十六

公明宣学于曾子，三年不读书。曾子曰："宣而居参之门，三年不学，何也？"公明宣曰："安敢不学。宣见夫子居庭，亲在，叱咤之声未尝至于犬马。宣说之，学而未能。宣见夫子之应宾客，恭俭而不懈惰。宣说之，学而未能。宣见夫子之居朝廷，严临下而不毁伤。宣说之，学而未能。宣说此三者，学而未能。宣安敢不学而居夫子之门乎？"

稽古十七

少连、大连善居丧。三日不怠，三月不解，期悲哀，三年忧，东夷之子也。

稽古十八

高子皋之执亲之丧也，泣血三年，未尝见齿。君子以为难。

稽古十九

颜丁善居丧。始死，皇皇焉如有求而弗得。及殡，望望焉如有从而弗及。既葬，慨然如不及其反而息。

稽古二十

曾子有疾，召门弟子曰：启予足。启予手。诗云，战战兢兢，如临深渊，如履薄冰。而今而后，吾知免夫，小子。

稽古二十一

箕子者，纣亲戚也。纣始为象箸。箕子叹曰：彼为象箸，必为玉杯。为玉杯，则必思远方珍怪之物而御之矣。舆马宫室之渐自此始，不可振也。纣为淫泆。箕子谏。纣不听而囚之。人或曰：可以去矣。箕子曰：为人臣，谏不听而去，是彰君之恶而自说于民。吾不忍为也。乃被发佯狂而为奴，遂隐而鼓琴以自悲。故传之曰箕子操。王子比干者，亦纣之亲戚也。见箕子谏不听而为奴，则曰：君有过而不以死争，则百姓何辜？乃直言谏纣。纣怒曰：吾闻圣人之心有七窍，信有诸乎？乃遂杀王子比干，刳视其心。微子曰：父子有骨肉，而臣主以义属。故父有过，子三谏而不听，则随而号之。人臣三谏而不听，则其义可以去矣。于是遂行。孔子曰：殷有三仁焉。

稽古二十二

武王伐纣。伯夷、叔齐叩马而谏。左右欲兵之。太公曰：此义人也。扶而去之。武王已平殷乱，天下宗周，而伯夷、叔齐耻之，义不食周粟，隐于首阳山，采薇而食之，遂饿而死。

稽古二十三

卫灵公与夫人夜坐，闻车声辚辚，至阙而止，过阙复有声，公问夫人曰：知此为谁。夫人曰：此蘧伯玉也。公曰：何以知之。夫人曰：妾闻礼下公门，式路马，所以广敬也。夫忠臣与孝子，不为昭昭信节，不为冥冥惰行。蘧伯玉，卫之贤大夫也。仁而有智，敬于事上，此其人必不以闇昧废礼，是以知之。公使人视之。果伯玉也。

稽古二十四

赵襄子杀智伯，漆其头以为饮器。智伯之臣豫让欲为之报仇，乃诈为刑人，挟匕首入襄子宫中涂厕。左右欲杀之。襄子曰：智伯死无后，而此人欲为报仇，真义士也。吾谨避之耳。让又漆身为癞，吞炭为哑，行乞于市，其妻不识也。其友识之，为之泣曰：以子之才，臣事赵孟，必得近幸，子乃为所欲为，顾不易耶？何乃自苦如此？让曰：委质为臣而求杀之，是二心也。吾所以为此者，将以愧天下后世之为人臣而怀二心者也。后又伏于桥下，欲杀襄子，襄子杀之。

稽古二十五

王孙贾事齐闵王。王出走。贾失王之处。其母曰：女朝去而晚来，则吾倚门而望，女莫出而不还，则吾倚闾而望。女今事王，王出走，女不知其处。女尚何归。王孙贾乃入市中曰：淖齿乱齐国，杀闵王。欲与我诛齿者袒右。市人从之者四百人，与诛淖齿，刺而杀之。

稽古二十六

臼季使，过冀，见冀缺耨，其妻馌之，敬，相待如宾，与之归，言诸文公曰：敬，德之聚也。能敬，必有德。德以治民。君请用之。臣闻出门如宾，承事如祭，仁之则也。文公以为下军大夫。

稽古二十七

公父文伯之母，季康子之从祖叔母也。康子往焉，闺而与之言，皆不逾阈。仲尼闻之，以为别于男女之礼矣。

稽古二十八

万章问曰：象日以杀舜为事。立为天子则放之，何也？孟子曰：封之也。或曰放焉。仁人之于弟也，不藏怒焉，不宿怨焉。亲爱之而已矣。

稽古二十九

伯夷、叔齐，孤竹君之二子也。父欲立叔齐。及父卒，叔齐让伯夷。伯夷曰：父命也。遂逃去。叔齐亦不肯立而逃之。国人立其中子。

稽古三十

虞芮之君相与争田，久而不平。乃相谓曰：西伯，仁人也。盍往质焉？乃相与朝周。入其境，则耕者让畔，行者让路。入其邑，男女异路，斑白不提挈。入其朝，士让为大夫，大夫让为卿。二国之君感而相谓曰：我等小人，不可以履君子之庭。乃相让，以其所争田为闲田而退。天下闻之而归者四十余国。

稽古三十一

曾子曰：以能问于不能，以多问于寡，有若无，实若虚，犯而不校。昔者吾友尝从事于斯矣。

稽古三十二

孔子曰：晏平仲善与人交。久而敬之。

右明伦。

稽古三十三

孟子曰：伯夷目不视恶色，耳不听恶声。

稽古三十四

子游为武城宰。子曰：女得人焉尔乎。曰：有澹台灭明者。行不由径，非公事未尝至于偃之室也。

稽古三十五

高柴自见孔子，足不履影，启蛰不杀，方长不折。卫辄之难，出而门闭。或曰：此有径。子羔曰：吾闻之，君子不径。曰：此有窦。子羔曰：吾闻之，君子不窦。有间，使者至，门启而出。

稽古三十六

南容三复白圭。孔子以其兄之子妻之。

稽古三十七

子路无宿诺。

稽古三十八

孔子曰：衣敝缊袍与衣狐貉者立而不耻者，其由也与。

稽古三十九

公父文伯退朝，朝其母。其母方绩。文伯曰："以歜之家而主犹绩乎？"其母叹曰："鲁其亡乎。使僮子备官而未之闻邪？居，吾语女。夫民劳则思，思则善心生。逸则淫，淫则忘善，忘善则恶心生。沃土之民不材，淫也。瘠土之民莫不向义，劳也。是故王后亲织玄紞，公侯之夫人加以纮綖，卿之内子为大带，命妇成祭服，列士之妻加之以朝服，自庶士以下皆衣其夫。社而赋事，烝而献功，男女效绩，愆则有辟，古之制也。吾冀而朝夕脩我曰'必无废先人'，尔今曰'胡不自安'。以是承君之官，予惧穆伯之绝嗣也。"

稽古四十

孔子曰：贤哉回也。一箪食，一瓢饮，在陋巷。人不堪其忧，回也不改其乐。贤哉回也。

右敬身。

稽古四十一

卫庄公娶于齐东宫得臣之妹。曰庄姜。美而无子。其娣戴妫生桓公。庄姜以为己子。公子州吁，嬖人之子也，有宠而好兵，公弗禁，庄姜恶之。石碏谏曰：臣闻爱子，教之以义方，弗纳于邪。骄奢淫泆，所自邪也。四者之来，宠禄过也。夫宠而不骄，骄而能降，降而不憾，憾而能眕者鲜矣。且夫贱妨贵，少陵长，远间亲，新间旧，小加大，淫破义，所谓六逆也。君义，臣行，父慈，子孝，兄爱，弟敬，所谓六顺也。去顺效逆所以速祸也。君人者，将祸是务去，而速之，无乃不可乎？

稽古四十二

刘康公，成肃公会晋侯伐秦。成子受脤于社，不敬。刘子曰：吾闻之，民受天地之中以生，所谓命也。是以有动作礼义威仪之则，以定命也。能者养之以福，不能者败以取祸。是故君子勤礼，小人尽力。勤礼莫如致敬，尽力莫如敦笃。敬在养神，笃在守业。国之大事在祀与戎。祀有执膰，戎有受脤，神之大节也。今成子惰，弃其命矣，其不反乎？

稽古四十三

卫侯在楚，北宫文子见令尹围之威仪，言于卫侯曰：令尹其将不免。诗云，敬慎威仪，维民之则。令尹无威仪，民无则焉。民所不则，以在民上，不可以终。公曰：善哉。何谓威仪？对曰：有威而可畏，谓之威。有仪而可象，谓之仪。君有君之威仪，其臣畏而爱之，则而象之。故能有其国家，令闻长世。臣有臣之威仪，其下畏而爱之。故能守其官职，保族宜家。顺是以下皆如是。是以上下能相固也。卫诗曰：威仪棣棣，不可选也。

言君臣上下，父子兄弟，内外大小，皆有威仪也。周诗曰：朋友攸摄，摄以威仪。言朋友之道，必相教训以威仪也。故君子在位可畏，施舍可爱，进退可度，周旋可则，容止可观，作事可法，德行可象，声气可乐，动作有文，言语有章，以临其下，谓之有威仪也。

右通论。

卷之六

外篇

嘉言第五　上

诗曰：天生烝民，有物有则。民之秉彝，好是懿德。孔子曰：为此诗者，其知道乎。故有物必有则，民之秉彝也。故好是懿德。历传记，接见闻，述嘉言，纪善行，为小学外篇。

嘉言一

杨文公家训曰：童稚之学，不止记诵。养其良知良能，当以先入之言为主。日记故事，不拘古今，必先以孝弟忠信礼义廉耻等事。如黄香扇枕、陆绩怀橘、叔敖阴德、子路负米之类，只如俗说，便晓此道理，久久成熟，德性若自然矣。

嘉言二

明道程先生曰：忧子弟之轻俊者，只教以经学念书，不得令作文字。子弟凡百玩好，皆夺志。至于书札，于儒者事最近。然一向好著，亦自丧志。

嘉言三

伊川程先生曰：教人未见意趣，必不乐学，欲且教之歌舞。如古诗三百篇，皆古人作之。如关雎之类，正家之始。故用之乡人，用之邦国，日使人闻之。此等诗，其言简奥，今人未易晓。别欲作诗，略言教童子洒扫应对事长之节，令朝夕歌之，似当有助。

嘉言四

陈忠肃公曰：幼学之士，先要分别人品之上下，何者是圣贤所为之事，何者是下愚所为之事，向善背恶，去彼取此。此幼学所当先也。颜子、孟子、亚圣也。学之，虽未至，亦可为贤人。今学者若能知此，则颜、孟之事，我亦可学。言温而气和，则颜子之不迁，渐可学矣。过而能悔，又不惮改，则颜子之不迁，渐可学矣。知埋鬻之戏不如俎豆，念慈母之教至于三迁，自幼至老，不厌不改，终始一意，则我之不动心，亦可以如孟子矣。若夫立志不高，则其学皆常人之事。语及颜、孟，则不敢当也。其心必曰：我为孩童，岂敢学颜、孟哉！此人不可以语上矣。先生长者见其卑下，岂肯与之语哉。先生长者不肯与之语，则其所与语皆下等人也。言不忠信，下等人也。行不笃敬，下等人也。过而不知悔，下等人也。悔而不知改，下等人也。闻下等之语，为下等之事，譬如坐于房舍之中，四面皆墙壁也，虽欲开明，不可得矣。

嘉言五

马援兄子严、敦，并喜讥议，而通轻侠客。援在交趾还书诫之曰：吾欲汝曹闻人过失，如闻父母之名，耳可得闻，口不可得言也。好议论人长短，妄是非正法。此吾所大恶也。宁死不愿闻子孙有此行也。龙伯高敦厚周慎，口无择言，谦约节俭，廉公有威，吾爱之重之，愿汝曹效之。杜季良豪侠好义，忧人之忧，乐人之乐，清浊无所失，父丧致客，数郡毕至，吾爱之重之，不愿汝曹效也。效伯高不得，犹为谨敕之士，所谓刻鹄不成尚类鹜者也。效季良不得，陷为天下轻薄子。所谓画虎不成反类狗者也。

嘉言六

汉昭烈将终，敕后主曰：勿以恶小而为之，勿以善小而不为。

嘉言七

诸葛武侯戒子书曰：君子之行，静以修身，俭以养德。非澹泊无以明志。非宁静无以致远。夫学须静也，才须学也。非学无以广才，非静无以成学。惰慢则不能研精，险躁则不能理性。年与时驰，意与岁去，遂成枯落，悲叹穷庐，将复何及也。

嘉言八

柳玭尝著书戒其子弟曰：夫坏名灾己，辱先丧家。其失尤大者五，宜深志之。其一，自求安逸，靡甘澹泊，苟利于己，不恤人言。其二，不知儒术，不悦古道，懵前经而不耻，论当世以解颐，身既寡知，恶人有学。其三，胜己者厌之，佞己者悦之，唯乐戏谈，莫思古道，闻人之善嫉之，闻人之恶扬之，浸渍颇僻，销刻德义。簪裾徒在，厮养何殊？其四，崇好优游，耽嗜曲蘖，以衔杯为高致，以勤事为俗流。习之易荒，觉已难悔。其五，急于名宦，匿近权要，一资半级，虽或得之，众怒群猜，鲜有存者。余见名门右族，莫不由祖先忠孝勤俭以成立之，莫不由子孙顽率奢傲以覆坠之。成立之难如升天，覆坠之易如燎毛。言之痛心。尔宜刻骨。

嘉言九

范鲁公质为宰相。从子杲尝求奏迁秩，质作诗晓之。其略曰：戒尔学立身，莫若先孝悌。怡怡奉亲长，不敢生骄易。战战复兢兢，造次必于是。戒尔学干禄，莫若勤道艺。尝闻诸格言，学而优则仕。不患人不知，惟患学不至。戒尔远耻辱，恭则近乎礼。自卑而尊人，先彼而后己，相鼠与茅鸱，宜鉴诗人刺。戒尔勿放旷，放旷非端士。周孔垂名教。齐梁尚清议，南朝称八达，千古秽青史。戒尔勿嗜酒，狂药非佳味。能移谨厚性，化为凶险类。古今倾败者，历历皆可记。戒尔勿多言，多言众所忌。苟不慎枢机，灾厄从此始。是非毁誉间，适足为身累。举世重交游，拟结金兰契。忿怨容易生，风波当时起。所以君子心，汪汪淡如水。举世好承奉，昂昂增意气。不知承奉者，以尔为玩戏。所以古人疾，篷篨与戚施。举世重游侠，俗呼为气义。为人赴急难，往往陷囚系。所以马援书，殷勤戒诸子。举世贱清素，奉身好华侈，肥马衣轻裘，扬扬过闾里。虽得市童怜，还为识者鄙。我本羁旅臣，遭逢尧舜理。位重才不充，戚戚怀忧畏。深泉与薄冰，蹈之唯恐坠。尔曹当闵我，勿使增罪戾。闭门敛踪迹，缩首避名势。势位难久居，毕竟何足恃。物盛则必衰，有隆还有替。速成不坚牢，亟走多颠踬。灼灼园中花，早发还先萎。迟迟涧畔松，郁郁含晚翠。赋命有疾徐，青云难力致。寄语谢诸郎，躁进徒为耳。

嘉言十

康节邵先生戒子孙曰：上品之人不教而善，中品之人教而后善，下品之人教亦不善。不教而善非圣而何。教而后善非贤而何。教亦不善非愚而何。是知善也者，吉之谓也。不善也者凶之谓也。吉也者，目不观非礼之色，耳不听非礼之声，口不道非礼之言，足不践非礼之地。人非善不交，物非义不取。亲贤如就芝兰，避恶如畏蛇蝎。或曰不谓之吉人，则吾不信也。凶也者，语言诡谲，动止阴险，好利饰非，贪淫乐祸，疾良善如仇隙，犯刑宪如饮食。小则陨身灭性，大则覆宗绝嗣。或曰不谓之凶人，则吾不信也。传有之曰：吉人为善，惟日不足。凶人为不善，亦惟日不足。汝等欲为吉人乎？欲为凶人乎？

嘉言十一

节考徐先生训学者曰：诸君欲为君子，而使劳己之力，费己之财，如此而不为君子，犹可也。不劳己之力，不费己之财，诸君何不为君子？乡人贱之，父母恶之，如此而不为君子，犹可也。父母欲之，乡人荣之。诸君何不为君子？又曰：言其所善，行其所善，思其所善，如此而不为君子，未之有也。言其不善，行其不善，思其不善，如此而不为小人，未之有也。

嘉言十二

胡文定公与子书曰：立志以明道？希文自期待，立心以忠信？不欺为主本，行己以端庄？清慎见操执，临事以明敏？果断辨是非，又谨三尺，考求立法之意而操纵之，斯可为政不在人后矣。汝勉之哉。治心修身，以饮食男女为切要。从古圣贤，自这里做工夫，其可忽乎。

嘉言十三

古灵陈先生为仙居令，教其民曰：为吾民者，父义，母慈，兄友，弟恭，子孝，夫妇有恩，男女有别，子弟有学，乡间有礼，贫穷患难，亲戚相救，昏姻死丧，邻保相助，无堕农业，无作盗贼，无学赌博，无好争讼，无以恶陵善，无以富吞贫，行者让路，耕者让畔，斑白者不负戴于道路，则为礼义之俗矣。

右广立教。

卷之七

外篇

嘉言第五　中

嘉言十四

伊川先生曰：病卧于床，委之庸医，比之不慈不孝。事亲者，亦不可不知医。

嘉言十五

横渠先生尝曰：事亲奉祭，岂可使人为之？

嘉言十六

伊川先生曰：冠昏丧祭，礼之大者，今人都不理会。豺獭皆知报本。今士大夫家多忽此，厚于奉养而薄于先祖，甚不可也。某尝修六礼大略，家必有庙，庙必有主。月朔必荐新。时祭用仲月。冬至祭始祖，立春祭先祖，季秋祭祢。忌日迁主，祭于正寝。人家能存得此等事数件，虽幼者可使渐知礼义。

嘉言十七

司马温公曰：冠者，成人之道也。成人者将责为人子，为人弟，为人臣，为人少者之行也。将责四者之行于人，其礼可不重与？冠礼之废久矣。近世以来，人情尤为轻薄。生子犹饮乳，已加巾帽。有官者，或为之制公服而弄之。过十岁犹总角者盖鲜矣。彼责以四者之行，岂能知之。故往往自幼至长，愚騃如一。由不知成人之道故也。古礼虽称二十而冠，然世俗之弊，不可猝变。若敦厚好古之君子，俟其子年十五以上，能通孝经论语，粗知礼义之方，然后冠之，斯其美矣。

嘉言十八

父母之丧不当出。若为丧事及有故，不得已而出，则乘朴马，布裹鞍辔。

嘉言十九

世俗信浮屠诳诱，凡有丧事，无不供佛饭僧。云为死者灭罪资福，使升天堂，受诸快乐。不为者必入地狱，剉烧舂磨，受诸苦楚。殊不知死者形既朽灭，神亦飘散，虽有剉烧舂磨，且无所施。又况佛法未入中国之前，人固有死而复生者，何故都无一人误入地狱见所谓十王者耶？此其无有而不足信也明矣。

嘉言二十

颜氏家训曰：吾家巫觋符章，绝于言议，汝曹所见，勿为妖妄。

嘉言二十一

伊川先生曰：人无父母，生日当倍悲痛，更安忍置酒张乐以为乐？若具庆者可矣。

嘉言二十二

吕氏童蒙训曰：事君如事亲，事官长如事兄，与同僚如家人，爱百姓如妻子，处官事如家事，然后能尽吾之心。如有毫末不至，皆吾心有所未尽也。

嘉言二十三

或问：簿，佐令者也，簿所欲为，令或不从，奈何？伊川先生曰：当以诚意动之。今令与簿不和，只是争私意。令是邑之长，若能以事父兄之道事之，过则归己，善则唯恐不归于令，积此诚意，岂有不动得人。

嘉言二十四

明道先生曰：一命之士，苟存心于爱物，于人必有所济。

嘉言二十五

刘安礼问临民。明道先生曰：使民各得输其情。问御吏，曰：正己以格物。

嘉言二十六

童蒙训曰：当官之法，惟有三事。曰清，曰慎，曰勤。知此三者，则知所以持身矣。

嘉言二十七

当官者，凡异色人皆不宜与之相接。巫祝尼媪之类尤宜疏绝，要以清心省事为本。

嘉言二十八

后生少年，乍到官守，多为猾吏所饵，不自省察，所得毫末，而一任之间，不复敢举动。大抵作官嗜利，所得甚少，而吏人所盗不赀矣。以此被重谴，良可惜也。

嘉言二十九

当官者，先以暴怒为戒。事有不可，当详处之，必无不中。若先暴怒，只能自害，岂能害人。

嘉言三十

当官处事，但务著实。如涂擦文字，追改日月，重易押字，万一败露，得罪反重，亦非所以养诚心，事君不欺之道也。

嘉言三十一

王吉上疏曰：夫妇人伦大纲，夭寿之萌也。世俗嫁娶太蚤。未知为人父母之道而有子。是以教化不明，而民多夭。

嘉言三十二

文中子曰：昏娶而论财，夷虏之道也。君子不入其乡。古者男女之族，各择德焉，不以财为礼。

嘉言三十三

司马温公曰：凡议昏姻，当先察其婿与妇之性行及家法如何，勿苟慕其富贵。婿苟贤矣，今虽贫贱，安知异时不富贵乎？苟为不肖，今虽富贵，安知异时不贫贱乎？

嘉言三十四

夫有人民而后有夫妇。有夫妇而后有父子。有父子而后有兄弟。一家之亲，此三者而已矣。自兹以往至于九族，皆本于三亲焉。故于人伦为重者也，不可不笃。兄弟者，分形连气之人也。方其幼也，父母左提右挈，前襟后裾，食则同案，衣则传服，学则连业，游则共方。虽有悖乱之人，不能不相爱也。及其壮也，各妻其妻，各子其子。虽有笃厚之人，不能不少衰也。娣姒之比兄弟则疏薄矣。今使疏薄之人，而节量亲厚之恩。犹方底而圆盖，必不合矣。惟友悌深至，不为傍人之所移者，免夫。

嘉言三十五

伊川先生曰：今人多不知兄弟之爱。且如闾阎小人，得一食必先以食父母，夫何故？以父母之口重于己之口也。得一衣必先以衣父母，夫何故？以父母之体重于己之体也。

嘉言三十六

横渠先生曰：《斯干》诗言"兄及弟矣，式相好矣，无相犹矣"。言兄弟宣相好，不要相学。犹，似也。人情大抵患在施之不见报则辍，故恩不能终。不要相学，己施之而已。

嘉言三十七

伊川先生曰：近世浅薄，以相欢狎为相与，以无圭角为相欢爱。如此者安能久？若要久，须是恭敬。君臣朋友，皆当以敬为主也。

嘉言三十八

横渠先生曰：今之朋友，择其善柔以相与，拍肩执袂以为气合，一言不合怒气相加。朋友之际，欲其相下不倦，故于朋友之间，主于敬者，日相亲与，得效最速。

嘉言三十九

童蒙训曰：同僚之契，交承之分，有兄弟之义。至其子孙，亦世讲之。前辈专以此为务。今人知之者盖少矣。又如旧举将及尝为旧任按察官者，后己官虽在上，前辈皆辞避坐下坐。风俗如此，安得不厚乎？

嘉言四十

范文正公为参知政事时，告诸子曰：吾贫时，与汝母养吾亲，汝母躬执爨，而吾亲甘旨未尝充也。今而得厚禄，欲以养亲，亲不在矣。汝母亦已早世。吾所最恨者，忍令若曹享富贵之乐也。吾吴中宗族甚众，于吾固有亲疏。然吾祖宗视之，则均是子孙，固无亲疏也。苟祖宗之意无亲疏，则饥寒者，吾安得不恤也？自祖宗来，积德百余年而始发于吾，得至大官。若独享富贵而不恤宗族，异日何以见祖宗于地下？今何颜入家庙乎？于是恩例俸赐常均于族人，并置义田宅云。

嘉言四十一

司马温公曰：凡为家长，必谨守礼法，以御群子弟及家众，分之以职，授之以事，而责其成功，制财用之节，量入以为出，称家之有无以给。上下之衣食及吉凶之费皆有品节，而莫不均一。裁省冗费，禁止奢华，常须稍存赢余，以备不虞。

右广明伦。

卷之八

外篇

嘉言第五　下

嘉言四十二

董仲舒曰：仁人者，正其谊不谋其利，明其道不计其功。

嘉言四十三

孙思邈曰：胆欲大而心欲小，智欲圆而行欲方。

嘉言四十四

古语云，从善如登，从恶如崩。

嘉言四十五

孝友先生朱仁轨隐居养亲。常诲子弟曰：终身让路，不枉百步。终身让畔，不失一段。

嘉言四十六

濂溪周先生曰：圣希天，贤希圣，士希贤。伊尹、颜渊大贤也。伊尹耻其君不为尧舜，一夫不得其所，若挞于市。颜渊不迁怒，不贰过，三月不违仁。志伊尹之所志，学颜渊之所学，过则圣，及则贤。不及则亦不失于令名。

嘉言四十七

圣人之道，入乎耳，存乎心，蕴之为德行，行之为事业。彼以文辞而已者，陋矣。

嘉言四十八

仲由喜闻过，令名无穷焉。今人有过不喜人规，如护疾而忌医。宁灭其身而无悟也，噫！

嘉言四十九

明道先生曰：圣贤千言万语，只是欲人将已放之心约之，使反复入身来，自能寻向上去，下学而上达也。

嘉言五十

心要在腔子里。

嘉言五十一

伊川先生曰：只整齐严肃，则心便一，一则自无，非辟之干。

嘉言五十二

伊川先生甚爱《表记》"君子庄敬日强，安肆日偷"之语。盖常人之情，才放肆则日就旷荡，自检束则日就规矩。

嘉言五十三

人于外物奉身者，事事要好。只有自家一个身与心，却不要好。苟得外物好时，却不知道自家身与心已自先不好了也。

嘉言五十四

伊川先生曰：颜渊问克己复礼之目。孔子曰：非礼勿视，非礼勿听，非礼勿言，非礼勿动。四者身之用也，由乎中而应乎外，制乎外所以养其中也。颜渊事斯语，所以进于圣人。后之学圣人者，宜服膺而勿失也。因箴以自警。视箴曰：心兮本虚，应物无迹。操之有要，视为之则。蔽交于前，其中则迁。制之于外，以安其内。克己复礼，久而诚矣。听箴曰：人有秉彝，本乎天性。知诱物化，遂亡其正。卓彼先觉，知止有定。闲邪存诚，非礼勿听。言箴曰：人心之动，因言以宣。发禁躁妄，内斯静专。矧是枢机，兴戎出好，吉凶荣辱，惟其所召。伤易则诞，伤烦则支。己肆物忤，出悖来违。非法不道。钦哉训辞。动箴曰：哲人知几，诚之于思。志士厉行，守之于为。顺理则裕，从欲惟危。造次克念，战兢自持，习与性成，圣贤同归。

嘉言五十五

伊川先生言，人有三不幸：少年登高科，一不幸；席父兄之势为美官，二不幸；有高才，能文章，三不幸也。

嘉言五十六

横渠先生曰：学者舍礼义，则饱食终日，无所猷为，与下民一致，所事不逾衣食之间，燕游之乐尔。

嘉言五十七

范忠宣公戒子弟曰：人虽至愚，责人则明，虽有聪明，恕己则昏。尔曹但常以责人之心责己，恕己之心恕人，不患不到圣贤地位也。

嘉言五十八

吕荣公尝言，后生初学，且须理会气象。气象好时，百事是当。气象者，辞令容止，轻重疾徐，足以见之矣。不惟君子小人于此焉分，亦贵贱寿夭之所由定也。

嘉言五十九

攻其恶，无攻人之恶。盖自攻其恶，日夜且自点检，丝毫不尽，则慊于心矣，岂有工夫点检他人邪？

嘉言六十

大要前辈作事多周详。后辈作事多阙略。

嘉言六十一

恩仇分明，此四字非有道者之言也。无好人三字，非有德者之言也。后生戒之。

嘉言六十二

张思叔座右铭曰：凡语必忠信，凡行必笃敬，饮食必慎节，字画必楷正，容貌必端庄，衣冠必肃整，步履必安详，居处必正静，作事必谋始，出言必顾行，常德必固持，然诺必重应，见善如己出，见恶如己病。凡此十四者，我皆未深省。书此当座隅，朝夕视为警。

嘉言六十三

胡文定公曰：人须是一切世味淡薄方好，不要有富贵相。孟子谓"堂高数仞，食前方丈，侍妾数百人，我得志不为"。学者须先除去此等，常自激昂，便不到得坠堕。常爱诸葛孔明当汉末躬耕南阳，不求闻达。后来虽应刘先主之聘，宰割山河，三分天下，身都将相，手握重兵，亦何求不得，何欲不遂？乃与后主言，成都有桑八百株，薄田十五顷，子孙衣食自有余饶，臣身在外，别无调度，不别治生，以长尺寸。若死之日，不使廪有余粟，库有余财，以负陛下。及卒，果如其言。如此辈人，真可谓大丈夫矣。

嘉言六十四

范益谦座右戒曰：一不言朝廷利害，边报差除。二不言州县官员长短得失。三不言众人所作过恶。四不言仕进官职，趋时附势。五不言财利多少，厌贫求富。六不言淫媟戏慢，评论女色。七不言求觅人物，干索酒食。又曰：一、人附书信，不可开拆沉滞。二、与人并坐，不可窥人私书。三、凡入人家，不可看人文字。四、凡借人物，不可损坏不还。五、凡吃饮食，不可拣择去取。六、与人同处，不可自择便利。七、见人富贵，不可叹羡诋毁。凡此数事，有犯之者足以见用意之不肖，于存心修身大有所害，因书以自警。

嘉言六十五

胡子曰：今之儒者，移学文艺、干仕进之心，以收其放心，而美其身，则何古人之不可及哉。父兄以文艺令其子弟，朋友以仕进相招，往而不返则心始荒而不治，万事之成，咸不逮古先矣。

嘉言六十六

颜氏家训曰：夫所以读书学问，本欲开心明目，利于行耳。未知养亲者，欲其观古人之先意承颜，怡声下气，不惮劬劳，以致甘腝，惕然惭惧，起而行之也。未知事君者，欲其观古人之守职无侵，见危授命，不忘诚谏，以利社稷，恻然自念，思欲效之也。素骄奢者，欲其观古人之恭俭节用，卑以自牧，礼为教本，敬者身基，瞿然自失，敛容抑志也。素鄙吝者，欲其观古人之贵义轻财，少私寡欲，忌盈恶满，赒穷恤匮，赧然悔耻，积而能散也。素暴悍者，欲其观古人之小心黜己，齿弊舌存，含垢藏疾，尊贤容众，茶然沮丧，若不胜衣也。素怯懦者，欲其观古人之达生委命，强毅正直，立言必信，求福不回，勃然奋厉，不可恐惧也。历兹以往，百行皆然。纵不能淳，去泰去甚，学之所知，施无不达。世人读书，但能言之，不能行之。武人俗吏所共嗤诋，良由是耳。又有读数十卷书，便自高大，陵忽长者，轻慢同列，人疾之如仇敌，恶之如鸱枭。如此以学求益，今反自损，不如无学也。

嘉言六十七

伊川先生曰：大学，孔氏之遗书，而初学入德之门也。于今可见古人为学次第者，独赖此篇之存。而其它则未有如论、孟者。故学者必由是而学焉，则庶乎其不差矣。

嘉言六十八

凡看语孟，且须熟读玩味，将圣人之言语切己。不可只作一场话说。看得此二书切己，终身尽多也。

嘉言六十九

读论语者，但将弟子问处便作己问，将圣人答处便作今日耳闻，自然有得。若能于论、孟中深求玩味，将来涵养成甚生气质。

嘉言七十

横渠先生曰：中庸文字辈，直须句句理会过，使其言互相发明。

嘉言七十一

六经须循环理会，尽无穷，待自家长得一格，则又见得别。

嘉言七十二

吕舍人曰：大抵后生为学，先须理会所以为学者何事。一行一住，一语一默，须要尽合道理。学业则须是严立课程，不可一日放慢，每日须读一般经书一般子书，不须多，只要令精熟。须静室危坐，读取二三百遍，字字句句，须要分明。又每日须连前三五授，通读五七十遍，须令成诵，不可一字放过也。史书每日须读取一卷或半卷以上，始见功。须是从人授读，疑难处便质问，求古圣贤用心，竭力从之。夫指引者，师之功也。行有不至，从容规戒者，朋友之任也。决意而往，则须用己力，难仰他人矣。

嘉言七十三

吕氏童蒙训曰：今日记一事，明日记一事，久则自然贯穿。今日辨一理，明日辨一理，久则自然浃洽。今日行一难事，明日行一难事，久则自然坚固。涣然冰释，怡然理顺，久自得之。非偶然也。

嘉言七十四

前辈尝说，后生才性过人者不足畏，惟读书寻思推究者为可畏耳。又云，读书只怕寻思，盖义理精深，惟寻思用意，为可以得之。卤莽厌烦者，决无有成之理。

嘉言七十五

颜氏家训曰：借人典籍，皆须爱护，先有缺坏，就为补治。

此亦士大夫百行之一也。济阳江禄，读书未竟，虽有急速，必待卷束整齐，然后得起，故无损败，人不厌其求假焉。或有狼籍几案，分散部帙，多为童幼婢妾所点污，风雨虫鼠所毁伤，实为累德。吾每读圣人书，未尝不肃敬对之。其故纸有五经词义及圣贤姓名，不敢他用也。

嘉言七十六

明道先生曰：君子教人有序，先传以小者近者，而后教以大者远者。非是先传以近小，而后不教以远大也。

嘉言七十七

明道先生曰：道之不明，异端害之也。昔之害近而易知，今之害深而难辨。昔之惑人也乘其迷暗，今之入人也因其高明。自谓之穷神知化，而不足以开物成务，言为无不周徧，实则外于伦理。穷深极微，而不可以入尧舜之道。天下之学，非浅陋固滞，则必入于此。自道之不明也，邪诞妖妄之说竞起，涂生民之耳目，溺天下于污浊，虽高才明智，胶于见闻，醉生梦死，不自觉也。是皆正路之蓁芜，圣门之蔽塞，辟之，而后可以入道。

右广敬身。

卷之九

外篇

善行第六

善行一

吕荥公名希哲，字原明，申国正献公之长子。正献公居家简重寡默，不以事物经心。而申国夫人性严有法，虽甚爱公，然教公事事循蹈规矩。甫十岁祁寒暑雨，侍立终日，不命之坐，不敢坐也。日必冠带以见长者。平居虽甚热，在父母长者之侧，不得去巾袜缚袴，衣服唯谨。行步出入，无得入茶肆酒肆。市井里巷之语，郑卫之音，未尝一经于耳。不正之书，非礼之色，未尝一接于目。正献公通判颍州，欧阳公适知州事。焦先生千之伯强客文忠公所，严毅方正，正献公招延之，使教诸子。诸生少有过差，先生端坐，召与相对，终日竟夕，不与之语。诸生恐惧畏伏，先生方略降词色。时公方十余岁，内则正献公与申国夫人教训如此之严，外则焦先生化导如此之笃，故公德器成就，大异众人。公尝言，人生内无贤父兄，外无严师友，而能有成者少矣。

善行二

唐阳城为国子司业，引诸生告之曰：凡学者所以学为忠与孝也，诸生有久不省亲者乎？明日，谒城还养者二十辈，有三年不归侍者，斥之。

善行三

安定先生胡瑗，字翼之。患隋唐以来，仕进尚文辞而遗经业，苟趋禄利。及为苏、湖二州教授，严条约，以身先之，虽大暑，必公服终日，以见诸生，严师弟子之礼。解经至有要义，恳恳为诸生言其所以治己而后治乎人者。学徒千数，日月刮劘。为文章，皆传经义，必以理胜。信其师说，敦尚行实。后为太学，四方归之，庠舍不能容。其在湖学，置经义斋、治事斋。经义斋者，择疏通有器局者居之。治事斋者，人各治一事，又兼一事，如治民、治兵、水利算数之类。其在太学亦然。其弟子散在四方，随其人贤愚，皆循循雅饬。其言谈举止，遇之不问可知为先生弟子。其学者相语称先生，不问可知为胡公也。

善行四

明道先生言于朝曰：治天下以正风俗，得贤才为本。宜先礼命近侍贤儒及百执事，悉心推访有德业充备足为师表者，其次有笃志好学材良行修者，延聘敦遣，萃于京师，朝夕相与讲明正学。其道必本于人伦，明乎物理。其教自小学洒扫应对以往，修其孝弟忠信，周旋礼乐，其所以诱掖激励，渐摩成就之道皆有节序。其要在于择善修身，至于化成天下。自乡人而可至于圣人之道。其学行皆中于是者为成德，取材识明达可进于善者，使日受其业。择其学明德尊者为太学之师，次以分教天下之学。择士入学。县升之州，州宾兴于太学，太学聚而教之，岁论其贤者能者于朝。凡选士之法，皆以性行端洁，居家孝悌，有廉耻礼让，通明学业，晓达治道者。

善行五

伊川先生看详学制。大概以为学校礼义相先之地，而月使之争，殊非教养之道，请改试为课。有所未至，则学官召而教之，更不考定高下。制尊贤堂以延天下道德之士，镌解额以去利诱，省繁文以专委任，励行检以厚风教，及置待宾？吏师斋，立观光法。如是者亦数十条。

善行六

蓝田吕氏乡约曰：凡同约者，德业相劝，过失相规，礼俗相交，患难相恤，有善则书于籍，有过若违约者亦书之，三犯而行罚。不悛者绝之。

善行七

明道先生教人，自致知至于知止，诚意至于平天下，洒扫应对至于穷理尽性，循循有序。病世之学者舍近而趋远，处下而窥高，所以轻自大，而卒无得也。

右实立教。

善行八

江革少失父，独与母居。遭天下乱，盗贼并起。革负母逃难，备经险阻，常采拾以为养。数遇贼，或劫欲将去，革辄涕泣求哀，言有老母，词气愿款，有足感动人者。贼以是不忍犯之，或乃指避兵之方，遂得俱全于难。转客下邳，贫穷裸跣，行佣以供母，便身之物，莫不毕给。

善行九

王祥性孝，蚤丧亲，继母朱氏不慈，数谮之。由是失爱于父，每使扫除牛下，祥愈恭谨。父母有疾，衣不解带，汤药必亲尝。母尝欲生鱼，时天寒冰冻，祥解衣将剖冰求之，冰忽自解，双鲤跃出，持之而归。母又思黄雀炙，复有雀数十飞入其幕，复以供母。乡里惊叹，以为孝感所致。有丹奈结实，母命守之。每风雨，祥辄抱树而泣。其笃孝纯至如此。

善行十

王裒，字伟元。父仪为魏安东将军司马昭司马。东关之败，昭问于众曰：近日之事，谁任其咎。仪对曰：责在元帅。昭怒曰：司马欲委罪于孤耶？遂引出斩之。裒痛父非命，于是隐居教授，三征七辟皆不就。庐于墓侧，旦夕常至墓所拜跪，攀柏悲号。涕泪着树，树为之枯。读诗至"哀哀父母，生我劬劳"，未尝不三复流涕。门人受业者并废《蓼莪》之篇。家贫躬耕，计口而田，度身而蚕。或有密助之者，裒皆不听。及司马氏篡魏，裒终身未尝西向而坐，以示不臣于晋。

善行十一

晋西河人王延，事亲色养，夏则扇枕席，冬则以身温被。隆冬盛寒，体常无全衣，而亲极滋味。

善行十二

南齐庾黔娄为孱陵令，到县未旬，父易在家遘疾。黔娄忽心惊，举身流汗，即日弃官归家，家人悉惊其忽至。时易疾始二日。医云，欲知差剧，但尝粪甜苦。易泄利，黔娄辄取尝之。味转甜滑，心愈忧苦。至夕每稽颡北辰，求以身代。

善行十三

海虞令何子平，母丧去官，哀毁逾礼。每哭踊，顿绝方苏。属大明末，东土饥荒，继以师旅，八年不得营葬。昼夜号哭，常如祖括之日。冬不衣絮，夏不就清凉。一日以米数合为粥，不进盐菜。所居屋败，不蔽风日。兄子伯兴欲为葺理，子平不肯曰：我情事未申，天地一罪人耳，屋何宜覆。蔡兴宗为会稽太守，甚加矜赏，为营冢圹。

善行十四

朱寿昌生七岁，父守雍。出其母刘氏嫁民间，母子不相知者五十年。寿昌行四方，求之不已。饮食罕御酒肉。与人言辄流涕。熙宁初，弃官入秦，与家人诀，誓不见母不复还。行次同州，得焉，刘氏时年七十余矣。雍守钱明逸以事闻，诏寿昌还就官，繇是天下皆知其孝。寿昌再为郡守。至是以母故通判河中府，迎其同母弟妹以归。居数岁母卒，涕泣几丧明。拊其弟妹益笃，为买田宅居之。其于宗族尤尽恩意，嫁兄弟之孤女二人，葬其不能葬者十余丧。盖其天性如此。

善行十五

伊川先生家，治丧不用浮图。在洛亦有一二人家化之。

善行十六

霍光出入禁闼二十余年，小心谨慎，未尝有过。为人沉静详审，每出入下殿门，进止有常处，郎、仆射窃识视之，不失尺寸。

善行十七

汲黯，景帝时为太子洗马，以严见惮。武帝即位，召为主爵都尉。以数直谏，不得久居位。是时太后弟武安侯田蚡为丞相，中二千石拜谒，蚡弗为礼。黯见蚡未尝拜，揖之。上方招文学儒者，上曰：吾欲云云。黯对曰：陛下内多欲而外施仁义，奈何欲效唐虞之治乎？上怒，变色而罢朝，公卿皆为黯惧。上退，谓人曰：甚矣，汲黯之戆也。群臣或数黯，黯曰：天子置公卿辅弼之臣，宁令从谀承意，陷主于不义乎？且已在其位，纵爱身，奈辱朝廷何？黯多病。病且满三月，上常赐告者数，终不愈。最后严助为请告。上曰：汲黯何如人也？曰：使黯任职居官，亡以愈人，然至其辅少主守成，虽自谓贲育，不能夺也。上曰：然。古有社稷之臣。至如汲黯，近之矣。大将军青侍中。上踞厕视之。丞相弘宴见。上或时不冠。至如见黯，不冠不见也。上尝坐武帐，黯前奏事，上不冠，望见黯，避帷中，使人可其奏。其见敬礼如此。

善行十八

　　初，魏辽东公翟黑子有宠于太武。奉使并州，受布千匹。事觉，黑子谋于著作郎高允曰：主上问我，当以实告，为当讳之。允曰：公帷幄宠臣，有罪首实，庶或见原，不可重为欺罔也。中书侍郎崔鉴、公孙质曰：若首实，罪不可测，不如姑讳之。黑子怨允曰：君奈何诱人就死地。入见帝不以实对。帝怒杀之。帝使允授太子经。及崔浩以史事被收，太子谓允曰：入见至尊，吾自导卿，脱至尊有问，但依吾语。太子见帝，言高允小心慎密且微贱，制由崔浩，请赦其死。帝召允问曰：国书皆浩所为乎？对曰：臣与浩共为之。然浩所领事多，总裁而已。至于著述，臣多于浩。帝怒曰：允罪甚于浩，何以得生。太子惧曰：天威严重，允小臣，迷乱失次耳。臣向问，皆云浩所为。帝问允：信如东宫所言乎？对曰：臣罪当灭族，不敢虚妄。殿下以臣侍讲日久，哀臣，欲丐其生耳。实不问臣，臣亦无此言，不敢迷乱。帝顾谓太子曰：直哉，此人情所难，而允能为之。临死不易辞，信也。为臣不欺君，贞也。宜特除其罪以旌之。遂赦之。他日太子让允曰：吾欲为卿脱死，而卿不从何也？允曰：臣与崔浩实同史事，死生荣辱，义无独殊。诚荷殿下再造之慈，违心苟免，非臣所愿也。太子动容称叹。允退谓人曰：我不奉东宫指导者，恐负翟黑子故也。

善行十九

　　李君行先生名潜，虔州人。入京师，至泗州，留止。其子弟请先往。君行问其故，曰：科场近，欲先至京师，贯开封户籍取应。君行不许，曰：汝虔州人而贯开封户籍，欲求事君而先欺君，可乎？宁迟缓数年，不可行也。

善行二十

崔元晖母卢氏，尝诫元晖曰：吾见姨兄屯田郎中辛元驭曰：儿子从宦者，有人来云贫乏不能存，此是好消息。若闻赀货充足，衣马轻肥，此恶消息。吾尝以为确论。比见亲表中仕宦者，将钱物上其父母，父母但知喜悦，竟不问此物从何而来。必是禄俸余资，诚亦善事；如其非礼所得，此与盗贼何别？纵无大咎，独不内愧于心？元晖遵奉教诫，以清谨见称。

善行二十一

刘器之待制初登科，与二同年谒张观参政，三人同起身请教。张曰：某自守官以来，常持四字：勤、谨、和、缓。中间一后生应声曰：勤、谨、和既闻命矣，缓之一字，某所未闻。张正色作气曰：何尝教贤缓不及事，且道世间甚事，不因忙后错了？

善行二十二

伊川先生曰：安定之门人，往往知稽古爱民矣。则于为政也何有。

善行二十三

吕荣公自少守官处，未尝干人举荐。其子舜从，守官会稽，人或讥其不求知者，舜从对曰：勤于职事，其它不敢不慎，乃所以求知也。

卷之十

外篇

善行第六　中

善行二十四

唐郑义宗妻卢氏，略涉书史，事舅姑甚得妇道。尝夜有强盗数十，持杖鼓噪，逾垣而入。家人悉奔窜，唯有姑自在室。卢冒白刃，往至姑侧，为贼捶击几死。贼去后，家人问何独不惧，卢氏曰：人所以异于禽兽者，以其有仁义也。邻里有急，尚相赴救。况在于姑，而可委弃乎？若万一危祸，岂宜独生。

善行二十五

苏琼除南清河太守。有百姓乙普明兄弟争田，积年不断，各相援据，乃至百人。琼召普明兄弟，谕之曰：天下难得者兄弟，易求者田地，假令得田地，失兄弟心，如何？因而下泪。诸证人莫不洒泣。普明兄弟叩头，乞外更思，分异十年，遂还同住。

善行二十六

王祥弟览，母朱氏遇祥无道。览年数岁，见祥被楚挞，辄涕泣抱持。至于成童，每谏其母，其母少止凶虐。朱屡以非理使祥，览与祥俱。又虐使祥妻，览妻亦趋而共之。朱患之，乃止。

善行二十七

晋咸宁中大疫，庾衮二兄俱亡，次兄毗复危殆，疠气方炽，父母诸弟皆出次于外，衮独留不去。诸父兄强之，乃曰：衮性不畏病。遂亲自扶持，昼夜不眠。其间复抚柩哀临不辍。如此十有余旬，疫势既歇，家人乃反，毗病得差，衮亦无恙。父老咸曰：异哉此子。守人所不能守，行人所不能行。岁寒，然后知松柏之后凋。

善行二十八

隋吏部尚书牛弘弟弼，好酒而酗。尝醉射杀弘驾车牛。弘还宅。其妻迎谓弘曰：叔射杀牛。弘闻，无所怪问，直答曰：作脯。坐定。其妻又曰：叔射杀牛，大是异事。弘曰：已知。颜色自若，读书不辍。

善行二十九

唐英公李绩，贵为仆射。其姊病，必亲为然火煮粥。火焚其须。姊曰：仆妾多矣，何为自苦如此？绩曰：岂为无人耶？顾今姊年老，绩亦老，虽欲数为姊煮粥，复可得乎？

善行三十

司马温公与其兄伯康友爱尤笃。伯康年将八十，公奉之如严父，保之如婴儿。每食少顷，则问曰：得无饥乎？天少冷，则抚其背曰：衣得无薄乎？

善行三十一

包孝肃公尹京时，民有自言：以白金百两寄我者死矣，予其子，不肯受，愿召其子予之。尹召其子，辞曰：亡父未尝以白金委人也。两人相让久之。吕荣公闻之曰：世人喜言无好人三字者，可谓自贼者矣。古人言人皆可以为尧、舜。盖观于此而知已。

善行三十二

疏广为太子太傅，上疏乞骸骨，加赐黄金二十斤，太子赠五十斤。归乡里，日令家供具，设酒食，请族人故旧宾客相与娱乐，数问其家：金余尚有几斤，趣卖以共具。居岁余，广子孙窃谓其昆弟老人广所信爱者曰：子孙冀及君时颇立产业基址。今日饮食费且尽。宜从丈人所劝说君买田宅。老人即以闲暇时为广言此计。广曰：吾岂老悖，不念子孙哉。顾自有旧田庐，令子孙勤力其中，足以共衣食，与凡人齐。今复增益之，以为赢余，但教子孙怠惰耳。贤而多财则损其志，愚而多财则益其过。且夫富者众之怨也。吾既无以教化子孙。不欲益其过而生怨。又此金者，圣主所以惠养老臣也。故乐与乡党、宗族共享其赐，以尽吾余日，不亦可乎？

善行三十三

庞公未尝入城府，夫妻相敬如宾。刘表候之，庞公释耕于垄上，而妻子耘于前。表指而问曰：先生苦居畎亩而不肯官禄。后世何以遗子孙乎？庞公曰：世人皆遗之以危，今独遗之以安。

虽所遗不同，未为所遗也。表叹息而去。

善行三十四

陶渊明为彭泽令，不以家累自随。送一力给其子，书曰：汝旦夕之费，自给为难。今遣此力，助汝薪水之劳。此亦人子也，可善遇之。

善行三十五

王凝常居慄如也。子弟非公服不见。御家以四教：勤、俭、恭、恕。正家以四礼：冠、昏、丧、祭。圣人之书及公服礼器不假。垣屋什物必坚朴。曰：无苟费也。门巷果木必方列，曰：无苟乱也。

善行三十六

张公艺九世同居，北齐、隋、唐皆旌表其门闾。麟德中，高宗封泰山，幸其宅，召见公艺，问其所以能睦族之道。公艺请纸笔以对。乃书忍字百余以进。其意以为宗族所以不协，由尊长衣食或有不均，卑幼礼节或有不备，更相责望，遂为乖争，苟能相与忍之，则家道雍睦矣。

善行三十七

韩文公作董生行曰：淮水出桐柏山，东驰遥遥千里不能休。泌水出其侧，不能千里，百里入淮流。寿州属县有安丰。唐贞元年时，县人董生召南隐居行义于其中。刺史不能荐，天子不闻名声，爵禄不及门。门外惟有吏，日来征租更索钱。嗟哉董生朝出耕，夜归读古人书。尽日不得息，或山而樵，或水而渔。入厨具甘旨，上堂问起居。父母不戚戚，妻子不咨咨。嗟哉董生孝且慈，人不识，唯有天翁知。生祥下瑞无时期。家有狗乳出求食。鸡来哺其儿，啄啄庭中拾虫蚁，哺之不食鸣声悲。彷徨踯躅久不去，以翼来覆待狗归。嗟哉董生谁将与俦。时之人夫妻相虐、兄弟为雠、食君之禄而令父母愁。亦独何心。嗟哉董生无与俦。

善行三十八

江州陈氏宗族七百口，每食，设广席，长幼以次坐而共食之。有畜犬百余，共一牢食。一犬不至，诸犬为之不食。

善行三十九

温公曰：国朝公卿能守先法久而不衰者，唯故李相家。子孙数世至二百余口，犹同居共爨。田园邸舍所收及有官者俸禄，皆聚之一库，计口日给饷，昏姻丧葬所费皆有常数，分命子弟掌其事。其规模大抵出于翰林学士宗谔所制也。

右实明伦。

卷之十一

外篇

善行第六　下

善行四十

或问第五伦曰：公有私乎？对曰：昔人有与吾千里马者，吾虽不受，每三公有所选举，心不能忘，而亦终不用也。吾兄子尝病，一夜十往，退而安寝。吾子有疾，虽不省视，而竟夕不眠。若是者，岂可谓无私乎？

善行四十一

刘宽虽居库卒，未尝疾言遽色。夫人欲试宽令恚，伺当朝会，装严已讫，使侍婢奉肉羹，翻污朝服。婢遽收之，宽神色不异，乃徐言曰：羹烂汝手乎？其性度如此。

善行四十二

张湛矜严好礼，动止有则。居处幽室，必自修整，虽遇妻子，若严君焉。及在乡党，详言正色，三辅以为仪表。建武初，为左冯翊，告归平陵，望寺门而步。主簿进曰：明府位尊德重，不宜自轻。湛曰：礼，下公门，式路马。孔子于乡党恂恂如也。父母之国，所宜尽礼，何谓轻哉？

善行四十三

杨震所举荆州茂才王密为昌邑令，谒见，怀金十斤以遗震。震曰：故人知君，君不知故人，何也？密曰：莫夜无知者。震曰：天知，神知，我知，子知，何谓无知？密愧而去。

善行四十四

茅容与等辈避雨树下，众皆夷踞相对，容独危坐愈恭。郭林宗行见之，而奇其异，遂与共言，因请寓宿。旦日，容杀鸡为馔，林宗谓为己设，既而供其母，自以草蔬与客同饭。林宗起，拜之曰：卿贤乎哉。因劝令学，卒以成德。

善行四十五

陶侃为广州刺史，在州无事，辄朝运百甓于斋外，暮运于斋内。人问其故。答曰：吾方致力中原，过尔优逸，恐不堪事。其励志勤力，皆此类也。后为荆州刺史。侃性聪敏，勤于吏职，恭而近礼，爱好人伦，终日敛膝危坐。阃外多事，千绪万端，罔有遗漏。远近书疏，莫不手答，笔翰如流，未尝壅滞。引接疏远，门无停客。常语人曰：大禹圣人，乃惜寸阴。至于众人，当惜分阴。岂可逸游荒醉。生无益于时，死无闻于后，是自弃也。诸参佐或以谈戏废事者，乃命取其酒器蒲博之具，悉投之于江。吏将则加鞭扑，曰：樗蒲者，牧猪奴戏耳。老庄浮华，非先王之法言，不可行也。君子当正其衣冠，摄其威仪，何有乱头养望，自谓弘达耶？

善行四十六

孔戡于为义若嗜欲，不顾前后；于利与禄则畏避退怯，如懦夫然。

善行四十七

柳公绰居外藩，其子每入境，郡邑未尝知。既至，每出入，常于戟门外下马，呼幕宾为丈，皆许纳拜，未尝笑语款洽。

善行四十八

柳仲郢以礼律身，居家无事，亦端坐拱手。出内斋，未尝不束带。三为大镇。厩无良马，衣不熏香。公退必读书，手不释卷。家法，在官不奏祥瑞，不度僧道，不贷赃。吏法，凡理藩府急于济贫恤孤，有水旱必先期假贷，廪军食必精丰，逋租必贳免，馆传必增饰，宴宾、犒军必华盛。而交代之际，食储帑藏必盈溢于始至。境内有孤贫衣缨家女及笄者，皆为选婿，出俸金，为资装嫁之。

善行四十九

柳玭曰：王相国涯方居相位，掌利权。窦氏女归，请曰：玉工货一钗，奇巧，须七十万钱。王曰：七十万钱，我一月俸金耳，岂于女惜。但一钗七十万，此妖物也，必与祸相随。女子不复敢言。数月，女自婚姻会归，告王曰：前时钗，为冯外郎妻首饰矣。乃冯球也。王叹曰：冯为郎吏。妻之首饰有七十万钱，其可久乎？冯为贾相餗门人，最密。贾有苍头，颇张威福，冯召而勖之。未浃旬，冯晨谒贾。有二青衣捧地黄酒出饮之，食顷而终。贾为出涕，竟不知其由。又明年王贾皆遭祸。噫！王以珍玩奇货为物之妖，信知言矣。徒知物之妖，而不知恩权隆赫之妖甚于物耶。冯以卑位贪宝货，已不能正其家，尽忠所事而不能保其身。斯亦不足言矣。贾之臧获害门客于墙庑之间而不知。欲终始富贵，其可得乎？此虽一事，作戒数端。

善行五十

王文正公发解、南省、廷试皆为首冠。或戏之曰：状元试三场，一生吃著不尽。公正色曰：曾平生之志，不在温饱。

善行五十一

范文正公少有大节，其于富贵贫贱、毁誉欢戚，不一动其心，而慨然有志于天下。尝自诵曰：士当先天下之忧而忧，后天下之乐而乐也。其事上遇人，一以自信，不择利害为趋舍。其有所为，必尽其方。曰：为之自我者，当如是。其成与否，有不在我者。虽圣贤不能必，吾岂苟哉。

善行五十二

司马温公尝言，吾无过人者。但平生所为，未尝有不可对人言者耳。

善行五十三

管宁尝坐一木榻，积五十余年，未尝箕股其榻上，当膝处皆穿。

善行五十四

吕正献公自少讲学，即以治心养性为本。寡嗜欲，薄滋味，无疾言遽色，无窘步，无惰容。凡嬉笑俚近之语，未尝出诸口。于世利纷华，声伎游宴，以至于博弈奇玩，淡然无所好。

善行五十五

明道先生终日端坐，如泥塑人。及至接人，则浑是一团和气。

善行五十六

明道先生作字时甚敬，尝谓人曰：非欲字好，只此是学。

善行五十七

刘忠定公见温公，问尽心行己之要，可以终身行之者。公曰：其诚乎。刘公问行之何先。公曰：自不妄语始。刘公初甚易之。及退，而自檃栝日之所行，与凡所言，自相掣肘矛盾者多矣。力行七年而后成。自此言行一致，表里相应，遇事坦然，常有余裕。

善行五十八

刘公见宾客，谈论逾时，体无欹侧，肩背竦直，身不少动，至手足亦不移。

善行五十九

文中子之服俭以洁，无长物焉，绮罗锦绣，不入于室，曰：君子非黄白不御，妇人则有青碧。

善行六十

柳玭曰：高侍郎兄弟三人，俱居清列，非速客不二羹胾。夕食，龁卜匏而已。

善行六十一

李文靖公治居第于封丘门外，厅事前仅容旋马。或言其太隘，公笑曰：居第当传子孙。此为宰辅厅事诚隘，为太祝、奉礼厅事则已宽矣。

善行六十二

张文节公为相，自奉如河阳掌书记时。所亲或规之曰：今公受俸不少，而自奉若此，虽自信清约，外人颇有公孙布被之讥。公宜少从众。公叹曰：吾今日之俸，虽举家锦衣玉食，何患不能？顾人之常情，由俭入奢易，由奢入俭难。吾今日之俸岂能常有，身岂能常存？一旦异于今日，家人习奢已久，不能顿俭，必至失所。岂若吾居位去位、身存身亡，如一日乎？

善行六十三

温公曰：先公为郡牧判官，客至，未尝不置酒。或三行，或五行，不过七行。酒沽于市，果止梨、栗、枣、柿，肴止于脯、醢、菜羹，器用瓷、漆。当时士大夫皆然，人不相非也。会数而礼勤，物薄而情厚。近日士大夫家，酒非内法，果非远方珍异，食非多品，器皿非满案，不敢会宾友。常数日营聚，然后敢发书。苟或不然，人争非之，以为鄙吝。故不随俗奢靡者鲜矣。嗟乎！

风俗颓弊如是。居位者虽不能禁，忍助之乎？

善行六十四

温公曰：吾家本寒族，世以清白相承。吾性不喜华靡，自为乳儿时，长者加以金银华美之服，辄羞赧弃去之。年二十忝科名。闻喜宴独不戴花。同年曰：君赐，不可违也。乃簪一花。平生衣取蔽寒，食取充腹，亦不敢服垢弊以矫俗干名，但顺吾性而已。

善行六十五

汪信民尝言：人常咬得菜根，则百事可做。胡康侯闻之，击节叹赏。

右实敬身。

大学

碎语

《大学》出自西汉戴圣编《礼记》的第四十二篇，相传为孔子弟子曾参所作。曾子（公元前505年—公元前435年），名参，字子舆，今山东平邑人。春秋末年思想家，儒家学派重要代表人物，孔子晚年弟子之一，倡导以"孝恕忠信"为核心的儒家思想和"修齐治平"的政治观，参与编制《论语》，撰写《大学》《孝经》《曾子十篇》等作品。东汉的郑玄作了现今可考的最早的《大学》研究著述，唐代韩愈、李翱维护道统推崇《大学》，北宋程颢、

程颐兄弟俩把《大学》从《礼记》抽出，编
次章句，南宋朱熹将《大学》《中庸》《论语》
《孟子》编撰在一起，写就《四书章句集注》，
自此《大学》便成为儒家学派的入门读物，
也指明了古代读书人"修身、齐家、治国、
平天下"的人生道路，体现了新时代"我的梦，
中国梦"人生理想的深厚家国情怀历史渊源。

大学

第一章

大学之道，在明明德，在亲民，在止于至善。

知止而后有定，定而后能静，静而后能安，安而后能虑，虑而后能得。物有本末，事有终始。知所先后，则近道矣。

古之欲明明德于天下者，先治其国；欲治其国者，先齐其家；欲齐其家者，先修其身；欲修其身者，先正其心；欲正其心者，先诚其意；欲诚其意者，先致其知。致知在格物。

物格而后知至，知至而后意诚，意诚而后心正，心正而后身修，身修而后家齐，家齐而后国治，国治而后天下平。

自天子以至于庶人，壹是皆以修身为本。其本乱，而末治者否矣。其所厚者薄，而其所薄者厚，未之有也。

第二章

《康诰》曰："克明德。"《大甲》曰："顾諟天之明命。"《帝典》曰："克明峻德。"皆自明也。

第三章

汤之《盘铭》曰："苟日新，日日新，又日新。"《康诰》曰："作新民。"《诗》曰："周虽旧邦，其命惟新。"是故君子无所不用其极。

第四章

《诗》云："邦畿千里，惟民所止。"《诗》云："缗蛮黄鸟，止于丘隅。"子曰："于止，知其所止，可以人而不如鸟乎？"

《诗》云："穆穆文王，於缉熙敬止！"为人君，止于仁；为人臣，止于敬；为人子，止于孝；为人父，止于慈；与国人交，止于信。

《诗》云："瞻彼淇澳，菉竹猗猗。有斐君子，如切如磋，如琢如磨。瑟兮僴兮，赫兮喧兮。有斐君子，终不可谖兮！""如切如磋"者，道学也。"如琢如磨"者，自修也。"瑟兮僴兮"者，恂慄也。"赫兮喧兮"者，威仪也。"有斐君子，终不可谖兮"者，道盛德至善，民之不能忘也。

《诗》云："於戏，前王不忘！"君子贤其贤而亲其亲，小人乐其乐而利其利，此以没世不忘也。

第五章

子曰："听讼，吾犹人也。必也使无讼乎！"无情者不得尽其辞。大畏民志，此谓知本。

第六章

所谓致知在格物者，言欲致吾之知，在即物而穷其理也。盖人心之灵莫不有知，而天下之物莫不有理，惟于理有未穷，故其知有不尽也，是以《大学》始教，必使学者即凡天下之物，莫不因其已知之理而益穷之，以求至乎其极。至于用力之久，而一旦豁然贯通焉，则众物之表里精粗无不到，而吾心之全体大用无不明矣。此谓物格，此谓知之至也。（此章为朱熹补传）

第七章

所谓诚其意者，毋自欺也。如恶恶臭，如好好色，此之谓自谦。故君子必慎其独也。小人闲居为不善，无所不至，见君子而后厌然，掩其不善，而著其善。

人之视己，如见其肺肝然，则何益矣。此谓诚于中，形于外，故君子必慎其独也。

曾子曰："十目所视，十手所指，其严乎！"富润屋，德润身，心广体胖，故君子必诚其意。

第八章

所谓修身在正其心者，身有所忿懥，则不得其正，有所恐惧，则不得其正，有所好乐，则不得其正，有所忧患，则不得其正。心不在焉，视而不见，听而不闻，食而不知其味。此谓修身在正其心。

第九章

所谓齐其家在修其身者，人之其所亲爱而辟焉，之其所贱恶而辟焉，之其所畏敬而辟焉，之其所哀矜而辟焉，之其所敖惰而辟焉。故好而知其恶，恶而知其美者，天下鲜矣。故谚有之曰："人莫知其子之恶，莫知其苗之硕。"此谓身不修不可以齐其家。

第十章

所谓治国必先齐其家者，其家不可教而能教人者，无之。故君子不出家而成教于国。孝者，所以事君也；弟者，所以事长也；慈者，所以使众也。《康诰》曰："如保赤子。"心诚求之，虽不中不远矣。未有学养子而后嫁者也。一家仁，一国兴仁；一家让，一国兴让；一人贪戾，一国作乱。其机如此。此谓一言偾事，一人定国。尧、舜帅天下以仁，而民从之。桀、纣帅天下以暴，而民从之。其所令反其所好，而民不从。是故君子有诸己而后求诸人，无诸己而后非诸人。所藏乎身不恕，而能喻诸人者，未之有也。故治国在齐其家。

《诗》云："桃之夭夭，其叶蓁蓁。之子于归，宜其家人。"宜其家人，而后可以教国人。

《诗》云："宜兄宜弟。"宜兄宜弟，而后可以教国人。

《诗》云："其仪不忒，正是四国。"其为父子兄弟足法，而后民法之也。此谓治国在齐其家。

第十一章

所谓平天下在治其国者，上老老而民兴孝，上长长而民兴弟，上恤孤而民不倍，是以君子有絜矩之道也。

所恶于上，毋以使下，所恶于下，毋以事上；所恶于前，毋以先后；所恶于后，毋以从前；所恶于右，毋以交于左；所恶于左，毋以交于右；此之谓絜矩之道。

《诗》云："乐只君子，民之父母。"民之所好好之，民之所恶恶之，此之谓民之父母。《诗》云："节彼南山，维石岩岩。赫赫师尹，民具尔瞻。"有国者不可以不慎，辟则为天下僇矣。《诗》云："殷之未丧师，克配上帝。仪监于殷，峻命不易。"道得众则得国，失众则失国。是故君子先慎乎德。有德此有人，有人此有土，有土此有财，有财此有用。德者，本也，财者，末也。外本内末，争民施夺。是故财聚则民散，财散则民聚。是故言悖而出者，亦悖而入；货悖而入者，亦悖而出。

《康诰》曰："惟命不于常。"道善则得之，不善则失之矣。《楚书》曰："楚国无以为宝，惟善以为宝。"舅犯曰："亡人无以为宝，仁亲以为宝。"《秦誓》曰："若有一个臣，断断兮无他技，其心休休焉，其如有容焉。人之有技，若己有之。人之彦圣，其心好之，不啻若自其口出，实能容之。以能保我子孙黎民，尚亦有利哉！人之有技，媢嫉以恶之；人之彦圣，而违之俾不通，实不能容。以不能保我子孙黎民，亦曰殆哉！"唯仁人放流之，迸诸四夷，不与同中国。此谓唯仁人为能爱人，能恶人。见贤而不能举，举而不能先，命也。见不善而不能退，退而不能远，过也。好人之所恶，恶人之所好，是谓拂人之性，灾必逮夫身。

是故君子有大道，必忠信以得之，骄泰以失之。生财有大道，生之者众，食之者寡，为之者疾，用之者舒，则财恒足矣。仁者以财发身，不仁者以身发财。未有上好仁而下不好义者也，未有好义其事不终者也，未有府库财非其财者也。孟献子曰："畜马乘不察于鸡豚，伐冰之家，不畜牛羊，百乘之家，不畜聚敛之臣。与其有聚敛之臣，宁有盗臣。"此谓国不以利为利，以义为利也。长国家而务财用者，必自小人矣。彼为善之，小人之使为国家，灾害并至。虽有善者，亦无如之何矣！此谓国不以利为利，以义为利也。

中庸

　　《中庸》出自西汉戴圣编《礼记》第三十一篇，与《大学》一道被朱熹编入《四书章句集注》而独立成篇。《中庸》作者是谁学界尚无定论，一说为子思。《三字经》说"作中庸，子思笔，中不偏，庸不易"，对《中庸》进行了高度的概括。孔伋（公元前483年—公元前402年），字子思，孔子嫡孙，孔子儿子孔鲤之子，春秋时期著名思想家。子思上承曾参，下启孟子，和孟子合称为"思孟"学派，其著作对后世影响最大的当为《中庸》。《中庸》是儒家学说的道德标准，全篇阐述中庸之道与中庸之德，提出了"中庸"
是儒家的最高道德标准，并延伸探讨了系列
问题。朱熹在《中庸章句》的开头引用程颐
的话，强调《中庸》是"孔门传授心法"的
著作，"放之则弥六合，卷之则退藏于密"，
内容丰富，意味无穷。"中庸"作为一种深
邃的思想，有着它普遍而独特的现实意义，
放在当下的社会语境中，也是可以令人受用
终身的经典。

中庸

第一章

天命之谓性；率性之谓道；修道之谓教。道也者，不可须臾离也；可离非道也。是故君子戒慎乎其所不睹，恐惧乎其所不闻。莫见乎隐，莫显乎微。故君子慎其独也。喜、怒、哀、乐之未发，谓之中。发而皆中节，谓之和。中也者，天下之大本也；和也者，天下之达道也。致中和，天地位焉，万物育焉。

第二章

仲尼曰："君子中庸，小人反中庸。君子之中庸也，君子而时中。小人之中庸也，小人而无忌惮也。"

第三章

子曰："中庸其至矣乎！民鲜能久矣。"

第四章

子曰："道之不行也，我知之矣：知者过之，愚者不及也。道之不明也，我知之矣：贤者过之，不肖者不及也。人莫不饮食也，鲜能知味也。"

第五章

子曰："道其不行矣夫。"

第六章

子曰："舜其大知也与！舜好问而好察迩言。隐恶而扬善。执其两端，用其中于民。其斯以为舜乎！"

第七章

子曰："人皆曰予知，驱而纳诸罟攫陷阱之中，而莫之知辟也。人皆曰予知，择乎中庸而不能期月守也。"

第八章

子曰："回之为人也，择乎中庸，得一善，则拳拳服膺而弗失之矣。"

第九章

子曰："天下国家可均也；爵禄可辞也；白刃可蹈也；中庸不可能也。"

第十章

子路问强。

子曰："南方之强与？北方之强与？抑而强与？宽柔以教，不报无道，南方之强也，君子居之。衽金革，死而不厌，北方之强也，而强者居之。故君子和而不流，强哉矫。中立而不倚，强哉矫。国有道，不变塞焉，强哉矫。国无道，至死不变，强哉矫。"

第十一章

子曰："素隐行怪，后世有述焉，吾弗为之矣。君子遵道而行，半途而废，吾弗能已矣。君子依乎中庸。遁世不见知而不悔：唯圣者能之。"

第十二章

君子之道费而隐。夫妇之愚，可以与知焉，及其至也，虽圣人亦有所不知焉。夫妇之不肖，可以能行焉，及其至也，虽圣人亦有所不能焉。天地之大也，人犹有所憾。故君子语大，天下莫能载焉；语小，天下莫能破焉。

《诗》云："鸢飞戾天，鱼跃于渊。"言其上下察也。

君子之道，造端乎夫妇；及其至也，察乎天地。

第十三章

子曰："道不远人。人之为道而远人，不可以为道。《诗》云：'伐柯伐柯，其则不远。'执柯以伐柯，睨而视之，犹以为远。故君子以人治人，改而止。忠恕违道不远，施诸己而不愿，亦勿施于人。君子之道四，丘未能一焉：所求乎子以事父，未能也；所求乎臣以事君，未能也；所求乎弟以事兄，未能也；所求乎朋友先施之，未能也。庸德之行，庸言之谨；有所不足，不敢不勉；有余不敢尽。言顾行，行顾言，君子胡不慥慥尔？"

第十四章

君子素其位而行，不愿乎其外。素富贵，行乎富贵；素贫贱，行乎贫贱；素夷狄，行乎夷狄；素患难，行乎患难。君子无入而不自得焉。在上位，不陵下；在下位，不援上。正己而不求于人，则无怨。上不怨天，下不尤人。故君子居易以俟命，小人行险以侥幸。子曰："射有似乎君子。失诸正鹄，反求诸其身。"

第十五章

君子之道，辟如行远必自迩，辟如登高必自卑。《诗》曰："妻子好合，如鼓瑟琴。兄弟既翕，和乐且耽。宜尔室家，乐尔妻帑。"子曰："父母其顺矣乎。"

第十六章

子曰："鬼神之为德，其盛矣乎。视之而弗见，听之而弗闻，体物而不可遗。使天下之人，齐明盛服，以承祭祀。洋洋乎，如在其上，如在其左右。《诗》曰：'神之格思，不可度思，矧可射思？'夫微之显。诚之不可掩如此夫。"

第十七章

子曰："舜其大孝也与！德为圣人，尊为天子，富有四海之内，宗庙飨之，子孙保之。故大德必得其位，必得其禄，必得其名，必得其寿。故天之生物，必因其材而笃焉。故栽者培之，倾者覆之。《诗》曰：'嘉乐君子，宪宪令德，宜民宜人。受禄于天。保佑命之，自天申之。'故大德者必受命。"

第十八章

子曰："无忧者其惟文王乎。以王季为父，以武王为子。父作之，子述之。武王缵太王、王季、文王之绪，壹戎衣而有天下。身不失天下之显名，尊为天子，富有四海之内，宗庙飨之，子孙保之。武王末受命，周公成文武之德，追王大王、王季，上祀先公以天子之礼。斯礼也，达乎诸侯大夫，及士庶人。父为大夫，子为士，葬以大夫，祭以士。父为士，子为大夫，葬以士，祭以大夫。期之丧，达乎大夫；三年之丧，达乎天子；父母之丧，无贵贱，一也。"

第十九章

子曰："武王、周公，其达孝矣乎。夫孝者，善继人之志，善述人之事者也。春秋，修其祖庙，陈其宗器，设其裳衣，荐其时食。宗庙之礼，所以序昭穆也；序爵，所以辨贵贱也；序事，所以辨贤也；旅酬下为上，所以逮贱也；燕毛，所以序齿也。践其位，行其礼，奏其乐，敬其所尊，爱其所亲，事死如事生，事亡如事存，孝之至也。郊社之礼，所以事上帝也。宗庙之礼，所以祀乎其先也。明乎郊社之礼、禘尝之义，治国其如示诸掌乎。"

第二十章

哀公问政。

子曰："文武之政，布在方策。其人存，则其政举；其人亡，则其政息。人道敏政，地道敏树。夫政也者，蒲卢也。故为政在人，取人以身，修身以道，修道以仁。仁者，人也，亲亲为大。义者，宜也，尊贤为大。亲亲之杀，尊贤之等，礼所生也。故君子不可以不修身。思修身，不可以不事亲。思事亲，不可以不知人。思知人，不可以不知天。"

天下之达道五，所以行之者三。曰君臣也，父子也，夫妇也，昆弟也，朋友之交也。五者，天下之达道也。知、仁、勇三者，天下之达德也。所以行之者一也。或生而知之，或学而知之，或困而知之，及其知之一也。或安而行之，或利而行之，或勉强而行之，及其成功一也。子曰："好学近乎知，力行近乎仁，知耻近乎勇。知斯三者，则知所以修身。知所以修身，则知所以治人。知所以治人，则知所以治天下国家矣。"

凡为天下国家有九经，曰：修身也，尊贤也，亲亲也，敬大臣也，体群臣也，子庶民也，来百工也，柔远人也，怀诸侯也。修身则道立。尊贤则不惑。亲亲则诸父昆弟不怨。敬大臣则不眩。体群臣则士之报礼重。子庶民则百姓劝。来百工则财用足。柔远人则四方归之。怀诸侯则天下畏之。

齐明盛服，非礼不动，所以修身也。去谗远色，贱货而贵德，所以劝贤也。尊其位，重其禄，同其好恶，所以劝亲亲也。官盛任使，所以劝大臣也。忠信重禄，所以劝士也。时使薄敛，所以劝百姓也。日省月试，既禀称事，所以劝百工也。送往迎来，嘉善而矜不能，所以柔远人也。继绝世，举废国，治乱持危，朝聘以时，厚往而薄来，所以怀诸侯也。

凡为天下国家有九经，所以行之者一也。凡事，豫则立，不豫则废。言前定则不跆。事前定则不困。行前定则不疚。道前定则不穷。

在下位不获乎上，民不可得而治矣。获乎上有道：不信乎朋友，不获乎上矣。信乎朋友有道：不顺乎亲，不信乎朋友矣。顺乎亲有道：反诸身不诚，不顺乎亲矣。诚身有道：不明乎善，不诚乎身矣。

诚者，天之道也。诚之者，人之道也。诚者，不勉而中，不思而得，从容中道，圣人也。诚之者，择善而固执之者也。博学之，审问之，慎思之，明辨之，笃行之。有弗学，学之弗能弗措也。有弗问，问之弗知弗措也。有弗思，思之弗得弗措也。有弗辨，辨之弗明弗措也。有弗行，行之弗笃弗措也。人一能之，己百之。人十能之，己千之。果能此道矣，虽愚必明，虽柔必强。

第二十一章

自诚明，谓之性；自明诚，谓之教。诚则明矣，明则诚矣。

第二十二章

唯天下至诚，为能尽其性。能尽其性，则能尽人之性。能尽人之性，则能尽物之性。能尽物之性，则可以赞天地之化育。可以赞天地之化育，则可以与天地参矣。

第二十三章

其次致曲，曲能有诚，诚则形，形则著，著则明，明则动，动则变，变则化，唯天下至诚为能化。

第二十四章

至诚之道，可以前知。国家将兴，必有祯祥；国家将亡，必有妖孽。见乎蓍龟，动乎四体。祸福将至：善，必先知之；不善，必先知之。故至诚如神。

第二十五章

诚者自成也，而道自道也。诚者物之终始，不诚无物。是故君子诚之为贵。诚者，非自成己而已也，所以成物也。成己，仁也；成物，知也。性之德也，合外内之道也，故时措之宜也。

第二十六章

故至诚无息。不息则久，久则征，征则悠远，悠远则博厚，博厚则高明。博厚，所以载物也。高明，所以覆物也。悠久，所以成物也。博厚配地，高明配天，悠久无疆。如此者，不见而章，不动而变，无为而成。

天地之道，可一言而尽也：其为物不贰，则其生物不测。天地之道：博也，厚也，高也，明也，悠也，久也。今夫天，斯昭昭之多，及其无穷也，日月星辰系焉，万物覆焉。今夫地，一撮土之多，及其广厚，载华岳而不重，振河海而不泄，万物载焉。今夫山，一卷石之多，及其广大，草木生之，禽兽居之，宝藏兴焉。今夫水，一勺之多，及其不测，鼋鼍蛟龙鱼鳖生焉，货财殖焉。

《诗》云："维天之命，於穆不已。"盖曰天之所以为天也。"於乎不显，文王之德之纯。"盖曰文王之所以为文也，纯亦不已。

第二十七章

大哉圣人之道！洋洋乎，发育万物，峻极于天。优优大哉，礼仪三百，威仪三千。待其人而后行。故曰苟不至德，至道不凝焉。故君子尊德性而道问学，致广大而尽精微，极高明而道中庸。温故而知新，敦厚以崇礼。是故居上不骄，为下不倍。国有道，其言足以兴；国无道，其默足以容。《诗》曰："既明且哲，以保其身。"其此之谓与？

第二十八章

子曰："愚而好自用，贱而好自专。生乎今之世，反古之道。如此者，灾及其身者也。"非天子，不议礼，不制度，不考文。今天下车同轨，书同文，行同伦。虽有其位，苟无其德，不敢作礼乐焉；虽有其德，苟无其位，亦不敢作礼乐焉。子曰："吾说夏礼，杞不足征也；吾学殷礼，有宋存焉；吾学周礼，今用之，吾从周。"

第二十九章

王天下有三重焉，其寡过矣乎！上焉者，虽善无征，无征不信，不信民弗从。下焉者，虽善不尊，不尊不信，不信民弗从。

故君子之道，本诸身，征诸庶民，考诸三王而不缪，建诸天地而不悖，质诸鬼神而无疑，百世以俟圣人而不惑。质诸鬼神而无疑，知天也。百世以俟圣人而不惑，知人也。是故君子动而世为天下道，行而世为天下法，言而世为天下则。远之则有望；近之则不厌。

《诗》曰："在彼无恶，在此无射；庶几夙夜，以永终誉。"君子未有不如此而蚤有誉于天下者也。

第三十章

仲尼祖述尧舜，宪章文武，上律天时，下袭水土。辟如天地之无不持载，无不覆帱。辟如四时之错行，如日月之代明。万物并育而不相害，道并行而不相悖。小德川流，大德敦化，此天地之所以为大也。

第三十一章

唯天下至圣，为能聪明睿知，足以有临也；宽裕温柔，足以有容也；发强刚毅，足以有执也；齐庄中正，足以有敬也；文理密察，足以有别也。溥博渊泉，而时出之。溥博如天，渊泉如渊。见而民莫不敬，言而民莫不信，行而民莫不说。是以声名洋溢乎中国，施及蛮貊。舟车所至，人力所通，天之所覆，地之所载，日月所照，霜露所队，凡有血气者，莫不尊亲，故曰配天。

第三十二章

唯天下至诚，为能经纶天下之大经，立天下之大本，知天地之化育。夫焉有所倚？肫肫其仁！渊渊其渊！浩浩其天！苟不固聪明圣知达天德者，其孰能知之？

第三十三章

《诗》曰："衣锦尚绚。"恶其文之著也。故君子之道，暗然而日章；小人之道，的然而日亡。君子之道，淡而不厌，简而文，温而理。知远之近，知风之自，知微之显，可与入德矣。

《诗》云："潜虽伏矣，亦孔之昭。"故君子内省不疚，无恶于志。君子之所不可及者，其唯人之所不见乎？

《诗》云："相在尔室，尚不愧于屋漏。"故君子不动而敬，不言而信。

《诗》曰："奏假无言，时靡有争。"是故君子不赏而民劝，不怒而民威于铁钺。

《诗》曰："不显惟德，百辟其刑之。"是故君子笃恭而天下平。

《诗》云："予怀明德，不大声以色。"子曰："声色之于以化民，末也。"

《诗》曰："德輶如毛。"毛犹有伦。"上天之载，无声无臭。"至矣。

行吟坐咏　盛年笃行篇

论语
孟子
道德经
庄子

论语

碎语

　　《论语》是孔子的弟子及再传弟子记录孔子及其弟子言行的语录体文集，集中反映了孔子的政治主张、伦理思想、道德观念、教育理论，是儒家学派的代表性著作。孔子（公元前551年—公元前479年），名丘，字仲尼，出生于今山东曲阜，春秋时期思想家、政治家、教育家，是中华文化思想集大成者，儒家学派创始人。民国时期著名学者柳诒徵说："孔子者，中国文化之中心也。无孔子则无中国文化。自孔子以前数千年之文化，赖孔子而传；自孔子以后数千年之文化，赖孔子而开。"

孔子编著六经，孔子"述而不作"。《论语》
核心就是讲述孔子是如何修身的，《论语》
开篇"子曰：学而时习之，不亦说乎？有朋
自远方来，不亦乐乎？人不知而不愠，不亦
君子乎？"朱熹评此章为"入道之门，积德
之基"，也就是指人要始终坚持修身，学而
时习之。孔子在《论语》中不断向世人表白
自己内心的想法，"天下有道，丘不与易也"，
"吾无隐乎尔，吾无行而不与二三子者，是
丘也"。读《论语》，我们需要一份坚守，
需要理解、学习这一份对追求真理"知其不
可而为之者与"的坚韧与执着。

论语

学而第一

1. 子曰："学而时习之，不亦说乎？有朋自远方来，不亦乐乎？人不知而不愠，不亦君子乎？"

2. 有子曰："其为人也孝弟，而好犯上者，鲜矣；不好犯上而好作乱者，未之有也。君子务本，本立而道生。孝弟也者，其为仁之本与！"

3. 子曰："巧言令色，鲜矣仁。"

4. 曾子曰："吾日三省乎吾身：为人谋而不忠乎？与朋友交而不信乎？传不习乎？"

5. 子曰："道千乘之国，敬事而信，节用而爱人，使民以时。"

6. 子曰："弟子入则孝，出则弟，谨而信，泛爱众而亲仁，行有余力，则以学文。"

7. 子夏曰："贤贤易色；事父母，能竭其力；事君，能致其身；与朋友交，言而有信。虽曰未学，吾必谓之学矣。"

8. 子曰："君子不重则不威，学则不固。主忠信，无友不如己者，过则勿惮改。"

9. 曾子曰："慎终追远，民德归厚矣。"

10. 子禽问于子贡曰："夫子至于是邦也，必闻其政。求之与？抑与之与？"子贡曰："夫子温、良、恭、俭、让以得之。夫子之求之也，其诸异乎人之求之与？"

11. 子曰："父在，观其志。父没，观其行。三年无改于父之道，可谓孝矣。"

12. 有子曰："礼之用，和为贵。先王之道，斯为美，小大由之。有所不行，知和而和，不以礼节之，亦不可行也。"

13. 有子曰："信近于义，言可复也。恭近于礼，远耻辱也。因不失其亲，亦可宗也。"

14. 子曰："君子食无求饱，居无求安，敏于事而慎于言，就有道而正焉，可谓好学也已。"

15. 子贡曰："贫而无谄，富而无骄，何如？"子曰："可也。未若贫而乐，富而好礼者也。"

子贡曰："《诗》云：'如切如磋，如琢如磨。'其斯之谓与？"子曰："赐也，始可与言《诗》已矣。告诸往而知来者。"

16. 子曰："不患人之不己知，患不知人也。"

为政第二

1. 子曰："为政以德，譬如北辰，居其所，而众星共之。"

2. 子曰："《诗》三百，一言以蔽之，曰：'思无邪。'"

3. 子曰："道之以政，齐之以刑，民免而无耻。道之以德，齐之以礼，有耻且格。"

4. 子曰："吾十有五而志于学，三十而立，四十而不惑，五十而知天命，六十而耳顺，七十而从心所欲，不逾矩。"

5. 孟懿子问孝。子曰："无违。"樊迟御，子告之曰："孟孙问孝于我，我对曰无违。"樊迟曰："何谓也？"子曰："生，事之以礼；死，葬之以礼，祭之以礼。"

6. 孟武伯问孝。子曰："父母唯其疾之忧。"

7. 子游问孝。子曰："今之孝者，是谓能养。至于犬马，皆能有养。不敬，何以别乎？"

8. 子夏问孝。子曰："色难。有事，弟子服其劳；有酒食，先生馔，曾是以为孝乎？"

9. 子曰："吾与回言终日，不违，如愚。退而省其私，亦足以发，回也不愚。"

10. 子曰："视其所以，观其所由，察其所安，人焉廋哉！人焉廋哉！"

11. 子曰："温故而知新，可以为师矣。"

12. 子曰："君子不器。"

13. 子贡问君子。子曰："先行其言而后从之。"

14. 子曰："君子周而不比，小人比而不周。"

15. 子曰："学而不思则罔，思而不学则殆。"

16. 子曰："攻乎异端，斯害也已。"

17. 子曰："由，诲汝知之乎！知之为知之，不知为不知，是知也。"

18. 子张学干禄。子曰："多闻阙疑，慎言其余，则寡尤；多见阙殆，慎行其余，则寡悔。言寡尤，行寡悔，禄在其中矣。"

19. 哀公问曰："何为则民服？"孔子对曰："举直错诸枉，则民服；举枉错诸直，则民不服。"

20. 季康子问："使民敬、忠以劝，如之何？"子曰："临之以庄则敬，孝慈则忠，举善而教不能则劝。"

21. 或谓孔子曰："子奚不为政？"子曰："《书》云：'孝乎惟孝，友于兄弟，施于有政。'是亦为政。奚其为为政？"

22. 子曰："人而无信，不知其可也。大车无輗，小车无軏，其何以行之哉！"

23. 子张问："十世可知也？"子曰："殷因于夏礼，所损益，可知也。周因于殷礼，所损益，可知也。其或继周者，虽百世，可知也。"

24. 子曰："非其鬼而祭之，谄也。见义不为，无勇也。"

八佾第三

1. 孔子谓季氏："八佾舞于庭，是可忍也，孰不可忍也？"

2. 三家者以《雍》彻。子曰："'相维辟公，天子穆穆。'奚取于三家之堂？"

3. 子曰："人而不仁，如礼何？人而不仁，如乐何？"

4. 林放问礼之本。子曰："大哉问！礼，与其奢也，宁俭。丧，与其易也，宁戚。"

5. 子曰："夷狄之有君，不如诸夏之亡也。"

6. 季氏旅于泰山。子谓冉有曰："汝弗能救与？"对曰："不能。"子曰："呜呼！曾谓泰山不如林放乎？"

7. 子曰："君子无所争。必也射乎！揖让而升，下而饮，其争也君子。"

8. 子夏问曰："'巧笑倩兮，美目盼兮，素以为绚兮。'何谓也？"子曰："绘事后素。"曰："礼后乎？"子曰："起予者商也，始可以言《诗》已矣。"

9. 子曰："夏礼吾能言之，杞不足征也。殷礼吾能言之，宋不足征也。文献不足故也。足，则吾能征之矣。"

10. 子曰："禘，自既灌而往者，吾不欲观之矣。"

11. 或问禘之说。子曰："不知也。知其说者之于天下也，其如示诸斯乎！"指其掌。

12. 祭如在，祭神如神在。子曰："吾不与祭，如不祭。"

13. 王孙贾问曰："'与其媚于奥，宁媚于灶'，何谓也？"子曰："不然。获罪于天，无所祷也。"

14. 子曰："周监于二代，郁郁乎文哉，吾从周。"

15. 子入太庙，每事问。或曰："孰谓鄹人之子知礼乎？入太庙，每事问。"子闻之，曰："是礼也。"

16. 子曰："射不主皮，为力不同科，古之道也。"

17. 子贡欲去告朔之饩羊。子曰："赐也，尔爱其羊，我爱其礼。"

18. 子曰："事君尽礼，人以为谄也。"

19. 定公问："君使臣，臣事君，如之何？"孔子对曰："君使臣以礼，臣事君以忠。"

20. 子曰："《关雎》乐而不淫，哀而不伤。"

21. 哀公问社于宰我。宰我对曰："夏后氏以松，殷人以柏，周人以栗。曰：'使民战栗。'"子闻之曰："成事不说，遂事不谏，既往不咎。"

22. 子曰："管仲之器小哉！"

或曰："管仲俭乎？"曰："管氏有三归，官事不摄，焉得俭？"

"然则管仲知礼乎？"曰："邦君树塞门，管氏亦树塞门。邦君为两君之好，有反坫，管氏亦有反坫。管氏而知礼，孰不知礼？"

23. 子语鲁大师乐，曰："乐其可知也：始作，翕如也；从之，纯如也，皦如也，绎如也，以成。"

24. 仪封人请见，曰："君子之至于斯也，吾未尝不得见也。"从者见之。出曰："二三子何患于丧乎？天下之无道也久矣，天将以夫子为木铎。"

25. 子谓《韶》："尽美矣，又尽善也。"谓《武》："尽美矣，未尽善也。"

26. 子曰："居上不宽，为礼不敬，临丧不哀，吾何以观之哉？"

里仁第四

1. 子曰："里仁为美。择不处仁，焉得知？"

2. 子曰："不仁者，不可以久处约，不可以长处乐。仁者安仁，知者利仁。"

3. 子曰："唯仁者能好人，能恶人。"

4. 子曰："苟志于仁矣，无恶也。"

5. 子曰："富与贵，是人之所欲也，不以其道得之，不处也。贫与贱，是人之所恶也，不以其道得之，不去也。君子去仁，恶乎成名？君子无终食之间违仁，造次必于是，颠沛必于是。"

6. 子曰："我未见好仁者，恶不仁者。好仁者无以尚之，恶不仁者其为仁矣，不使不仁者加乎其身。有能一日用其力于仁矣乎，我未见力不足者。盖有之矣，我未之见也。"

7. 子曰："人之过也，各于其党。观过，斯知仁矣。"

8. 子曰："朝闻道，夕死可矣。"

9. 子曰："士志于道，而耻恶衣恶食者，未足与议也。"

10. 子曰："君子之于天下也，无适也，无莫也，义之与比。"

11. 子曰："君子怀德，小人怀土。君子怀刑，小人怀惠。"

12. 子曰："放于利而行，多怨。"

13. 子曰："能以礼让为国乎？何有？不能以礼让为国，如礼何？"

14. 子曰："不患无位，患所以立。不患莫己知，求为可知也。"

15. 子曰："参乎，吾道一以贯之。"曾子曰："唯。"子出，门人问曰："何谓也？"曾子曰："夫子之道，忠恕而已矣。"

16. 子曰："君子喻于义，小人喻于利。"

17. 子曰："见贤思齐焉，见不贤而内自省也。"

18. 子曰："事父母几谏，见志不从，又敬不违，劳而不怨。"

19. 子曰："父母在，不远游，游必有方。"

20. 子曰："三年无改于父之道，可谓孝矣。"

21. 子曰："父母之年，不可不知也。一则以喜，一则以惧。"

22. 子曰："古者言之不出，耻躬之不逮也。"

23. 子曰："以约失之者鲜矣。"

24. 子曰："君子欲讷于言而敏于行。"

25. 子曰："德不孤，必有邻。"

26. 子游曰："事君数，斯辱矣。朋友数，斯疏矣。"

公冶长第五

1. 子谓公冶长："可妻也。虽在缧绁之中，非其罪也。"以其子妻之。

2. 子谓南容："邦有道，不废；邦无道，免于刑戮。"以其兄之子妻之。

3. 子谓子贱："君子哉若人。鲁无君子者，斯焉取斯？"

4. 子贡问曰："赐也何如？"子曰："女，器也。"曰："何器也？"曰："瑚琏也。"

5. 或曰："雍也仁而不佞。"子曰："焉用佞。御人以口给，屡憎于人。不知其仁。焉用佞？"

6. 子使漆雕开仕。对曰："吾斯之未能信。"子说。

7. 子曰："道不行，乘桴浮于海。从我者，其由与！"子路闻之喜。子曰："由也好勇过我，无所取材。"

8. 孟武伯问："子路仁乎？"子曰："不知也。"又问。子曰："由也，千乘之国，可使治其赋也。不知其仁也。"

"求也何如？"子曰："求也，千室之邑，百乘之家，可使为之宰也。不知其仁也。"

"赤也何如？"子曰："赤也，束带立于朝，可使与宾客言也。不知其仁也。"

9. 子谓子贡曰："女与回也孰愈？"对曰："赐也何敢望回？回也闻一以知十，赐也闻一以知二。"子曰："弗如也。吾与女弗如也。"

10. 宰予昼寝，子曰："朽木不可雕也，粪土之墙不可圬也。于予与何诛？"子曰："始吾于人也，听其言而信其行，今吾于人也，听其言而观其行。于予与改是。”

11. 子曰："吾未见刚者。"或对曰："申枨。"子曰："枨也欲，焉得刚？"

12. 子贡曰："我不欲人之加诸我也，吾亦欲无加诸人。"子曰："赐也，非尔所及也。"

13. 子贡曰："夫子之文章，可得而闻也。夫子之言性与天道，不可得而闻也。"

14. 子路有闻，未之能行，惟恐有闻。

15. 子贡问曰："孔文子何以谓之'文'也？"子曰："敏而好学，不耻下问，是以谓之'文'也。"

16. 子谓子产："有君子之道四焉：其行己也恭，其事上也敬，其养民也惠，其使民也义。"

17. 子曰："晏平仲善与人交，久而敬之。"

18. 子曰："臧文仲居蔡，山节藻棁，何如其知也？"

19. 子张问曰："令尹子文三仕为令尹，无喜色；三已之，无愠色。旧令尹之政，必以告新令尹。何如？"子曰："忠矣！"曰："仁矣乎？"子曰："未知，焉得仁？"

"崔子弑齐君，陈文子有马十乘，弃而违之。至于他邦，则曰：'犹吾大夫崔子也。'违之。至一邦，则又曰：'犹吾大夫崔子也。'违之。何如？"子曰："清矣。"曰："仁矣乎？"

曰："未知，焉得仁？"

20. 季文子三思而后行。子闻之，曰："再，斯可矣！"

21. 子曰："宁武子，邦有道，则知；邦无道，则愚。其知可及也，其愚不可及也。"

22. 子在陈，曰："归与，归与！吾党之小子狂简，斐然成章，不知所以裁之。"

23. 子曰："伯夷、叔齐不念旧恶，怨是用希。"

24. 子曰："孰谓微生高直？或乞醯焉，乞诸其邻而与之。"

25. 子曰："巧言、令色、足恭，左丘明耻之，丘亦耻之。匿怨而友其人，左丘明耻之，丘亦耻之。"

26. 颜渊、季路侍，子曰："盍各言尔志？"
子路曰："愿车马，衣轻裘，与朋友共，敝之而无憾。"
颜渊曰："愿无伐善，无施劳。"
子路曰："愿闻子之志。"
子曰："老者安之，朋友信之，少者怀之。"

27. 子曰："已矣乎！吾未见能见其过而内自讼者也。"

28. 子曰："十室之邑，必有忠信如丘者焉，不如丘之好学也。"

雍也第六

1. 子曰："雍也可使南面。"

2. 仲弓问子桑伯子。子曰："可也，简。"

仲弓曰："居敬而行简，以临其民，不亦可乎？居简而行简，无乃大简乎？"子曰："雍之言然。"

3. 哀公问："弟子孰为好学？"孔子对曰："有颜回者好学，不迁怒，不贰过，不幸短命死矣！今也则亡，未闻好学者也。"

4. 子华使于齐，冉子为其母请粟。子曰："与之釜。"请益。曰："与之庾。"冉子与之粟五秉，子曰："赤之适齐也，乘肥马，衣轻裘。吾闻之也，君子周急不继富。"

5. 原思为之宰，与之粟九百，辞。子曰："毋！以与尔邻里乡党乎！"

6. 子谓仲弓曰："犁牛之子骍且角，虽欲勿用，山川其舍诸？"

7. 子曰："回也，其心三月不违仁，其余则日月至焉而已矣。"

8. 季康子问："仲由可使从政也与？"子曰："由也果，于从政乎何有？"

曰："赐也可使从政也与？"曰："赐也达，于从政乎何有？"

曰："求也可使从政也与？"曰："求也艺，于从政乎何有？"

9. 季氏使闵子骞为费宰。闵子骞曰："善为我辞焉。如有复我者，则吾必在汶上矣。"

10. 伯牛有疾，子问之，自牖执其手，曰："亡之，命矣夫！斯人也而有斯疾也！斯人也而有斯疾也！"

11.子曰："贤哉回也！一箪食，一瓢饮，在陋巷，人不堪其忧，回也不改其乐。贤哉回也！"

12.冉求曰："非不说子之道，力不足也。"子曰："力不足者，中道而废。今女画。"

13.子谓子夏曰："女为君子儒，无为小人儒。"

14.子游为武城宰。子曰："女得人焉尔乎？"曰："有澹台明灭者，行不由径，非公事，未尝至于偃之室也。"

15.子曰："孟之反不伐，奔而殿，将入门，策其马，曰：'非敢后也，马不进也。'"

16.子曰："不有祝鮀之佞，而有宋朝之美，难乎免于今之世矣。"

17.子曰："谁能出不由户，何莫由斯道也？"

18.子曰："质胜文则野，文胜质则史，文质彬彬，然后君子。"

19.子曰："人之生也直，罔之生也幸而免。"

20.子曰："知之者不如好之者，好之者不如乐之者。"

21.子曰："中人以上，可以语上也；中人以下，不可以语上也。"

22.樊迟问知。子曰："务民之义，敬鬼神而远之，可谓知矣。"问仁。曰："仁者先难而后获，可谓仁矣。"

23. 子曰："知者乐水，仁者乐山；知者动，仁者静；知者乐，仁者寿。"

24. 子曰："齐一变，至于鲁，鲁一变，至于道。"

25. 子曰："觚不觚，觚哉！觚哉！"

26. 宰我问曰："仁者，虽告之曰'井有仁焉'，其从之也。"子曰："何为其然也？君子可逝也，不可陷也，可欺也，不可罔也。"

27. 子曰："君子博学与于文，约之以礼，亦可以弗畔矣夫。"

28. 子见南子，子路不说。夫子矢之曰："予所否者，天厌之，天厌之！"

29. 子曰："中庸之为德也，其至矣乎！民鲜久矣。"

30. 子贡曰："如有博施于民而能济众，何如？可谓仁乎？"子曰："何事于仁，必也圣乎！尧舜其犹病诸！夫仁者，己欲立而立人，己欲达而达人。能近取譬，可谓仁之方也已。"

述而第七

1. 子曰："述而不作，信而好古，窃比我于老彭。"

2. 子曰："默而识之，学而不厌，诲人不倦，何有于我哉！"

3. 子曰："德之不修，学之不讲，闻义不能徙，不善不能改，是吾忧也。"

4.子之燕居，申申如也，夭夭如也。

5.子曰："甚矣吾衰也！久矣吾不复梦见周公。"

6.子曰："志于道，据于德，依于仁，游于艺。"

7.子曰："自行束脩以上，吾未尝无诲焉。"

8.子曰："不愤不启，不悱不发，举一隅不以三隅反，则不复也。"

9.子食于有丧者之侧，未尝饱也。

10.子于是日哭，则不歌。

11.子谓颜渊曰："用之则行，舍之则藏，惟我与尔有是夫。"子路曰："子行三军，则谁与？"子曰："暴虎冯河，死而无悔者，吾不与也。必也临事而惧，好谋而成者也。"

12.子曰："富而可求也，虽执鞭之士，吾亦为之。如不可求，从吾所好。"

13.子之所慎：齐，战，疾。

14.子在齐闻《韶》，三月不知肉味。曰："不图为乐之至于斯也。"

15.冉有曰："夫子为卫君乎？"子贡曰："诺，吾将问之。"入曰："伯夷、叔齐何人也？"曰："古之贤人也。"曰："怨乎？"曰："求仁而得仁，又何怨？"出曰："夫子不为也。"

16. 子曰："饭疏食，饮水，曲肱而枕之，乐亦在其中矣。不义而富且贵，于我如浮云。"

17. 子曰："加我数年，五十以学《易》，可以无大过矣。"

18. 子所雅言，《诗》《书》、执礼，皆雅言也。

19. 叶公问孔子于子路，子路不对。

子曰："女奚不曰：'其为人也，发愤忘食，乐以忘忧，不知老之将至云尔。'"

20. 子曰："我非生而知之者，好古，敏以求之者也。"

21. 子不语怪、力、乱、神。

22. 子曰："三人行，必有我师焉，择其善者而从之，其不善者而改之。"

23. 子曰："天生德于予，桓魋其如予何？"

24. 子曰："二三子以我为隐乎？吾无隐乎尔，吾无行而不与二三子者，是丘也。"

25. 子以四教：文、行、忠、信。

26. 子曰："圣人，吾不得而见之矣；得见君子者，斯可矣。"

子曰："善人，吾不得而见之矣；得见有恒者，斯可矣。亡而为有，虚而为盈，约而为泰，难乎有恒矣。"

27. 子钓而不纲，弋不射宿。

28.子曰："盖有不知而作之者，我无是也。多闻，择其善者而从之，多见而识之，知之次也。"

29.互乡难与言，童子见，门人惑。子曰："与其进也，不与其退也，唯何甚？人洁己以进，与其洁也，不保其往也。"

30.子曰："仁远乎哉？我欲仁，斯仁至矣。"

31.陈司败问："昭公知礼乎？"孔子曰："知礼。"

孔子退，揖巫马期而进之，曰："吾闻君子不党，君子亦党乎？君取于吴，为同姓，谓之吴孟子。君而知礼，孰不知礼？"

巫马期以告。子曰："丘也幸，苟有过，人必知之。"

32.子与人歌而善，必使反之，而后和之。

33.子曰："文，莫吾犹人也。躬行君子，则吾未之有得。"

34.子曰："若圣与仁，则吾岂敢。抑为之不厌，诲人不倦，则可谓云尔已矣。"公西华曰："正唯弟子不能学也。"

35.子疾病，子路请祷。子曰："有诸？"子路对曰："有之。《诔》曰：'祷尔于上下神祇。'"子曰："丘之祷久矣。"

36.子曰："奢则不孙，俭则固。与其不孙也，宁固。"

37.子曰："君子坦荡荡，小人长戚戚。"

38.子温而厉，威而不猛，恭而安。

泰伯第八

1. 子曰："泰伯，其可谓至德也已矣。三以天下让，民无得而称焉。"

2. 子曰："恭而无礼则劳，慎而无礼则葸，勇而无礼则乱，直而无礼则绞。君子笃于亲，则民兴于仁，故旧不遗，则民不偷。"

3. 曾子有疾，召门弟子曰："启予足！启予手！诗云：'战战兢兢，如临深渊，如履薄冰。'而今而后，吾知免夫！小子！"

4. 曾子有疾，孟敬子问之，曾子言曰："鸟之将死，其鸣也哀，人之将死，其言也善。君子所贵乎道者三：动容貌，斯远暴慢矣；正颜色，斯近信矣；出辞气，斯远鄙倍矣。笾豆之事，则有司存。"

5. 曾子曰："以能问于不能，以多问于寡；有若无，实若虚，犯而不校。昔者吾友尝从事于斯矣！"

6. 曾子曰："可以托六尺之孤，可以寄百里之命，临大节而不可夺也，君子人与？君子人也。"

7. 曾子曰："士不可以不弘毅，任重而道远。仁以为己任，不亦重乎？死而后已，不亦远乎？"

8. 子曰："兴于诗，立于礼，成于乐。"

9. 子曰："民可使由之，不可使知之。"

10. 子曰："好勇疾贫，乱也。人而不仁，疾之已甚，乱也。"

11. 子曰："如有周公之才之美，使骄且吝，其余不足观也已。"

12. 子曰："三年学，不至于谷，不易得也。"

13. 子曰："笃信好学，守死善道。危邦不入，乱邦不居。天下有道则见，无道则隐。邦有道，贫且贱焉，耻也。邦无道，富且贵焉，耻也。"

14. 子曰："不在其位，不谋其政。"

15. 子曰："师挚之始，《关雎》之乱，洋洋乎盈耳哉！"

16. 子曰："狂而不直，侗而不愿，悾悾而不信，吾不知之矣。"

17. 子曰："学如不及，犹恐失之。"

18. 子曰："巍巍乎！舜禹之有天下也而不与焉。"

19. 子曰："大哉，尧之为君也！巍巍乎！唯天为大，唯尧则之。荡荡乎！民无能名焉。巍巍乎其有成功也。焕乎其有文章。"

20. 舜有臣五人而天下治。武王曰："予有乱臣十人。"孔子曰："才难，不其然乎？唐虞之际，于斯为盛。有妇人焉，九人而已。三分天下有其二，以服事殷。周之德，其可谓至德也已矣。"

21. 子曰："禹，吾无间然矣。菲饮食而致孝乎鬼神，恶衣服而致美乎黻冕，卑宫室而尽力乎沟洫。禹，吾无间然矣！"

子罕第九

1. 子罕言利与命与仁。

2. 达巷党人曰："大哉孔子！博学而无所成名。"子闻之，谓门弟子曰："吾何执？执御乎？执射乎？吾执御矣。"

3. 子曰："麻冕，礼也。今也纯，俭，吾从众。拜下，礼也。今拜乎上，泰也。虽违众，吾从下。"

4. 子绝四：毋意、毋必、毋固、毋我。

5. 子畏于匡，曰："文王既没，文不在兹乎？天之将丧斯文也，后死者不得与于斯文也；天之未丧斯文也，匡人其如予何？"

6. 太宰问于子贡曰："夫子圣者与？何其多能也？"子贡曰："固天纵之将圣，又多能也。"

子闻之，曰："太宰知我乎。吾少也贱，故多能鄙事。君子多乎哉？不多也。"

7. 牢曰："子云：'吾不试，故艺。'"

8. 子曰："吾有知乎哉？无知也。有鄙夫问于我，空空如也。我叩其两端而竭焉。"

9. 子曰："凤鸟不至，河不出图，洛不出书，吾已矣夫！"

10. 子见齐衰者、冕衣裳者与瞽者，见之，虽少必作，过之必趋。

11. 颜渊喟然叹曰："仰之弥高，钻之弥坚，瞻之在前，忽焉在后。夫子循循然善诱人，博我以文，约我以礼，欲罢不能。既竭吾才，如有所立卓尔。遂欲从之，末由也已。"

12. 子疾病，子路使门人为臣。病间，曰："久矣哉，由之行诈也。无臣而为有臣，吾谁欺？欺天乎？且予与其死于臣之手也，无宁死于二三子之手乎。且予纵不得大葬，予死于道路乎？"

13. 子贡曰："有美玉于斯，韫椟而藏诸？求善贾而沽诸？"子曰："沽之哉，沽之哉！我待贾者也。"

14. 子欲居九夷。或曰："陋，如之何？"子曰："君子居之，何陋之有？"

15. 子曰："吾自卫反鲁，然后乐正，《雅》《颂》各得其所。"

16. 子曰："出则事公卿，入则事父兄，丧事不敢不勉，不为酒困，何有于我哉？"

17. 子在川上，曰："逝者如斯夫，不舍昼夜。"

18. 子曰："吾未见好德如好色者也。"

19. 子曰："譬如为山，未成一篑，止，吾止也。譬如平地，虽覆一篑，进，吾往也。"

20. 子曰："语之而不惰者，其回也与！"

21. 子谓颜渊曰："惜乎！吾见其进也，未见其止也。"

22. 子曰："苗而不秀者有矣夫，秀而不实者有矣夫。"

23. 子曰："后生可畏。焉知来者之不如今也？四十五十而无闻焉，斯亦不足畏也已。"

24. 子曰："法语之言，能无从乎？改之为贵。巽与之言，能无说乎？绎之为贵。说而不绎，从而不改，吾未如之何也已矣。"

25. 子曰："主忠信，毋友不如己者，过则勿惮改。"

26. 子曰："三军可夺帅也，匹夫不可夺志也。"

27. 子曰："衣敝缊袍，与衣狐貉者立，而不耻者，其由也与？'不忮不求，何用不臧？'"子路终身诵之。子曰："是道也，何足以臧？"

28. 子曰："岁寒，然后知松柏之后雕也。"

29. 子曰："知者不惑，仁者不忧，勇者不惧。"

30. 子曰："可与共学，未可与适道；可与适道，未可与立；可与立，未可与权。"

31. "唐棣之华，偏其反而。岂不尔思，室是远而。"子曰："未之思也。夫何远之有？"

乡党第十

1. 孔子于乡党，恂恂如也，似不能言者。其在宗庙朝廷，便便言，唯谨尔。

2. 朝，与下大夫言，侃侃如也；与上大夫言，訚訚如也。君在，踧踖如也，与与如也。

3. 君召使摈，色勃如也，足躩如也。揖所与立，左右手，衣前后，襜如也。趋进，翼如也。宾退，必复命曰："宾不顾矣。"

4. 入公门，鞠躬如也，如不容。立不中门，行不履阈。过位，色勃如也，足躩如也，其言似不足者。摄齐升堂，鞠躬如也，屏气似不息者。出，降一等，逞颜色，怡怡如也。没阶，趋进，翼如也，复其位，踧踖如也。

5. 执圭，鞠躬如也，如不胜。上如揖，下如授，勃如战色，足蹜蹜，如有循。享礼，有容色。私觌，愉愉如也。

6. 君子不以绀緅饰，红紫不以为亵服。当暑，袗绨绤，必表而出之。缁衣，羔裘；素衣，麑裘；黄衣，狐裘。亵裘长，短右袂。必有寝衣，长一身有半。狐貉之厚以居。去丧，无所不佩。非帷裳，必杀之。羔裘玄冠不以吊。吉月，必朝服而朝。

7. 齐，必有明衣，布。齐必变食，居必迁坐。

8. 食不厌精，脍不厌细。食饐而餲，鱼馁而肉败，不食。色恶，不食。臭恶，不食。失饪，不食。不时，不食。割不正，不食。不得其酱，不食。肉虽多，不使胜食气。惟酒无量，不及乱。

沽酒市脯不食。不撤姜食，不多食。

9. 祭于公，不宿肉。祭肉不出三日。出三日，不食之矣。

10. 食不语，寝不言。

11. 虽疏食菜羹，必祭，必齐如也。

12. 席不正，不坐。

13. 乡人饮酒，杖者出，斯出矣。

14. 乡人傩，朝服而立于阼阶。

15. 问人于他邦，再拜而送之。

16. 康子馈药，拜而受之。曰："丘未达，不敢尝。"

17. 厩焚。子退朝，曰："伤人乎？"不问马。

18. 君赐食，必正席先尝之。君赐腥，必熟而荐之。君赐生，必畜之。

侍食于君，君祭，先饭。

19. 疾，君视之，东首，加朝服，拖绅。

20. 君命召，不俟驾行矣。

21. 入太庙，每事问。

22. 朋友死，无所归，曰："于我殡。"

23.朋友之馈，虽车马，非祭肉，不拜。

24.寝不尸，居不客。

25.见齐衰者，虽狎必变。见冕者与瞽者，虽亵必以貌。凶服者式之，式负版者。有盛馔，必变色而作。迅雷风烈必变。

26.升车，必正立执绥。车中不内顾，不疾言，不亲指。

27.色斯举矣，翔而后集。曰："山梁雌雉，时哉时哉！"子路共之，三嗅而作。

先进第十一

1.子曰："先进于礼乐，野人也。后进于礼乐，君子也。如用之，则吾从先进。"

2.子曰："从我于陈、蔡者，皆不及门也"。

3.德行：颜渊、闵子骞、冉伯牛、仲弓。言语：宰我、子贡。政事：冉有、季路。文学：子游、子夏。

4.子曰："回也非助我者也，于吾言无所不说。"

5.子曰："孝哉闵子骞。人不间于其父母昆弟之言。"

6.南容三复白圭，孔子以其兄之子妻之。

7.季康子问："弟子孰为好学？"孔子对曰："有颜回者好学，不幸短命死矣。今也则亡。"

8. 颜渊死，颜路请子之车以为之椁。子曰："才不才，亦各言其子也。鲤也死，有棺而无椁。吾不徒行以为之椁。以吾从大夫之后，不可徒行也。"

9. 颜渊死，子曰："噫！天丧予！天丧予！"

10. 颜渊死，子哭之恸。从者曰："子恸矣。"曰："有恸乎？非夫人之为恸而谁为？"

11. 颜渊死，门人欲厚葬之。子曰："不可。"

门人厚葬之。子曰："回也视予犹父也，予不得视犹子也。非我也，夫二三子也。"

12. 季路问事鬼神。子曰："未能事人，焉能事鬼？"

曰："敢问死？"曰："未知生，焉知死？"

13. 闵子侍侧，訚訚如也。子路，行行如也。冉有、子贡，侃侃如也。子乐。"若由也，不得其死然。"

14. 鲁人为长府，闵子骞曰："仍旧贯，如之何？何必改作。"子曰："夫人不言，言必有中。"

15. 子曰："由之瑟奚为于丘之门？"门人不敬子路。子曰："由也升堂矣，未入于室也。"

16. 子贡问："师与商也孰贤？"子曰："师也过，商也不及。"曰："然则师愈与？"子曰："过犹不及。"

17. 季氏富于周公，而求也为之聚敛而附益之。子曰："非吾徒也。小子鸣鼓而攻之，可也。"

18. 柴也愚，参也鲁，师也辟，由也喭。

19. 子曰："回也其庶乎。屡空。赐不受命，而货殖焉，亿则屡中。"

20. 子张问善人之道。子曰："不践迹，亦不入于室。"

21. 子曰："论笃是与？君子者乎，色庄者乎？"

22. 子路问："闻斯行诸？"子曰："有父兄在，如之何其闻斯行之？"

冉有问："闻斯行诸？"子曰："闻斯行之。"

公西华曰："由也问闻斯行诸，子曰'有父兄在'。求也问闻斯行诸，子曰'闻斯行之'。赤也惑，敢问。"子曰："求也退，故进之；由也兼人，故退之。"

23. 子畏于匡，颜渊后。子曰："吾以女为死矣。"曰："子在，回何敢死？"

24. 季子然问："仲由、冉求可谓大臣与？"子曰："吾以子为异之问，曾由与求之问。所谓大臣者，以道事君，不可则止。今由与求也，可谓具臣矣。"

曰："然则从之者与？"子曰："弑父与君，亦不从也。"

25. 子路使子羔为费宰，子曰："贼夫人之子。"

子路曰："有民人焉，有社稷焉。何必读书，然后为学？"

子曰："是故恶夫佞者。"

26. 子路、曾晳、冉有、公西华侍坐。

子曰："以吾一日长乎尔，毋吾以也。居则曰：'不吾知也。'如或知尔，则何以哉？"

子路率尔而对曰："千乘之国，摄乎大国之间，加之以师旅，因之以饥馑，由也为之，比及三年，可使有勇，且知方也。"

夫子哂之。

"求，尔何如？"

对曰："方六七十，如五六十，求也为之，比及三年，可使足民。如其礼乐，以俟君子。"

"赤，尔何如？"

对曰："非曰能之，愿学焉。宗庙之事，如会同，端章甫，愿为小相焉。"

"点，尔何如？"

鼓瑟希，铿尔，舍瑟而作，对曰："异乎三子者之撰。"

子曰："何伤乎？亦各言其志也。"

曰："莫春者，春服既成，冠者五六人，童子六七人，浴乎沂，风乎舞雩，咏而归。"

夫子喟然叹曰："吾与点也。"

三子者出，曾晳后，曾晳曰："夫三子者之言何如？"

子曰："亦各言其志也已矣。"曰："夫子何哂由也？"曰："为国以礼。其言不让，是故哂之。""唯求则非邦也与？""安见方六七十如五六十而非邦也者？""唯赤则非邦也与？""宗庙会同，非诸侯而何？赤也为之小，孰能为之大？"

颜渊第十二

1.颜渊问仁。子曰："克己复礼为仁。一日克己复礼，天下归仁焉。为仁由己，而由人乎哉？"

颜渊曰："请问其目。"子曰："非礼勿视，非礼勿听，非礼勿言，非礼勿动。"

颜渊曰："回虽不敏，请事斯语矣。"

2.仲弓问仁。子曰："出门如见大宾，使民如承大祭，己所不欲，勿施于人，在邦无怨，在家无怨。"仲弓曰："雍虽不敏，请事斯语矣。"

3.司马牛问仁。子曰："仁者，其言也讱。"曰："其言也讱，斯谓之仁已乎？"子曰："为之难，言之得无讱乎？"

4.司马牛问君子。子曰："君子不忧不惧。"曰："不忧不惧，斯谓之君子已乎？"子曰："内省不疚，夫何忧何惧？"

5.司马牛忧曰："人皆有兄弟，我独亡。"子夏曰："商闻之矣：死生有命，富贵在天。君子敬而无失，与人恭而有礼，四海之内，皆兄弟也。君子何患乎无兄弟也。"

6.子张问明。子曰："浸润之谮，肤受之愬，不行焉，可谓明也已矣。浸润之谮，肤受之愬，不行焉，可谓远也已矣。"

7.子贡问政，子曰："足食，足兵，民信之矣。"子贡曰："必不得已而去，于斯三者何先？"曰："去兵。"子贡曰："必不得已而去之，于斯二者何先？"曰："去食。自古皆有死，民无信不立。"

8. 棘子成曰："君子质而已矣，何以文为？"子贡曰："惜乎，夫子之说君子也。驷不及舌。文犹质也，质犹文也。虎豹之鞹犹犬羊之鞹。"

9. 哀公问与有若曰："年饥，用不足，如之何？"有若对曰："盍彻乎？"曰："二，吾犹不足，如之何其彻也？"对曰："百姓足，君孰与不足？百姓不足，君孰与足？"

10. 子张问崇德辨惑。子曰："主忠信，徙义，崇德也。爱之欲其生，恶之欲其死。既欲其生，又欲其死，是惑也。'诚不以富，亦祇以异。'"

11. 齐景公问政于孔子。孔子对曰："君君，臣臣，父父，子子。"公曰："善哉！信如君不君，臣不臣，父不父，子不子，虽有粟，吾得而食诸？"

12. 子曰："片言可以折狱者，其由也与？"子路无宿诺。

13. 子曰："听讼，吾犹人也，必也使无讼乎。"

14. 子张问政。子曰："居之无倦，行之以忠。"

15. 子曰："博学于文，约之以礼，亦可以弗畔矣夫。"

16. 子曰："君子成人之美，不成人之恶。小人反是。"

17. 季康子问政于孔子。孔子对曰："政者，正也，子帅以正，孰敢不正。"

18. 季康子患盗，问于孔子。孔子对曰："苟子之不欲，虽赏之不窃。"

19. 季康子问政于孔子曰："如杀无道，以就有道，何如？"孔子对曰："子为政，焉用杀？子欲善而民善矣。君子之德风，小人之德草，草上之风，必偃。"

20. 子张问："士何如斯可谓之达矣？"子曰："何哉，尔所谓达者？"子张对曰："在邦必闻，在家必闻。"子曰："是闻也，非达也。夫达也者，质直而好义，察言而观色，虑以下人。在邦必达，在家必达。夫闻也者，色取仁而行违，居之不疑。在邦必闻，在家必闻。"

21. 樊迟从游于舞雩之下，曰："敢问崇德，修慝，辨惑。"子曰："善哉问！先事后得，非崇德与？攻其恶，无攻人之恶，非修慝与？一朝之忿，忘其身以及其亲，非惑与？"

22. 樊迟问仁。子曰："爱人。"问知。子曰："知人。"樊迟未达，子曰："举直错诸枉，能使枉者直。"樊迟退，见子夏曰："乡也吾见于夫子而问知，子曰：'举直错诸枉，能使枉者直。'何谓也？"子夏曰："富哉言乎！舜有天下，选于众，举皋陶，不仁者远矣。汤有天下，选于众，举伊尹，不仁者远矣。"

23. 子贡问友。子曰："忠告而善道之，不可则止，毋自辱焉。"

24.曾子曰："君子以文会友，以友辅仁。"

子路第十三

1.子路问政。子曰："先之劳之。"请益。曰："无倦。"

2.仲弓为季氏宰，问政。子曰："先有司，赦小过，举贤才。"曰："焉知贤才而举之？"曰："举尔所知。尔所不知，人其舍诸？"

3.子路曰："卫君待子而为政，子将奚先？"子曰："必也正名乎。"子路曰："有是哉，子之迂也。奚其正？"子曰："野哉，由也！君子于其所不知，盖阙如也。名不正则言不顺，言不顺则事不成，事不成则礼乐不兴，礼乐不兴则刑罚不中，刑罚不中则民无所措手足。故君子名之必可言也，言之必可行也。君子于其言，无所苟而已矣。"

4.樊迟请学稼。子曰："吾不如老农。"请学为圃。曰："吾不如老圃。"樊迟出，子曰："小人哉，樊须也。上好礼，则民莫敢不敬；上好义，则民莫敢不服；上好信，则民莫敢不用情。夫如是，则四方之民襁负其子而至矣，焉用稼？"

5.子曰："诵《诗》三百，授之以政，不达；使于四方，不能专对；虽多，亦奚以为？"

6.子曰："其身正，不令而行；其身不正，虽令不从。"

7.子曰："鲁、卫之政，兄弟也。"

8.子谓卫公子荆："善居室，始有，曰：'苟合矣。'少有，曰：‘苟完矣。’富有，曰：‘苟美矣。’”

9. 子适卫，冉有仆，子曰：“庶矣哉。”冉有曰：“既庶矣，又何加焉？”曰：“富之。”曰：“既富矣，又何加焉？”曰：“教之。”

10. 子曰：“苟有用我者，期月而已可也，三年有成。”

11. 子曰：“‘善人为邦百年，亦可以胜残去杀矣。’诚哉是言也。”

12. 子曰：“如有王者，必世而后仁。”

13. 子曰：“苟正其身矣，于从政乎何有？不能正其身，如正人何？”

14. 冉子退朝。子曰：“何晏也？”对曰：“有政。”子曰：“其事也。如有政，虽不吾以，吾其与闻之。”

15. 定公问：“一言而可以兴邦，有诸？”孔子对曰：“言不可以若是其几也。人之言曰：‘为君难，为臣不易。’如知为君之难也，不几乎一言而兴邦乎？”曰：“一言而丧邦，有诸？”孔子对曰：“言不可以若是其几也。人之言曰：‘予无乐乎为君，唯其言而莫予违也。’如其善而莫之违也，不亦善乎？如不善而莫之违也，不几乎一言而丧邦乎？”

16. 叶公问政。子曰：“近者说，远者来。”

17. 子夏为莒父宰，问政。子曰：“无欲速，无见小利。

欲速则不达，见小利则大事不成。"

18.叶公语孔子曰："吾党有直躬者，其父攘羊，而子证之。"孔子曰："吾党之直者异于是，父为子隐，子为父隐，直在其中矣。"

19.樊迟问仁。子曰："居处恭，执事敬，与人忠，虽之夷狄，不可弃也。"

20.子贡问曰："何如斯可谓之士矣？"子曰："行己有耻，使于四方，不辱君命，可谓士矣。"曰："敢问其次。"曰："宗族称孝焉，乡党称弟焉。"曰："敢问其次。"曰："言必信，行必果，硁硁然小人哉！抑亦可以为次矣。"曰："今之从政者何如？"子曰："噫！斗筲之人，何足算也。"

21.子曰："不得中行而与之，必也狂狷乎！狂者进取，狷者有所不为也。"

22.子曰："南人有言曰：'人而无恒，不可以作巫医。'善夫！""不恒其德，或承之羞。"子曰："不占而已矣。"

23.子曰："君子和而不同，小人同而不和。"

24.子贡问曰："乡人皆好之，何如？"子曰："未可也。""乡人皆恶之，何如？"子曰："未可也。不如乡人之善者好之，其不善者恶之。"

25.子曰："君子易事而难说也。说之不以其道，不说也。

及其使人也，器之。小人难事而易说也。说之虽不以道，说也。
及其使人也，求备焉。"

26. 子曰："君子泰而不骄，小人骄而不泰。"

27. 子曰："刚、毅、木、讷，近仁。"

28. 子路问曰："何如斯可谓之士矣？"子曰："切切偲偲，
怡怡如也，可谓士矣。朋友切切偲偲，兄弟怡怡。"

29. 子曰："善人教民七年，亦可以即戎矣。"

30. 子曰："以不教民战，是谓弃之。"

宪问第十四

1. 宪问耻。子曰："邦有道，谷。邦无道，谷，耻也。"
"克、伐、怨、欲不行焉，可以为仁矣？"子曰："可以
为难矣。仁，则吾不知也。"

2. 子曰："士而怀居，不足以为士矣。"

3. 子曰："邦有道，危言危行；邦无道，危行言孙。"

4. 子曰："有德者必有言，有言者不必有德；仁者必有勇，
勇者不必有仁。"

5. 南宫适问于孔子曰："羿善射，奡荡舟，俱不得其死然。禹、
稷躬稼而有天下。"夫子不答。南宫适出，子曰："君子哉若人，
尚德哉若人。"

6. 子曰："君子而不仁者有矣夫，未有小人而仁者也。"

7. 子曰："爱之，能勿劳乎？忠焉，能无诲乎？"

8. 子曰："为命，裨谌草创之，世叔讨论之，行人子羽修饰之，东里子产润色之。"

9. 或问子产。子曰："惠人也。"问子西。曰："彼哉！彼哉！"问管仲。曰："人也。夺伯氏骈邑三百，饭疏食，没齿无怨言。"

10. 子曰："贫而无怨难，富而无骄易。"

11. 子曰："孟公绰为赵、魏老则优，不可以为滕、薛大夫。"

12. 子路问成人。子曰："若臧武仲之知，公绰之不欲，卞庄子之勇，冉求之艺，文之以礼乐，亦可以为成人矣。"曰："今之成人者何必然。见利思义，见危授命，久要不忘平生之言，亦可以为成人矣。"

13. 子问公叔文子于公明贾曰："信乎，夫子不言，不笑，不取乎？"公明贾对曰："以告者过也，夫子时然后言，人不厌其言。乐然后笑，人不厌其笑。义然后取，人不厌其取。"子曰："其然？岂其然乎？"

14. 子曰："臧武仲以防求为后于鲁，虽曰不要君，吾不信也。"

15. 子曰："晋文公谲而不正，齐桓公正而不谲。"

16. 子路曰："桓公杀公子纠，召忽死之，管仲不死。"曰：

"未仁乎？"子曰："桓公九合诸侯，不以兵车，管仲之力也。如其仁，如其仁！"

17. 子贡曰："管仲非仁者与？桓公杀公子纠，不能死，又相之。"子曰："管仲相桓公，霸诸侯，一匡天下，民到于今受其赐。微管仲，吾其被发左衽矣。岂若匹夫匹妇之为谅也，自经于沟渎而莫之知也。"

18. 公叔文子之臣大夫僎与文子同升诸公，子闻之，曰："可以为'文'矣。"

19. 子言卫灵公之无道也，康子曰："夫如是，奚而不丧？"孔子曰："仲叔圉治宾客，祝鮀治宗庙，王孙贾治军旅，夫如是，奚其丧？"

20. 子曰："其言之不怍，则为之也难。"

21. 陈成子弑简公，孔子沐浴而朝，告于哀公曰："陈恒弑其君，请讨之。"公曰："告夫三子。"孔子曰："以吾从大夫之后，不敢不告也。君曰'告夫三子'者。"之三子告，不可。孔子曰："以吾从大夫之后，不敢不告也。"

22. 子路问事君，子曰："勿欺也，而犯之。"

23. 子曰："君子上达，小人下达。"

24. 子曰："古之学者为己，今之学者为人。"

25. 蘧伯玉使人于孔子，孔子与之坐而问焉，曰："夫子何为？"对曰："夫子欲寡其过而未能也。"使者出，子曰："使乎！使乎！"

26. 子曰："不在其位，不谋其政。"

曾子曰："君子思不出其位。"

27. 子曰："君子耻其言而过其行。"

28. 子曰："君子道者三，我无能焉：仁者不忧，知者不惑，勇者不惧。"子贡曰："夫子自道也。"

29. 子贡方人，子曰："赐也贤乎哉？夫我则不暇。"

30. 子曰："不患人之不己知，患其不能也。"

31. 子曰："不逆诈，不亿不信，抑亦先觉者，是贤乎！"

32. 微生亩谓孔子曰："丘何为是栖栖者与？无乃为佞乎？"孔子曰："非敢为佞也，疾固也。"

33. 子曰："骥不称其力，称其德也。"

34. 或曰："以德报怨，何如？"子曰："何以报德？以直报怨，以德报德。"

35. 子曰："莫我知也夫！"子贡曰："何为其莫知子也？"子曰："不怨天，不尤人，下学而上达，知我者其天乎！"

36. 公伯寮愬子路于季孙，子服景伯以告，曰："夫子固有惑志于公伯寮，吾力犹能肆诸市朝。"子曰："道之将行也与，命也；道之将废也与，命也。公伯寮其如命何！"

37.子曰："贤者辟世，其次辟地，其次辟色，其次辟言。"
子曰："作者七人矣。"

38.子路宿于石门。晨门曰："奚自？"子路曰："自孔氏。"
曰："是知其不可而为之者与？"

39.子击磬于卫，有荷蒉而过孔氏之门者，曰："有心哉，
击磬乎？"既而曰："鄙哉，硁硁乎。莫己知也，斯已而已矣。
深则厉，浅则揭。"子曰："果哉，末之难矣。"

40.子张曰："《书》云：'高宗谅阴，三年不言。'何谓也？"
子曰："何必高宗，古之人皆然。君薨，百官总己以听于冢宰
三年。"

41.子曰："上好礼，则民易使也。"

42.子路问君子。子曰："修己以敬。"曰："如斯而已乎？"曰：
"修己以安人。"曰："如斯而已乎？"曰："修己以安百姓。
修己以安百姓，尧、舜其犹病诸！"

43.原壤夷俟，子曰："幼而不孙弟，长而无述焉，老而不死，
是为贼。"以杖叩其胫。

44.阙党童子将命。或问之曰："益者与？"子曰："吾
见其居于位也，见其与先生并行也，非求益者也，欲速成者也。"

卫灵公第十五

1. 卫灵公问陈于孔子。孔子对曰："俎豆之事，则尝闻之矣。军旅之事，未之学也。"明日遂行。

2. 在陈绝粮，从者病，莫能兴。子路愠见曰："君子亦有穷乎？"子曰："君子固穷，小人穷斯滥矣。"

3. 子曰："赐也，女以予为多学而识之者与？"对曰："然。非与？"曰："非也。予一以贯之。"

4. 子曰："由，知德者鲜矣。"

5. 子曰："无为而治者，其舜也与？夫何为哉？恭己正南面而已矣。"

6. 子张问行。子曰："言忠信，行笃敬，虽蛮貊之邦，行矣。言不忠信，行不笃敬，虽州里，行乎哉？立则见其参于前也；在舆则见其倚于衡也，夫然后行。"子张书诸绅。

7. 子曰："直哉史鱼。邦有道，如矢；邦无道，如矢。君子哉蘧伯玉。邦有道，则仕，邦无道，则可卷而怀之。"

8. 子曰："可与言而不与之言，失人；不可与言而与之言，失言。知者不失人，亦不失言。"

9. 子曰："志士仁人，无求生以害仁，有杀身以成仁。"

10. 子贡问为仁。子曰："工欲善其事，必先利其器。居是邦也，事其大夫之贤者，友其士之仁者。"

11.颜渊问为邦。子曰："行夏之时，乘殷之辂，服周之冕，乐则《韶》《舞》。放郑声，远佞人。郑声淫，佞人殆。"

12.子曰："人无远虑，必有近忧。"

13.子曰："已矣乎！吾未见好德如好色者也。"

14.子曰："臧文仲其窃位者与？知柳下惠之贤，而不与立也。"

15.子曰："躬自厚而薄责于人，则远怨矣。"

16.子曰："不曰'如之何，如之何'者，吾末如之何也已矣。"

17.子曰："群居终日，言不及义，好行小慧，难矣哉！"

18.子曰："君子义以为质，礼以行之，孙以出之，信以成之。君子哉！"

19.子曰："君子病无能焉，不病人之不己知也。"

20.子曰："君子疾没世而名不称焉。"

21.子曰："君子求诸己，小人求诸人。"

22.子曰："君子矜而不争，群而不党。"

23.子曰："君子不以言举人，不以人废言。"

24.子贡问曰："有一言而可以终身行之者乎？"子曰："其恕乎！己所不欲，勿施于人。"

25. 子曰："吾之于人也，谁毁谁誉？如有所誉者，其有所试矣。斯民也，三代之所以直道而行也。"

26. 子曰："吾犹及史之阙文也，有马者借人乘之，今亡矣夫！"

27. 子曰："巧言乱德，小不忍，则乱大谋。"

28. 子曰："众恶之，必察焉；众好之，必察焉。"

29. 子曰："人能弘道，非道弘人。"

30. 子曰："过而不改，是谓过矣。"

31. 子曰："吾尝终日不食，终夜不寝，以思，无益，不如学也。"

32. 子曰："君子谋道不谋食。耕也，馁在其中矣；学也，禄在其中矣。君子忧道不忧贫。"

33. 子曰："知及之，仁不能守之，虽得之，必失之。知及之，仁能守之，不庄以莅之，则民不敬。知及之，仁能守之，庄以莅之，动之不以礼，未善也。"

34. 子曰："君子不可小知而可大受也。小人不可大受而可小知也。"

35. 子曰："民之于仁也，甚于水火。水火，吾见蹈而死者矣，未见蹈仁而死者也。"

36. 子曰："当仁，不让于师。"

37. 子曰："君子贞而不谅。"

38. 子曰："事君，敬其事而后其食。"

39. 子曰："有教无类。"

40. 子曰："道不同，不相为谋。"

41. 子曰："辞达而已矣。"

42. 师冕见，及阶，子曰："阶也。"及席，子曰："席也。"皆坐，子告之曰："某在斯，某在斯。"师冕出，子张问曰："与师言之道与？"子曰："然。固相师之道也。"

季氏第十六

1. 季氏将伐颛臾，冉有、季路见于孔子曰："季氏将有事于颛臾。"

孔子曰："求，无乃尔是过与？夫颛臾，昔者先王以为东蒙主，且在邦域之中矣，是社稷之臣也，何以伐为？"

冉有曰："夫子欲之，吾二臣者皆不欲也。"

孔子曰："求，周任有言曰：'陈力就列，不能者止。'危而不持，颠而不扶，则将焉用彼相矣？且尔言过矣。虎兕出于柙，龟玉毁于椟中，是谁之过与？"

冉有曰："今夫颛臾，固而近于费，今不取，后世必为子孙忧。"

孔子曰："求，君子疾夫舍曰欲之而必为之辞。丘也闻有国有家者，不患寡而患不均，不患贫而患不安，盖均无贫，和无寡，安无倾。夫如是，故远人不服，则修文德以来之。既来之，则安之。今由与求也，相夫子，远人不服，而不能来也；邦分崩离析而不能守也，而谋动干戈于邦内。吾恐季孙之忧，不在颛臾，而在萧墙之内也。"

2. 孔子曰："天下有道，则礼乐征伐自天子出；天下无道，则礼乐征伐自诸侯出。自诸侯出，盖十世希不失矣。自大夫出，五世希不失矣。陪臣执国命，三世希不失矣。天下有道，则政不在大夫。天下有道，则庶人不议。"

3. 孔子曰："禄之去公室五世矣。政逮于大夫四世矣。故夫三桓之子孙微矣。"

4. 孔子曰："益者三友，损者三友。友直，友谅，友多闻，益矣。友便辟，友善柔，友便佞，损矣。"

5. 孔子曰："益者三乐，损者三乐。乐节礼乐，乐道人之善，乐多贤友，益矣。乐骄乐，乐佚游，乐宴乐，损矣。"

6. 孔子曰："侍于君子有三愆：言未及之而言谓之躁，言及之而不言谓之隐，未见颜色而言谓之瞽。"

7. 孔子曰："君子有三戒：少之时，血气未定，戒之在色；及其壮也，血气方刚，戒之在斗；及其老也，血气既衰，戒之在得。"

8. 孔子曰："君子有三畏：畏天命，畏大人，畏圣人之言。小人不知天命而不畏也，狎大人，侮圣人之言。"

9. 孔子曰："生而知之者上也，学而知之者次也，困而学之，又其次也。困而不学，民斯为下矣。"

10. 孔子曰："君子有九思：视思明，听思聪，色思温，貌思恭，言思忠，事思敬，疑思问，忿思难，见得思义。"

11. 孔子曰："见善如不及，见不善如探汤。吾见其人矣，吾闻其语矣。隐居以求其志，行义以达其道。吾闻其语矣，吾未见其人也。"

12. 齐景公有马千驷，死之日，民无德而称焉。伯夷、叔齐，饿于首阳之下，民到于今称之，其斯之谓与？

13. 陈亢问于伯鱼曰："子亦有异闻乎？"对曰："未也。尝独立，鲤趋而过庭，曰：'学诗乎？'对曰：'未也。''不学诗，无以言。'鲤退而学诗。他日，又独立，鲤趋而过庭，曰：'学礼乎？'对曰：'未也。''不学礼，无以立。'鲤退而学礼。闻斯二者。"陈亢退而喜曰："问一得三：闻诗，闻礼，又闻君子之远其子也。"

14. 邦君之妻，君称之曰夫人，夫人自称曰小童，邦人称之曰君夫人，称诸异邦曰寡小君，异邦人称之亦曰君夫人。

阳货第十七

1. 阳货欲见孔子，孔子不见，归孔子豚，孔子时其亡也，而往拜之。遇诸涂。谓孔子曰："来，予与尔言。"曰："怀其宝而迷其邦，可谓仁乎？"曰："不可。好从事而亟失时，可谓知乎？"曰："不可。日月逝矣，岁不我与。"孔子曰："诺。吾将仕矣。"

2. 子曰："性相近也，习相远也。"

3. 子曰："唯上知与下愚不移。"

4. 子之武城，闻弦歌之声。夫子莞尔而笑，曰："割鸡焉用牛刀。"

子游对曰："昔者偃也闻诸夫子曰：'君子学道则爱人，小人学道则易使也。'"

子曰："二三子，偃之言是也。前言戏之耳。"

5. 公山弗扰以费畔，召，子欲往。

子路不说，曰："末之也已，何必公山氏之之也！"

子曰："夫召我者，而岂徒哉！如有用我者，吾其为东周乎！"

6. 子张问仁于孔子，孔子曰："能行五者于天下为仁矣。""请问之。"曰："恭、宽、信、敏、惠。恭则不侮，宽则得众，信则人任焉，敏则有功，惠则足以使人。"

7. 佛肸召，子欲往。

子路曰："昔者由也闻诸夫子曰：'亲于其身为不善者，君子不入也。'佛肸以中牟畔，子之往也，如之何？"

子曰："然。有是言也。不曰坚乎，磨而不磷；不曰白乎，涅而不缁。吾岂匏瓜也哉？焉能系而不食？"

8.子曰："由也，女闻六言六蔽矣乎？"对曰："未也。"

"居，吾语女。好仁不好学，其蔽也愚；好知不好学，其蔽也荡；好信不好学，其蔽也贼；好直不好学，其蔽也绞；好勇不好学，其蔽也乱；好刚不好学，其蔽也狂。"

9.子曰："小子何莫学夫诗？诗，可以兴，可以观，可以群，可以怨。迩之事父，远之事君。多识于鸟兽草木之名。"

10.子谓伯鱼曰："女为《周南》《召南》矣乎？人而不为《周南》《召南》，其犹正墙面而立也与？"

11.子曰："礼云礼云，玉帛云乎哉？乐云乐云，钟鼓云乎哉？"

12.子曰："色厉而内荏，譬诸小人，其犹穿窬之盗也与？"

13.子曰："乡愿，德之贼也。"

14.子曰："道听而涂说，德之弃也。"

15.子曰："鄙夫可与事君也与哉？其未得之也，患得之；既得之，患失之。苟患失之，无所不至矣。"

16.子曰："古者民有三疾，今也或是之亡也。古之狂也肆，今之狂也荡；古之矜也廉，今之矜也忿戾；古之愚也直，今之愚也诈而已矣。"

17.子曰："巧言令色，鲜矣仁。"

18. 子曰："恶紫之夺朱也，恶郑声之乱雅乐也，恶利口之覆邦家者。"

19. 子曰："予欲无言。"子贡曰："子如不言，则小子何述焉？"子曰："天何言哉？四时行焉，百物生焉。天何言哉！"

20. 孺悲欲见孔子，孔子辞以疾。将命者出户，取瑟而歌，使之闻之。

21. 宰我问："三年之丧，期已久矣。君子三年不为礼，礼必坏；三年不为乐，乐必崩。旧谷既没，新谷既升，钻燧改火，期可已矣。"

子曰："食夫稻，衣夫锦，于女安乎？"曰："安。"

"女安，则为之。夫君子之居丧，食旨不甘，闻乐不乐，居处不安，故不为也。今女安，则为之。"

宰我出。子曰："予之不仁也。子生三年，然后免于父母之怀。夫三年之丧，天下之通丧也。予也有三年之爱于其父母乎？"

22. 子曰："饱食终日，无所用心，难矣哉！不有博弈者乎，为之，犹贤乎已。"

23. 子路曰："君子尚勇乎？"子曰："君子义以为上，君子有勇而无义为乱，小人有勇而无义为盗。"

24. 子贡曰："君子亦有恶乎？"子曰："有恶。恶称人之恶者，恶居下流而讪上者，恶勇而无礼者，恶果敢而窒者。"曰："赐也亦有恶乎"？"恶徼以为知者，恶不孙以为勇者，恶讦以为直者。"

25.子曰:"唯女子与小人为难养也。近之则不孙,远之则怨。"

26.子曰:"年四十而见恶焉,其终也已。"

微子第十八

1.微子去之,箕子为之奴,比干谏而死。孔子曰:"殷有三仁焉。"

2.柳下惠为士师,三黜。人曰:"子未可以去乎?"曰:"直道而事人,焉往而不三黜?枉道而事人,何必去父母之邦?"

3.齐景公待孔子曰:"若季氏,则吾不能,以季、孟之间待之。"曰:"吾老矣,不能用也。"孔子行。

4.齐人归女乐,季桓子受之,三日不朝,孔子行。

5.楚狂接舆歌而过孔子曰:"凤兮凤兮!何德之衰?往者不可谏,来者犹可追。已而,已而!今之从政者殆而。"孔子下,欲与之言,趋而避之,不得与之言。

6.长沮、桀溺耦而耕,孔子过之,使子路问津焉。长沮曰:"夫执舆者为谁?"子路曰:"为孔丘。"曰:"是鲁孔丘与?"曰:"是也。"曰:"是知津矣。"

问于桀溺,桀溺曰:"子为谁?"曰:"为仲由。"曰:"是鲁孔丘之徒与?"对曰:"然。"曰:"滔滔者天下皆是也,而谁以易之?且而与其从辟人之士也,岂若从辟世之士哉?"

耰而不辍。

子路行以告，夫子怃然曰："鸟兽不可与同群，吾非斯人之徒与而谁与？天下有道，丘不与易也。"

7.子路从而后，遇丈人，以杖荷蓧。子路问曰："子见夫子乎？"丈人曰："四体不勤，五谷不分，孰为夫子？"植其杖而耘。子路拱而立，止子路宿，杀鸡为黍而食之，见其二子焉。明日，子路行以告，子曰："隐者也。"使子路反见之。至，则行矣。子路曰："不仕无义。长幼之节，不可废也。君臣之义，如之何其废之？欲洁其身，而乱大伦。君子之仕也，行其义也，道之不行，已知之矣。"

8.逸民：伯夷、叔齐、虞仲、夷逸、朱张、柳下惠、少连。子曰："不降其志，不辱其身，伯夷、叔齐与？"谓"柳下惠、少连降志辱身矣，言中伦，行中虑，其斯而已矣"。谓"虞仲、夷逸隐居放言，身中清，废中权。我则异于是，无可无不可。"

9.大师挚适齐，亚饭干适楚，三饭缭适蔡，四饭缺适秦，鼓方叔入于河，播鼗武入于汉，少师阳、击磬襄入于海。

10.周公谓鲁公曰："君子不施其亲，不使大臣怨乎不以。故旧无大故，则不弃也。无求备于一人。"

11.周有八士：伯达、伯适、仲突、仲忽、叔夜、叔夏、季随、季骃。

子张第十九

1. 子张曰："士见危致命，见得思义，祭思敬，丧思哀，其可已矣。"

2. 子张曰："执德不弘，信道不笃，焉能为有，焉能为亡？"

3. 子夏之门人问交于子张。子张曰："子夏云何？"对曰："子夏曰：'可者与之，其不可者拒之。'"子张曰："异乎吾所闻。君子尊贤而容众，嘉善而矜不能。我之大贤与，于人何所不容？我之不贤与，人将拒我，如之何其拒人也？"

4. 子夏曰："虽小道，必有可观者焉。致远恐泥，是以君子不为也。"

5. 子夏曰："日知其所亡，月无忘其所能，可谓好学也已矣。"

6. 子夏曰："博学而笃志，切问而近思，仁在其中矣。"

7. 子夏曰："百工居肆以成其事，君子学以致其道。"

8. 子夏曰："小人之过也必文。"

9. 子夏曰："君子有三变：望之俨然，即之也温，听其言也厉。"

10. 子夏曰："君子信而后劳其民；未信，则以为厉己也。信而后谏；未信，则以为谤己也。"

11. 子夏曰："大德不逾闲，小德出入可也。"

12. 子游曰："子夏之门人小子，当洒扫应对进退，则可矣，抑末也。本之则无，如之何？”

子夏闻之曰：“噫，言游过矣！君子之道，孰先传焉？孰后倦焉？譬诸草木，区以别矣。君子之道，焉可诬也？有始有卒者，其惟圣人乎！”

13. 子夏曰：“仕而优则学，学而优则仕。”

14. 子游曰：“丧致乎哀而止。”

15. 子游曰：“吾友张也为难能也，然而未仁。”

16. 曾子曰：“堂堂乎张也，难与并为仁矣。”

17. 曾子曰：“吾闻诸夫子：人未有自致者也，必也亲丧乎！”

18. 曾子曰：“吾闻诸夫子：孟庄子之孝也，其他可能也，其不改父之臣与父之政，是难能也。”

19. 孟氏使阳肤为士师，问于曾子。曾子曰：“上失其道，民散久矣。如得其情，则哀矜而勿喜。”

20. 子贡曰：“纣之不善，不如是之甚也。是以君子恶居下流，天下之恶皆归焉。”

21. 子贡曰：“君子之过也，如日月之食焉。过也，人皆见之；更也，人皆仰之。”

22. 卫公孙朝问于子贡曰：“仲尼焉学？”子贡曰：“文武之道，未坠于地，在人。贤者识其大者，不贤者识其小者，莫不有文武之道焉，夫子焉不学，而亦何常师之有？"

23．叔孙武叔语大夫于朝曰："子贡贤于仲尼。"子服景伯以告子贡。子贡曰："譬之宫墙，赐之墙也及肩，窥见室家之好。夫子之墙数仞，不得其门而入，不见宗庙之美，百官之富。得其门者或寡矣。夫子之云，不亦宜乎！"

24．叔孙武叔毁仲尼。子贡曰："无以为也。仲尼不可毁也。他人之贤者，丘陵也，犹可逾也。仲尼，日月也，无得而逾焉。人虽欲自绝，其何伤于日月乎？多见其不知量也。"

25．陈子禽谓子贡曰："子为恭也，仲尼岂贤与子乎？"

子贡曰："君子一言以为知，一言以为不知，言不可不慎也。夫子之不可及也，犹天之不可阶而升也。夫子之得邦家者，所谓立之斯立，道之斯行，绥之斯来，动之斯和。其生也荣，其死也哀。如之何其可及也？"

尧曰第二十

1．尧曰："咨！尔舜！天之历数在尔躬，允执其中。四海困穷，天禄永终。"

舜亦以命禹，曰："予小子履敢用玄牡，敢昭告于皇皇后帝：有罪不敢赦。帝臣不蔽，简在帝心。朕躬有罪，无以万方。万方有罪，罪在朕躬。"周有大赉，善人是富。"虽有周亲，不如仁人。百姓有过，在予一人。"谨权量，审法度，修废官，四方之政行焉。兴灭国，继绝世，举逸民，天下之民归心焉。所重：民，食，丧，祭。宽则得众，信则民任焉，敏则有功，公则说。

2. 子张问于孔子曰："何如，斯可以从政矣？"子曰："尊五美，屏四恶，斯可以从政矣。"

子张曰："何谓五美？"子曰："君子惠而不费，劳而不怨，欲而不贪，泰而不骄，威而不猛。"

子张曰："何谓惠而不费？"子曰："因民之所利而利之，斯不亦惠而不费乎？择可劳而劳之，又谁怨？欲仁而得仁，又焉贪？君子无众寡、无小大、无敢慢，斯不亦泰而不骄乎？君子正其衣冠，尊其瞻视，俨然人望而畏之，斯不亦威而不猛乎？"

子张曰："何谓四恶？"子曰："不教而杀谓之虐，不戒视成谓之暴，慢令致期谓之贼，犹之与人也，出纳之吝谓之有司。"

3. 子曰："不知命，无以为君子。不知礼，无以立也。不知言，无以知人也。"

孟子

　　《孟子》，儒家经典著作，战国中期孟子及其弟子万章、公孙丑所著，汉文帝把教授《论语》《孝经》《孟子》《尔雅》等儒家经学的人授以"博士"之职，五代后蜀主孟昶把《孟子》列入楷书刻石的十一经中，南宋《孟子》被朱熹列为"四书"之一。孟子（约公元前372年—公元前289年），名轲，字子舆，今山东邹城人，是儒家学派中仅次于孔子的代表性人物，其学说与孔子的学说一起被合称为"孔孟之道"。《孟子》是战国时期孟子的言论汇编，记录了孟子与其他各家思想的争辩，对弟子的言传身教和游说诸侯等内容，集中体现了孟子的仁政学说、治国思想、教育思想和伦理观念。《论语》修身，《孟子》则治国。孟子在书中不断地讲述着仁政，不断地讲述着王道，不断地讲述着国家大事。孟子虽出身于鲁国贵族后裔，但幼年丧父，家庭贫困，却心忧天下，希望以一己之力改造诸侯，周游过魏、齐、宋、滕、鲁等国，慷慨陈述着自己的家国情怀。读《孟子》，我们仿佛看到了一个穷其一生践行"达则兼济天下，穷则独善其身"的士大夫仁人志士形象。这让我们肃然起敬，也让我们学会仰望星空、脚踏实地。

孟子

卷一　梁惠王上

一

孟子见梁惠王。王曰："叟！不远千里而来，亦将有以利吾国乎？"

孟子对曰："王何必曰利？亦有仁义而已矣。王曰'何以利吾国'，大夫曰'何以利吾家'，士庶人曰'何以利吾身'，上下交征利而国危矣。万乘之国，弑其君者，必千乘之家；千乘之国，弑其君者，必百乘之家。万取千焉，千取百焉，不为不多矣。苟为后义而先利，不夺不餍。未有仁而遗其亲者也，未有义而后其君者也。王亦曰仁义而已矣，何必曰利？"

二

孟子见梁惠王。王立于沼上，顾鸿雁麋鹿，曰："贤者亦乐此乎？"

孟子对曰："贤者而后乐此，不贤者，虽有此不乐也。《诗》云：

'经始灵台，经之营之，庶民攻之，不日成之。经始勿亟，庶民子来。王在灵囿，麀鹿攸伏，麀鹿濯濯，白鸟鹤鹤。王在灵沼，於牣鱼跃。'文王以民力为台为沼，而民欢乐之，谓其台曰灵台，谓其沼曰灵沼，乐其有麋鹿鱼鳖。古之人与民偕乐，故能乐也。《汤誓》曰：'时日害丧？予及女偕亡。'民欲与之偕亡，虽有台池鸟兽，岂能独乐哉？"

三

梁惠王曰："寡人之于国也，尽心焉耳矣。河内凶，则移其民于河东，移其粟于河内。河东凶亦然。察邻国之政，无如寡人之用心者。邻国之民不加少，寡人之民不加多，何也？"

孟子对曰："王好战，请以战喻。填然鼓之，兵刃既接，弃甲曳兵而走。或百步而后止，或五十步而后止。以五十步笑百步，则何如？"

曰："不可，直不百步耳，是亦走也。"

曰："王如知此，则无望民之多于邻国也。不违农时，谷不可胜食也；数罟不入洿池，鱼鳖不可胜食也；斧斤以时入山林，材木不可胜用也。谷与鱼鳖不可胜食，材木不可胜用，是使民养生丧死无憾也。养生丧死无憾，王道之始也。

"五亩之宅，树之以桑，五十者可以衣帛矣；鸡豚狗彘之畜，无失其时，七十者可以食肉矣；百亩之田，勿夺其时，数口之家可以无饥矣；谨庠序之教，申之以孝悌之义，颁白者不负戴于道路矣。七十者衣帛食肉，黎民不饥不寒，然而不王者，未之有也。

"狗彘食人食而不知检，涂有饿莩而不知发；人死，则曰：'非我也，岁也。'是何异于刺人而杀之，曰：'非我也，兵也。'王无罪岁，斯天下之民至焉。"

四

梁惠王曰："寡人愿安承教。"

孟子对曰："杀人以梃与刃，有以异乎？"曰："无以异也。""以刃与政，有以异乎？"曰："无以异也。"

曰："庖有肥肉，厩有肥马，民有饥色，野有饿莩，此率兽而食人也。兽相食，且人恶之。为民父母，行政，不免于率兽而食人，恶在其为民父母也？仲尼曰：'始作俑者，其无后乎！'为其象人而用之也。如之何其使斯民饥而死也？"

五

梁惠王曰："晋国，天下莫强焉，叟之所知也。及寡人之身，东败于齐，长子死焉；西丧地于秦七百里；南辱于楚。寡人耻之，愿比死者壹洒之，如之何则可？"

孟子对曰："地方百里而可以王。王如施仁政于民，省刑罚，薄税敛，深耕易耨。壮者以暇日修其孝悌忠信，入以事其父兄，出以事其长上，可使制梃以挞秦、楚之坚甲利兵矣。彼夺其民时，使不得耕耨以养其父母，父母冻饿，兄弟妻子离散。彼陷溺其民，王往而征之，夫谁与王敌？故曰：'仁者无敌。'王请勿疑！"

六

孟子见梁襄王。出，语人曰："望之不似人君，就之而不见所畏焉。卒然问曰：‘天下恶乎定？’吾对曰：‘定于一。’‘孰能一之？’对曰：‘不嗜杀人者能一之。’‘孰能与之？’对曰：‘天下莫不与也。王知夫苗乎？七八月之间旱，则苗槁矣。天油然作云，沛然下雨，则苗浡然兴之矣。其如是，孰能御之？今夫天下之人牧，未有不嗜杀人者也，如有不嗜杀人者，则天下之民皆引领而望之矣。诚如是也，民归之，由水之就下，沛然谁能御之？’”

七

齐宣王问曰：“齐桓、晋文之事可得闻乎？”

孟子对曰：“仲尼之徒无道桓、文之事者，是以后世无传焉，臣未之闻也。无以，则王乎？”

曰：“德何如，则可以王矣？”曰：“保民而王，莫之能御也。”曰：“若寡人者，可以保民乎哉？”曰：“可。”曰：“何由知吾可也？”曰：“臣闻之胡龁曰，王坐于堂上，有牵牛而过堂下者，王见之，曰：‘牛何之？’对曰：‘将以衅钟。’王曰：‘舍之！吾不忍其觳觫，若无罪而就死地。’对曰：‘然则废衅钟与？’曰：‘何可废也？以羊易之！’不识有诸？”曰：“有之。”曰：“是心足以王矣。百姓皆以王为爱也，臣固知王之不忍也。”王曰：“然。诚有百姓者。齐国虽褊小，吾何爱一牛？即不忍其觳觫，若无罪而就死地，故以羊易之也。”曰：“王无异于百姓之以王为爱也。以小易大，彼恶知之？王若隐其无罪而就死地，则牛羊何择焉？”王笑曰：“是诚何心哉？我非爱其财而易之以羊也，宜乎百姓之谓我爱也。”曰：“无伤也，是乃仁术也，见牛未见羊也。君子之于禽兽也，见其生，不忍见其死；闻其声，不忍食其肉。是以君子远庖厨也。"

王说，曰："《诗》云：'他人有心，予忖度之。'夫子之谓也。夫我乃行之，反而求之，不得吾心。夫子言之，于我心有戚戚焉。此心之所以合于王者，何也？"曰："有复于王者曰：'吾力足以举百钧，而不足以举一羽；明足以察秋毫之末，而不见舆薪。'则王许之乎？"曰："否。""今恩足以及禽兽，而功不至于百姓者，独何与？然则一羽之不举，为不用力焉；舆薪之不见，为不用明焉，百姓之不见保，为不用恩焉。故王之不王，不为也，非不能也。"

曰："不为者与不能者之形何以异？"曰："挟太山以超北海，语人曰'我不能'，是诚不能也。为长者折枝，语人曰'我不能'，是不为也，非不能也。故王之不王，非挟太山以超北海之类也；王之不王，是折枝之类也。老吾老，以及人之老；幼吾幼，以及人之幼。天下可运于掌。《诗》云：'刑于寡妻，至于兄弟，以御于家邦。'言举斯心加诸彼而已。故推恩足以保四海，不推恩无以保妻子。古之人所以大过人者，无他焉，善推其所为而已矣。今恩足以及禽兽，而功不至于百姓者，独何与？权，然后知轻重；度，然后知长短。物皆然，心为甚。王请度之！抑王兴甲兵，危士臣，构怨于诸侯，然后快于心与？"王曰："否。吾何快于是？将以求吾所大欲也。"

曰："王之所大欲，可得闻与？"王笑而不言。曰："为肥甘不足于口与？轻暖不足于体与？抑为采色不足视于目与？声音不足听于耳与？便嬖不足使令于前与？王之诸臣皆足以供之，而王岂为是哉？"曰："否。吾不为是也。"曰："然则王之所大欲可知已。欲辟土地，朝秦楚，莅中国而抚四夷也。以若所为求若所欲，犹缘木而求鱼也。"王曰："若是其甚与？"曰："殆有甚焉。缘木求鱼，虽不得鱼，无后灾。以若所为，求若所欲，尽心力而为之，后必有灾。"曰："可得闻与？"曰："邹人与楚人战，则王以为孰胜？"曰："楚人胜。"曰："然则小固不可以敌大，寡固不可以敌众，弱固不可以敌强。海内之地方千里者九，齐集有其一。以一服八，何以异于邹敌楚哉？盖亦反其本矣。今王发政施仁，使天下仕者皆欲立于王之朝，耕者皆欲耕于王之野，商贾皆欲藏于王之市，行旅皆欲出于王之途，天下之欲疾其君者，皆欲赴愬于王。其若是，孰能御之？"

王曰："吾惛，不能进于是矣。愿夫子辅吾志，明以教我。我虽不敏，请尝试之。"曰："无恒产而有恒心者，惟士为能。若民，则无恒产，因无恒心。苟无恒心，放辟邪侈，无不为已。及陷于罪，然后从而刑之，是罔民也。焉有仁人在位罔民而可为也？是故明君制民之产，必使仰足以事父母，俯足以畜妻子，乐岁终身饱，凶年免于死亡。然后驱而之善，故民之从之也轻。今也制民之产，仰不足以事父母，俯不足以畜妻子，乐岁终身苦，凶年不免于死亡。此惟救死而恐不赡，奚暇治礼义哉？王欲行之，则盍反其本矣。五亩之宅，树之以桑，五十者可以衣帛矣；鸡豚狗彘之畜，无失其时，七十者可以食肉矣；百亩之田，勿夺其时，八口之家可以无饥矣；谨庠序之教，申之以孝悌之义，颁白者不负戴于道路矣。老者衣帛食肉，黎民不饥不寒，然而不王者，未之有也。"

卷二　梁惠王下

一

庄暴见孟子，曰："暴见于王，王语暴以好乐，暴未有以对也。"曰："好乐何如？"孟子曰："王之好乐甚，则齐国其庶几乎！"

他日，见于王，曰："王尝语庄子以好乐，有诸？"王变乎色，曰："寡人非能好先王之乐也，直好世俗之乐耳。"曰："王之好乐甚，则齐其庶几乎！今之乐由古之乐也。"曰："可得闻与？"曰："独乐乐，与人乐乐，孰乐？"曰："不若与人。"曰："与少乐乐，与众乐乐，孰乐？"曰："不若与众。"

"臣请为王言乐。今王鼓乐于此，百姓闻王钟鼓之声，管籥之音，举疾首蹙頞而相告曰：'吾王之好鼓乐，夫何使我至于此极也？父子不相见，兄弟妻子离散。'今王田猎于此，百姓闻王车马之音，见羽旄之美，举疾首蹙頞而相告曰：'吾王之好田猎，夫何使我至于此极也？父子不相见，兄弟妻子离散。'此无他，不与民同乐也。

"今王鼓乐于此，百姓闻王钟鼓之声，管籥之音，举欣欣然有喜色而相告曰：'吾王庶几无疾病与？何以能鼓乐也？'今王田猎于此，百姓闻王车马之音，见羽旄之美，举欣欣然有喜色而相告曰：'吾王庶几无疾病与？何以能田猎也？'此无他，与民同乐也。今王与百姓同乐，则王矣。"

二

齐宣王问曰："文王之囿方七十里，有诸？"孟子对曰："于传有之。"曰："若是其大乎？"曰："民犹以为小也。"曰："寡人之囿方四十里，民犹以为大，何也？"曰："文王之囿方七十里，刍荛者往焉，雉兔者往焉，与民同之。民以为小，不亦宜乎？臣始至于境，问国之大禁，然后敢入。臣闻郊关之内有囿方四十里，杀其麋鹿者如杀人之罪。则是方四十里为阱于国中。民以为大，不亦宜乎？"

三

齐宣王问曰："交邻国有道乎？"

孟子对曰："有。惟仁者为能以大事小，是故汤事葛，文王事昆夷。惟智者为能以小事大，故太王事獯鬻，勾践事吴。以大事小者，乐天者也；以小事大者，畏天者也。乐天者保天下，畏天者保其国。《诗》云：'畏天之威，于时保之。'"

王曰："大哉言矣！寡人有疾，寡人好勇。"

对曰："王请无好小勇。夫抚剑疾视，曰：'彼恶敢当我哉！'此匹夫之勇，敌一人者也。王请大之！《诗》云：'王赫斯怒，爰整其旅，以遏徂莒，以笃周祜，以对于天下。'此文王之勇也。文王一怒而安天下之民。《书》曰：'天降下民，作之君，作之师。惟曰其助上帝宠之。四方有罪无罪惟我在，天下曷敢有越厥志？'一人衡行于天下，武王耻之。此武王之勇也。而武王亦一怒而安天下之民。今王亦一怒而安天下之民，民惟恐王之不好勇也。"

四

齐宣王见孟子于雪宫。王曰："贤者亦有此乐乎？"

孟子对曰："有。人不得，则非其上矣。不得而非其上者，非也；为民上而不与民同乐者，亦非也。乐民之乐者，民亦乐其乐；忧民之忧者，民亦忧其忧。乐以天下，忧以天下，然而不王者，未之有也。昔者齐景公问于晏子曰：'吾欲观于转附、朝儛，遵海而南，放于琅邪。吾何修而可以比于先王观也？'晏子对曰：'善哉问也！天子适诸侯曰巡狩，巡狩者，巡所守也；诸侯朝于天子曰述职，述职者，述所职也。无非事者。春省耕而补不足，秋省敛而助不给。夏谚曰："吾王不游，吾何以休？吾王不豫，吾何以助？一游一豫，为诸侯度。"今也不然，师行而粮食，饥者弗食，劳者弗息。睊睊胥谗，民乃作慝。方命虐民，饮食若流。流连荒亡，为诸侯忧。从流下而忘反，谓之流，从流上而忘反，谓之连，从兽无厌谓之荒，乐酒无厌谓之亡。先王无流连之乐，荒亡之行。惟君所行也。'景公悦，大戒于国，出舍于郊。于是始兴发补不足。召大师曰：'为我作君臣相说之乐！'盖《徵招》《角招》是也。其《诗》曰：'畜君何尤？'畜君者，好君也。"

五

齐宣王问曰："人皆谓我毁明堂，毁诸？已乎？"

孟子对曰："夫明堂者，王者之堂也。王欲行王政，则勿毁之矣。"

王曰："王政可得闻与？"

对曰："昔者文王之治岐也，耕者九一，仕者世禄，关市讥而不征，泽梁无禁，罪人不孥。老而无妻曰鳏，老而无夫曰寡，老而无子曰独，幼而无父曰孤。此四者，天下之穷民而无告者。文王发政施仁，必先斯四者。《诗》云：'哿矣富人，哀此茕独。'"王曰："善哉言乎！"

曰："王如善之，则何为不行？"

王曰："寡人有疾，寡人好货。"

对曰："昔者公刘好货，《诗》云：'乃积乃仓，乃裹餱粮，于橐于囊。思戢用光。弓矢斯张，干戈戚扬，爰方启行。'故居者有积仓，行者有裹囊也，然后可以爰方启行。王如好货，与百姓同之，于王何有？"

王曰："寡人有疾，寡人好色。"

对曰："昔者太王好色，爱厥妃。《诗》云：'古公亶父，来朝走马，率西水浒，至于岐下。爰及姜女，聿来胥宇。'当是时也，内无怨女，外无旷夫。王如好色，与百姓同之，于王何有？"

六

孟子谓齐宣王曰："王之臣有托其妻子于其友而之楚游者，比其反也，则冻馁其妻子，则如之何？"王曰："弃之。"

曰："士师不能治士，则如之何？"王曰："已之。"

曰："四境之内不治，则如之何？"王顾左右而言他。

七

孟子见齐宣王曰："所谓故国者，非谓有乔木之谓也，有世臣之谓也。王无亲臣矣，昔者所进，今日不知其亡也。"

王曰："吾何以识其不才而舍之？"

曰："国君进贤，如不得已，将使卑逾尊，疏逾戚，可不慎与？左右皆曰贤，未可也；诸大夫皆曰贤，未可也；国人皆曰贤，然后察之。见贤焉，然后用之。左右皆曰不可，勿听；诸大夫皆曰不可，勿听；国人皆曰不可，然后察之。见不可焉，然后去之。左右皆曰可杀，勿听；诸大夫皆曰可杀，勿听；国人皆曰可杀，然后察之。见可杀焉，然后杀之。故曰：国人杀之也。如此，然后可以为民父母。"

八

齐宣王问曰："汤放桀，武王伐纣，有诸？"孟子对曰："于传有之。"

曰："臣弑其君，可乎？"

曰："贼仁者谓之贼，贼义者谓之残，残贼之人，谓之一夫。闻诛一夫纣矣，未闻弑君也。"

九

孟子见齐宣王曰："为巨室，则必使工师求大木。工师得大木。则王喜，以为能胜其任也。匠人斫而小之，则王怒，以为不胜其任矣。夫人幼而学之，壮而欲行之。王曰'姑舍女所学而从我'，则何如？今有璞玉于此，虽万镒，必使玉人雕琢之。

至于治国家，则曰‘姑舍女所学而从我’，则何以异于教玉人雕琢玉哉？"

十

齐人伐燕，胜之。宣王问曰："或谓寡人勿取，或谓寡人取之。以万乘之国伐万乘之国，五旬而举之，人力不至于此。不取，必有天殃。取之，何如？"

孟子对曰："取之而燕民悦，则取之。古之人有行之者，武王是也。取之而燕民不悦，则勿取。古之人有行之者，文王是也。以万乘之国伐万乘之国，箪食壶浆以迎王师。岂有他哉？避水火也。如水益深，如火益热，亦运而已矣。"

十一

齐人伐燕，取之。诸侯将谋救燕。宣王曰："诸侯多谋伐寡人者，何以待之？"

孟子对曰："臣闻七十里为政于天下者，汤是也。未闻以千里畏人者也。《书》曰：‘汤一征，自葛始。’天下信之。东面而征，西夷怨；南面而征，北狄怨。曰：‘奚为后我？’民望之，若大旱之望云霓也。归市者不止，耕者不变，诛其君而吊其民，若时雨降，民大悦。《书》曰：‘徯我后，后来其苏。’今燕虐其民，王往而征之。民以为将拯己于水火之中也，箪食壶浆，以迎王师。若杀其父兄，系累其子弟，毁其宗庙，迁其重器，如之何其可也？天下固畏齐之强也，今又倍地而不行仁政，是动天下之兵也。王速出令，反其旄倪，止其重器，谋于燕众，置君而后去之，则犹可及止也。"

十二

邹与鲁哄。穆公问曰："吾有司死者三十三人，而民莫之死也。诛之，则不可胜诛；不诛，则疾视其长上之死而不救，如之何则可也？"

孟子对曰："凶年饥岁，君之民老弱转乎沟壑，壮者散而之四方者，几千人矣；而君之仓廪实，府库充，有司莫以告，是上慢而残下也。曾子曰：'戒之戒之！出乎尔者，反乎尔者也。'夫民今而后得反之也。君无尤焉。君行仁政，斯民亲其上，死其长矣。"

十三

滕文公问曰："滕，小国也，间于齐、楚。事齐乎？事楚乎？"孟子对曰："是谋非吾所能及也。无已，则有一焉：凿斯池也，筑斯城也，与民守之，效死而民弗去，则是可为也。"

十四

滕文公问曰："齐人将筑薛，吾甚恐。如之何则可？"

孟子对曰："昔者大王居邠，狄人侵之，去，之岐山之下居焉。非择而取之，不得已也。苟为善，后世子孙必有王者矣。君子创业垂统，为可继也。若夫成功，则天也。君如彼何哉？强为善而已矣。"

十五

滕文公问曰："滕，小国也。竭力以事大国，则不得免焉。如之何则可？"

孟子对曰："昔者大王居邠，狄人侵之。事之以皮币，不得免焉；事之以犬马，不得免焉；事之以珠玉，不得免焉。乃属其耆老而告之曰：'狄人之所欲者，吾土地也。吾闻之也：君子不以其所以养人者害人。二三子何患乎无君？我将去之。'去邠，逾梁山，邑于岐山之下居焉。邠人曰：'仁人也，不可失也。'从之者如归市。或曰：'世守也，非身之所能为也。'效死勿去。君请择于斯二者。"

十六

鲁平公将出。嬖人臧仓者请曰："他日君出，则必命有司所之。今乘舆已驾矣，有司未知所之。敢请。"公曰："将见孟子。"

曰："何哉？君所为轻身以先于匹夫者，以为贤乎？礼义由贤者出。而孟子之后丧逾前丧。君无见焉！"公曰："诺。"

乐正子入见，曰："君奚为不见孟轲也？"曰："或告寡人曰：'孟子之后丧逾前丧'，是以不往见也。"

曰："何哉？君所谓逾者？前以士，后以大夫；前以三鼎，而后以五鼎与？"曰："否。谓棺椁衣衾之美也。"

曰："非所谓逾也，贫富不同也。"乐正子见孟子，曰："克告于君，君为来见也。嬖人有臧仓者沮君，君是以不果来也。"

曰："行，或使之，止，或尼之。行止，非人所能也。吾之不遇鲁侯，天也。臧氏之子焉能使予不遇哉？"

卷三　公孙丑上

一

公孙丑问曰："夫子当路于齐，管仲、晏子之功，可复许乎？"

孟子曰："子诚齐人也，知管仲、晏子而已矣。或问乎曾西曰：'吾子与子路孰贤？'曾西蹴然曰：'吾先子之所畏也。'曰：'然则吾子与管仲孰贤？'曾西艴然不悦，曰：'尔何曾比予于管仲？管仲得君，如彼其专也；行乎国政，如彼其久也；功烈，如彼其卑也。尔何曾比予于是？'"

曰："管仲，曾西之所不为也，而子为我愿之乎？"

曰："管仲以其君霸，晏子以其君显。管仲、晏子犹不足为与？"

曰："以齐王，由反手也。"

曰："若是，则弟子之惑滋甚。且以文王之德，百年而后崩，犹未洽于天下；武王、周公继之，然后大行。今言王若易然，则文王不足法与？"

曰："文王何可当也？由汤至于武丁，贤圣之君六七作。天下归殷久矣，久则难变也。武丁朝诸侯有天下，犹运之掌也。纣之去武丁未久也，其故家遗俗，流风善政，犹有存者。又有微子、微仲、王子比干、箕子、胶鬲，皆贤人也，相与辅相之，故久而后失之也。尺地莫非其有也，一民莫非其臣也，然而文王犹方百里起，是以难也。齐人有言曰：'虽有智慧，不如乘势；虽有镃基，不如待时。'今时则易然也。夏后、殷、周之盛，地未有过千里者也，而齐有其地矣；鸡鸣狗吠相闻，而达乎四境，而齐有其民矣。地不改辟矣，民不改聚矣，行仁政而王，莫之能御也。且王者之不作，未有疏于此时者也；民之憔悴于虐政，未有甚于此时者也。饥者易为食，渴者易为饮。孔子曰：'德之流行，速于置邮而传命。'当今之时，万乘之国行仁政，民之悦之，犹解倒悬也。故事半古之人，功必倍之，惟此时为然。"

二

公孙丑问曰："夫子加齐之卿相，得行道焉，虽由此霸王，不异矣。如此，则动心否乎？"

孟子曰："否。我四十不动心。"

曰："若是，则夫子过孟贲远矣。"

曰："是不难，告子先我不动心。"

曰："不动心有道乎？"

曰："有。北宫黝之养勇也，不肤挠，不目逃，思以一豪挫于人，若挞之于市朝，不受于褐宽博，亦不受于万乘之君。视刺万乘之君，若刺褐夫，无严诸侯，恶声至，必反之。孟施舍之所养勇也，曰：'视不胜犹胜也。量敌而后进，虑胜而后会，是畏三军者也。舍岂能为必胜哉？能无惧而已矣。'孟施舍似曾子，北宫黝似子夏。夫二子之勇，未知其孰贤，然而孟施舍守约也。昔者曾子谓子襄曰：'子好勇乎？吾尝闻大勇于夫子矣：自反而不缩，虽褐宽博，吾不惴焉；自反而缩，虽千万人，吾往矣。'孟施舍之守气，又不如曾子之守约也。"

曰："敢问夫子之不动心与告子之不动心，可得闻与？"

"告子曰：'不得于言，勿求于心；不得于心，勿求于气。'不得于心，勿求于气，可；不得于言，勿求于心，不可。夫志，气之帅也；气，体之充也。夫志至焉，气次焉。故曰：'持其志，无暴其气。'"

"既曰'志至焉，气次焉'，又曰'持其志，无暴其气'，何也？"

曰："志壹则动气，气壹则动志也。今夫蹶者趋者，是气也，而反动其心。"

"敢问夫子恶乎长？"

曰："我知言，我善养吾浩然之气。"

"敢问何谓浩然之气？"

曰："难言也。其为气也，至大至刚，以直养而无害，则塞于天地之间。其为气也，配义与道。无是，馁也。是集义所生者，非义袭而取之也。行有不慊于心，则馁矣。我故曰：告子未尝知义，以其外之也。必有事焉而勿正，心勿忘，勿助长也。无若宋人然：宋人有闵其苗之不长而揠之者，芒芒然归，谓其人曰：'今日病矣，予助苗长矣。'其子趋而往视之，苗则槁矣。天下之不助苗长者寡矣。以为无益而舍之者，不耘苗者也；助之长者，揠苗者也。非徒无益，而又害之。"

"何谓知言？"

曰："诐辞知其所蔽，淫辞知其所陷，邪辞知其所离，遁辞知其所穷。生于其心，害于其政；发于其政，害于其事。圣人复起，必从吾言矣。"

"宰我、子贡善为说辞，冉牛、闵子、颜渊善言德行。孔子兼之，曰：'我于辞命，则不能也。'然则夫子既圣矣乎？"

曰："恶！是何言也！昔者子贡、问于孔子曰：'夫子圣矣乎？'孔子曰：'圣则吾不能，我学不厌，而教不倦也。'子贡曰：'学不厌，智也；教不倦，仁也。仁且智，夫子既圣矣乎。'夫圣，孔子不居，是何言也！"

"昔者窃闻之：子夏、子游、子张皆有圣人之一体，冉牛、闵子、颜渊则具体而微。敢问所安。"

曰："姑舍是。"

曰："伯夷、伊尹何如？"

曰："不同道。非其君不事，非其民不使；治则进，乱则退，伯夷也。何事非君，何使非民；治亦进，乱亦进，伊尹也。可以仕则仕，可以止则止，可以久则久，可以速则速，孔子也。皆古圣人也，吾未能有行焉；乃所愿，则学孔子也。"

"伯夷、伊尹于孔子，若是班乎？"

曰："否。自有生民以来，未有孔子也。"

曰："然则有同与？"

曰："有。得百里之地而君之，皆能以朝诸侯，有天下。行一不义，杀一不辜，而得天下，皆不为也。是则同。"

曰："敢问其所以异？"

曰："宰我、子贡、有若，智足以知圣人。污不至阿其所好。宰我曰：'以予观于夫子，贤于尧舜远矣。'子贡曰：'见其礼而知其政，闻其乐而知其德。由百世之后，等百世之王，莫之能违也。自生民以来，未有夫子也。'有若曰：'岂惟民哉？
麒麟之于走兽，凤凰之于飞鸟，太山之于丘垤，河海之于行潦，
类也。圣人之于民，亦类也。出于其类，拔乎其萃，自生民以来，
未有盛于孔子也。'"

三

孟子曰："以力假仁者霸，霸必有大国，以德行仁者王，
王不待大。汤以七十里，文王以百里。以力服人者，非心服也，
力不赡也；以德服人者，中心悦而诚服也，如七十子之服孔子也。
《诗》云：'自西自东，自南自北，无思不服。'此之谓也。"

四

孟子曰："仁则荣，不仁则辱。今恶辱而居不仁，是犹恶
湿而居下也。如恶之，莫如贵德而尊士，贤者在位，能者在职。
国家闲暇，及是时，明其政刑。虽大国，必畏之矣。《诗》云：
'迨天之未阴雨，彻彼桑土，绸缪牖户。今此下民，或敢侮予。'
孔子曰：'为此诗者，其知道乎！能治其国家，谁敢侮之？'
今国家闲暇，及是时，般乐怠敖，是自求祸也。祸福无不自己
求之者。《诗》云：'永言配命，自求多福。'《太甲》曰：'天
作孽，犹可违；自作孽，不可活。'此之谓也。"

五

孟子曰："尊贤使能，俊杰在位，则天下之士皆悦，而愿
立于其朝矣。市，廛而不征，法而不廛，则天下之商皆悦，而
愿藏于其市矣。关，讥而不征，则天下之旅皆悦，而愿出于其

路矣。耕者，助而不税，则天下之农皆悦，而愿耕于其野矣。廛，无夫里之布，则天下之民皆悦，而愿为之氓矣。信能行此五者，则邻国之民仰之若父母矣。率其子弟，攻其父母，自生民以来未有能济者也。如此，则无敌于天下。无敌于天下者，天吏也。然而不王者，未之有也。"

六

孟子曰："人皆有不忍人之心。先王有不忍人之心，斯有不忍人之政矣。以不忍人之心，行不忍人之政，治天下可运之掌上。

"所以谓人皆有不忍人之心者，今人乍见孺子将入于井，皆有怵惕恻隐之心。非所以内交于孺子之父母也，非所以要誉于乡党朋友也，非恶其声而然也。

"由是观之，无恻隐之心，非人也；无羞恶之心，非人也；无辞让之心，非人也；无是非之心，非人也。恻隐之心，仁之端也；羞恶之心，义之端也；辞让之心，礼之端也；是非之心，智之端也。人之有是四端也，犹其有四体也。有是四端而自谓不能者，自贼者也；谓其君不能者，贼其君者也。

"凡有四端于我者，知皆扩而充之矣，若火之始然，泉之始达。苟能充之，足以保四海；苟不充之，不足以事父母。"

七

孟子曰："矢人岂不仁于函人哉？矢人唯恐不伤人，函人唯恐伤人。巫匠亦然，故术不可不慎也。孔子曰：'里仁为美。

择不处仁，焉得智？'夫仁，天之尊爵也，人之安宅也。莫之御而不仁，是不智也。不仁、不智，无礼、无义，人役也。人役而耻为役，由弓人而耻为弓，矢人而耻为矢也。如耻之，莫如为仁。仁者如射，射者正己而后发；发而不中，不怨胜己者，反求诸己而已矣。"

八

孟子曰："子路，人告之以有过则喜，禹，闻善言，则拜。大舜有大焉，善与人同，舍己从人，乐取于人以为善。自耕、稼、陶、渔以至为帝，无非取于人者。取诸人以为善，是与人为善者也。故君子莫大乎与人为善。"

九

孟子曰："伯夷，非其君不事，非其友不友。不立于恶人之朝，不与恶人言。立于恶人之朝，与恶人言，如以朝衣朝冠坐于涂炭。推恶恶之心，思与乡人立，其冠不正，望望然去之，若将浼焉。是故诸侯虽有善其辞命而至者，不受也。不受也者，是亦不屑就已。柳下惠不羞污君，不卑小官；进不隐贤，必以其道；遗佚而不怨，厄穷而不悯。故曰：'尔为尔，我为我，虽袒裼裸裎于我侧，尔焉能浼我哉？'故由由然与之偕而不自失焉，援而止之而止。援而止之而止者，是亦不屑去已。"

孟子曰："伯夷隘，柳下惠不恭。隘与不恭，君子不由也。"

卷四　公孙丑下

一

孟子曰："天时不如地利，地利不如人和。三里之城，七里之郭，环而攻之而不胜。夫环而攻之，必有得天时者矣；然而不胜者，是天时不如地利也。城非不高也，池非不深也，兵革非不坚利也，米粟非不多也；委而去之，是地利不如人和也。故曰：域民不以封疆之界，固国不以山谿之险，威天下不以兵革之利。得道者多助，失道者寡助。寡助之至，亲戚畔之；多助之至，天下顺之。以天下之所顺，攻亲戚之所畔；故君子有不战，战必胜矣。"

二

孟子将朝王，王使人来曰："寡人如就见者也，有寒疾，不可以风。朝，将视朝，不识可使寡人得见乎？"对曰："不幸而有疾，不能造朝。"

明日，出吊东郭氏。公孙丑曰："昔者辞以病，今日吊，或者不可乎？"曰："昔者疾，今日愈，如之何不吊？"王使人问疾，医来。孟仲子对曰："昔者有王命，有采薪之忧，不能造朝。今病小愈，趋造于朝，我不识能至否乎？"使数人要于路，曰："请必无归而造于朝！"不得已而之景丑氏宿焉。

景子曰："内则父子，外则君臣，人之大伦也。父子主恩，君臣主敬。丑见王之敬子也，未见所以敬王也。"

曰："恶！是何言也！齐人无以仁义与王言者，岂以仁义为不美也？其心曰'是何足与言仁义也'云尔，则不敬莫大乎是。我非尧、舜之道，不敢以陈于王前，故齐人莫如我敬王也。"

景子曰："否，非此之谓也。礼曰：'父召，无诺；君命召，不俟驾。'固将朝也，闻王命而遂不果，宜与夫礼若不相似然。"

曰："岂谓是与？曾子曰：'晋、楚之富，不可及也。彼以其富，我以吾仁；彼以其爵，我以吾义。吾何慊乎哉？'夫岂不义而曾子言之？是或一道也。天下有达尊三：爵一，齿一，德一。朝廷莫如爵，乡党莫如齿，辅世长民莫如德。恶得有其一以慢其二哉？故将大有为之君，必有所不召之臣。欲有谋焉，则就之。其尊德乐道，不如是，不足有为也。故汤之于伊尹，学焉而后臣之，故不劳而王；桓公之于管仲，学焉而后臣之，故不劳而霸。今天下地丑德齐，莫能相尚。无他，好臣其所教，而不好臣其所受教。汤之于伊尹，桓公之于管仲，则不敢召。管仲且犹不可召，而况不为管仲者乎？"

三

陈臻问曰："前日于齐，王馈兼金一百而不受；于宋，馈七十镒而受；于薛，馈五十镒而受。前日之不受是，则今日之受非也；今日之受是，则前日之不受非也。夫子必居一于此矣。"

孟子曰："皆是也。当在宋也，予将有远行。行者必以赆；辞曰：'馈赆。'予何为不受？当在薛也，予有戒心；辞曰：'闻戒，故为兵馈之。'予何为不受？若于齐，则未有处也。无处而馈之，是货之也。焉有君子而可以货取乎？"

四

孟子之平陆。谓其大夫曰："子之持戟之士，一日而三失伍，则去之否乎？"曰："不待三。"

"然则子之失伍也亦多矣。凶年饥岁，子之民，老羸转于沟壑，壮者散而之四方者，几千人矣。"曰："此非距心之所得为也。"

曰："今有受人之牛羊而为之牧之者，则必为之求牧与刍矣。求牧与刍而不得，则反诸其人乎？抑亦立而视其死与？"曰："此则距心之罪也。"

他日，见于王曰："王之为都者，臣知五人焉。知其罪者惟孔距心。"为王诵之。王曰："此则寡人之罪也。"

五

孟子谓蚔鼃曰："子之辞灵丘而请士师，似也，为其可以言也。今既数月矣，未可以言与？"蚔鼃谏于王而不用，致为臣而去。齐人曰："所以为蚔鼃则善矣；所以自为则吾不知也。"

公都子以告。

曰："吾闻之也，有官守者，不得其职则去；有言责者，不得其言则去。我无官守，我无言责也，则吾进退，岂不绰绰然有馀裕哉？"

六

孟子为卿于齐，出吊于滕，王使盖大夫王驩为辅行。王驩朝暮见。反齐滕之路，未尝与之言行事也。

公孙丑曰："齐卿之位，不为小矣；齐滕之路，不为近矣。

反之而未尝与言行事，何也？"

曰："夫既或治之，予何言哉？"

七

孟子自齐葬于鲁，反于齐，止于嬴。充虞请曰："前日不知虞之不肖，使虞敦匠事。严，虞不敢请。今愿窃有请也：木若以美然。"

曰："古者棺椁无度，中古，棺七寸，椁称之。自天子达于庶人。非直为观美也，然后尽于人心。不得，不可以为悦；无财，不可以为悦。得之为，有财，古之人皆用之，吾何为独不然？且比化者无使土亲肤，于人心独无恔乎？吾闻之，君子不以天下俭其亲。"

八

沈同以其私问曰："燕可伐与？"

孟子曰："可。子哙不得与人燕，子之不得受燕于子哙。有仕于此，而子悦之，不告于王而私与之吾子之禄爵；夫士也，亦无王命而私受之于子，则可乎？何以异于是？"

齐人伐燕。或问曰："劝齐伐燕，有诸？"

曰："未也。沈同问：'燕可伐与？'吾应之曰：'可。'彼然而伐之也。彼如曰：'孰可以伐之？'则将应之曰：'为天吏，则可以伐之。'今有杀人者，或问之曰：'人可杀与？'则将应之曰：'可。'彼如曰：'孰可以杀之'？则将应之曰：'为士师，则可以杀之。'今以燕伐燕，何为劝之哉？"

九

燕人畔。王曰：“吾甚惭于孟子。”

陈贾曰：“王无患焉。王自以为与周公孰仁且智？”王曰：“恶！是何言也！”

曰：“周公使管叔监殷，管叔以殷畔。知而使之，是不仁也；不知而使之，是不智也。仁智，周公未之尽也，而况于王乎？贾请见而解之。”

见孟子，问曰：“周公何人也？”

曰：“古圣人也。”曰：“使管叔监殷，管叔以殷畔也，有诸？”曰：“然。”

曰：“周公知其将畔而使之与？”曰：“不知也。”

“然则圣人且有过与？”

曰：“周公，弟也；管叔，兄也。周公之过，不亦宜乎？且古之君子，过则改之；今之君子，过则顺之。古之君子，其过也，如日月之食，民皆见之；及其更也，民皆仰之。今之君子，岂徒顺之，又从为之辞。”

十

孟子致为臣而归。王就见孟子，曰：“前日愿见而不可得，得侍同朝，甚喜。今又弃寡人而归，不识可以继此而得见乎？”对曰：“不敢请耳，固所愿也。”

他日，王谓时子曰：“我欲中国而授孟子室，养弟子以万钟，使诸大夫国人皆有所矜式。子盍为我言之！”时子因陈子而以告孟子，陈子以时子之言告孟子。

孟子曰：“然。夫时子恶知其不可也？如使予欲富，辞十万而受万，是为欲富乎？季孙曰：‘异哉子叔疑！使己为政，不用，则亦已矣，又使其子弟为卿。人亦孰不欲富贵？而独于富贵之中有私龙断焉。’古之为市也，以其所有易其所无者，有司者治之耳。有贱丈夫焉，必求龙断而登之，以左右望而罔市利。人皆以为贱，故从而征之。征商自此贱丈夫始矣。”

十一

孟子去齐，宿于昼。有欲为王留行者，坐而言。不应，隐几而卧。客不悦，曰：“弟子齐宿而后敢言，夫子卧而不听，请勿复敢见矣。”

曰：“坐！我明语子。昔者鲁缪公无人乎子思之侧，则不能安子思；泄柳、申详无人乎缪公之侧，则不能安其身。子为长者虑，而不及子思，子绝长者乎？长者绝子乎？”

十二

孟子去齐。君士语人曰：“不识王之不可以为汤武，则是不明也；识其不可，然且至，则是干泽也。千里而见王，不遇故去。三宿而后出昼，是何濡滞也？士则兹不悦。”

高子以告。

曰：“夫尹士恶知予哉？千里而见王，是予所欲也；不遇故去，岂予所欲哉？予不得已也。予三宿而出昼，于予心犹以为速。王庶几改之。王如改诸，则必反予。夫出昼，而王不予追也，予然后浩然有归志。予虽然，岂舍王哉！王由足用为善。

王如用予，则岂徒齐民安？天下之民举安。王庶几改之！予日望之！予岂若是小丈夫然哉？谏于其君而不受，则怒，悻悻然见于其面，去则穷日之力而后宿哉？"

尹士闻之曰："士诚小人也。"

十三

孟子去齐。充虞路问曰："夫子若有不豫色然。前日虞闻诸夫子曰：'君子不怨天，不尤人。'"

曰："彼一时，此一时也。五百年必有王者兴，其间必有名世者。由周而来，七百有馀岁矣。以其数，则过矣，以其时考之，则可矣。夫天未欲平治天下也；如欲平治天下，当今之世，舍我其谁也？吾何为不豫哉？"

十四

孟子去齐，居休。公孙丑问曰："仕而不受禄，古之道乎？"

曰："非也。于崇，吾得见王。退而有去志，不欲变，故不受也。继而有师命，不可以请。久于齐，非我志也。"

卷五　滕文公上

一

滕文公为世子，将之楚，过宋而见孟子。孟子道性善，言必称尧舜。

世子自楚反，复见孟子。孟子曰："世子疑吾言乎？夫道一而已矣。成覵谓齐景公曰：'彼，丈夫也，我，丈夫也，吾何畏彼哉？'颜渊曰：'舜，何人也？予，何人也？有为者亦若是。'公明仪曰：'文王，我师也，周公岂欺我哉？'今滕，绝长补短，将五十里也，犹可以为善国。《书》曰：'若药不瞑眩，厥疾不瘳。'"

二

滕定公薨。世子谓然友曰："昔者孟子尝与我言于宋，于心终不忘。今也不幸至于大故，吾欲使子问于孟子，然后行事。"

然友之邹问于孟子。

孟子曰："不亦善乎！亲丧固所自尽也。曾子曰：'生，事之以礼；死，葬之以礼，祭之以礼，可谓孝矣。'诸侯之礼，吾未之学也；虽然，吾尝闻之矣。三年之丧，齐疏之服，饘粥之食，自天子达于庶人，三代共之。"

然友反命，定为三年之丧。

父兄百官皆不欲，曰："吾宗国鲁先君莫之行，吾先君亦莫之行也，至于子之身而反之，不可。且《志》曰：'丧祭从先祖。'"

曰："吾有所受之也。"谓然友曰："吾他日未尝学问，好驰马试剑。今也父兄百官不我足也，恐其不能尽于大事，子为我问孟子。"

然友复之邹问孟子。

孟子曰："然。不可以他求者也。孔子曰：'君薨，听于冢宰。歠粥，面深墨。即位而哭，百官有司莫敢不哀，先之也。'上有好者，下必有甚焉者矣。'君子之德，风也；小人之德，草也。草尚之风，必偃。'是在世子。"

然友反命。

世子曰："然。是诚在我。"五月居庐，未有命戒。百官族人可，谓曰知。及至葬，四方来观之，颜色之戚，哭泣之哀，吊者大悦。

三

滕文公问为国。孟子曰："民事不可缓也。《诗》云：'昼尔于茅，宵尔索绹；亟其乘屋，其始播百谷。'民之为道也，有恒产者有恒心，无恒产者无恒心。苟无恒心，放辟邪侈，无不为已。及陷乎罪，然后从而刑之，是罔民也。焉有仁人在位罔民而可为也？是故贤君必恭俭礼下，取于民有制。阳虎曰：'为富不仁矣，为仁不富矣。'夏后氏五十而贡，殷人七十而助，周人百亩而彻，其实皆什一也。彻者，彻也；助者，藉也。龙子曰：'治地莫善于助，莫不善于贡。'贡者，校数岁之中以为常。乐岁，粒米狼戾，多取之而不为虐，则寡取之；凶年，粪其田而不足，则必取盈焉。为民父母，使民盻盻然，将终岁勤动，不得以养其父母，又称贷而益之。使老稚转乎沟壑，恶在其为民父母也？夫世禄，滕固行之矣。《诗》云：'雨我公田，遂及我私。'惟助为有公田。由此观之，虽周亦助也。设为庠序学校以教之。庠者，养也；校者，教也；序者，射也。夏曰校，殷曰序，周曰庠，学则三代共之，皆所以明人伦也。人伦明于上，小民亲于下。有王者起，必来取法，是为王者师也。《诗》云'周虽旧邦，其命惟新。'文王之谓也。子力行之，亦以新子之国。"

使毕战问井地。

孟子曰："子之君将行仁政，选择而使子，子必勉之！夫仁政，必自经界始。经界不正，井地不钧，谷禄不平。是故暴君污吏必慢其经界。经界既正，分田制禄可坐而定也。夫滕，壤地褊小，将为君子焉，将为野人焉。无君子，莫治野人，无野人，莫养君子。请野九一而助，国中什一使自赋。卿以下必有圭田，圭田五十亩。馀夫二十五亩。死徙无出乡，乡田同井。出入相友，守望相助，疾病相扶持，则百姓亲睦。方里而井，井九百亩，其中为公田。八家皆私百亩，同养公田。公事毕，然后敢治私事，所以别野人也。此其大略也。若夫润泽之，则在君与子矣。"

四

有为神农之言者许行，自楚之滕，踵门而告文公曰："远方之人闻君行仁政，愿受一廛而为氓。"文公与之处。其徒数十人，皆衣褐，捆屦、织席以为食。

陈良之徒陈相与其弟辛，负耒耜而自宋之滕，曰："闻君行圣人之政，是亦圣人也，愿为圣人氓。"

陈相见许行而大悦，尽弃其学而学焉。陈相见孟子，道许行之言曰："滕君则诚贤君也；虽然，未闻道也。贤者与民并耕而食，饔飧而治。今也滕有仓廪府库，则是厉民而以自养也，恶得贤？"

孟子曰："许子必种粟而后食乎？"曰："然。""许子必织布而后衣乎？"曰："否。许子衣褐。""许子冠乎？"曰："冠。"曰："奚冠？"曰："冠素。"曰："自织之与？"曰："否。以粟易之。"曰："许子奚为不自织？"曰："害于耕。"曰："许子以釜甑爨，以铁耕乎？"曰："然。""自为之与？"曰："否。以粟易之。"

"以粟易械器者，不为厉陶冶；陶冶亦以其械器易粟者，岂为厉农夫哉？且许子何不为陶冶，舍皆取诸其宫中而用之？何为纷纷然与百工交易？何许子之不惮烦？"曰："百工之事固不可耕且为也。"

"然则治天下独可耕且为与？有大人之事，有小人之事。且一人之身，而百工之所为备。如必自为而后用之，是率天下而路也。故曰或劳心，或劳力；劳心者治人，劳力者治于人；治于人者食人，治人者食于人：天下之通义也。

"当尧之时，天下犹未平，洪水横流，泛滥于天下，草木畅茂，禽兽繁殖，五谷不登，禽兽偪人，兽蹄鸟迹之道交于中国。尧独忧之，举舜而敷治焉。舜使益掌火，益烈山泽而焚之，禽兽逃匿。禹疏九河，瀹济、漯而注诸海，决、汝汉，排淮、泗而注之江，然后中国可得而食也。当是时也，禹八年于外，三过其门而不入，虽欲耕，得乎？

"后稷教民稼穑，树艺五谷。五谷熟而民人育。人之有道也，饱食、暖衣、逸居而无教，则近于禽兽。圣人有忧之，使契为司徒，教以人伦：父子有亲，君臣有义，夫妇有别，长幼有叙，朋友有信。放勋曰：'劳之来之，匡之直之，辅之翼之，使自得之，又从而振德之。'圣人之忧民如此，而暇耕乎？

　　"尧以不得舜为己忧，舜以不得禹、皋陶为己忧。夫以百亩之不易为己忧者，农夫也。分人以财谓之惠，教人以善谓之忠，为天下得人者谓之仁。是故以天下与人易，为天下得人难。孔子曰：'大哉尧之为君！惟天为大，惟尧则之，荡荡乎民无能名焉！君哉舜也！巍巍乎有天下而不与焉！'尧舜之治天下，岂无所用其心哉？亦不用于耕耳。

　　"吾闻用夏变夷者，未闻变于夷者也。陈良，楚产也。悦周公、仲尼之道，北学于中国。北方之学者，未能或之先也。彼所谓豪杰之士也。子之兄弟事之数十年，师死而遂倍之。昔者孔子没，三年之外，门人治任将归，入揖于子贡，相向而哭，皆失声，然后归。子贡反，筑室于场，独居三年，然后归。他日，子夏、子张、子游以有若似圣人，欲以所事孔子事之，强曾子。曾子曰：'不可。江汉以濯之，秋阳以暴之，皓皓乎不可尚已。'今也南蛮䴓舌之人，非先王之道，子倍子之师而学之，亦异于曾子矣。吾闻出于幽谷迁于乔木者，未闻下乔木而入于幽谷者。《鲁颂》曰：'戎狄是膺，荆舒是惩。'周公方且膺之，子是之学，亦为不善变矣。"

　　"从许子之道，则市贾不贰，国中无伪。虽使五尺之童适市，莫之或欺。布帛长短同，则贾相若；麻缕丝絮轻重同，则贾相若；五谷多寡同，则贾相若；屦大小同，则贾相若。"

　　曰："夫物之不齐，物之情也；或相倍蓰，或相什百，或相千万。子比而同之，是乱天下也。巨屦小屦同贾，人岂为之哉？从许子之道，相率而为伪者也，恶能治国家？"

五

墨者夷之因徐辟而求见孟子。孟子曰：“吾固愿见，今吾尚病，病愈，我且往见，夷子不来！”

他日又求见孟子。

孟子曰：“吾今则可以见矣。不直，则道不见；我且直之。吾闻夷子墨者，墨之治丧也，以薄为其道也。夷子思以易天下，岂以为非是而不贵也？然而夷子葬其亲厚，则是以所贱事亲也。”

徐子以告夷子。

夷子曰：“儒者之道，古之人‘若保赤子’，此言何谓也？之则以为爱无差等，施由亲始。”

徐子以告孟子。

孟子曰：“夫夷子信以为人之亲其兄之子为若亲其邻之赤子乎？彼有取尔也。赤子匍匐将入井，非赤子之罪也。且天之生物也，使之一本，而夷子二本故也。盖上世尝有不葬其亲者，其亲死，则举而委之于壑。他日过之，狐狸食之，蝇蚋姑嘬之。其颡有泚，睨而不视。夫泚也，非为人泚，中心达于面目，盖归反虆梩而掩之。掩之诚是也，则孝子仁人之掩其亲，亦必有道矣。”徐子以告夷子。夷子怃然为间，曰：“命之矣。”

卷六　滕文公下

一

陈代曰："不见诸侯，宜若小然；今一见之，大则以王，小则以霸。且《志》曰：'枉尺而直寻'，宜若可为也。"

孟子曰："昔齐景公田，招虞人以旌，不至，将杀之。志士不忘在沟壑，勇士不忘丧其元。孔子奚取焉？取非其招不往也，如不待其招而往，何哉？且夫枉尺而直寻者，以利言也。如以利，则枉寻直尺而利，亦可为与？昔者赵简子使王良与嬖奚乘，终日而不获一禽。嬖奚反命曰：'天下之贱工也。'或以告王良。良曰：'请复之。'强而后可，一朝而获十禽。嬖奚反命曰：'天下之良工也。'简子曰：'我使掌与女乘。'谓王良。良不可，曰：'吾为之范我驰驱，终日不获一；为之诡遇，一朝而获十。《诗》云："不失其驰，舍矢如破。"我不贯与小人乘，请辞。'御者且羞与射者比，比而得禽兽，虽若丘陵，弗为也。如枉道而从彼，何也？且子过矣，枉己者，未有能直人者也。"

二

景春曰："公孙衍、张仪岂不诚大丈夫哉？一怒而诸侯惧，安居而天下熄。"

孟子曰："是焉得为大丈夫乎？子未学礼乎？丈夫之冠也，父命之；女子之嫁也，母命之，往送之门，戒之曰：'往之女家，必敬必戒，无违夫子！'以顺为正者，妾妇之道也。居天下之广居，立天下之正位，行天下之大道。得志，与民由之，不得志，独行其道。富贵不能淫，贫贱不能移，威武不能屈，此之谓大丈夫。"

三

周霄问曰："古之君子仕乎？"

孟子曰："仕。《传》曰：'孔子三月无君，则皇皇如也，出疆必载质。'公明仪曰：'古之人三月无君则吊。'"

"三月无君则吊，不以急乎？"

曰："士之失位也，犹诸侯之失国家也。《礼》曰：'诸侯耕助，以供粢盛；夫人蚕缫，以为衣服。牺牲不成，粢盛不絜，衣服不备，不敢以祭。惟士无田，则亦不祭。'牲杀器皿衣服不备，不敢以祭，则不敢以宴，亦不足吊乎？"

"出疆必载质，何也？"

曰："士之仕也，犹农夫之耕也，农夫岂为出疆舍其耒耜哉？"

曰："晋国亦仕国也，未尝闻仕如此其急。仕如此其急也，君子之难仕，何也？"

曰："丈失生而愿为之有室，女子生而愿为之有家。父母之心，人皆有之。不待父母之命、媒妁之言，钻穴隙相窥，逾墙相从，则父母国人皆贱之。古之人未尝不欲仕也，又恶不由其道。不由其道而往者，与钻穴隙之类也。"

四

　　彭更问曰："后车数十乘，从者数百人，以传食于诸侯，不以泰乎？"

　　孟子曰："非其道，则一箪食不可受于人；如其道，则舜受尧之天下，不以为泰，子以为泰乎？"

　　曰："否。士无事而食，不可也。"

　　曰："子不通功易事，以羡补不足，则农有馀粟，女有馀布；子如通之，则梓匠轮舆皆得食于子。于此有人焉，入则孝，出则悌，守先王之道，以待后之学者，而不得食于子。子何尊梓匠轮舆而轻为仁义者哉？"

　　曰："梓匠轮舆，其志将以求食也；君子之为道也，其志亦将以求食与？"

　　曰："子何以其志为哉？其有功于子，可食而食之矣。且子食志乎？食功乎？"曰："食志。"

　　曰："有人于此，毁瓦画墁，其志将以求食也，则子食之乎？"曰："否。"

　　曰："然则子非食志也，食功也。"

五

　　万章问曰："宋，小国也。今将行王政，齐楚恶而伐之，则如之何？"

　　孟子曰："汤居亳，与葛为邻，葛伯放而不祀。汤使人问之曰：'何为不祀？'曰：'无以供牺牲也。'汤使遗之牛羊。葛伯食之，又不以祀。汤又使人问之曰：'何为不祀？'曰：'无以供粢盛也。’汤使亳众往为之耕，老弱馈食。葛伯率其民，要其有酒食黍稻者夺之，不授者杀之。有童子以黍肉饷，杀而夺之。《书》曰：‘葛伯仇饷。’此之谓也。为其杀是童子而征之，四海之内皆曰：‘非富天下也，为匹夫匹妇复仇也。’汤始征，自葛载，十一征而无敌于天下。东面而征，西夷怨；南面而征，北狄怨，曰：‘奚为后我？’民之望之，若大旱之望雨也。归市者弗止，芸者不变，诛其君，吊其民，如时雨降。民大悦。《书》曰：‘徯我后，后来其无罚。’‘有攸不惟臣，东征，绥厥士女，篚厥玄黄，绍我周王见休，惟臣附于大邑周。’其君子实玄黄于篚以迎其君子，其小人箪食壶浆以迎其小人。救民于水火之中，取其残而已矣。《太誓》曰：‘我武惟扬，侵于之疆，则取于残，杀伐用张，于汤有光。’不行王政云尔。苟行王政，四海之内皆举首而望之，欲以为君，齐楚虽大，何畏焉？”

六

孟子谓戴不胜曰：“子欲子之王之善与？我明告子。有楚大夫于此，欲其子之齐语也，则使齐人傅诸？使楚人傅诸？”

曰：“使齐人傅之。”

曰：“一齐人傅之，众楚人咻之，虽日挞而求其齐也，不可得矣；引而置之庄岳之间数年，虽日挞而求其楚，亦不可得矣。子谓薛居州，善士也。使之居于王所。在于王所者，长幼卑尊皆薛居州也，王谁与为不善？在王所者，长幼卑尊皆非薛居州也，王谁与为善？一薛居州，独如宋王何？”

七

公孙丑问曰："不见诸侯,何义?"

孟子曰:"古者不为臣不见。段干木踰垣而辟之,泄柳闭门而不纳,是皆已甚。迫,斯可以见矣。阳货欲见孔子而恶无礼,大夫有赐于士,不得受于其家,则往拜其门。阳货瞰孔子之亡也,而馈孔子蒸豚。孔子亦瞰其亡也,而往拜之。当是时,阳货先,岂得不见?曾子曰:'胁肩谄笑,病于夏畦。'子路曰:'未同而言,观其色赧赧然,非由之所知也。'由是观之,则君子之所养可知已矣。"

八

戴盈之曰:"什一,去关市之征,今兹未能。请轻之,以待来年,然后已,何如?"

孟子曰:"今有人日攘其邻之鸡者,或告之曰:'是非君子之道。'曰:'请损之,月攘一鸡,以待来年,然后已。'如知其非义,斯速已矣,何待来年。"

九

公都子曰:"外人皆称夫子好辩,敢问何也?"

孟子曰:"予岂好辩哉?予不得已也。天下之生久矣,一治一乱。当尧之时,水逆行,泛滥于中国,蛇龙居之,民无所定。下者为巢,上者为营窟。《书》曰:'洚水警余。'洚水者,洪水也。使禹治之。禹掘地而注之海,驱蛇龙而放之菹,水由地中行,江、淮、河、汉是也。险阻既远,鸟兽之害人者消,然后人得平土而居之。

　　“尧舜既没，圣人之道衰，暴君代作。坏宫室以为洿池，民无所安息，弃田以为园囿，使民不得衣食。邪说暴行又作，园囿、洿池、沛泽多而禽兽至。及纣之身，天下又大乱。周公相武王诛纣，伐奄三年讨其君，驱飞廉于海隅而戮之，灭国者五十，驱虎豹犀象而远之，天下大悦。《书》曰：‘丕显哉，文王谟！丕承哉，武王烈！佑启我后人，咸以正无缺。’

　　“世衰道微，邪说暴行有作，臣弑其君者有之，子弑其父者有之。孔子惧，作《春秋》。《春秋》，天子之事也，是故孔子曰：‘知我者，其惟《春秋》乎；罪我者，其惟《春秋》乎。’

　　“圣王不作，诸侯放恣，处士横议，杨朱墨翟之言盈天下。天下之言不归杨则归墨。杨氏为我，是无君也；墨氏兼爱，是无父也。无父无君。是禽兽也。公明仪曰：‘庖有肥肉，厩有肥马，民有饥色，野有饿莩，此率兽而食人也。’杨墨之道不息，孔子之道不著，是邪说诬民，充塞仁义也。仁义充塞，则率兽食人，人将相食。吾为此惧，闲先圣之道，距杨墨，放淫辞，邪说者不得作。作于其心，害于其事；作于其事，害于其政。圣人复起，不易吾言矣。

　　“昔者禹抑洪水，而天下平；周公兼夷狄，驱猛兽，而百姓宁；孔子成《春秋》，而乱臣贼子惧。《诗》云：‘戎狄是膺，荆舒是惩，则莫我敢承。’无父无君，是周公所膺也。我亦欲正人心，息邪说，距诐行，放淫辞，以承三圣者。岂好辩哉？予不得已也。能言距杨墨者，圣人之徒也。”

十

匡章曰："陈仲子岂不诚廉士哉？居于陵，三日不食，耳无闻，目无见也。井上有李，螬食实者过半矣，匍匐往，将食之，三咽，然后耳有闻，目有见。"

孟子曰："于齐国之士，吾必以仲子为巨擘焉。虽然，仲子恶能廉？充仲子之操，则蚓而后可者也。夫蚓，上食槁壤，下饮黄泉。仲子所居之室，伯夷之所筑与？抑亦盗跖之所筑与？所食之粟，伯夷之所树与？抑亦盗跖之所树与？是未可知也。"

曰："是何伤哉？彼身织屦，妻辟纑，以易之也。"

曰："仲子，齐之世家也。兄戴，盖禄万钟。以兄之禄为不义之禄而不食也，以兄之室为不义之室而不居也，辟兄离母，处于於陵。他日归，则有馈其兄生鹅者，己频顣曰：'恶用是鶃鶃者为哉？'他日，其母杀是鹅也，与之食之。其兄自外至，曰：'是鶃鶃之肉也。'出而哇之。以母则不食，以妻则食之；以兄之室则弗居，以於陵则居之。是尚为能充其类也乎？若仲子者，蚓而后充其操者也。"

卷七　离娄上

一

孟子曰："离娄之明，公输子之巧，不以规矩，不能成方圆：师旷之聪，不以六律，不能正五音；尧舜之道，不以仁政，不能平治天下。今有仁心仁闻而民不被其泽，不可法于后世者，不行先王之道也。故曰：徒善不足以为政，徒法不能以自行。《诗》云：'不愆不忘，率由旧章。'遵先王之法而过者，未之有也。圣人既竭目力焉，继之以规矩准绳，以为方员平直，不可胜用也；既竭耳力焉，继之以六律，正五音，不可胜用也；既竭心思焉，继之以不忍人之政，而仁覆天下矣。故曰：为高必因丘陵，为下必因川泽。为政不因先王之道，可谓智乎？是以惟仁者宜在高位。不仁而在高位，是播其恶于众也。上无道揆也。下无法守也，朝不信道，工不信度，君子犯义，小人犯刑，国之所存者幸也。故曰：城郭不完，兵甲不多，非国之灾也；田野不辟，货财不聚，非国之害也。上无礼，下无学，贼民兴，丧无日矣。《诗》曰：'天之方蹶，无然泄泄。'泄泄，犹沓沓也。事君无义，进退无礼，言则非先王之道者，犹沓沓也。故曰：责难于君谓之恭，陈善闭邪谓之敬，吾君不能谓之贼。"

二

孟子曰："规矩，方员之至也；圣人，人伦之至也。欲为君，尽君道；欲为臣，尽臣道。二者皆法尧舜而已矣。不以舜之所以事尧事君，不敬其君者也；不以尧之所以治民治民，贼其民者也。孔子曰：'道二：仁与不仁而已矣。'暴其民甚，则身弑国亡；不甚，则身危国削。名之曰'幽、厉'，虽孝子慈孙，百世不能改也。《诗》云'殷鉴不远，在夏后之世'，此之谓也。"

三

孟子曰："三代之得天下也以仁，其失天下也以不仁。国之所以废兴存亡者亦然。天子不仁，不保四海；诸侯不仁，不保社稷；卿大夫不仁，不保宗庙；士庶人不仁，不保四体。今恶死亡而乐不仁，是犹恶醉而强酒。"

四

孟子曰："爱人不亲反其仁，治人不治反其智，礼人不答反其敬。行有不得者，皆反求诸己，其身正而天下归之。《诗》云：'永言配命，自求多福。'"

五

孟子曰："人有恒言，皆曰'天下国家'。天下之本在国，国之本在家，家之本在身。"

六

孟子曰："为政不难，不得罪于巨室。巨室之所慕，一国慕之；一国之所慕，天下慕之。故沛然德教溢乎四海。"

七

孟子曰："天下有道，小德役大德，小贤役大贤；天下无道，小役大，弱役强。斯二者，天也。顺天者存，逆天者亡。齐景公曰：'既不能令，又不受命，是绝物也。'涕出而女于吴。今也小国师大国而耻受命焉，是犹弟子而耻受命于先师也。如耻之，莫若师文王。师文王，大国五年，小国七年，必为政于天下矣。《诗》云：'商之孙子，其丽不亿。上帝既命，侯于周服。侯服于周，天命靡常。殷士肤敏，裸将于京。'孔子曰：'仁不可为众也。夫国君好仁，天下无敌。’今也欲无敌于天下而不以仁，是犹执热而不以濯也。《诗》云：‘谁能执热，逝不以濯？’”

八

孟子曰：“不仁者可与言哉？安其危而利其灾，乐其所以亡者。不仁而可与言，则何亡国败家之有？有孺子歌曰：‘沧浪之水清兮，可以濯我缨；沧浪之水浊兮，可以濯我足。’孔子曰：‘小子听之！清斯濯缨，浊斯濯足矣，自取之也。’夫人必自侮，然后人侮之；家必自毁，而后人毁之；国必自伐，而后人伐之。《太甲》曰：‘天作孽，犹可违；自作孽，不可活。’此之谓也。”

九

孟子曰：“桀纣之失天下也，失其民也；失其民者，失其心也。得天下有道：得其民，斯得天下矣。得其民有道：得其心，斯得民矣。得其心有道：所欲与之聚之，所恶勿施尔也。民之归仁也，犹水之就下、兽之走圹也。故为渊驱鱼者，獭也；为丛驱爵者，鹯也；为汤武驱民者，桀与纣也。今天下之君有好仁者，则诸侯皆为之驱矣。虽欲无王，不可得已。今之欲王者，犹七年之病求三年之艾也。苟为不畜，终身不得。苟不志于仁，终身忧辱，以陷于死亡。《诗》云：‘其何能淑，载胥及溺。’此之谓也。”

十

孟子曰：“自暴者，不可与有言也；自弃者，不可与有为也。

言非礼义，谓之自暴也；吾身不能居仁由义，谓之自弃也。仁，人之安宅也；义，人之正路也。旷安宅而弗居，舍正路而不由，哀哉！"

十一

孟子曰："道在迩而求诸远，事在易而求诸难。人人亲其亲，长其长，而天下平。"

十二

孟子曰："居下位而不获于上，民不可得而治也。获于上有道，不信于友，弗获于上矣。信于友有道，事亲弗悦，弗信于友矣。悦亲有道，反身不诚，不悦于亲矣。诚身有道，不明乎善，不诚其身矣。是故诚者，天之道也。思诚者，人之道也。至诚而不动者，未之有也。不诚，未有能动者也。"

十三

孟子曰："伯夷辟纣，居北海之滨，闻文王作，兴曰：'盍归乎来！吾闻西伯善养老者。'太公辟纣，居东海之滨，闻文王作，兴曰：'盍归乎来！吾闻西伯善养老者。'二老者，天下之大老也，而归之，是天下之父归之也。天下之父归之，其子焉往？诸侯有行文王之政者，七年之内，必为政于天下矣。"

十四

孟子曰："求也为季氏宰，无能改于其德，而赋粟倍他日。孔子曰：'求非我徒也，小子鸣鼓而攻之可也。'由此观之，君不行仁政而富之，皆弃于孔子者也。况于为之强战？争地以战，杀人盈野；争城以战，杀人盈城。此所谓率土地而食人肉，罪不容于死。故善战者服上刑，连诸侯者次之，辟草莱、任土地者次之。"

十五

孟子曰："存乎人者，莫良于眸子。眸子不能掩其恶。胸中正，则眸子瞭焉；胸中不正，则眸子眊焉。听其言也，观其眸子，人焉廋哉？"

十六

孟子曰："恭者不侮人，俭者不夺人。侮夺人之君，惟恐不顺焉，恶得为恭俭？恭俭岂可以声音笑貌为哉？"

十七

淳于髡曰："男女授受不亲，礼与？"

孟子曰："礼也。"

曰："嫂溺，则援之以手乎？"

曰："嫂溺不援，是豺狼也。男女授受不亲，礼也；嫂溺，援之以手者，权也。"

曰："今天下溺矣，夫子之不援，何也？"

曰："天下溺，援之以道；嫂溺，援之以手。子欲手援天下乎？"

十八

公孙丑曰："君子之不教子，何也？"

孟子曰："势不行也。教者必以正。以正不行，继之以怒。继之以怒，则反夷矣。'夫子教我以正，夫子未出于正也。'则是父子相夷也。父子相夷，则恶矣。古者易子而教之。父子之间不责善。责善则离，离则不祥莫大焉。"

十九

孟子曰："事孰为大？事亲为大。守孰为大？守身为大。不失其身而能事其亲者，吾闻之矣；失其身而能事其亲者，吾未之闻也。孰不为事？事亲，事之本也；孰不为守？守身，守之本也。曾子养曾皙，必有酒肉。将彻，必请所与。问有馀，必曰'有'。曾皙死，曾元养曾子，必有酒肉。将彻，不请所与。问有馀，曰：'亡矣。'将以复进也。此所谓养口体者也。若曾子，则可谓养志也。事亲若曾子者，可也。"

二十

孟子曰："人不足与适也，政不足与间也。唯大人为能格君心之非。君仁莫不仁，君义莫不义，君正莫不正。一正君而国定矣。"

二十一

孟子曰："有不虞之誉，有求全之毁。"

二十二

孟子曰：“人之易其言也，无责耳矣。”

二十三

孟子曰：“人之患在好为人师。”

二十四

乐正子从于子敖之齐。乐正子见孟子。孟子曰：“子亦来见我乎？”

曰：“先生何为出此言也？”

曰：“子来几日矣？”

曰：“昔者。”

曰：“昔者，则我出此言也，不亦宜乎？”

曰：“舍馆未定。”

曰：“子闻之也，舍馆定，然后求见长者乎？”

曰：“克有罪。”

二十五

孟子谓乐正子曰：“子之从于子敖来，徒铺啜也。我不意子学古之道而以铺啜也。”

二十六

孟子曰：“不孝有三，无后为大。舜不告而娶，为无后也，君子以为犹告也。”

二十七

孟子曰："仁之实，事亲是也；义之实，从兄是也；智之实，知斯二者弗去是也；礼之实，节文斯二者是也；乐之实，乐斯二者，乐则生矣；生则恶可已也，恶可已，则不知足之蹈之，手之舞之。"

二十八

孟子曰："天下大悦而将归己，视天下悦而归己，犹草芥也。惟舜为然。不得乎亲，不可以为人；不顺乎亲，不可以为子。舜尽事亲之道而瞽瞍厎豫，瞽瞍厎豫而天下化，瞽瞍厎豫而天下之为父子者定，此之谓大孝。"

卷八　离娄下

一

孟子曰："舜生于诸冯，迁于负夏，卒于鸣条，东夷之人也。文王生于岐周，卒于毕郢，西夷之人也。地之相去也，千有余里；世之相后也，千有余岁。得志行乎中国，若合符节。先圣后圣，其揆一也。"

二

子产听郑国之政，以其乘舆济人于溱洧。

孟子曰："惠而不知为政。岁十一月，徒杠成；十二月，輿梁成，民未病涉也。君子平其政，行辟人可也。焉得人人而济之？故为政者，每人而悦之，日亦不足矣。”

三

孟子告齐宣王曰："君之视臣如手足；则臣视君如腹心；君之视臣如犬马，则臣视君如国人；君之视臣如土芥，则臣视君如寇雠。"

王曰："礼，为旧君有服，何如斯可为服矣？"

曰："谏行言听，膏泽下于民；有故而去，则君使人导之出疆，又先于其所往；去三年不反，然后收其田里。此之谓三有礼焉。如此，则为之服矣。今也为臣，谏则不行，言则不听，膏泽不下于民；有故而去，则君搏执之，又极之于其所往；去之日，遂收其田里。此之谓寇雠。寇雠，何服之有？"

四

孟子曰："无罪而杀士，则大夫可以去；无罪而戮民，则士可以徙。"

五

孟子曰："君仁，莫不仁，君义，莫不义。"

六

孟子曰："非礼之礼，非义之义，大人弗为。"

七

孟子曰："中也养不中，才也养不才，故人乐有贤父兄也。如中也弃不中，才也弃不才，则贤不肖之相去，其间不能以寸。"

八

孟子曰："人有不为也，而后可以有为。"

九

孟子曰："言人之不善，当如后患何？"

十

孟子曰："仲尼不为已甚者。"

十一

孟子曰："大人者，言不必信，行不必果，惟义所在。"

十二

孟子曰："大人者，不失其赤子之心者也。"

十三

孟子曰："养生者不足以当大事，惟送死可以当大事。"

十四

孟子曰："君子深造之以道，欲其自得之也。自得之，则居之安；居之安，则资之深；资之深，则取之左右逢其原，故君子欲其自得之也。"

十五

孟子曰："博学而详说之，将以反说约也。"

十六

孟子曰："以善服人者，未有能服人者也；以善养人，然后能服天下。天下不心服而王者，未之有也。"

十七

孟子曰："言无实，不祥。不祥之实，蔽贤者当之。"

十八

徐子曰："仲尼亟称于水，曰：'水哉，水哉！'何取于水也？"

孟子曰："源泉混混，不舍昼夜。盈科而后进，放乎四海。有本者如是，是之取尔。苟为无本，七八月之间雨集，沟浍皆盈，其涸也，可立而待也。故声闻过情，君子耻之。"

十九

孟子曰："人之所以异于禽兽者几希，庶民去之，君子存之。舜明于庶物，察于人伦，由仁义行，非行仁义也。"

二十

孟子曰："禹恶旨酒而好善言。汤执中，立贤无方。文王视民如伤，望道而未之见。武王不泄迩，不忘远。周公思兼三王，以施四事；其有不合者，仰而思之，夜以继日；幸而得之，坐以待旦。”

二十一

孟子曰：“王者之迹熄而《诗》亡，《诗》亡然后《春秋》作。晋之《乘》，楚之《梼杌》，鲁之《春秋》，一也。其事则齐桓、晋文，其文则史。孔子曰：‘其义则丘窃取之矣。’”

二十二

孟子曰：“君子之泽五世而斩，小人之泽五世而斩。予未得为孔子徒也，予私淑诸人也。”

二十三

孟子曰：“可以取，可以无取，取伤廉；可以与，可以无与，与伤惠；可以死，可以无死，死伤勇。”

二十四

逢蒙学射于羿，尽羿之道，思天下惟羿为愈己，于是杀羿。

孟子曰：“是亦羿有罪焉。”公明仪曰：“宜若无罪焉。”曰：“薄乎云尔，恶得无罪？郑人使子濯孺子侵卫，卫使庾公之斯追之。子濯孺子曰：‘今日我疾作，不可以执弓，吾死矣夫！’问其仆曰：‘追我者谁也？’其仆曰：‘庾公之斯也。’曰：‘吾生矣。’其仆曰：‘庾公之斯，卫之善射者也，夫子曰吾生，何谓也？’曰：‘庾公之斯学射于尹公之他，尹公之他学射于我。夫尹公之他，端人也，其取友必端矣。’庾公之斯至，曰：‘夫子何为不执弓？’曰：‘今日我疾作，不可以执弓。’曰：‘小人学射于尹公之他，尹公之他学射于夫子。我不忍以夫子之道反害夫子。虽然，今日之事，君事也，我不敢废。’抽矢，扣轮，去其金，发乘矢而后反。”

二十五

孟子曰：“西子蒙不洁，则人皆掩鼻而过之。虽有恶人，斋戒沐浴，则可以祀上帝。”

二十六

孟子曰：“天下之言性也，则故而已矣。故者以利为本。所恶于智者，为其凿也。如智者若禹之行水也，则无恶于智矣。禹之行水也，行其所无事也。如智者亦行其所无事，则智亦大矣。天之高也，星辰之远也，苟求其故，千岁之日至，可坐而致也。”

二十七

公行子有子之丧，右师往吊。入门，有进而与右师言者，有就右师之位而与右师言者。孟子不与右师言，右师不悦，曰：“诸君子皆与驩言，孟子独不与驩言，是简驩也。”

孟子闻之，曰：“礼，朝廷不历位而相与言，不逾阶而相揖也。我欲行礼，子敖以我为简，不亦异乎？”

二十八

孟子曰：“君子所以异于人者，以其存心也。君子以仁存心，以礼存心。仁者爱人，有礼者敬人。爱人者人恒爱之，敬人者人恒敬之。有人于此，其待我以横逆，则君子必自反也：我必不仁也，必无礼也，此物奚宜至哉？其自反而仁矣，自反而有礼矣，其横逆由是也，君子必自反也，我必不忠。自反而忠矣，其横逆由是也，君子曰：'此亦妄人也已矣。如此则与禽兽奚择哉？于禽兽又何难焉？'是故，君子有终身之忧，无一朝之患也。乃若所忧则有之：舜人也，我亦人也。舜为法于天下，可传于后世，我由未免为乡人也，是则可忧也。忧之如何？如舜而已矣。若夫君子所患则亡矣。非仁无为也，非礼无行也。如有一朝之患，则君子不患矣。"

二十九

禹、稷当平世，三过其门而不入，孔子贤之。颜子当乱世，居于陋巷，一箪食，一瓢饮；人不堪其忧，颜子不改其乐，孔子贤之。

孟子曰："禹、稷、颜回同道。禹思天下有溺者，由己溺之也；稷思天下有饥者，由己饥之也，是以如是其急也。禹、稷、颜子易地则皆然。今有同室之人斗者，救之，虽被发缨冠而救之，可也。乡邻有斗者，被发缨冠而往救之，则惑也，虽闭户可也。"

三十

公都子曰："匡章，通国皆称不孝焉。夫子与之游，又从而礼貌之，敢问何也？"

孟子曰："世俗所谓不孝者五：惰其四支，不顾父母之养，一不孝也；博弈好饮酒，不顾父母之养，二不孝也；好货财，私妻子，不顾父母之养，三不孝也；从耳目之欲，以为父母戮，四不孝也；好勇斗很，以危父母，五不孝也。章子有一于是乎？

"夫章子，子父责善而不相遇也。责善，朋友之道也；父子责善，贼恩之大者。

"夫章子，岂不欲有夫妻子母之属哉？为得罪于父，不得近。出妻屏子，终身不养焉。其设心以为不若是，是则罪之大者，是则章子而已矣。"

三十一

曾子居武城，有越寇。或曰："寇至，盍去诸？"

曰："无寓人于我室，毁伤其薪木。"寇退，则曰："修我墙屋，我将反。"寇退，曾子反。左右曰："待先生，如此其忠且敬也。寇至，则先去以为民望；寇退，则反，殆于不可。"

沈犹行曰："是非汝所知也。昔沈犹有负刍之祸，从先生者七十人，未有与焉。"

子思居于卫，有齐寇。或曰："寇至，盍去诸？"子思曰："如伋去，君谁与守？"

孟子曰："曾子、子思同道。曾子，师也，父兄也；子思，臣也，微也。曾子、子思易地则皆然。"

三十二

储子曰："王使人瞯夫子，果有以异于人乎？"孟子曰："何以异于人哉？尧舜与人同耳。"

三十三

齐人有一妻一妾而处室者。其良人出，则必餍酒肉而后反。
其妻问所与饮食者，则尽富贵也。其妻告其妾曰："良人出，
则必餍酒肉而后反，问其与饮食者，尽富贵也，而未尝有显者来，
吾将瞷良人之所之也。"

蚤起，施从良人之所之，遍国中无与立谈者。卒之东郭墦间，
之祭者，乞其馀；不足，又顾而之他，此其为餍足之道也。其
妻归，告其妾曰："良人者，所仰望而终身也。今若此。"与
其妾讪其良人，而相泣于中庭。而良人未之知也，施施从外来，
骄其妻妾。

由君子观之，则人之所以求富贵利达者，其妻妾不羞也而
不相泣者，几希矣。

卷九　万章上

一

万章问曰："舜往于田，号泣于旻天，何为其号泣也？"
孟子曰："怨慕也。"

万章曰："'父母爱之，喜而不忘。父母恶之，劳而不怨。'
然则舜怨乎？"

曰："长息问于公明高曰：'舜往于田，则吾既得闻命矣。
号泣于旻天，于父母，则吾不知也。'公明高曰：'是非尔所
知也。'夫公明高以孝子之心，为不若是恝，我竭力耕田，共

为子职而已矣，父母之不我爱，于我何哉？帝使其子九男二女，百官牛羊仓廪备，以事舜于畎亩之中。天下之士多就之者，帝将胥天下而迁之焉。为不顺于父母，如穷人无所归。天下之士悦之，人之所欲也，而不足以解忧；好色，人之所欲，妻帝之二女，而不足以解忧；富，人之所欲，富有天下，而不足以解忧；贵，人之所欲，贵为天子，而不足以解忧。人悦之、好色、富贵，无足以解忧者，惟顺于父母可以解忧。人少，则慕父母；知好色，则慕少艾；有妻子，则慕妻子；仕则慕君，不得于君则热中。大孝终身慕父母。五十而慕者，予于大舜见之矣。”

二

万章问曰：“《诗》云：‘娶妻如之何？必告父母。’信斯言也，宜莫如舜。舜之不告而娶，何也？”

孟子曰：“告则不得娶。男女居室，人之大伦也。如告，则废人之大伦，以怼父母，是以不告也。”

万章曰：“舜之不告而娶，则吾既得闻命矣；帝之妻舜而不告，何也？”

曰：“帝亦知告焉则不得妻也。”

万章曰：“父母使舜完廪，捐阶，瞽瞍焚廪。使浚井，出，从而掩之。象曰：‘谟盖都君咸我绩。牛羊父母，仓廪父母，干戈朕，琴朕，弤朕，二嫂使治朕栖。’象往入舜宫，舜在床琴。象曰：‘郁陶思君尔。’忸怩。舜曰：‘惟兹臣庶，汝其于予治。’不识舜不知象之将杀己与？”

曰：“奚而不知也？象忧亦忧，象喜亦喜。”

曰："然则舜伪喜者与？"

曰："否。昔者有馈生鱼于郑子产，子产使校人畜之池。校人烹之，反命曰：'始舍之，圉圉焉，少则洋洋焉，攸然而逝。'子产曰：'得其所哉！得其所哉！'校人出，曰：'孰谓子产智？予既烹而食之，曰，得其所哉，得其所哉。'故君子可欺以其方，难罔以非其道。彼以爱兄之道来，故诚信而喜之，奚伪焉？"

三

万章问曰："象日以杀舜为事，立为天子则放之，何也？"孟子曰："封之也，或曰放焉。"

万章曰："舜流共工于幽州，放驩兜于崇山，杀三苗于三危，殛鲧于羽山，四罪而天下咸服，诛不仁也。象至不仁，封之有庳。有庳之人奚罪焉？仁人固如是乎？在他人则诛之，在弟则封之？"

曰："仁人之于弟也，不藏怒焉，不宿怨焉，亲爱之而已矣。亲之，欲其贵也；爱之，欲其富也。封之有庳，富贵之也。身为天子，弟为匹夫，可谓亲爱之乎？"

"敢问或曰放者，何谓也？"

曰："象不得有为于其国，天子使吏治其国而纳其贡税焉，故谓之放，岂得暴彼民哉？虽然，欲常常而见之，故源源而来。'不及贡，以政接于有庳'，此之谓也。"

四

咸丘蒙问曰："语云：'盛德之士，君不得而臣，父不得而子。'舜南面而立，尧帅诸侯北面而朝之，瞽瞍亦北面而朝之。舜见瞽瞍，其容有蹙。孔子曰：'于斯时也，天下殆哉，岌岌乎！'不识此语诚然乎哉？"

孟子曰："否。此非君子之言，齐东野人之语也。尧老而舜摄也。《尧典》曰：'二十有八载，放勋乃徂落，百姓如丧考妣，三年，四海遏密八音。'孔子曰：'天无二日，民无二王。'舜既为天子矣，又帅天下诸侯以为尧三年丧，是二天子矣。"

咸丘蒙曰："舜之不臣尧，则吾既得闻命矣。《诗》云：'普天之下，莫非王土。率土之滨，莫非王臣。'而舜既为天子矣，敢问瞽瞍之非臣，如何？"曰："是诗也，非是之谓也。劳于王事，而不得养父母也。曰：'此莫非王事，我独贤劳也。'故说诗者，不以文害辞，不以辞害志。以意逆志，是为得之，如以辞而已矣，《云汉》之诗曰：'周馀黎民，靡有孑遗。'信斯言也，是周无遗民也。孝子之至，莫大乎尊亲；尊亲之至，莫大乎以天下养。为天子父，尊之至也；以天下养，养之至也。《诗》曰：'永言孝思，孝思维则。'此之谓也。《书》曰：'祗载见瞽瞍，夔夔斋栗，瞽瞍亦允若。'是为父不得而子也？"

五

万章曰："尧以天下与舜，有诸？"孟子曰："否。天子不能以天下与人。"

"然则舜有天下也，孰与之？"曰："天与之。"

"天与之者，谆谆然命之乎？"曰："否。天不言，以行与事示之而已矣。"

曰："以行与事示之者，如之何？"曰："天子能荐人于天，不能使天与之天下；诸侯能荐人于天子，不能使天子与之诸侯；大夫能荐人于诸侯，不能使诸侯与之大夫。昔者，尧荐舜于天而天受之，暴之于民而民受之，故曰：天不言，以行与事示之而已矣。"

曰："敢问荐之于天而天受之，暴之于民而民受之，如何？"

曰："使之主祭而百神享之，是天受之；使之主事而事治，百姓安之，是民受之也。天与之，人与之，故曰天子不能以天下与人。舜相尧二十有八载，非人之所能为也，天也。尧崩，三年之丧毕，舜避尧之子于南河之南。天下诸侯朝觐者，不之尧之子而之舜；讼狱者，不之尧之子而之舜；讴歌者，不讴歌尧之子而讴歌舜，故曰天也。夫然后之中国，践天子位焉。而居尧之宫，逼尧之子，是篡也，非天与也。《太誓》曰：'天视自我民视，天听自我民听。'此之谓也。"

六

万章问曰："人有言：'至于禹而德衰，不传于贤而传于子。'有诸？"

孟子曰："否，不然也。天与贤，则与贤；天与子，则与子。昔者舜荐禹于天，十有七年，舜崩。三年之丧毕，禹避舜之子于阳城。天下之民从之，若尧崩之后不从尧之子而从舜也。禹荐益于天，七年，禹崩。三年之丧毕，益避禹之子于箕山之阴。朝觐讼狱者不之益而之启，曰：'吾君之子也。'讴歌者不讴歌益而讴歌启，曰：'吾君之子也。'丹朱之不肖，舜之子亦不肖。舜之相尧，禹之相舜也，历年多，施泽于民久。启贤，能敬承继禹之道。益之相禹也，历年少，施泽于民未久。舜、禹、益相去久远，其子之贤不肖，皆天也，非人之所能为也。莫之为而为者，天也；莫之致而至者，命也。匹夫而有天下者，德必若舜禹，而又有天子荐之者，故仲尼不有天下。继世以有天下，天之所废，必若桀纣者也，故益、伊尹、周公不有天下。伊尹相汤以王于天下。汤崩，太丁未立，外丙二年，仲壬四年。太甲颠覆汤之典刑，伊尹放之于桐。三年，太甲悔过，自怨自艾，于桐处仁迁义；三年，以听伊尹之训己也，复归于亳。周公之不有天下，犹益之于夏，伊尹之于殷也。孔子曰：'唐虞禅，夏后殷周继，其义一也。'"

七

万章问曰："人有言'伊尹以割烹要汤'，有诸？"

孟子曰："否，不然。伊尹耕于有莘之野，而乐尧舜之道焉。非其义也，非其道也，禄之以天下弗顾也；系马千驷弗视也。非其义也，非其道也。一介不以与人，一介不以取诸人，汤使人以币聘之，嚣嚣然曰：'我何以汤之聘币为哉？我岂若处畎亩之中，由是以乐尧舜之道哉？'汤三使往聘之，既而幡然改曰：'与我处畎亩之中，由是以乐尧舜之道，吾岂若使是君为尧舜之君哉？吾岂若使是民为尧舜之民哉？吾岂若于吾身亲见之哉？天之生此民也，使先知觉后知，使先觉觉后觉也。予，天民之先觉者也，予将以斯道觉斯民也。非予觉之而谁也？'思天下之民、匹夫匹妇有不被尧舜之泽者，若己推而内之沟中。

其自任以天下之重如此，故就汤而说之以伐夏救民。吾未闻枉己而正人者也，况辱己以正天下者乎？圣人之行不同也，或远或近，或去或不去，归洁其身而已矣。吾闻其以尧舜之道要汤，末闻以割烹也。《伊训》曰：'天诛造攻自牧宫，朕载自亳。'"

八

万章问曰："或谓孔子于卫主痈疽，于齐主侍人瘠环，有诸乎？"

孟子曰："否，不然也。好事者为之也。于卫主颜雠由。弥子之妻与子路之妻，兄弟也。弥子谓子路曰：'孔子主我，卫卿可得也。'子路以告。孔子曰：'有命。'孔子进以礼，退以义，得之不得曰'有命'。而主痈疽与侍人瘠环，是无义无命也。孔子不悦于鲁卫，遭宋桓司马将要而杀之，微服而过宋。是时孔子当厄，主司城贞子，为陈侯周臣。吾闻观近臣，以其所为主；观远臣，以其所主。若孔子主痈疽与侍人瘠环，何以为孔子？"

九

万章问曰："或曰：'百里奚自鬻于秦养牲者五羊之皮、食牛，以要秦穆公。'信乎？"

孟子曰："否，不然。好事者为之也。百里奚，虞人也。晋人以垂棘之璧与屈产之乘，假道于虞以伐虢。宫之奇谏，百里奚不谏。知虞公之不可谏而去，之秦，年已七十矣，曾不知以食牛干秦穆公之为污也，可谓智乎？不可谏而不谏，可谓不智乎？知虞公之将亡而先去之，不可谓不智也。时举于秦，知穆公之可与有行也而相之，可谓不智乎？相秦而显其君于天下，可传于后世，不贤而能之乎？自鬻以成其君，乡党自好者不为，而谓贤者为之乎？"

卷十　万章下

一

孟子曰："伯夷，目不视恶色，耳不听恶声。非其君不事，非其民不使。治则进，乱则退。横政之所出，横民之所止，不忍居也。思与乡人处，如以朝衣朝冠坐于涂炭也。当纣之时，居北海之滨，以待天下之清也。故闻伯夷之风者，顽夫廉，懦夫有立志。

"伊尹曰：'何事非君？何使非民？'治亦进，乱亦进。曰：'天之生斯民也，使先知觉后知，使先觉觉后觉。予，天民之先觉者也；予将以此道觉此民也。'思天下之民，匹夫匹妇有不与被尧舜之泽者，若己推而内之沟中，其自任以天下之重也。

"柳下惠不羞污君，不辞小官。进不隐贤，必以其道。遗佚而不怨，厄穷而不悯。与乡人处，由由然不忍去也。'尔为尔，我为我，虽袒裼裸裎于我侧，尔焉能浼我哉？'故闻柳下惠之风者，鄙夫宽，薄夫敦。

"孔子之去齐，接淅而行。去鲁，曰：'迟迟吾行也。'去父母国之道也。可以速而速，可以久而久，可以处而处，可以仕而仕，孔子也。"

　　孟子曰："伯夷，圣之清者也；伊尹，圣之任者也；柳下惠，圣之和者也；孔子，圣之时者也。孔子之谓集大成。集大成也者，金声而玉振之也。金声也者，始条理也；玉振之也者，终条理也。始条理者，智之事也；终条理者，圣之事也。智，譬则巧也；圣，譬则力也。由射于百步之外也，其至，尔力也；其中，非尔力也。"

二

　　北宫锜问曰："周室班爵禄也，如之何？"

　　孟子曰："其详不可得闻也。诸侯恶其害己也，而皆去其籍。然而轲也尝闻其略也。天子一位，公一位，侯一位，伯一位，子、男同一位，凡五等也。君一位，卿一位，大夫一位，上士一位，中士一位，下士一位，凡六等。天子之制，地方千里，公侯皆方百里，伯七十里，子、男五十里，凡四等。不能五十里，不达于天子，附于诸侯，曰附庸。天子之卿受地视侯，大夫受地视伯，元士受地视子、男。大国地方百里，君十卿禄，卿禄四大夫，大夫倍上士，上士倍中士，中士倍下士，下士与庶人在官者同禄，禄足以代其耕也。次国地方七十里，君十卿禄，卿禄三大夫，大夫倍上士，上士倍中士，中士倍下士，下士与庶人在官者同禄，禄足以代其耕也。小国地方五十里，君十卿禄，卿禄二大夫，大夫倍上士，上士倍中士，中士倍下士，下士与庶人在官者同禄，禄足以代其耕也。耕者之所获，一夫百亩。百亩之粪，上农夫食九人，上次食八人，中食七人，中次食六人，下食五人。庶人在官者，其禄以是为差。"

三

万章问曰："敢问友。"

孟子曰："不挟长，不挟贵，不挟兄弟而友。友也者，友其德也，不可以有挟也。孟献子，百乘之家也，有友五人焉：乐正裘、牧仲，其三人则予忘之矣。献子之与此五人者友也，无献子之家者也。此五人者，亦有献子之家，则不与之友矣。非惟百乘之家为然也，虽小国之君亦有之。费惠公曰：'吾于子思则师之矣；吾于颜般则友之矣。王顺、长息则事我者也。'非惟小国之君为然也，虽大国之君亦有之。晋平公之于亥唐也，入云则入，坐云则坐，食云则食。虽蔬食菜羹，未尝不饱，盖不敢不饱也。然终于此而已矣。弗与共天位也，弗与治天职也，弗与食天禄也。士之尊贤者也，非王公之尊贤也。舜尚见帝，帝馆甥于贰室，亦飨舜，迭为宾主，是天子而友匹夫也。用下敬上，谓之贵贵；用上敬下，谓之尊贤。贵贵、尊贤，其义一也。"

四

万章问曰："敢问交际何心也？"孟子曰："恭也。"

曰："却之却之为不恭，何哉？"曰："尊者赐之，曰：'其所取之者义乎，不义乎？'而后受之，以是为不恭，故弗却也。"

曰："请无以辞却之，以心却之，曰：'其取诸民之不义也'，而以他辞无受，不可乎？"曰："其交也以道，其接也以礼，斯孔子受之矣。"

万章曰："今有御人于国门之外者，其交也以道，其馈也以礼，斯可受御与？"曰："不可。《康诰》曰：'杀越人于货，闵不畏死，凡民罔不谶。’是不待教而诛者也。殷受夏，周受殷，所不辞也。于今为烈，如之何其受之？”

曰："今之诸侯取之于民也，犹御也。苟善其礼际矣，斯君子受之，敢问何说也？"曰："子以为有王者作，将比今之诸侯而诛之乎？其教之不改而后诛之乎？夫谓非其有而取之者盗也，充类至义之尽也。孔子之仕于鲁也，鲁人猎较，孔子亦猎较。猎较犹可，而况受其赐乎？"

曰："然则孔子之仕也，非事道与？"曰："事道也。"

"事道奚猎较也？"曰："孔子先簿正祭器，不以四方之食供簿正。"

曰："奚不去也？"

曰："为之兆也。兆足以行矣，而不行，而后去，是以未尝有所终三年淹也。孔子有见行可之仕，有际可之仕，有公养之仕也。于季桓子，见行可之仕也；于卫灵公，际可之仕也；于卫孝公，公养之仕也。"

五

孟子曰："仕非为贫也，而有时乎为贫；娶妻非为养也，而有时乎为养。为贫者，辞尊居卑，辞富居贫。辞尊居卑，辞富居贫，恶乎宜乎？抱关击柝。孔子尝为委吏矣，曰：‘会计当而已矣。’尝为乘田矣，曰：‘牛羊茁壮长而已矣。’位卑而言高，罪也；立乎人之本朝而道不行，耻也。"

六

万章曰："士之不托诸侯，何也？"孟子曰："不敢也。诸侯失国，而后托于诸侯，礼也。士之托于诸侯，非礼也。"

万章曰："君馈之粟，则受之乎？"曰："受之。"

"受之何义也？"曰："君之于氓也，固周之。"

曰："周之则受，赐之则不受，何也？"曰："不敢也。"

曰："敢问其不敢何也？"曰："抱关击柝者皆有常职以食于上。无常职而赐于上者，以为不恭也。"

曰："君馈之则受之，不识可常继乎？"曰："缪公之于子思也，亟问，亟馈鼎肉。子思不悦。于卒也，摽使者出诸大门之外，北面稽首再拜而不受，曰：'今而后知君之犬马畜伋。'盖自是台无馈也。悦贤不能举，又不能养也，可谓悦贤乎？"

曰："敢问国君欲养君子，如何斯可谓养矣？"曰："以君命将之，再拜稽首而受。其后廪人继粟，庖人继肉，不以君命将之。子思以为鼎肉，使己仆仆尔亟拜也，非养君子之道也。尧之于舜也，使其子九男事之，二女女焉，百官牛羊仓廪备，以养舜于畎亩之中，后举而加诸上位。故曰王公之尊贤者也。"

七

万章曰："敢问不见诸侯，何义也？"孟子曰："在国曰市井之臣，在野曰草莽之臣，皆谓庶人。庶人不传质为臣，不敢见于诸侯，礼也。"

万章曰："庶人，召之役，则往役君欲见之，召之则不往见之，何也？"曰："往役，义也；往见，不义也。且君之欲见之也，何为也哉？"

曰："为其多闻也，为其贤也。"曰："为其多闻也，则天子不召师，而况诸侯乎？为其贤也，则吾未闻欲见贤而召之也。缪公亟见于子思，曰：'古千乘之国以友士，何如？'子思不悦，曰：'古之人有言曰：事之云乎，岂曰友之云乎？'子思之不悦也，岂不曰：'以位，则子，君也；我，臣也。何敢与君友也？以德，则子事我者也，奚可以与我友？'千乘之君求与之友而不可得也，而况可召与？齐景公田，招虞人以旌，不至，将杀之。志士不忘在沟壑，勇士不忘丧其元。孔子奚取焉？取非其招不往也。"

曰："敢问招虞人何以？"曰："以皮冠。庶人以旃，士以旂，大夫以旌。以大夫之招招虞人，虞人死不敢往。以士之招招庶人，庶人岂敢往哉？况乎以不贤人之招招贤人乎？欲见贤人而不以其道，犹欲其入而闭之门也。夫义，路也；礼，门也。惟君子能由是路，出入是门也。《诗》云：'周道如底，其直如矢；君子所履，小人所视。'"

万章曰："孔子，君命召，不俟驾而行。然则孔子非与？"曰："孔子当仕，有官职，而以其官召之也。"

八

孟子谓万章曰："一乡之善士，斯友一乡之善士；一国之善士，斯友一国之善士；天下之善士，斯友天下之善士。以友天下之善士为未足，又尚论古之人。颂其诗，读其书，不知其人，可乎？是以论其世也，是尚友也。"

九

齐宣王问卿。孟子曰："王何卿之问也？"

王曰："卿不同乎？"曰："不同。有贵戚之卿，有异姓之卿。"

王曰："请问贵戚之卿。"曰："君有大过则谏，反覆之而不听，则易位。"

王勃然变乎色。

曰："王勿异也。王问臣，臣不敢不以正对。"王色定，然后请问异姓之卿。

曰："君有过则谏，反覆之而不听，则去。"

卷十一　告子上

一

告子曰："性，犹杞柳也；义，犹桮棬也。以人性为仁义，犹以杞柳为桮棬。"

孟子曰："子能顺杞柳之性而以为桮棬乎？将戕贼杞柳而后以为桮棬也？如将戕贼杞柳而以为桮棬，则亦将戕贼人以为仁义与？率天下之人而祸仁义者，必子之言夫！"

二

告子曰："性犹湍水也，决诸东方则东流，决诸西方则西流。人性之无分于善不善也，犹水之无分于东西也。"

孟子曰："水信无分于东西。无分于上下乎？人性之善也，犹水之就下也。人无有不善，水无有不下。今夫水，搏而跃之，可使过颡；激而行之，可使在山。是岂水之性哉？其势则然也。人之可使为不善，其性亦犹是也。"

三

告子曰："生之谓性。"

孟子曰："生之谓性也，犹白之谓白与？"曰："然。"

"白羽之白也，犹白雪之白；白雪之白，犹白玉之白与？"曰："然。""然则犬之性，犹牛之性；牛之性，犹人之性与？"

四

告子曰："食色，性也。仁，内也，非外也；义，外也，非内也。"

孟子曰："何以谓仁内义外也？"

曰："彼长而我长之，非有长于我也；犹彼白而我白之，从其白于外也，故谓之外也。"

曰："异于白马之白也，无以异于白人之白也；不识长马之长也，无以异于长人之长欤？且谓长者义乎？长之者义乎？"

曰："吾弟则爱之，秦人之弟则不爱也，是以我为悦者也，故谓之内。长楚人之长，亦长吾之长，是以长为悦者也，故谓之外也。"

曰："耆秦人之炙，无以异于耆吾炙。夫物则亦有然者也，然则耆炙亦有外欤？"

五

孟季子问公都子曰："何以谓义内也？"

曰："行吾敬，故谓之内也。"

"乡人长于伯兄一岁，则谁敬？"曰："敬兄。"

"酌则谁先？"曰："先酌乡人。"

"所敬在此，所长在彼，果在外，非由内也。"公都子不能答，以告孟子。

孟子曰："敬叔父乎？敬弟乎？彼将曰'敬叔父'。曰：'弟为尸，则谁敬？'彼将曰：'敬弟。'子曰：'恶在其敬叔父也？'彼将曰：'在位故也。'子亦曰：'在位故也。庸敬在兄，斯须之敬在乡人。'"季子闻之曰："敬叔父则敬，敬弟则敬，果在外，非由内也。"公都子曰："冬日则饮汤，夏日则饮水，然则饮食亦在外也？"

六

公都子曰："告子曰：'性无善无不善也。'或曰：'性可以为善，可以为不善；是故文武兴，则民好善；幽厉兴，则民好暴。'或曰：'有性善，有性不善；是故以尧为君而有象，以瞽瞍为父而有舜；以纣为兄之子且以为君，而有微子启、王子比干。'今曰'性善'，然则彼皆非欤？"

孟子曰："乃若其情，则可以为善矣，乃所谓善也。若夫为不善，非才之罪也。恻隐之心，人皆有之；羞恶之心，人皆有之；恭敬之心，人皆有之；是非之心，人皆有之。恻隐之心，仁也；羞恶之心，义也；恭敬之心，礼也；是非之心，智也。

仁义礼智，非由外铄我也，我固有之也，弗思耳矣。故曰：'求则得之，舍则失之。'或相倍蓰而无算者，不能尽其才者也。《诗》曰：'天生烝民，有物有则。民之秉彝，好是懿德。'孔子曰：'为此诗者，其知道乎！故有物必有则，民之秉彝也，故好是懿德。'"

七

孟子曰："富岁，子弟多赖；凶岁，子弟多暴，非天之降才尔殊也，其所以陷溺其心者然也。今夫麰麦，播种而耰之，其地同，树之时又同，浡然而生，至于日至之时，皆孰矣。虽有不同，则地有肥硗，雨露之养，人事之不齐也。故凡同类者，举相似也，何独至于人而疑之？圣人与我同类者。故龙子曰：'不知足而为屦，我知其不为蒉也。'屦之相似，天下之足同也。口之于味，有同耆也。易牙先得我口之所耆者也。如使口之于味也，其性与人殊，若犬马之与我不同类也，则天下何耆皆从易牙之于味也？至于味，天下期于易牙，是天下之口相似也。惟耳亦然。至于声，天下期于师旷，是天下之耳相似也。惟目亦然。至于子都，天下莫不知其姣也。不知子都之姣者，无目者也。故曰：口之于味也，有同耆焉；耳之于声也，有同听焉；目之于色也，有同美焉。至于心，独无所同然乎？心之所同然者何也？谓理也，义也。圣人先得我心之所同然耳。故理义之悦我心，犹刍豢之悦我口。"

八

孟子曰："牛山之木尝美矣，以其郊于大国也，斧斤伐之，可以为美乎？是其日夜之所息，雨露之所润，非无萌蘖之生焉，牛羊又从而牧之，是以若彼濯濯也。人见其濯濯也，以为未尝有材焉，此岂山之性也哉？虽存乎人者，岂无仁义之心哉？其所以放其良心者，亦犹斧斤之于木也，旦旦而伐之，可以为美乎？其日夜之所息，平旦之气，其好恶与人相近也者几希，则其旦昼之所为，有梏亡之矣。梏之反覆，则其夜气不足以存；夜气不足以存，则其违禽兽不远矣。人见其禽兽也，而以为未尝有才焉者，是岂人之情也哉？故苟得其养，无物不长；苟失其养，无物不消。孔子曰：‘操则存，舍则亡；出入无时，莫知其乡。’惟心之谓与？”

九

孟子曰：“无或乎王之不智也，虽有天下易生之物也，一日暴之，十日寒之，未有能生者也。吾见亦罕矣，吾退而寒之者至矣。吾如有萌焉何哉？今夫弈之为数，小数也；不专心致志，则不得也。弈秋，通国之善弈者也。使弈秋诲二人弈，其一人专心致志，惟弈秋之为听。一人虽听之，一心以为有鸿鹄将至，思援弓缴而射之，虽与之俱学，弗若之矣。为是其智弗若与？曰：非然也。”

十

孟子曰：“鱼，我所欲也；熊掌，亦我所欲也，二者不可得兼，舍鱼而取熊掌者也。生，亦我所欲也；义，亦我所欲也，二者不可得兼，舍生而取义者也。生亦我所欲，所欲有甚于生者，故不为苟得也；死亦我所恶，所恶有甚于死者，故患有所不辟也。如使人之所欲莫甚于生，则凡可以得生者，何不用也？使人之所恶莫甚于死者，则凡可以辟患者，何不为也？由是则生而有不用也，由是则可以辟患而有不为也。是故所欲有甚于生者，所恶有甚于死者，非独贤者有是心也，人皆有之，贤者能勿丧耳。一箪食，一豆羹，得之则生，弗得则死。呼尔而与之，行道之人弗受；蹴尔而与之，乞人不屑也。万钟则不辩礼义而受之。万钟于我何加焉？为宫室之美、妻妾之奉、所识穷乏者得我与？乡为身死而不受，今为宫室之美为之；乡为身死而不受，今为妻妾之奉为之；乡为身死而不受，今为所识穷乏者得我而为之，是亦不可以已乎？此之谓失其本心。"

十一

孟子曰："仁，人心也；义，人路也。舍其路而弗由，放其心而不知求，哀哉！人有鸡犬放，则知求之；有放心而不知求。学问之道无他，求其放心而已矣。"

十二

孟子曰："今有无名之指，屈而不信，非疾痛害事也，如有能信之者，则不远秦楚之路，为指之不若人也。指不若人，则知恶之；心不若人，则不知恶，此之谓不知类也。"

十三

孟子曰："拱把之桐梓，人苟欲生之，皆知所以养之者。至于身，而不知所以养之者，岂爱身不若桐梓哉？弗思甚也。"

十四

孟子曰："人之于身也，兼所爱。兼所爱，则兼所养也。无尺寸之肤不爱焉，则无尺寸之肤不养也。所以考其善不善者，岂有他哉？于己取之而已矣。体有贵贱，有小大。无以小害大，无以贱害贵。养其小者为小人，养其大者为大人。今有场师，舍其梧槚，养其樲棘，则为贱场师焉。养其一指而失其肩背，而不知也，则为狼疾人也。饮食之人，则人贱之矣，为其养小以失大也。饮食之人无有失也，则口腹岂适为尺寸之肤哉？"

十五

公都子问曰："钧是人也，或为大人，或为小人，何也？"

孟子曰："从其大体为大人，从其小体为小人。"

曰："钧是人也，或从其大体，或从其小体，何也？"

曰："耳目之官不思，而蔽于物。物交物，则引之而已矣。心之官则思，思则得之，不思则不得也。此天之所与我者，先立乎其大者，则其小者不弗能夺也。此为大人而已矣。"

十六

孟子曰："有天爵者，有人爵者。仁义忠信，乐善不倦，此天爵也；公卿大夫，此人爵也。古之人修其天爵，而人爵从之。今之人修其天爵，以要人爵；既得人爵，而弃其天爵，则惑之甚者也，终亦必亡而已矣。"

十七

孟子曰："欲贵者，人之同心也。人人有贵于己者，弗思耳。人之所贵者，非良贵也。赵孟之所贵，赵孟能贱之。《诗》云：'既醉以酒，既饱以德。'言饱乎仁义也，所以不愿人之膏粱之味也。令闻广誉施于身，所以不愿人之文绣也。"

十八

孟子曰："仁之胜不仁也，犹水胜火。今之为仁者，犹以一杯水救一车薪之火也；不熄，则谓之水不胜火。此又与于不仁之甚者也，亦终必亡而已矣。"

十九

孟子曰："五谷者，种之美者也；苟为不熟，不如荑稗。夫仁亦在乎熟之而已矣。"

二十

孟子曰："羿之教人射，必志于彀。学者亦必志于彀。大匠诲人，必以规矩，学者亦必以规矩。"

卷十二　告子下

一

任人有问屋庐子曰："礼与食孰重？"曰："礼重。"

"色与礼孰重？"曰："礼重。"

曰：“以礼食，则饥而死；不以礼食，则得食，必以礼乎？亲迎，则不得妻；不亲迎，则得妻，必亲迎乎！”

屋庐子不能对，明日之邹，以告孟子。

孟子曰："於！答是也，何有？不揣其本，而齐其末，方寸之木可使高于岑楼。金重于羽者，岂谓一钩金与一舆羽之谓哉？取食之重者与礼之轻者而比之，奚翅食重？取色之重者与礼之轻者而比之，奚翅色重？往应之曰：'绍兄之臂而夺之食，则得食；不绍，则不得食，则将绍之乎？逾东家墙而搂其处子，则得妻；不搂，则不得妻，则将搂之乎？'"

二

曹交问曰："人皆可以为尧舜，有诸？"孟子曰："然。""交闻文王十尺，汤九尺，今交九尺四寸以长，食粟而已，如何则可？"

曰："奚有于是？亦为之而已矣。有人于此，力不能胜一匹雏，则为无力人矣；今曰举百钧，则为有力人矣。然则举乌获之任，是亦为乌获而已矣。夫人岂以不胜为患哉？弗为耳。徐行后长者谓之弟，疾行先长者谓之不弟。夫徐行者，岂人所不能哉？所不为也。尧舜之道，孝弟而已矣。子服尧之服，诵尧之言，行尧之行，是尧而已矣；子服桀之服，诵桀之言，行桀之行，是桀而已矣。"

曰："交得见于邹君，可以假馆，愿留而受业于门。"

曰："夫道若大路然，岂难知哉？人病不求耳。子归而求之，有馀师。"

三

公孙丑问曰："高子曰：'《小弁》，小人之诗也。'"

孟子曰："何以言之？"曰："怨。"

曰："固哉，高叟之为诗也！有人于此，越人关弓而射之，则己谈笑而道之，无他，疏之也。其兄关弓而射之，则己垂涕泣而道之，无他，戚之也。《小弁》之怨，亲亲也。亲亲，仁也。固矣夫，高叟之为诗也！"

曰："《凯风》何以不怨？"

曰："《凯风》，亲之过小者也；《小弁》，亲之过大者也。亲之过大而不怨，是愈疏也；亲之过小而怨，是不可矶也。愈疏，不孝也；不可矶，亦不孝也。孔子曰：'舜其至孝矣，五十而慕。'"

四

宋轻将之楚，孟子遇于石丘。曰："先生将何之？"

曰："吾闻秦楚构兵，我将见楚王说而罢之。楚王不悦，我将见秦王说而罢之，二王我将有所遇焉。"

曰："轲也请无问其详，愿闻其指。说之将何如？"

曰："我将言其不利也。"

曰："先生之志则大矣，先生之号则不可。先生以利说秦楚之王，秦楚之王悦于利，以罢三军之师，是三军之士乐罢而悦于利也。为人臣者怀利以事其君，为人子者怀利以事其父，为人弟者怀利以事其兄。是君臣、父子、兄弟终去仁义，怀利以相接，然而不亡者，未之有也。先生以仁义说秦楚之王，秦楚之王悦于仁义，而罢三军之师，是三军之士乐罢而悦于仁义也。为人臣者怀仁义以事其君，为人子者怀仁义以事其父，为人弟者怀仁义以事其兄，是君臣、父子、兄弟去利，怀仁义以相接也。然而不王者，未之有也。何必曰利？”

五

孟子居邹，季任为任处守，以币交，受之而不报。处于平陆，储子为相，以币交，受之而不报。他日，由邹之任，见季子；由平陆之齐，不见储子。屋庐子喜曰：“连得间矣。”

问曰：“夫子之任，见季子，之齐，不见储子，为其为相与？”

曰：“非也。《书》曰：‘享多仪，仪不及物曰不享，惟不役志于享。’为其不成享也。”

屋庐子悦。或问之。屋庐子曰：“季子不得之邹，储子得之平陆。”

六

淳于髡曰：“先名实者，为人也；后名实者，自为也。夫子在三卿之中，名实未加于上下而去之，仁者固如此乎？”

孟子曰：“居下位，不以贤事不肖者，伯夷也；五就汤，五就桀者，伊尹也；不恶污君，不辞小官者，柳下惠也。三子者不同道，其趋一也。一者何也？曰：仁也。君子亦仁而已矣，何必同？”

曰：“鲁缪公之时，公仪子为政，子柳、子思为臣，鲁之削也滋甚。若是乎贤者之无益于国也！”

曰：“虞不用百里奚而亡，秦穆公用之而霸。不用贤则亡，削何可得与？"

曰："昔者王豹处于淇，而河西善讴。绵驹处于高唐，而齐右善歌；华周、杞梁之妻善哭其夫而变国俗。有诸内，必形诸外。为其事而无其功者，髡未尝睹之也。是故无贤者也，有则髡必识之。"

曰："孔子为鲁司寇，不用，从而祭，燔肉不至，不税冕而行。不知者以为为肉也。其知者以为为无礼也。乃孔子则欲以微罪行，不欲为苟去。君子之所为，众人固不识也。"

七

孟子曰："五霸者，三王之罪人也；今之诸侯，五霸之罪人也；今之大夫，今之诸侯之罪人也。天子適诸侯曰巡狩，诸侯朝于天子曰述职。春省耕而补不足，秋省敛而助不给。入其疆，土地辟，田野治，养老尊贤，俊杰在位，则有庆，庆以地。入其疆，土地荒芜，遗老失贤，掊克在位，则有让。一不朝，则贬其爵；再不朝，则削其地；三不朝，则六师移之。是故天子讨而不伐，诸侯伐而不讨。五霸者，搂诸侯以伐诸侯者也，故曰五霸者，三王之罪人也。五霸，桓公为盛。葵丘之会诸侯，束牲、载书而不歃血。初命曰：'诛不孝，无易树子，无以妾为妻。'再命曰：'尊贤育才，以彰有德。'三命曰：'敬老慈幼，无忘宾旅。'四命曰：'士无世官，官事无摄，取士必得，无专杀大夫。'五命曰：'无曲防，无遏籴，无有封而不告。'曰：'凡我同盟之人，既盟之后，言归于好。'今之诸侯皆犯此五禁，故曰，今之诸侯，五霸之罪人也。长君之恶其罪小，逢君之恶其罪大。今之大夫，皆逢君之恶，故曰，今之大夫，今之诸侯之罪人也。"

八

鲁欲使慎子为将军。孟子曰："不教民而用之，谓之殃民。殃民者，不容于尧舜之世。一战胜齐，遂有南阳，然且不可。"

慎子勃然不悦曰："此则滑釐所不识也。"

曰："吾明告子：天子之地方千里；不千里，不足以待诸侯。诸侯之地方百里；不百里，不足以守宗庙之典籍。周公之封于鲁，为方百里也，地非不足，而俭于百里。太公之封于齐也，亦为方百里也，地非不足也，而俭于百里。今鲁方百里者五，子以为有王者作，则鲁在所损乎？在所益乎？徒取诸彼以与此，然且仁者不为，况于杀人以求之乎？君子之事君也，务引其君以当道，志于仁而已。"

九

孟子曰："今之事君者皆曰：'我能为君辟土地，充府库。'今之所谓良臣，古之所谓民贼也。君不乡道，不志于仁，而求富之，是富桀也。'我能为君约与国，战必克。'今之所谓良臣，古之所谓民贼也。君不乡道，不志于仁，而求为之强战，是辅桀也。由今之道，无变今之俗，虽与之天下，不能一朝居也。"

十

白圭曰："吾欲二十而取一，何如？"

孟子曰："子之道，貉道也。万室之国，一人陶，则可乎？"

曰："不可，器不足用也。"

曰："夫貉，五谷不生，惟黍生之。无城郭、宫室、宗庙、祭祀之礼，无诸侯币帛饔飧，无百官有司，故二十取一而足也。今居中国，去人伦，无君子，如之何其可也？陶以寡，且不可以为国，况无君子乎？欲轻之于尧舜之道者，大貉小貉也；欲重之于尧舜之道者，大桀小桀也。"

十一

白圭曰："丹之治水也愈于禹。"孟子曰："子过矣。禹之治水，水之道也。是故禹以四海为壑，今吾子以邻国为壑。水逆行谓之洚水。洚水者，洪水也，仁人之所恶也。吾子过矣。"

十二

孟子曰："君子不亮，恶乎执？"

十三

鲁欲使乐正子为政。孟子曰："吾闻之，喜而不寐。"

公孙丑曰："乐正子强乎？"曰："否。"

"有知虑乎？"曰："否。"

"多闻识乎？"曰："否。"

"然则奚为喜而不寐？"曰："其为人也好善。"

"好善足乎？"曰："好善优于天下，而况鲁国乎？夫苟好善，则四海之内，皆将轻千里而来告之以善。夫苟不好善，则人将曰：'訑訑，予既已知之矣。'訑訑之声音颜色，距人于千里之外。士止于千里之外，则谗谄面谀之人至矣。与谗谄面谀之人居，国欲治，可得乎？"

十四

陈子曰："古之君子何如则仕？"孟子曰："所就三，所去三。迎之致敬以有礼，言，将行其言也，则就之。礼貌未衰，言弗行也，则去之。其次，虽未行其言也，迎之致敬以有礼，则就之。礼貌衰，则去之。其下，朝不食，夕不食，饥饿不能出门户，君闻之曰：'吾大者不能行其道，又不能从其言也。使饥饿于我土地，吾耻之。'周之，亦可受也，免死而已矣。"

十五

孟子曰："舜发于畎亩之中，傅说举于版筑之间，胶鬲举于鱼盐之中，管夷吾举于士，孙叔敖举于海，百里奚举于市。故天将降大任于是人也，必先苦其心志，劳其筋骨，饿其体肤，空乏其身，行拂乱其所为，所以动心忍性，曾益其所不能。人恒过，然后能改。困于心，衡于虑，而后作；征于色，发于声，而后喻。入则无法家拂士，出则无敌国外患者，国恒亡。然后知生于忧患而死于安乐也。"

十六

孟子曰："教亦多术矣，予不屑之教诲也者，是亦教诲之而已矣。"

卷十三　尽心上

一

孟子曰：“尽其心者，知其性也。知其性，则知天矣。存其心，养其性，所以事天也。殀寿不贰，修身以俟之，所以立命也。”

二

孟子曰：“莫非命也，顺受其正。是故知命者不立乎岩墙之下。尽其道而死者，正命也。桎梏死者，非正命也。”

三

孟子曰：“求则得之，舍则失之，是求有益于得也，求在我者也。求之有道，得之有命，是求无益于得也，求在外者也。”

四

孟子曰：“万物皆备于我矣。反身而诚，乐莫大焉。强恕而行，求仁莫近焉。”

五

孟子曰：“行之而不著焉，习矣而不察焉，终身由之而不知其道者，众也。”

六

孟子曰：“人不可以无耻。无耻之耻，无耻矣。”

七

孟子曰："耻之于人大矣。为机变之巧者，无所用耻焉。不耻不若人，何若人有？"

八

孟子曰："古之贤王好善而忘势，古之贤士何独不然？乐其道而忘人之势。故王公不致敬尽礼，则不得亟见之。见且由不得亟，而况得而臣之乎？"

九

孟子谓宋勾践曰："子好游乎？吾语子游。人知之，亦嚣嚣；人不知，亦嚣嚣。"

曰："何如斯可以嚣嚣矣？"

曰："尊德乐义，则可以嚣嚣矣。故士穷不失义，达不离道。穷不失义，故士得己焉；达不离道，故民不失望焉。古之人，得志，泽加于民；不得志，修身见于世。穷则独善其身，达则兼善天下。"

十

孟子曰："待文王而后兴者，凡民也。若夫豪杰之士，虽无文王犹兴。"

十一

孟子曰："附之以韩魏之家，如其自视欿然，则过人远矣。"

十二

孟子曰："以佚道使民，虽劳不怨；以生道杀民，虽死不怨杀者。"

十三

孟子曰："霸者之民，骧虞如也；王者之民皞皞如也。杀之而不怨，利之而不庸，民日迁善而不知为之者。夫君子所过者化，所存者神，上下与天地同流，岂曰小补之哉？"

十四

孟子曰："仁言不如仁声之入人深也。善政不如善教之得民也。善政民畏之，善教民爱之；善政得民财，善教得民心。"

十五

孟子曰："人之所不学而能者，其良能也；所不虑而知者，其良知也。孩提之童无不知爱其亲者；及其长也，无不知敬其兄也。亲亲，仁也；敬长，义也。无他，达之天下也。"

十六

孟子曰："舜之居深山之中，与木石居，与鹿豕游，其所以异于深山之野人者几希。及其闻一善言，见一善行，若决江河，沛然莫之能御也。"

十七

孟子曰："无为其所不为，无欲其所不欲，如此而已矣。"

十八

孟子曰："人之有德慧术知者，恒存乎疢疾。独孤臣孽子，其操心也危，其虑患也深，故达。"

十九

孟子曰："有事君人者，事是君则为容悦者也。有安社稷臣者，以安社稷为悦者也。有天民者，达可行于天下而后行之者也。有大人者，正己而物正者也。"

二十

孟子曰："君子有三乐，而王天下不与存焉。父母俱存，兄弟无故，一乐也。仰不愧于天，俯不怍于人，二乐也。得天下英才而教育之，三乐也。君子有三乐，而王天下不与存焉。"

二十一

孟子曰："广土众民，君子欲之，所乐不存焉。中天下而立，定四海之民，君子乐之，所性不存焉。君子所性，虽大行不加焉，虽穷居不损焉，分定故也。君子所性，仁义礼智根于心。其生色也睟然，见于面，盎于背，施于四体，四体不言而喻。"

二十二

孟子曰："伯夷辟纣，居北海之滨，闻文王作，兴曰：'盍归乎来！吾闻西伯善养老者。'太公辟纣，居东海之滨，闻文王作，兴曰：'盍归乎来！吾闻西伯善养老者。'天下有善养老，则仁人以为己归矣。五亩之宅，树墙下以桑，匹妇蚕之，则老者足以衣帛矣。五母鸡，二母彘，无失其时，老者足以无失肉矣。百亩之田，匹夫耕之，八口之家足以无饥矣。所谓西伯善养老者，制其田里，教之树畜，导其妻子使养其老。五十非帛不暖，七十非肉不饱。不暖不饱，谓之冻馁。文王之民，无冻馁之老者，此之谓也。"

二十三

孟子曰："易其田畴，薄其税敛，民可使富也。食之以时，用之以礼，财不可胜用也。民非水火不生活，昏暮叩人之门户求水火，无弗与者，至足矣。圣人治天下，使有菽粟如水火。菽粟如水火，而民焉有不仁者乎？"

二十四

孟子曰："孔子登东山而小鲁，登泰山而小天下。故观于海者难为水，游于圣人之门者难为言。观水有术，必观其澜。日月有明，容光必照焉。流水之为物也，不盈科不行；君子之志于道也，不成章不达。"

二十五

孟子曰："鸡鸣而起，孳孳为善者，舜之徒也。鸡鸣而起，孳孳为利者，跖之徒也。欲知舜与跖之分，无他，利与善之间也。"

二十六

孟子曰："杨子取为我，拔一毛而利天下，不为也。墨子兼爱，摩顶放踵利天下，为之。子莫执中，执中为近之，执中无权，犹执一也。所恶执一者，为其贼道也，举一而废百也。"

二十七

孟子曰："饥者甘食，渴者甘饮，是未得饮食之正也，饥渴害之也。岂惟口腹有饥渴之害？人心亦皆有害。人能无以饥渴之害为心害，则不及人不为忧矣。"

二十八

孟子曰："柳下惠不以三公易其介。"

二十九

孟子曰："有为者辟若掘井，掘井九轫而不及泉，犹为弃井也。"

三十

孟子曰："尧舜，性之也；汤武，身之也；五霸，假之也。久假而不归，恶知其非有也。"

三十一

公孙丑曰："伊尹曰：'予不狎于不顺。放太甲于桐，民大悦。太甲贤，又反之，民大悦。'贤者之为人臣也，其君不贤，则固可放与？"

孟子曰："有伊尹之志，则可；无伊尹之志，则篡也。"

三十二

公孙丑曰："《诗》曰'不素餐兮',君子之不耕而食,何也?"

孟子曰："君子居是国也,其君用之,则安富尊荣;其子弟从之,则孝悌忠信。'不素餐兮',孰大于是?"

三十三

王子垫问曰："士何事?"孟子曰："尚志。"曰："何谓尚志?"

曰："仁义而已矣。杀一无罪,非仁也;非其有而取之,非义也。居恶在?仁是也。路恶在?义是也。居仁由义,大人之事备矣。"

三十四

孟子曰："仲子,不义与之齐国而弗受,人皆信之,是舍箪食豆羹之义也。人莫大焉亡亲戚、君臣、上下。以其小者信其大者,奚可哉?"

三十五

桃应问曰："舜为天子,皋陶为士,瞽瞍杀人,则如之何?"孟子曰："执之而已矣。""然则舜不禁与?"

曰："夫舜恶得而禁之?夫有所受之也。"

"然则舜如之何?"

曰："舜视弃天下犹弃敝蹝也。窃负而逃,遵海滨而处,终身䜣然,乐而忘天下。"

三十六

孟子自范之齐，望见齐王之子。喟然叹曰："居移气，养移体，大哉居乎！夫非尽人之子与？"

孟子曰："王子宫室、车马、衣服多与人同，而王子若彼者，其居使之然也。况居天下之广居者乎？鲁君之宋，呼于垤泽之门。守者曰：'此非吾君也，何其声之似我君也？'此无他，居相似也。"

三十七

孟子曰："食而弗爱，豕交之也；爱而不敬，兽畜之也。恭敬者，币之未将者也。恭敬而无实，君子不可虚拘。"

三十八

孟子曰："形、色，天性也。惟圣人然后可以践形。"

三十九

齐宣王欲短丧。公孙丑曰："为朞之丧，犹愈于已乎？"

孟子曰："是犹或绐其兄之臂，子谓之姑徐徐云尔，亦教之孝悌而已矣。"

王子有其母死者，其傅为之请数月之丧。

公孙丑曰："若此者何如也？"

曰："是欲终之而不可得也。虽加一日愈于已，谓夫莫之禁而弗为者也。"

四十

孟子曰："君子之所以教者五：有如时雨化之者，有成德者，有达财者，有答问者，有私淑艾者。此五者，君子之所以教也。"

四十一

公孙丑曰："道则高矣、美矣，宜若登天然，似不可及也。何不使彼为可几及而日孳孳也？"

孟子曰："大匠不为拙工改废绳墨，羿不为拙射变其彀率。君子引而不发，跃如也。中道而立，能者从之。"

四十二

孟子曰："天下有道，以道殉身；天下无道，以身殉道。未闻以道殉乎人者也。"

四十三

公都子曰："滕更之在门也，若在所礼，而不答，何也？"

孟子曰："挟贵而问，挟贤而问，挟长而问，挟有勋劳而问，挟故而问，皆所不答也。滕更有二焉。"

四十四

孟子曰："于不可已而已者，无所不已。于所厚者薄，无所不薄也。其进锐者，其退速。"

四十五

孟子曰：“君子之于物也，爱之而弗仁；于民也，仁之而弗亲。亲亲而仁民，仁民而爱物。”

四十六

孟子曰：“知者无不知也，当务之为急；仁者无不爱也，急亲贤之为务。尧舜之知而不遍物，急先务也；尧舜之仁不遍爱人，急亲贤也。不能三年之丧，而缌、小功之察；放饭流歠，而问无齿决，是之谓不知务。”

卷十四　尽心下

一

孟子曰：“不仁哉，梁惠王也！仁者，以其所爱及其所不爱，不仁者，以其所不爱及其所爱。”

公孙丑问曰：“何谓也？”

“梁惠王以土地之故，糜烂其民而战之，大败。将复之，恐不能胜，故驱其所爱子弟以殉之，是之谓以其所不爱及其所爱也。”

二

孟子曰：“春秋无义战。彼善于此，则有之矣。征者，上伐下也，敌国不相征也。”

三

孟子曰："尽信《书》，则不如无《书》。吾于《武成》，取二三策而已矣。仁人无敌于天下，以至仁伐至不仁，而何其血之流杵也？"

四

孟子曰："有人曰：'我善为陈，我善为战。'大罪也。国君好仁，天下无敌焉。南面而征，北狄怨；东面而征，西夷怨。曰：'奚为后我？'武王之伐殷也，革车三百两，虎贲三千人。王曰：'无畏！宁尔也，非敌百姓也。'若崩厥角稽首。征之为言正也，各欲正己也，焉用战？"

五

孟子曰："梓匠轮舆能与人规矩，不能使人巧。"

六

孟子曰："舜之饭糗茹草也，若将终身焉；及其为天子也，被袗衣，鼓琴，二女果，若固有之。"

七

孟子曰："吾今而后知杀人亲之重也。杀人之父，人亦杀其父；杀人之兄，人亦杀其兄。然则非自杀之也，一间耳。"

八

孟子曰："古之为关也，将以御暴；今之为关也，将以为暴。"

九

孟子曰："身不行道，不行于妻子；使人不以道，不能行于妻子。"

十

孟子曰："周于利者凶年不能杀，周于德者邪世不能乱。"

十一

孟子曰："好名之人能让千乘之国，苟非其人，箪食豆羹见于色。"

十二

孟子曰："不信仁贤，则国空虚；无礼义，则上下乱；无政事，则财用不足。"

十三

孟子曰："不仁而得国者，有之矣；不仁而得天下者，未之有也。"

十四

孟子曰："民为贵，社稷次之，君为轻。是故得乎丘民而为天子，得乎天子为诸侯，得乎诸侯为大夫。诸侯危社稷，则变置。牺牲既成，粢盛既絜，祭祀以时，然而旱干水溢，则变置社稷。"

十五

孟子曰："圣人、百世之师也，伯夷、柳下惠是也。故闻伯夷之风者，顽夫廉，懦夫有立志；闻柳下惠之风者，薄夫敦，鄙夫宽。奋乎百世之上，百世之下，闻者莫不兴起也。非圣人而能若是乎？而况于亲炙之者乎？"

十六

孟子曰："仁也者，人也。合而言之，道也。"

十七

孟子曰："孔子之去鲁，曰'迟迟吾行也'，去父母国之道也。去齐，接淅而行，去他国之道也。"

十八

孟子曰："君子之厄于陈、蔡之间，无上下之交也。"

十九

貉稽曰："稽大不理于口。"孟子曰："无伤也。士憎兹多口。《诗》云：'忧心悄悄，愠于群小。'孔子也。'肆不殄厥愠，亦不殒厥问。'文王也。"

二十

孟子曰："贤者以其昭昭，使人昭昭；今以其昏昏，使人昭昭。"

二十一

孟子谓高子曰："山径之蹊,间介然用之而成路,为间不用,则茅塞之矣。今茅塞子之心矣。"

二十二

高子曰:"禹之声尚文王之声。"

孟子曰:"何以言之?"

曰:"以追蠡。"

曰:"是奚足哉?城门之轨,两马之力与?"

二十三

齐饥。陈臻曰:"国人皆以夫子将复为发棠,殆不可复。"

孟子曰:"是为冯妇也。晋人有冯妇者,善搏虎,卒为善士。则之野,有众逐虎。虎负嵎,莫之敢撄。望见冯妇,趋而迎之。冯妇攘臂下车。众皆悦之,其为士者笑之。"

二十四

孟子曰:"口之于味也,目之于色也,耳之于声也,鼻之于臭也,四肢之于安佚也,性也。有命焉,君子不谓性也。仁之于父子也,义之于君臣也,礼之于宾主也,知之于贤者也,圣人之于天道也,命也,有性焉,君子不谓命也。"

二十五

浩生不害问曰:"乐正子何人也?"

孟子曰:"善人也,信人也。"

“何谓善？何谓信？”

曰：“可欲之谓善，有诸己之谓信，充实之谓美，充实而有光辉之谓大，大而化之之谓圣，圣而不可知之之谓神。乐正子，二之中、四之下也。”

二十六

孟子曰：“逃墨必归于杨，逃杨必归于儒。归，斯受之而已矣。今之与杨、墨辩者，如追放豚，既入其苙，又从而招之。”

二十七

孟子曰：“有布缕之征，粟米之征，力役之征。君子用其一，缓其二。用其二而民有殍，用其三而父子离。”

二十八

孟子曰：“诸侯之宝三：土地、人民、政事。宝珠玉者，殃必及身。”

二十九

盆成括仕于齐，孟子曰：“死矣盆成括！”盆成括见杀，门人问曰：“夫子何以知其将见杀？”曰：“其为人也小有才，未闻君子之大道也，则足以杀其躯而已矣。”

三十

孟子之滕，馆于上宫。有业屦于牖上，馆人求之弗得。或问之曰：“若是乎从者之廋也？”曰：“子以是为窃屦来与？”

曰："殆非也。""夫予之设科也，往者不追，来者不拒。苟以是心至，斯受之而已矣。"

三十一

孟子曰："人皆有所不忍，达之于其所忍，仁也。人皆有所不为，达之于其所为，义也。人能充无欲害人之心，而仁不可胜用也；人能充无穿窬之心，而义不可胜用也；人能充无受尔汝之实，无所往而不为义也。士未可以言而言，是以言餂之也；可以言而不言，是以不言餂之也，是皆穿窬之类也。"

三十二

孟子曰："言近而指远者，善言也；守约而施博者，善道也。君子之言也，不下带而道存焉。君子之守，修其身而天下平。人病舍其田而芸人之田，所求于人者重，而所以自任者轻。"

三十三

孟子曰："尧舜，性者也；汤武，反之也。动容周旋中礼者，盛德之至也。哭死而哀，非为生者也。经德不回，非以干禄也。言语必信，非以正行也。君子行法，以俟命而已矣。"

三十四

孟子曰："说大人则藐之，勿视其巍巍然。堂高数仞，榱题数尺，我得志，弗为也。食前方丈，侍妾数百人，我得志，弗为也。般乐饮酒，驱骋田猎，后车千乘，我得志，弗为也。在彼者，皆我所不为也；在我者，皆古之制也，吾何畏彼哉？"

三十五

孟子曰："养心莫善于寡欲。其为人也寡欲，虽有不存焉者，寡矣；其为人也多欲，虽有存焉者，寡矣。"

三十六

曾晳嗜羊枣，而曾子不忍食羊枣。公孙丑问曰："脍炙与羊枣孰美？"孟子曰："脍炙哉！"公孙丑曰："然则曾子何为食脍炙而不食羊枣？"曰："脍炙所同也，羊枣所独也。讳名不讳姓，姓所同也，名所独也。"

三十七

万章问曰："孔子在陈曰：'盍归乎来！吾党之小子狂简，进取，不忘其初。'孔子在陈，何思鲁之狂士？"

孟子曰："孔子'不得中道而与之，必也狂狷乎！狂者进取，狷者有所不为也。'孔子岂不欲中道哉？不可必得，故思其次也。"

"敢问何如斯可谓狂矣？"

曰："如琴张、曾皙、牧皮者，孔子之所谓狂矣。"

"何以谓之狂也？"

曰："其志嘐嘐然，曰：'古之人，古之人。'夷考其行，而不掩焉者也。狂者又不可得，欲得不屑不絜之士而与之，是獧也，是又其次也。孔子曰：'过我门而不入我室，我不憾焉者，其惟乡原乎！乡原，德之贼也。'"

曰："何如斯可谓之乡原矣？"

曰："何以是嘐嘐也？言不顾行，行不顾言，则曰'古之人，古之人。行何为踽踽凉凉？生斯世也，为斯世也，善斯可矣。'阉然媚于世也者，是乡原也。"

万子曰："一乡皆称原人焉，无所往而不为原人，孔子以为德之贼，何哉？"

曰："非之无举也，刺之无刺也，同乎流俗，合乎污世，居之似忠信，行之似廉絜，众皆悦之，自以为是，而不可与入尧舜之道，故曰'德之贼'也。孔子曰：'恶似而非者，恶莠，恐其乱苗也；恶佞，恐其乱义也；恶利口，恐其乱信也，恶郑声，恐其乱乐也；恶紫，恐其乱朱也；恶乡原，恐其乱德也。'君子反经而已矣。经正则庶民兴；庶民兴，斯无邪慝矣。"

三十八

孟子曰："由尧舜至于汤，五百有馀岁。若禹、皋陶，则见而知之；若汤，则闻而知之。由汤至于文王，五百有馀岁。若伊尹、莱朱，则见而知之；若文王，则闻而知之。由文王至于孔子，五百有馀岁。若太公望、散宜生，则见而知之；若孔子，则闻而知之。由孔子而来至于今，百有馀岁，去圣人之世，若此其未远也，近圣人之居，若此其甚也，然而无有乎尔，则亦无有乎尔。"

道德经

　　《道德经》又称《老子》《道德真经》《老
子五千文》，是道家的主要经典，相传为春
秋末期老子著。老子，一说即老聃，李姓，
名耳，字聃；一说老子即太史儋，或老莱子。
春秋时期人，生卒年不详，籍贯也多争议，
中国古代思想家、哲学家、文学家、史学家，
道家学派创始人。后被道教奉为道祖，尊称
为"太上老君"。《史记·老子韩非列传》：
"老子乃著书上下篇，言道德之意五千余
言。"现一般认为该书编定于战国中期，基
本保留了老子本人的主要思想。共八十一章，
前三十七章为《道经》，后四十四章为《德

经》，故有《道德经》之名。《道德经》是
我国最早的一部哲学专著，通篇体现着朴素
的辩证法思想，充满对立统一的思辨。老子
在《道德经》中就像一个智者在演说着天地
万象变化等自然社会规律，让世人在阅读中
感悟超脱。读《道德经》，时而醍醐灌顶，
时而豁然开朗，时而茅塞顿开，时而恍然大
悟。老子学说对中国哲学的发展有很大影响，
后世很多学者都从不同的角度吸取他的思想。
《道德经》作为老子思想的集中体现，不可不
深读细读精读。

道德经

道经

一章

道，可道，非常道。名，可名，非常名。无名，天地之始。有名，万物之母。故常无，欲以观其妙；常有，欲以观其徼。此两者同出而异名，同谓之玄。玄之又玄，众妙之门。

二章

天下皆知美之为美，斯恶已；皆知善之为善，斯不善已。故有无相生，难易相成，长短相形，高下相倾，音声相和，前后相随。是以圣人处无为之事，行不言之教，万物作焉而不辞，生而不有，为而不恃，功成而弗居。夫唯弗居，是以不去。

三章

不尚贤，使民不争。不贵难得之货，使民不为盗。不见可欲，使民心不乱。是以圣人之治，虚其心，实其腹，弱其志，强其骨；

常使民无知无欲，使夫智者不敢为也。为无为，则无不治。

四章

道冲，而用之或不盈。渊兮，似万物之宗。挫其锐，解其纷，和其光，同其尘。湛兮，似或存。吾不知其谁之子，象帝之先。

五章

天地不仁，以万物为刍狗。圣人不仁，以百姓为刍狗。天地之间，其犹橐龠乎？虚而不屈，动而愈出。多言数穷，不如守中。

六章

谷神不死，是谓玄牝。玄牝之门，是谓天地根。绵绵若存，用之不勤。

七章

天长地久。天地所以能长且久者，以其不自生，故能长生。是以圣人后其身而身先，外其身而身存。非以其无私邪？故能成其私。

八章

上善若水。水善利万物而不争，处众人之所恶，故几于道。居善地，心善渊，与善仁，言善信，正善治，事善能，动善时。夫唯不争，故无尤。

九章

持而盈之，不如其已；揣而锐之，不可长保；金玉满堂，莫之能守；富贵而骄，自遗其咎。功遂身退，天之道。

十章

载营魄抱一，能无离乎？专气致柔，能婴儿乎？涤除玄览，能无疵乎？爱民治国，能无知乎？天门开阖，能为雌乎？明白四达，能无为乎？生之畜之；生而不有；为而不恃，长而不宰，是为玄德。

十一章

三十幅共一毂，当其无，有车之用。埏埴以为器，当其无，有器之用。凿户牖以为室，当其无，有室之用。故有之以为利，无之以为用。

十二章

五色令人目盲，五音令人耳聋，五味令人口爽，驰骋畋猎令人心发狂，难得之货令人行妨。是以圣人为腹不为目，故去彼取此。

十三章

宠辱若惊，贵大患若身。何谓宠辱若惊？宠为下。得之若惊，失之若惊，是谓宠辱若惊。何谓贵大患若身？吾所以有大患者，为吾有身，苟吾无身，吾有何患？故贵以身为天下，若可寄天下。爱以身为天下，若可托天下。

十四章

视之不见，名曰夷。听之不闻，名曰希。搏之不得，名曰微。此三者不可致诘，故混而为一。其上不皦，其下不昧，绳绳不可名，复归于无物。是谓无状之状，无物之象，是谓惚恍。迎之不见其首，随之不见其后。执古之道以御今之有。能知古始，是谓道纪。

十五章

古之善为道者，微妙玄通，深不可识。夫唯不可识，故强为之容。豫焉，若冬涉川；犹兮，若畏四邻；俨兮，其若客；涣兮，若冰之将释；敦兮，其若朴；旷兮，其若谷；混兮，其若浊。孰能浊以止，静之徐清。孰能安以久，动之徐生。保此道者不欲盈。夫唯不盈，故能蔽而不新成。

十六章

致虚极，守静笃。万物并作，吾以观复。夫物芸芸，各复归其根。归根曰静，是曰复命；复命曰常，知常曰明。不知常，妄作，凶。知常容，容乃公，公乃王，王乃天，天乃道，道乃久，没身不殆。

十七章

太上，下知有之。其次，亲而誉之。其次，畏之。其次，侮之。信不足焉，有不信焉。悠兮，其贵言，功成事遂，百姓皆谓"我自然"。

十八章

大道废，有仁义；智慧出，有大伪；六亲不和，有孝慈；
国家昏乱，有忠臣。

十九章

绝圣弃智，民利百倍；绝仁弃义，民复孝慈；绝巧弃利，
盗贼无有。此三者以为文不足，故令有所属：见素抱朴，少私
寡欲。

二十章

绝学无忧，唯之与阿，相去几何？善之与恶，相去若何？
人之所畏，不可不畏。荒兮，其未央哉！众人熙熙，如享太牢，
如春登台。我独泊兮，其未兆，如婴儿之未孩。儽儽兮，若无所归。
众人皆有余，而我独若遗。我愚人之心也哉，沌沌兮！俗人昭昭，
我独昏昏；俗人察察，我独闷闷。澹兮，其若海；飂兮，若无止。
众人皆有以，而我独顽似鄙。我独异于人，而贵食母。

二十一章

孔德之容，惟道是从。道之为物，惟恍惟惚。惚兮恍兮，
其中有象。恍兮惚兮，其中有物。窈兮冥兮，其中有精，其精
甚真，其中有信。自古及今，其名不去，以阅众甫。吾何以知
众甫之状哉？以此。

二十二章

曲则全，枉则直；洼则盈，敝则新；少则得，多则惑。是

以圣人抱一为天下式。不自见，故明；不自是，故彰；不自伐，故有功；不自矜，故长。夫唯不争，故天下莫能与之争。古之所谓"曲则全"者，岂虚言哉？诚全而归之。

二十三章

希言自然。飘风不终朝，骤雨不终日。孰为此者？天地。天地尚不能久，而况于人乎？故从事于道者同于道，德者同于德，失者同于失。同于道者，道亦乐得之；同于德者，德亦乐得之；同于失者，失亦乐得之，信不足焉，有不信焉。

二十四章

企者不立，跨者不行，自见者不明，自是者不彰，自伐者无功，自矜者不长。其在道也，曰馀食赘行，物或恶之，故有道者不处。

二十五章

有物混成，先天地生。寂兮寥兮，独立而不改，周行而不殆，可以为天下母。吾不知其名，字之曰道，强为之名曰大。大曰逝，逝曰远，远曰反。故道大，天大，地大，王亦大。域中有四大，而王居其一焉。人法地，地法天，天法道，道法自然。

二十六章

重为轻根，静为躁君。是以圣人终日行，不离辎重。虽有荣观，燕处超然。奈何万乘之主而以身轻天下。轻则失根，躁则失君。

二十七章

善行，无辙迹。善言，无瑕谪。善数，不用筹策。善闭，无关楗而不可开。善结，无绳约而不可解。是以圣人常善救人，故无弃人。常善救物，故无弃物。是谓袭明。故善人者不善人之师。不善人者善人之资。不贵其师，不爱其资，虽智大迷，是谓要妙。

二十八章

知其雄，守其雌，为天下谿。为天下谿，常德不离，复归于婴儿。知其白，守其黑，为天下式。为天下式，常德不忒，复归于无极。知其荣，守其辱，为天下谷。为天下谷，常德乃足，复归于朴。朴散则为器，圣人用之则为官长，故大制不割。

二十九章

将欲取天下而为之，吾见其不得已。天下神器，不可为也。为者败之，执者失之。故物或行或随，或歔或吹，或强或羸，或载或隳。是以圣人去甚，去奢，去泰。

三十章

以道佐人主者，不以兵强天下，其事好还。师之所处，荆棘生焉。大军之后，必有凶年。善者果而已，不敢以取强。果而勿矜，果而勿伐，果而勿骄，果而不得已，果而勿强。物壮则老，是谓不道，不道早已。

三十一章

夫佳兵者，不祥之器，物或恶之，故有道者不处。君子居则贵左，用兵则贵右。兵者不祥之器，非君子之器，不得已而用之，恬淡为上。胜而不美，而美之者，是乐杀人。夫乐杀人者，则不可以得志于天下矣。吉事尚左，凶事尚右。偏将军居左，上将军居右。言以丧礼处之。杀人之众，以哀悲泣之，战胜以丧礼处之。

三十二章

道常无名。朴虽小，天下莫能臣。侯王若能守，万物将自宾。天地相合，以降甘露，民莫之令而自均。始制有名，名亦既有，夫亦将知止，知止可以不殆。譬道之在天下，犹川谷之于江海。

三十三章

知人者智，自知者明。胜人者有力，自胜者强。知足者富，强行者有志，不失其所者久，死而不亡者寿。

三十四章

大道氾兮，其可左右。万物恃之以生而不辞，功成不名有。衣养万物而不为主，常无欲可名于小。万物归焉而不知主，可名为大。以其终不自为大，故能成其大。

三十五章

执大象，天下往。往而不害，安平泰。乐与饵，过客止。道之出口，淡乎其无味，视之不足见，听之不足闻，用之不足既。

三十六章

将欲歙之，必固张之。将欲弱之，必固强之。将欲废之，必固兴之。将欲夺之，必固与之。是谓微明。柔弱胜刚强。鱼不可脱于渊，国之利器不可以示人。

三十七章

道常无为而无不为。侯王若能守之，万物将自化。化而欲作，吾将镇之以无名之朴。无名之朴，夫亦将不欲。不欲以静，天下将自定。

德经

三十八章

上德不德，是以有德。下德不失德，是以无德。上德无为而无以为。下德为之而有以为。上仁为之而无以为，上义为之而有以为。上礼为之而莫之应，则攘臂而扔之。故失道而后德，失德而后仁，失仁而后义，失义而后礼。夫礼者，忠信之薄而乱之首。前识者，道之华而愚之始。是以，大丈夫处其厚，不居其薄。处其实，不居其华。故去彼取此。

三十九章

昔之得一者。天得一以清，地得一以宁，神得一以灵，谷得一以盈，万物得一以生，侯王得一以为天下贞。其致之。天无以清，将恐裂；地无以宁，将恐发。神无以灵，将恐歇。谷无以盈，将恐竭。万物无以生，将恐灭。侯王无以贞而贵高，将恐蹶。故贵以贱为本，高以下为基。是以侯王自谓孤、寡、不穀。此其以贱为本邪？非乎。故数舆无舆。不欲琭琭如玉，珞珞如石。

四十章

反者道之动。弱者道之用。天下万物生于有，有生于无。

四十一章

上士闻道，勤而行之。中士闻道，若存若亡。下士闻道，大笑之。不笑不足以为道。故建言有之："明道若昧，进道若退，夷道若纇，上德若谷，大白若辱，广德若不足，建德若偷，质真若渝，大方无隅，大器晚成，大音希声，大象无形。"道隐无名。夫唯道，善贷且成。

四十二章

道生一，一生二，二生三，三生万物。万物负阴而抱阳，冲气以为和。人之所恶，唯孤、寡、不穀，而王公以为称。故物或损之而益，或益之而损。人之所教，我亦教之：强梁者不得其死，吾将以为教父。

四十三章

天下之至柔，驰骋天下之至坚。无有入于无间，吾是以知无为之有益。不言之教，无为之益，天下希及之。

四十四章

名与身孰亲？身与货孰多？得与亡孰病？是故甚爱必大费，多藏必厚亡。知足不辱，知止不殆，可以长久。

四十五章

大成若缺，其用不弊。大盈若冲，其用不穷。大直若屈，大巧若拙，大辩若讷。躁胜寒，静胜热。清静为天下正。

四十六章

天下有道，却走马以粪。天下无道，戎马生于郊。祸莫大于不知足，咎莫大于欲得。故知足之足，常足矣。

四十七章

不出户，知天下。不窥牖，见天道。其出弥远，其知弥少。是以圣人不行而知，不见而名，不为而成。

四十八章

为学日益，为道日损，损之又损，以至于无为。无为而无不为。取天下，常以无事；及其有事，不足以取天下。

四十九章

圣人无常心，以百姓心为心。善者吾善之，不善者吾亦善之，德善。信者吾信之，不信者吾亦信之，德信。圣人在天下，歙歙为天下浑其心，百姓皆注其耳目，圣人皆孩之。

五十章

出生入死。生之徒十有三。死之徒十有三。人之生，动之死地亦十有三。夫何故？以其生生之厚。盖闻善摄生者，陆行不遇兕虎，入军不被甲兵。兕无所投其角，虎无所措其爪。兵无所容其刃。夫何故？以其无死地。

五十一章

道生之，德畜之，物形之，势成之。是以万物莫不尊道而贵德。道之尊，德之贵，夫莫之命而常自然。故道生之，德畜之，长之育之，亭之毒之，养之覆之，生而不有，为而不恃，长而不宰。是谓玄德。

五十二章

天下有始，以为天下母。既得其母，以知其子。既知其子，复守其母，没身不殆。塞其兑，闭其门，终身不勤。开其兑，济其事，终身不救。见小曰明，守柔曰强。用其光，复归其明，无遗身殃，是为习常。

五十三章

使我介然有知，行于大道，唯施是畏。大道其夷，而民好径。朝甚除，田甚芜，仓甚虚。服文采，带利剑，厌饮食，资货有余，是谓盗竽。非道也哉。

五十四章

善建者不拔，善抱者不脱，子孙以祭祀不辍。修之于身，其德乃真。修之于家，其德乃余。修之于乡，其德乃长。修之于邦，其德乃丰。修之于天下，其德乃普。故以身观身，以家观家，以乡观乡，以国观国，以天下观天下。吾何以知天下然哉？以此。

五十五章

含德之厚，比于赤子。蜂虿虺蛇不螫，猛兽不据，攫鸟不搏。骨弱筋柔而握固。未知牝牡之合而朘作，精之至也。终日号而不嗄，和之至也。知和曰常，知常曰明，益生曰祥，心使气曰强。物壮则老，谓之不道，不道早已。

五十六章

知者不言，言者不知。塞其兑，闭其门；挫其锐，解其纷；和其光，同其尘；是谓玄同。故不可得而亲，不可得而疏。不可得而利，不可得而害。不可得而贵，不可得而贱。故为天下贵。

五十七章

以正治国，以奇用兵，以无事取天下。吾何以知其然哉？以此：天下多忌讳而民弥贫；民多利器，国家滋昏；人多伎巧，奇物滋起；法令滋彰，盗贼多有。故圣人云："我无为而民自化，我好静而民自正，我无事而民自富，我无欲而民自朴。"

五十八章

其政闷闷，其民淳淳。其政察察，其民缺缺。祸兮，福之所倚。福兮，祸之所伏。孰知其极？其无正。正复为奇，善复为妖。人之迷，其日固久。是以圣人方而不割，廉而不刿，直而不肆，光而不耀。

五十九章

治人事天莫若啬。夫唯啬，是谓早服。早服谓之重积德。重积德则无不克。无不克则莫知其极。莫知其极，可以有国。有国之母，可以长久。是谓深根固柢、长生久视之道。

六十章

治大国若烹小鲜。以道莅天下，其鬼不神。非其鬼不神，其神不伤人。非其神不伤人，圣人亦不伤人。夫两不相伤，故德交归焉。

六十一章

大国者下流，天下之交，天下之牝。牝常以静胜牡，以静为下。故大国以下小国，则取小国。小国以下大国，则取大国。故或下以取，或下而取。大国不过欲兼畜人，小国不过欲入事人。夫两者各得其所欲，大者宜为下。

六十二章

道者，万物之奥，善人之宝，不善人之所保。美言可以市，尊行可以加人。人之不善，何弃之有？故立天子，置三公，虽有拱璧，以先驷马，不如坐进此道。古之所以贵此道者何？不曰求以得，有罪以免邪？故为天下贵。

六十三章

为无为，事无事，味无味。大小多少，报怨以德。图难于其易，为大于其细。天下难事必作于易。天下大事必作于细。是以圣人终不为大，故能成其大。夫轻诺必寡信，多易必多难。是以圣人犹难之，故终无难矣。

六十四章

其安易持，其未兆易谋。其脆易泮，其微易散。为之于未有，治之于未乱。合抱之木，生于毫末。九层之台，起于累土。千里之行，始于足下。为者败之，执者失之。是以圣人无为，故无败，无执，故无失。民之从事，常于几成而败之。慎终如始，则无败事。是以圣人欲不欲，不贵难得之货；学不学，复众人之所过，以辅万物之自然而不敢为。

六十五章

古之善为道者，非以明民，将以愚之。民之难治，以其智多。故以智治国，国之贼。不以智治国，国之福。知此两者亦稽式，常知稽式，是谓玄德。玄德深矣、远矣！与物反矣。然后乃至大顺。

六十六章

江海所以能为百谷王者，以其善下之，故能为百谷王。是以欲上民，必以言下之。欲先民，必以身后之。是以圣人处上而民不重，处前而民不害。是以天下乐推而不厌。以其不争，故天下莫能与之争。

六十七章

天下皆谓我道大，似不肖。夫唯大，故似不肖。若肖，久矣其细也夫。我有三宝，持而保之：一曰慈，二曰俭，三曰不敢为天下先。慈故能勇，俭故能广，不敢为天下先，故能成器长。今舍慈且勇，舍俭且广，舍后且先，死矣！夫慈，以战则胜，以守则固。天将救之，以慈卫之。

六十八章

善为士者不武，善战者不怒，善胜敌者不与，善用人者为之下。是谓不争之德，是谓用人之力，是谓配天，古之极。

六十九章

用兵有言，吾不敢为主而为客。不敢进寸而退尺。是谓行无行。攘无臂，扔无敌，执无兵。祸莫大于轻敌，轻敌几丧吾宝。故抗兵相加，哀者胜矣。

七十章

吾言甚易知，甚易行。天下莫能知，莫能行。言有宗，事有君。夫惟无知，是以我不知。知我者希，则我者贵。是以圣人被褐怀玉。

七十一章

知不知上，不知知病，夫唯病病，是以不病。圣人不病，以其病病，是以不病。

七十二章

民不畏威，则大威至。无狎其所居，无厌其所生。夫唯不厌，是以不厌。是以圣人自知不自见，自爱不自贵。故去彼取此。

七十三章

勇于敢则杀。勇于不敢则活。此两者或利或害。天之所恶，孰知其故？是以圣人犹难之。天之道不争而善胜，不言而善应，不召而自来，绰然而善谋。天网恢恢，疏而不失。

七十四章

民不畏死，奈何以死惧之。若使民常畏死，而为奇者，吾得执而杀之。孰敢？常有司杀者杀。夫代司杀者杀，是代大匠斫。夫代大匠斫者，希有不伤其手矣。

七十五章

民之饥，以其上食税之多，是以饥。民之难治，以其上之有为，是以难治。民之轻死，以其求生之厚，是以轻死。夫唯无以生为者，是贤于贵生。

七十六章

人之生也柔弱，其死也坚强。万物草木之生也柔脆，其死也枯槁。故坚强者死之徒，柔弱者生之徒。是以兵强则不胜，木强则兵。强大处下，柔弱处上。

七十七章

天之道，其犹张弓欤？高者抑之，下者举之。有余者损之，不足者补之。天之道，损有余而补不足。人之道，则不然，损不足以奉有余。孰能有余以奉天下？唯有道者。是以圣人为而不恃，功成而不处。其不欲见贤。

七十八章

天下莫柔弱于水。而攻坚强者莫之能胜，以其无以易之。弱之胜强，柔之胜刚，天下莫不知，莫能行。是以圣人云："受国之垢，是谓社稷主。受国不祥，是为天下王。"正言若反。

七十九章

和大怨必有余怨，安可以为善？是以圣人执左契，而不责于人。有德司契，无德司彻。天道无亲，常与善人。

八十章

　　小国寡民。使有什伯之器而不用。使民重死而不远徙。虽有舟舆无所乘之。虽有甲兵无所陈之。使人复结绳而用之。甘其食，美其服，安其居，乐其俗。邻国相望，鸡犬之声相闻，民至老死，不相往来。

八十一章

　　信言不美，美言不信。善者不辩，辩者不善。知者不博，博者不知。圣人不积，既以为人，己愈有，既以与人，己愈多。天之道，利而不害。圣人之道，为而不争。

庄子

　　《庄子》，是道家学派与《老子》齐名的著作，被道教奉为《南华真经》，现存共三十三篇，分为内篇、外篇、杂篇三部分，为庄子及其门人所作。庄子（约公元前369年—公元前286年），名周，战国时期宋国蒙地（今河南商丘）人。战国时期著名思想家、哲学家、文学家，是道家学派代表人物，后人将其与老子并称为"老庄"，其学说合称为"老庄哲学"。《庄子》一书充满着"谬悠之说，荒唐之言，无端崖之辞"，想象奇幻，构思巧妙，文笔汪洋恣肆。那肌肤若冰雪、绰约若处子的藐姑射之神人，那蹲乎会稽投竿东海五十犗以为饵钓鱼的任公子，那乘天地之正御六气之辩以游无穷的逍遥游，都述说着生命神奇的传说和磅礴的力量。《庄子》演绎的是一个浪漫的童话世界，《史记》称庄子"故其著书十余万言，大抵率寓言也"，只可惜没有全部流传下来。读《庄子》，就是读中国的童话、中国的寓言、中国的科幻，是读者思想精神的饕餮盛宴。

庄子

内篇

逍遥游

北冥有鱼，其名为鲲。鲲之大，不知其几千里也。化而为鸟，其名为鹏。鹏之背，不知其几千里也。怒而飞，其翼若垂天之云。是鸟也，海运则将徙于南冥。南冥者，天池也。

《齐谐》者，志怪者也。《谐》之言曰："鹏之徙于南冥也，水击三千里，抟扶摇而上者九万里，去以六月息者也。"野马也，尘埃也，生物之以息相吹也。天之苍苍，其正色邪？其远而无所至极邪？其视下也，亦若是则已矣。

且夫水之积也不厚，则其负大舟也无力。覆杯水于坳堂之上，则芥为之舟。置杯焉则胶，水浅而舟大也。风之积也不厚，则其负大翼也无力。故九万里则风斯在下矣，而后乃今培风；背负青天而莫之夭阏者，而后乃今将图南。

蜩与学鸠笑之曰："我决起而飞，抢榆枋而止，时则不至，而控于地而已矣，奚以之九万里而南为？"适莽苍者，三飡而反，腹犹果然；适百里者，宿舂粮；适千里者，三月聚粮。之二虫又何知！

小知不及大知，小年不及大年。奚以知其然也？朝菌不知晦朔，蟪蛄不知春秋，此小年也。楚之南有冥灵者，以五百岁为春，五百岁为秋；上古有大椿者，以八千岁为春，八千岁为秋，此大年也。而彭祖乃今以久特闻，众人匹之，不亦悲乎！

汤之问棘也是已："穷发之北，有冥海者，天池也。有鱼焉，其广数千里，未有知其修者，其名为鲲。有鸟焉，其名为鹏，背若太山，翼若垂天之云，抟扶摇羊角而上者九万里，绝云气，负青天，然后图南，且适南冥也。斥鷃笑之曰：'彼且奚适也？我腾跃而上，不过数仞而下，翱翔蓬蒿之间，此亦飞之至也，而彼且奚适也？'"此小大之辩也。

故夫知效一官，行比一乡，德合一君，而征一国者，其自视也，亦若此矣。而宋荣子犹然笑之。且举世而誉之而不加劝，举世而非之而不加沮，定乎内外之分，辩乎荣辱之境，斯已矣。彼其于世，未数数然也。虽然，犹有未树也。夫列子御风而行，泠然善也，旬有五日而后反。彼于致福者，未数数然也。此虽免乎行，犹有所待者也。若夫乘天地之正，而御六气之辩，以游无穷者，彼且恶乎待哉！故曰：至人无己，神人无功，圣人无名。

尧让天下于许由，曰："日月出矣，而爝火不息，其于光也，不亦难乎！时雨降矣，而犹浸灌，其于泽也，不亦劳乎！夫子立而天下治，而我犹尸之，吾自视缺然。请致天下。"

许由曰："子治天下，天下既已治也，而我犹代子，吾将为名乎？名者，实之宾也，吾将为宾乎？鹪鹩巢于深林，不过一枝；偃鼠饮河，不过满腹。归休乎君！予无所用天下为！庖人虽不治庖，尸祝不越樽俎而代之矣。"

肩吾问于连叔曰："吾闻言于接舆，大而无当，往而不返。吾惊怖其言，犹河汉而无极也，大有径庭，不近人情焉。"连叔曰："其言谓何哉？""曰：'藐姑射之山有神人居焉。肌肤若冰雪，绰约若处子；不食五谷，吸风饮露；乘云气，御飞龙，而游乎四海之外；其神凝，使物不疵疠而年谷熟。'吾以是狂而不信也。"连叔曰："然，瞽者无以与乎文章之观，聋者无以与乎钟鼓之声。岂唯形骸有聋盲哉？夫知亦有之。是其言也，犹时女也。之人也，之德也，将旁礴万物以为一，世蕲乎乱，孰弊弊焉以天下为事！之人也，物莫之伤，大浸稽天而不溺，大旱金石流、土山焦而不热。是其尘垢秕糠，将犹陶铸尧舜者也，孰肯以物为事！宋人资章甫而适诸越，越人断发文身，无所用之。尧治天下之民，平海内之政。往见四子藐姑射之山，汾水之阳，窅然丧其天下焉。"

惠子谓庄子曰："魏王贻我大瓠之种，我树之成而实五石。以盛水浆，其坚不能自举也。剖之以为瓢，则瓠落无所容。非不呺然大也，吾为其无用而掊之。"

庄子曰："夫子固拙于用大矣。宋人有善为不龟手之药者，世世以洴澼絖为事。客闻之，请买其方百金。聚族而谋曰：'我世世为洴澼絖，不过数金。今一朝而鬻技百金，请与之。'客得之，以说吴王。越有难，吴王使之将。冬，与越人水战，大败越人，裂地而封之。能不龟手一也，或以封，或不免于洴澼絖，则所用之异也。今子有五石之瓠，何不虑以为大樽而浮乎江湖，而忧其瓠落无所容？则夫子犹有蓬之心也夫！"

惠子谓庄子曰："吾有大树，人谓之樗。其大本臃肿而不中绳墨，其小枝卷曲而不中规矩。立之涂，匠者不顾。今子之言，大而无用，众所同去也。"

庄子曰："子独不见狸狌乎？卑身而伏，以候敖者；东西跳梁，不避高下；中于机辟，死于罔罟。今夫斄牛，其大若垂天之云。此能为大矣，而不能执鼠。今子有大树，患其无用，何不树之于无何有之乡，广莫之野，彷徨乎无为其侧，逍遥乎寝卧其下。不夭斤斧，物无害者，无所可用，安所困苦哉！"

齐物论

南郭子綦隐机而坐，仰天而嘘，苔焉似丧其耦。颜成子游立侍乎前，曰："何居乎？形固可使如槁木，而心固可使如死灰乎？今之隐机者，非昔之隐机者也？"

子綦曰："偃，不亦善乎，而问之也！今者吾丧我，汝知之乎？女闻人籁而未闻地籁，女闻地籁而未闻天籁夫！"

子游曰："敢问其方。"

子綦曰："夫大块噫气，其名为风。是唯无作，作则万窍怒呺。而独不闻之翏翏乎？山林之畏佳，大木百围之窍穴，似鼻，似口，似耳，似枅，似圈，似臼，似洼者，似污者。激者、謞者、叱者、吸者、叫者、譹者、宎者，咬者。前者唱于而随者唱喁，泠风则小和，飘风则大和，厉风济则众窍为虚。而独不见之调调、之刁刁乎？"

子游曰："地籁则众窍是已，人籁则比竹是已，敢问天籁？"

子綦曰："夫吹万不同，而使其自已也。咸其自取，怒者其谁邪？"

大知闲闲，小知间间。大言炎炎，小言詹詹。其寐也魂交，其觉也形开。与接为搆，日以心斗。缦者、窖者、密者。小恐惴惴，大恐缦缦。其发若机栝，其司是非之谓也；其留如诅盟，其守胜之谓也；其杀如秋冬，以言其日消也；其溺之所为之，不可使复之也；其厌也如缄，以言其老洫也；近死之心，莫使复阳也。喜怒哀乐，虑叹变慹，姚佚启态，乐出虚，蒸成菌。日夜相代乎前，而莫知其所萌。已乎，已乎！旦暮得此，其所由以生乎！

非彼无我，非我无所取。是亦近矣，而不知其所为使。若有真宰，而特不得其眹。可行已信，而不见其形，有情而无形。百骸、九窍、六藏，赅而存焉，吾谁与为亲？汝皆说之乎？其有私焉？如是皆有为臣妾乎？其臣妾不足以相治乎？其递相为君臣乎？其有真君存焉！如求得其情与不得，无益损乎其真。

一受其成形，不忘以待尽。与物相刃相靡，其行尽如驰而莫之能止，不亦悲乎！终身役役而不见其成功，苶然疲役而不知其所归，可不哀邪！人谓之不死，奚益！其形化，其心与之然，可不谓大哀乎？人之生也，固若是芒乎？其我独芒，而人亦有不芒者乎？

夫随其成心而师之，谁独且无师乎？奚必知代而心自取者有之？愚者与有焉！未成乎心而有是非，是今日适越而昔至也。是以无有为有。无有为有，虽有神禹且不能知，吾独且奈何哉！

夫言非吹也，言者有言。其所言者特未定也。果有言邪？

其未尝有言邪？其以为异于鷇音，亦有辩乎？其无辩乎？道恶乎隐而有真伪？言恶乎隐而有是非？道恶乎往而不存？言恶乎存而不可？道隐于小成，言隐于荣华。故有儒墨之是非，以是其所非而非其所是。欲是其所非而非其所是，则莫若以明。

物无非彼，物无非是。自彼则不见，自是则知之。故曰：彼出于是，是亦因彼。彼是方生之说也。虽然，方生方死，方死方生；方可方不可，方不可方可；因是因非，因非因是。是以圣人不由而照之于天，亦因是也。是亦彼也，彼亦是也。彼亦一是非，此亦一是非，果且有彼是乎哉？果且无彼是乎哉？彼是莫得其偶，谓之道枢。枢始得其环中，以应无穷。是亦一无穷，非亦一无穷也。故曰：莫若以明。

以指喻指之非指，不若以非指喻指之非指也；以马喻马之非马，不若以非马喻马之非马也。天地一指也，万物一马也。

可乎可，不可乎不可。道行之而成，物谓之而然。恶乎然？然于然。恶乎不然？不然于不然。物固有所然，物固有所可。无物不然，无物不可。故为是举莛与楹，厉与西施，恢恑憰怪，道通为一。

其分也，成也；其成也，毁也。凡物无成与毁，复通为一。唯达者知通为一，为是不用而寓诸庸。庸也者，用也；用也者，通也；通也者，得也。适得而几矣。因是已。已而不知其然，谓之道。劳神明为一，而不知其同也，谓之"朝三"。何谓"朝三"？狙公赋芧，曰："朝三而暮四。"众狙皆怒。曰："然则朝四而暮三。"众狙皆悦。名实未亏，而喜怒为用，亦因是也。是以圣人和之以是非，而休乎天钧，是之谓两行。

古之人，其知有所至矣。恶乎至？有以为未始有物者，至矣，尽矣，不可以加矣！其次以为有物矣，而未始有封也。其次以为有封焉，而未始有是非也。是非之彰也，道之所以亏也。道之所以亏，爱之所以成。果且有成与亏乎哉？果且无成与亏乎哉？有成与亏，故昭氏之鼓琴也；无成与亏，故昭氏之不鼓琴也。昭文之鼓琴也，师旷之枝策也，惠子之据梧也，三子之知几乎皆其盛者也，故载之末年。唯其好之也，以异于彼；其好之也，欲以明之彼。非所明而明之，故以坚白之昧终。而其子又以文之纶终，终身无成。若是而可谓成乎，虽我亦成也；若是而不可谓成乎？物与我无成也。是故滑疑之耀，圣人之所图也。为是不用而寓诸庸，此之谓以明。

今且有言于此，不知其与是类乎？其与是不类乎？类与不类，相与为类，则与彼无以异矣。虽然，请尝言之。有始也者，有未始有始也者，有未始有夫未始有始也者。有有也者，有无也者，有未始有无也者，有未始有夫未始有无也者。俄而有无矣，而未知有无之果孰有孰无也。今我则已有谓矣，而未知吾所谓之其果有谓乎？其果无谓乎？

天下莫大于秋豪之末，而太山为小；莫寿于殇子，而彭祖为夭。天地与我并生，而万物与我为一。既已为一矣，且得有言乎？既已谓之一矣，且得无言乎？一与言为二，二与一为三。自此以往，巧历不能得，而况其凡乎！故自无适有，以至于三，而况自有适有乎！无适焉，因是已！

夫道未始有封，言未始有常，为是而有畛也。请言其畛：有左有右，有伦有义，有分有辩，有竞有争，此之谓八德。六合之外，圣人存而不论；六合之内，圣人论而不议；春秋经世先王之志，圣人议而不辩。故分也者，有不分也；辩也者，有不辩也。曰何也？圣人怀之，众人辩之以相示也。故曰：辩也者，有不见也。

夫大道不称，大辩不言，大仁不仁，大廉不嗛，大勇不忮。道昭而不道，言辩而不及，仁常而不成，廉清而不信，勇忮而不成。五者园而几向方矣！故知止其所不知，至矣。孰知不言之辩，不道之道？若有能知，此之谓天府。注焉而不满，酌焉而不竭，而不知其所由来，此之谓葆光。

故昔者尧问于舜曰："我欲伐宗、脍、胥敖，南面而不释然。其故何也？"

舜曰："夫三子者，犹存乎蓬艾之间。若不释然，何哉？昔者十日并出，万物皆照，而况德之进乎日者乎！"

啮缺问乎王倪曰："子知物之所同是乎？"曰："吾恶乎知之！""子知子之所不知邪？"曰："吾恶乎知之！""然则物无知邪？"曰："吾恶乎知之！虽然，尝试言之：庸讵知吾所谓知之非不知邪？庸讵知吾所谓不知之非知邪？且吾尝试问乎女：民湿寝则腰疾偏死，鳅然乎哉？木处则惴栗恂惧，猿猴然乎哉？三者孰知正处？民食刍豢，麋鹿食荐，蝍蛆甘带，鸱鸦耆鼠，四者孰知正味？猿猵狙以为雌，麋与鹿交，鳅与鱼游。毛嫱丽姬，人之所美也；鱼见之深入，鸟见之高飞，麋鹿见之决骤，四者孰知天下之正色哉？自我观之，仁义之端，是非之涂，樊然殽乱，吾恶能知其辩！"啮缺曰："子不知利害，则至人固不知利害乎？"王倪曰："至人神矣！大泽焚而不能热，河汉沍而不能寒，疾雷破山、飘风振海而不能惊。若然者，乘云气，骑日月，而游乎四海之外，死生无变于己，而况利害之端乎！”

瞿鹊子问乎长梧子曰：“吾闻诸夫子，圣人不从事于务，不就利，不违害，不喜求，不缘道，无谓有谓，有谓无谓，而游乎尘垢之外。夫子以为孟浪之言，而我以为妙道之行也。吾子以为奚若？”

长梧子曰：“是黄帝之所听荧也，而丘也何足以知之！且女亦大早计，见卵而求时夜，见弹而求鸮炙。予尝为女妄言之，女以妄听之。奚旁日月，挟宇宙，为其吻合，置其滑涽，以隶相尊？众人役役，圣人愚芚，参万岁而一成纯。万物尽然，而以是相蕴。予恶乎知说生之非惑邪！予恶乎知恶死之非弱丧而不知归者邪！

“丽之姬，艾封人之子也。晋国之始得之也，涕泣沾襟。及其至于王所，与王同筐床，食刍豢，而后悔其泣也。予恶乎知夫死者不悔其始之蕲生乎？梦饮酒者，旦而哭泣；梦哭泣者，旦而田猎。方其梦也，不知其梦也。梦之中又占其梦焉，觉而后知其梦也。且有大觉而后知此其大梦也，而愚者自以为觉，窃窃然知之。君乎！牧乎！固哉！丘也与女，皆梦也；予谓女梦，亦梦也。是其言也，其名为吊诡。万世之后而一遇大圣，知其解者，是旦暮遇之也。”

既使我与若辩矣，若胜我，我不若胜，若果是也，我果非也邪？我胜若，若不吾胜，我果是也？而果非也邪？其或是也？其或非也邪？其俱是也？其俱非也邪？我与若不能相知也。则人固受其黮暗，吾谁使正之？使同乎若者正之，既与若同矣，恶能正之？使同乎我者正之，既同乎我矣，恶能正之？使异乎我与若者正之，既异乎我与若矣，恶能正之？使同乎我与若者正之，既同乎我与若矣，恶能正之？然则我与若与人俱不能相知也，而待彼也邪？

何谓和之以天倪？曰：是不是，然不然。是若果是也，则是之异乎不是也亦无辩；然若果然也，则然之异乎不然也亦无辩。化声之相待，若其不相待。和之以天倪，因之以曼衍，所以穷年也。忘年忘义，振于无竟，故寓诸无竟。

罔两问景曰："曩子行，今子止；曩子坐，今子起。何其无特操与？"景曰："吾有待而然者邪？吾所待又有待而然者邪？吾待蛇蚹蜩翼邪？恶识所以然？恶识所以不然？"

昔者庄周梦为胡蝶，栩栩然胡蝶也。自喻适志与！不知周也。俄然觉，则蘧蘧然周也。不知周之梦为胡蝶与？胡蝶之梦为周与？周与胡蝶则必有分矣。此之谓物化。

养生主

吾生也有涯，而知也无涯。以有涯随无涯，殆已！已而为知者，殆而已矣！为善无近名，为恶无近刑；缘督以为经，可以保身，可以全生，可以养亲，可以尽年。

庖丁为文惠君解牛，手之所触，肩之所倚，足之所履，膝之所踦，砉然响然，奏刀騞然，莫不中音。合于《桑林》之舞，乃中《经首》之会。

文惠君曰："嘻，善哉！技盖至此乎？"

庖丁释刀对曰："臣之所好者道也，进乎技矣。始臣之解牛之时，所见无非牛者；三年之后，未尝见全牛也；方今之时，臣以神遇而不以目视，官知止而神欲行。依乎天理，批大郤，导大窾，因其固然。技经肯綮之未尝，而况大軱乎！良庖岁更刀，割也；族庖月更刀，折也；今臣之刀十九年矣，所解数千牛矣，而刀刃若新发于硎。彼节者有间而刀刃者无厚，以无厚入有间，恢恢乎其于游刃必有余地矣。是以十九年而刀刃若新发于硎。虽然，每至于族，吾见其难为，怵然为戒，视为止，行为迟，动刀甚微，謋然已解，如土委地。提刀而立，为之四顾，为之踌躇满志，善刀而藏之。"

文惠君曰："善哉！吾闻庖丁之言，得养生焉。"

公文轩见右师而惊曰："是何人也？恶乎介也？天与？其人与？"曰："天也，非人也。天之生是使独也，人之貌有与也。以是知其天也，非人也。"

泽雉十步一啄，百步一饮，不蕲畜乎樊中。神虽王，不善也。

老聃死，秦失吊之，三号而出。弟子曰："非夫子之友邪？"曰："然。""然则吊焉若此可乎？"曰："然。始也吾以为其人也，而今非也。向吾入而吊焉，有老者哭之，如哭其子；少者哭之，如哭其母。彼其所以会之，必有不蕲言而言，不蕲哭而哭者。是遁天倍情，忘其所受，古者谓之遁天之刑。适来，夫子时也；适去，夫子顺也。安时而处顺，哀乐不能入也，古者谓是帝之县解。"

指穷于为薪，火传也，不知其尽也。

人间世

颜回见仲尼，请行。曰："奚之？"曰："将之卫。"曰："奚为焉？"曰："回闻卫君，其年壮，其行独。轻用其国而不见其过。轻用民死，死者以国量乎泽若蕉，民其无如矣！回尝闻之夫子曰：'治国去之，乱国就之，医门多疾。'愿以所闻思其则，庶几其国有瘳乎！"

仲尼曰："嘻，若殆往而刑耳！夫道不欲杂，杂则多，多则扰，扰则忧，忧而不救。古之至人，先存诸己而后存诸人。所存于己者未定，何暇至于暴人之所行！且若亦知夫德之所荡，而知之所为出乎哉？德荡乎名，知出乎争。名也者，相轧也；知也者，争之器也。二者凶器，非所以尽行也。

"且德厚信矼，未达人气；名闻不争，未达人心。而强以仁义绳墨之言术暴人之前者，是以人恶有其美也，命之曰灾人。灾人者，人必反灾之，若殆为人灾夫。

"且苟为人悦贤而恶不肖，恶用而求有以异？若唯无诏，王公必将乘人而斗其捷。而目将荧之，而色将平之，口将营之，容将形之，心且成之。是以火救火，以水救水，名之曰益多。顺始无穷，若殆以不信厚言，必死于暴人之前矣！

"且昔者桀杀关龙逢，纣杀王子比干，是皆修其身以下伛拊人之民，以下拂其上者也，故其君因其修以挤之。是好名者也。

"昔者尧攻丛、枝、胥敖，禹攻有扈。国为虚厉，身为刑戮。其用兵不止，其求实无已，是皆求名实者也，而独不闻之乎？名实者，圣人之所不能胜也，而况若乎！虽然，若必有以也，尝以语我来。"

颜回曰："端而虚，勉而一，则可乎？"曰："恶！恶可！夫以阳为充孔扬，采色不定，常人之所不违，因案人之所感，以求容与其心。名之曰日渐之德不成，而况大德乎！将执而不化，外合而内不訾，其庸讵可乎！"

"然则我内直而外曲，成而上比。内直者，与天为徒。与天为徒者，知天子之与己，皆天之所子，而独以己言蕲乎而人善之，蕲乎而人不善之邪？若然者，人谓之童子，是之谓与天为徒。外曲者，与人之为徒也。擎跽曲拳，人臣之礼也。人皆为之，吾敢不为邪？为人之所为者，人亦无疵焉，是之谓与人为徒。成而上比者，与古为徒。其言虽教，谪之实也，古之有也，非吾有也。若然者，虽直而不病，是之谓与古为徒。若是则可乎？"

仲尼曰："恶！恶可！大多政法而不谍。虽固，亦无罪。虽然，止是耳矣，夫胡可以及化！犹师心者也。"

颜回曰："吾无以进矣，敢问其方。"仲尼曰："斋，吾将语若。有心而为之，其易邪？易之者，暤天不宜。"颜回曰："回之家贫，唯不饮酒不茹荤者数月矣。如此，则可以为斋乎？"曰："是祭祀之斋，非心斋也。"

回曰："敢问心斋。"仲尼曰："若一志，无听之以耳，而听之以心；无听之以心，而听之以气。听止于耳，心止于符。气也者，虚而待物者也。唯道集虚。虚者，心斋也"

颜回曰："回之未始得使，实自回也；得使之也，未始有回也，可谓虚乎？"

夫子曰："尽矣！吾语若：若能入游其樊，而无感其名，入则鸣，不入则止。无门无毒，一宅而寓于不得已，则几矣。绝迹易，无行地难。为人使易以伪，为天使难以伪。闻以有翼飞者矣，未闻以无翼飞者也；闻以有知知者矣，未闻以无知知者也。瞻彼阕者，虚室生白，吉祥止止。夫且不止，是之谓坐驰。夫徇耳目内通而外于心知，鬼神将来舍，而况人乎！是万物之化也，禹、舜之所纽也，伏戏、几蘧之所行终，而况散焉者乎！"

叶公子高将使于齐，问于仲尼曰："王使诸梁也甚重。齐之待使者，盖将甚敬而不急。匹夫犹未可动，而况诸侯乎！吾甚栗之。子常语诸梁也曰：'凡事若小若大，寡不道以欢成。事若不成，则必有人道之患；事若成，则必有阴阳之患。若成若不成而后无患者，唯有德者能之。'吾食也执粗而不臧，爨无欲清之人。今吾朝受命而夕饮冰，我其内热与！吾未至乎事之情而既有阴阳之患矣！事若不成，必有人道之患。是两也，为人臣者不足以任之，子其有以语我来！"

仲尼曰："天下有大戒二：其一命也，其一义也。子之爱亲，命也，不可解于心；臣之事君，义也，无适而非君也，无所逃于天地之间。是之谓大戒。是以夫事其亲者，不择地而安之，孝之至也；夫事其君者，不择事而安之，忠之盛也；自事其心者，哀乐不易施乎前，知其不可奈何而安之若命，德之至也。为人臣子者，固有所不得已。行事之情而忘其身，何暇至于悦生而恶死！夫子其行可矣！

"丘请复以所闻：凡交，近则必相靡以信，远则必忠之以言。言必或传之。夫传两喜两怒之言，天下之难者也。夫两喜必多溢美之言，两怒必多溢恶之言。凡溢之类妄，妄则其信之也莫，

莫则传言者殃。故法言曰：'传其常情，无传其溢言，则几乎全。'

"且以巧斗力者，始乎阳，常卒乎阴，大至则多奇巧；以礼饮酒者，始乎治，常卒乎乱，大至则多奇乐。凡事亦然，始乎谅，常卒乎鄙；其作始也简，其将毕也必巨。夫言者，风波也；行者，实丧也。风波易以动，实丧易以危。故忿设无由，巧言偏辞。兽死不择音，气息茀然，于是并生心厉。剋核大至，则必有不肖之心应之，而不知其然也。苟为不知其然也，孰知其所终！故法言曰：'无迁令，无劝成。'过度，益也。迁令、劝成，殆事。美成在久，恶成不及改，可不慎与！且夫乘物以游心，托不得已以养中，至矣。何作为报也？莫若为致命，此其难者。"

颜阖将傅卫灵公太子，而问于蘧伯玉曰："有人于此，其德天杀。与之为无方则危吾国，与之为有方则危吾身。其知适足以知人之过，而不知其所以过。若然者，吾奈之何？"

蘧伯玉曰："善哉问乎！戒之，慎之，正女身也哉！形莫若就，心莫若和。虽然，之二者有患。就不欲入，和不欲出。形就而入，且为颠为灭，为崩为蹶；心和而出，且为声为名，为妖为孽。彼且为婴儿，亦与之为婴儿；彼且为无町畦，亦与之为无町畦；彼且为无崖，亦与之为无崖；达之，入于无疵。

"汝不知夫螳螂乎？怒其臂以当车辙，不知其不胜任也，是其才之美者也。戒之，慎之，积伐而美者以犯之，几矣！

"汝不知夫养虎者乎？不敢以生物与之，为其杀之之怒也；不敢以全物与之，为其决之之怒也。时其饥饱，达其怒心。虎之与人异类，而媚养己者，顺也；故其杀者，逆也。

"夫爱马者，以筐盛矢，以蜄盛溺。适有蚊虻仆缘，而拊之不时，则缺衔、毁首、碎胸。意有所至，而爱有所亡，可不慎邪！"

匠石之齐，至于曲辕，见栎社树。其大蔽数千牛，絜之百围，其高临山，十仞而后有枝，其可以为舟者，旁十数。观者如市，匠伯不顾，遂行不辍。

弟子厌观之，走及匠石，曰："自吾执斧斤以随夫子，未尝见材如此其美也。先生不肯视，行不辍，何邪？"曰："已矣，勿言之矣！散木也。以为舟则沉，以为棺椁则速腐，以为器则速毁，以为门户则液樠，以为柱则蠹，是不材之木也。无所可用，故能若是之寿。"

匠石归，栎社见梦曰："女将恶乎比予哉？若将比予于文木邪？夫柤梨橘柚果蓏之属，实熟则剥，剥则辱。大枝折，小枝泄。此以其能苦其生者也。故不终其天年而中道夭，自掊击于世俗者也。物莫不若是。且予求无所可用久矣！几死，乃今得之，为予大用。使予也而有用，且得有此大也邪？且也，若与予也皆物也，奈何哉其相物也？而几死之散人，又恶知散木！"

匠石觉而诊其梦。弟子曰："趣取无用，则为社何邪？"曰："密！若无言！彼亦直寄焉！以为不知己者诟厉也。不为社者，且几有翦乎！且也，彼其所保与众异，而以义誉之，不亦远乎？"

南伯子綦游乎商之丘，见大木焉，有异，结驷千乘，隐将芘其所藾。子綦曰："此何木也哉！此必有异材夫！"仰而视其细枝，则拳曲而不可以为栋梁；俯而视其大根，则轴解而不可以为棺椁；咶其叶，则口烂而为伤；嗅之，则使人狂酲三日而不已。子綦曰："此果不材之木也，以至于此其大也。嗟乎神人，以此不材。"

宋有荆氏者，宜楸柏桑。其拱把而上者，求狙猴之杙者斩之；三围四围，求高名之丽者斩之；七围八围，贵人富商之家求禅傍者斩之。故未终其天年而中道之夭于斧斤，此材之患也。故解之以牛之白颡者，与豚之亢鼻者，与人有痔病者，不可以适河。此皆巫祝以知之矣，所以为不祥也。此乃神人之所以为大祥也。

支离疏者，颐隐于脐，肩高于顶，会撮指天，五管在上，两髀为胁。挫针治繲，足以糊口；鼓策播精，足以食十人。上征武士，则支离攘臂而游于其间；上有大役，则支离以有常疾不受功；上与病者粟，则受三钟与十束薪。夫支离者其形者，犹足以养其身，终其天年，又况支离其德者乎！

孔子适楚，楚狂接舆游其门曰："凤兮凤兮，何如德之衰也？来世不可待，往世不可追也。天下有道，圣人成焉；天下无道，圣人生焉。方今之时，仅免刑焉！福轻乎羽，莫之知载；祸重乎地，莫之知避。已乎，已乎！临人以德。殆乎，殆乎！画地而趋。迷阳迷阳，无伤吾行。吾行郤曲，无伤吾足。"

山木，自寇也；膏火，自煎也。桂可食，故伐之；漆可用，故割之。人皆知有用之用，而莫知无用之用也。

德充符

鲁有兀者王骀，从之游者与仲尼相若。常季问于仲尼曰："王骀，兀者也，从之游者与夫子中分鲁。立不教，坐不议，虚而往，实而归。固有不言之教，无形而心成者邪？是何人也？"仲尼曰：
"夫子，圣人也，丘也直后而未往耳！丘将以为师，而况不若
丘者乎！奚假鲁国，丘将引天下而与从之。"

常季曰："彼兀者也，而王先生，其与庸亦远矣。若然者，
其用心也，独若之何？"仲尼曰："死生亦大矣，而不得与之变；
虽天地覆坠，亦将不与之遗；审乎无假而不与物迁，命物之化
而守其宗也。"

常季曰："何谓也？"仲尼曰："自其异者视之，肝胆楚越也；
自其同者视之，万物皆一也。夫若然者，且不知耳目之所宜，
而游心乎德之和。物，视其所一而不见其所丧，视丧其足犹遗
土也。"

常季曰："彼为己，以其知得其心，以其心得其常心。物
何为最之哉？"仲尼曰："人莫鉴于流水而鉴于止水，唯止能
止众止。受命于地，唯松柏独也正，在冬夏青青；受命于天，
唯尧、舜独也正，在万物之首。幸能正生，以正众生。夫保始
之征，不惧之实，勇士一人，雄入于九军。将求名而能自要者
而犹若是，而况官天地、府万物、直寓六骸、象耳目、一知之
所知而心未尝死者乎！彼且择日而登假，人则从是也。彼且何
肯以物为事乎！"

申徒嘉，兀者也，而与郑子产同师于伯昏无人。子产谓申
徒嘉曰："我先出则子止，子先出则我止。"其明日，又与合
堂同席而坐。子产谓申徒嘉曰："我先出则子止，子先出则我止。
今我将出，子可以止乎？其未邪？且子见执政而不违，子齐执
政乎？"申徒嘉曰："先生之门，固有执政焉如此哉？子而说

子之执政而后人者也。闻之曰：'鉴明则尘垢不止，止则不明也。久与贤人处，则无过。'今子之所取大者，先生也，而犹出言若是，不亦过乎！"

子产曰："子既若是矣，犹与尧争善。计子之德，不足以自反邪？"

申徒嘉曰："自状其过，以不当亡者众；不状其过，以不当存者寡。知不可奈何而安之若命，唯有德者能之。游于羿之彀中。中央者，中地也；然而不中者，命也。人以其全足笑吾不全足者多矣，我怫然而怒，而适先生之所，则废然而反。不知先生之洗我以善邪？吾之自寤邪？吾与夫子游十九年，而未尝知吾兀者也。今子与我游于形骸之内，而子索我于形骸之外，不亦过乎！"

子产蹴然改容更貌曰："子无乃称！"

鲁有兀者叔山无趾，踵见仲尼。仲尼曰："子不谨，前既犯患若是矣。虽今来，何及矣！"无趾曰："吾唯不知务而轻用吾身，吾是以亡足。今吾来也，犹有尊足者存，吾是以务全之也。夫天无不覆，地无不载，吾以夫子为天地，安知夫子之犹若是也！"孔子曰："丘则陋矣！夫子胡不入乎？请讲以所闻。"

无趾出。孔子曰："弟子勉之！夫无趾，兀者也，犹务学以复补前行之恶，而况全德之人乎！"

无趾语老聃曰："孔丘之于至人，其未邪？彼何宾宾以学子为？彼且蕲以諔诡幻怪之名闻，不知至人之以是为己桎梏邪？"老聃曰："胡不直使彼以死生为一条，以可不可为一贯者，解其桎梏，其可乎？”无趾曰：“天刑之，安可解！”

鲁哀公问于仲尼曰：“卫有恶人焉，曰哀骀它。丈夫与之处者，思而不能去也；妇人见之，请于父母曰‘与为人妻，宁为夫子妾’者，十数而未止也。未尝有闻其唱者也，常和人而已矣。无君人之位以济乎人之死，无聚禄以望人之腹，又以恶骇天下，和而不唱，知不出乎四域，且而雌雄合乎前，是必有异乎人者也。寡人召而观之，果以恶骇天下。与寡人处，不至以月数，寡人有意乎其为人也；不至乎期年，而寡人信之。国无宰，寡人传国焉。闷然而后应，泛而若辞。寡人丑乎，卒授之国。无几何也，去寡人而行。寡人恤焉若有亡也，若无与乐是国也。是何人者也？”

仲尼曰：“丘也尝使于楚矣，适见豚子食于其死母者。少焉眴若，皆弃之而走。不见己焉尔，不得类焉尔。所爱其母者，非爱其形也，爱使其形者也。战而死者，其人之葬也不以翣资；刖者之屦，无为爱之。皆无其本矣。为天子之诸御，不爪翦，不穿耳；取妻者止于外，不得复使。形全犹足以为尔，而况全德之人乎！今哀骀它未言而信，无功而亲，使人授己国，唯恐其不受也，是必才全而德不形者也。”

哀公曰：“何谓才全？”仲尼曰：“死生、存亡、穷达、贫富、贤与不肖、毁誉、饥渴、寒暑，是事之变，命之行也。日夜相代乎前，而知不能规乎其始者也。故不足以滑和，不可入于灵府。使之和、豫、通而不失于兑。使日夜无郤而与物为春，是接而生时于心者也。是之谓才全。”“何谓德不形？”曰：“平者，水停之盛也。其可以为法也，内保之而外不荡也。德者，成和之修也。德不形者，物不能离也。"

哀公异日以告闵子曰："始也吾以南面而君天下，执民之纪而忧其死，吾自以为至通矣。今吾闻至人之言，恐吾无其实，轻用吾身而亡吾国。吾与孔丘，非君臣也，德友而已矣！"

阐跂支离无脤说卫灵公，灵公说之，而视全人，其脰肩肩。瓮㿻大瘿说齐桓公，桓公说之，而视全人，其脰肩肩。

故德有所长而形有所忘。人不忘其所忘，而忘其所不忘，此谓诚忘。故圣人有所游，而知为孽，约为胶，德为接，工为商。圣人不谋，恶用知？不斫，恶用胶？无丧，恶用德？不货，恶用商？四者，天鬻也。天鬻者，天食也。既受食于天，又恶用人！

有人之形，无人之情。有人之形，故群于人；无人之情，故是非不得于身。眇乎小哉，所以属于人也；謷乎大哉，独成其天。

惠子谓庄子曰："人故无情乎？"庄子曰："然。"惠子曰："人而无情，何以谓之人？"庄子曰："道与之貌，天与之形，恶得不谓之人？"惠子曰："既谓之人，恶得无情？"庄子曰："是非吾所谓情也。吾所谓无情者，言人之不以好恶内伤其身，常因自然而不益生也。"惠子曰："不益生，何以有其身？"庄子曰："道与之貌，天与之形，无以好恶内伤其身。今子外乎子之神，劳乎子之精，倚树而吟，据槁梧而瞑。天选子之形，子以坚白鸣。"

大宗师

知天之所为，知人之所为者，至矣！知天之所为者，天而

生也；知人之所为者，以其知之所知，以养其知之所不知，终
其天年而不中道夭者，是知之盛也。虽然，有患。夫知有所待
而后当，其所待者特未定也。庸讵知吾所谓天之非人乎？所谓
人之非天乎？且有真人而后有真知。

何谓真人？古之真人，不逆寡，不雄成，不谟士。若然者，
过而弗悔，当而不自得也。若然者，登高不慄，入水不濡，入
火不热，是知之能登假于道者也若此。

古之真人，其寝不梦，其觉无忧，其食不甘，其息深深。
真人之息以踵，众人之息以喉。屈服者，其嗌言若哇。其耆欲
深者，其天机浅。

古之真人，不知说生，不知恶死。其出不䜣，其入不距。
翛然而往，翛然而来而已矣。不忘其所始，不求其所终。受而
喜之，忘而复之。是之谓不以心捐道，不以人助天，是之谓真
人。若然者，其心志，其容寂，其颡頯。凄然似秋，暖然似春，
喜怒通四时，与物有宜而莫知其极。故圣人之用兵也，亡国而
不失人心；利泽施乎万世，不为爱人。故乐通物，非圣人也；
有亲，非仁也；天时，非贤也；利害不通，非君子也；行名失己，
非士也；亡身不真，非役人也。若狐不偕、务光、伯夷、叔齐、
箕子、胥馀、纪他、申徒狄，是役人之役，适人之适，而不自
适其适者也。

古之真人，其状义而不朋，若不足而不承；与乎其觚而不
坚也，张乎其虚而不华也；邴邴乎其似喜乎，崔乎其不得已也，
滀乎进我色也，与乎止我德也，广乎其似世也，謷乎其未可制
也，连乎其似好闭也，悗乎忘其言也。以刑为体，以礼为翼，

以知为时，以德为循。以刑为体者，绰乎其杀也；以礼为翼者，所以行于世也；以知为时者，不得已于事也；以德为循者，言其与有足者至于丘也，而人真以为勤行者也。故其好之也一，其弗好之也一。其一也一，其不一也一。其一与天为徒，其不一与人为徒，天与人不相胜也，是之谓真人。

死生，命也；其有夜旦之常，天也。人之有所不得与，皆物之情也。彼特以天为父，而身犹爱之，而况其卓乎！人特以有君为愈乎己，而身犹死之，而况其真乎！

泉涸，鱼相与处于陆，相呴以湿，相濡以沫，不如相忘于江湖。与其誉尧而非桀也，不如两忘而化其道。

夫大块载我以形，劳我以生，佚我以老，息我以死。故善吾生者，乃所以善吾死也。夫藏舟于壑，藏山于泽，谓之固矣！然而夜半有力者负之而走，昧者不知也。藏小大有宜，犹有所遁。若夫藏天下于天下而不得所遁，是恒物之大情也。特犯人之形而犹喜之。若人之形者，万化而未始有极也，其为乐可胜计邪？故圣人将游于物之所不得遁而皆存。善妖善老，善始善终，人犹效之，又况万物之所系而一化之所待乎！

夫道有情有信，无为无形；可传而不可受，可得而不可见；自本自根，未有天地，自古以固存；神鬼神帝，生天生地；在太极之先而不为高，在六极之下而不为深，先天地生而不为久，长于上古而不为老。狶韦氏得之，以挈天地；伏戏氏得之，以袭气母；维斗得之，终古不忒；日月得之，终古不息；勘坏得之，以袭昆仑；冯夷得之，以游大川；肩吾得之，以处大山；黄帝得之，以登云天；颛顼得之，以处玄宫；禺强得之，立乎北极；

西王母得之，坐乎少广，莫知其始，莫知其终；彭祖得之，上及有虞，下及五伯；傅说得之，以相武丁，奄有天下，乘东维，骑箕尾，而比于列星。

南伯子葵问乎女偊曰："子之年长矣，而色若孺子，何也？"曰："吾闻道矣。"南伯子葵曰："道可得学邪？"曰："恶！恶可！子非其人也。夫卜梁倚有圣人之才而无圣人之道，我有圣人之道而无圣人之才。吾欲以教之，庶几其果为圣人乎？不然，以圣人之道，告圣人之才，亦易矣。吾犹守而告之，参日而后能外天下；已外天下矣，吾又守之，七日而后能外物；已外物矣，吾又守之，九日而后能外生；已外生矣，而后能朝彻；朝彻，而后能见独；见独，而后能无古今；无古今，而后能入于不死不生。杀生者不死，生生者不生。其为物，无不将也，无不迎也，无不毁也，无不成也。其名为撄宁。撄宁也者，撄而后成者也。"

南伯子葵曰："子独恶乎闻之？"曰："闻诸副墨之子，副墨之子闻诸洛诵之孙，洛诵之孙闻之瞻明，瞻明闻之聂许，聂许闻之需役，需役闻之於讴，於讴闻之玄冥，玄冥闻之参寥，参寥闻之疑始。"

子祀、子舆、子犁、子来四人相与语曰："孰能以无为首，以生为脊，以死为尻；孰知死生存亡之一体者，吾与之友矣！"四人相视而笑，莫逆于心，遂相与为友。

俄而子舆有病，子祀往问之。曰："伟哉，夫造物者将以予为此拘拘也。"曲偻发背，上有五管，颐隐于齐，肩高于顶，句赘指天，阴阳之气有沴，其心闲而无事，跰𨇤而鉴于井，曰：

"嗟乎！夫造物者又将以予为此拘拘也。"

子祀曰："汝恶之乎？"曰："亡，予何恶！浸假而化予之左臂以为鸡，予因以求时夜；浸假而化予之右臂以为弹，予因以求鸮炙；浸假而化予之尻以为轮，以神为马，予因以乘之，岂更驾哉！且夫得者，时也；失者，顺也。安时而处顺，哀乐不能入也，此古之所谓县解也，而不能自解者，物有结之。且夫物不胜天久矣，吾又何恶焉！"

俄而子来有病，喘喘然将死。其妻子环而泣之。子犁往问之，曰："叱！避！无怛化！"倚其户与之语曰："伟哉造化！又将奚以汝为？将奚以汝适？以汝为鼠肝乎？以汝为虫臂乎？"

子来曰："父母于子，东西南北，唯命之从。阴阳于人，不翅于父母。彼近吾死而我不听，我则悍矣，彼何罪焉？夫大块以载我以形，劳我以生，佚我以老，息我以死。故善吾生者，乃所以善吾死也。今大冶铸金，金踊跃曰：'我且必为镆铘！'大冶必以为不祥之金。今一犯人之形而曰：'人耳！人耳！'夫造化者必以为不祥之人。今一以天地为大炉，以造化为大冶，恶乎往而不可哉！"成然寐，蘧然觉。

子桑户、孟子反、子琴张三人相与友曰："孰能相与于无相与，相为于无相为？孰能登天游雾，挠挑无极，相忘以生，无所穷终？"三人相视而笑，莫逆于心。遂相与为友，莫然。

有间而子桑户死，未葬。孔子闻之，使子贡往侍事焉。或编曲，或鼓琴，相和而歌曰："嗟来桑户乎！嗟来桑户乎！而已反其真，而我犹为人猗！"子贡趋而进曰："敢问临尸而歌，礼乎？"二人相视而笑曰："是恶知礼意！"

子贡反，以告孔子曰："彼何人者邪？修行无有，而外其形骸，临尸而歌，颜色不变，无以命之。彼何人者邪？"孔子曰："彼游方之外者也，而丘游方之内者也。外内不相及，而丘使女往吊之，丘则陋矣！彼方且与造物者为人，而游乎天地之一气。彼以生为附赘县疣，以死为决疣溃痈。夫若然者，又恶知死生先后之所在！假于异物，托于同体；忘其肝胆，遗其耳目；反覆终始，不知端倪；芒然仿徨乎尘垢之外，逍遥乎无为之业。彼又恶能愦愦然为世俗之礼，以观众人之耳目哉！"

子贡曰："然则夫子何方之依？"孔子曰："丘，天之戮民也。虽然，吾与汝共之。"子贡曰："敢问其方？"孔子曰："鱼相造乎水，人相造乎道。相造乎水者，穿池而养给；相造乎道者，无事而生定。故曰：鱼相忘乎江湖，人相忘乎道术。"子贡曰："敢问畸人？"曰："畸人者，畸于人而侔于天。故曰：天之小人，人之君子；人之君子，天之小人也。"

颜回问仲尼曰："孟孙才，其母死，哭泣无涕，中心不戚，居丧不哀。无是三者，以善处丧盖鲁国，固有无其实而得其名者乎？回壹怪之。"

仲尼曰："夫孟孙氏尽之矣，进于知矣，唯简之而不得，夫已有所简矣。孟孙氏不知所以生，不知所以死。不知就先，不知就后。若化为物，以待其所不知之化已乎。且方将化，恶知不化哉？方将不化，恶知已化哉？吾特与汝，其梦未始觉者邪！且彼有骇形而无损心，有旦宅而无情死。孟孙氏特觉，人哭亦哭，是自其所以乃。且也相与'吾之'耳矣，庸讵知吾所谓'吾之'乎？且汝梦为鸟而厉乎天，梦为鱼而没于渊。不识今之言者，其觉者乎？其梦者乎？造适不及笑，献笑不及排，安排而去化，乃入于寥天一。”

意而子见许由，许由曰：“尧何以资汝？”意而子曰：“尧谓我：‘汝必躬服仁义而明言是非。’”许由曰：“而奚来为轵？夫尧既已黥汝以仁义，而劓汝以是非矣。汝将何以游夫遥荡恣睢转徙之涂乎？”

意而子曰：“虽然，吾愿游于其藩。”许由曰：“不然。夫盲者无以与乎眉目颜色之好，瞽者无以与乎青黄黼黻之观。”意而子曰：“夫无庄之失其美，据梁之失其力，黄帝之亡其知，皆在炉捶之间耳。庸讵知夫造物者之不息我黥而补我劓，使我乘成以随先生邪？”许由曰：“噫！未可知也。我为汝言其大略：吾师乎！吾师乎！𩐈万物而不为义，泽及万世而不为仁，长于上古而不为老，覆载天地、刻雕众形而不为巧，此所游已！”

颜回曰：“回益矣。”仲尼曰：“何谓也？”曰：“回忘仁义矣。”曰：“可矣，犹未也。”他日复见，曰：“回益矣。”曰：“何谓也？”曰：“回忘礼乐矣！”曰：“可矣，犹未也。”他日复见，曰：“回益矣！”曰：“何谓也？”曰：“回坐忘矣。”仲尼蹴然曰：“何谓坐忘？”颜回曰：“堕肢体，黜聪明，离形去知，同于大通，此谓坐忘。”仲尼曰：“同则无好也，化则无常也。而果其贤乎！丘也请从而后也。”

子舆与子桑友。而霖雨十日，子舆曰：“子桑殆病矣！”裹饭而往食之。至子桑之门，则若歌若哭，鼓琴曰：“父邪！母邪！天乎！人乎！”有不任其声而趋举其诗焉。子舆入，曰：“子之歌诗，何故若是？”曰：“吾思夫使我至此极者而弗得也。父母岂欲吾贫哉？天无私覆，地无私载，天地岂私贫我哉？求其为之者而不得也！然而至此极者，命也夫！"

应帝王

啮缺问于王倪，四问而四不知。啮缺因跃而大喜，行以告蒲衣子。蒲衣子曰："而乃今知之乎？有虞氏不及泰氏。有虞氏其犹藏仁以要人，亦得人矣，而未始出于非人。泰氏其卧徐徐，其觉于于。一以己为马，一以己为牛。其知情信，其德甚真，而未始入于非人。"

肩吾见狂接舆。狂接舆曰："日中始何以语女？"肩吾曰："告我，君人者以己出经式义度，人孰敢不听而化诸！"狂接舆曰："是欺德也。其于治天下也，犹涉海凿河而使蚊负山也。夫圣人之治也，治外乎？正而后行，确乎能其事者而已矣。且鸟高飞以避矰弋之害，鼷鼠深穴乎神丘之下以避熏凿之患，而曾二虫之无知？"

天根游于殷阳，至蓼水之上，适遭无名人而问焉，曰："请问为天下。"无名人曰："去！汝鄙人也，何问之不豫也！予方将与造物者为人，厌则又乘夫莽眇之鸟，以出六极之外，而游无何有之乡，以处圹埌之野。汝又何帛以治天下感予之心为？"又复问，无名人曰："汝游心于淡，合气于漠，顺物自然而无容私焉，而天下治矣。"

阳子居见老聃，曰："有人于此，向疾强梁，物彻疏明，学道不倦，如是者，可比明王乎？"老聃曰："是于圣人也，胥易技系，劳形怵心者也。且也虎豹之文来田，猿狙之便，执麋之狗来藉。如是者，可比明王乎？"阳子居蹴然曰："敢问明王之治。"老聃曰："明王之治：功盖天下而似不自己，化贷万物而民弗恃。有莫举名，使物自喜；立乎不测，而游于无有者也。"

郑有神巫曰季咸，知人之死生、存亡、祸福、寿夭，期以岁月旬日，若神。郑人见之，皆弃而走。列子见之而心醉，归，以告壶子，曰："始吾以夫子之道为至矣，则又有至焉者矣。"壶子曰："吾与汝既其文，未既其实。而固得道与？众雌而无雄，而又奚卵焉！而以道与世亢，必信，夫故使人得而相汝。尝试与来，以予示之。"

明日，列子与之见壶子。出而谓列子曰："嘻！子之先生死矣！弗活矣！不以旬数矣！吾见怪焉，见湿灰焉。"列子入，泣涕沾襟以告壶子。壶子曰："乡吾示之以地文，萌乎不震不止，是殆见吾杜德机也。尝又与来。"

明日，又与之见壶子。出而谓列子曰："幸矣！子之先生遇我也，有瘳矣！全然有生矣！吾见其杜权矣！"列子入，以告壶子。壶子曰："乡吾示之以天壤，名实不入，而机发于踵。是殆见吾善者机也。尝又与来。"

明日，又与之见壶子。出而谓列子曰："子之先生不齐，吾无得而相焉。试齐，且复相之。"列子入，以告壶子。壶子曰："吾乡示之以太冲莫胜，是殆见吾衡气机也。鲵桓之审为渊，止水之审为渊，流水之审为渊。渊有九名，此处三焉。尝又与来。"

明日，又与之见壶子。立未定，自失而走。壶子曰："追之！"列子追之不及。反，以报壶子曰："已灭矣，已失矣，吾弗及已。"

壶子曰："乡吾示之以未始出吾宗。吾与之虚而委蛇，不知其谁何，因以为弟靡，因以为波流，故逃也。"

然后列子自以为未始学而归。三年不出，为其妻爨，食豕如食人，于事无与亲。雕琢复朴，块然独以其形立。纷而封哉，一以是终。

无为名尸，无为谋府，无为事任，无为知主。体尽无穷，而游无朕。尽其所受乎天而无见得，亦虚而已！至人之用心若镜，不将不迎，应而不藏，故能胜物而不伤。

南海之帝为儵，北海之帝为忽，中央之帝为浑沌。儵与忽时相与遇于浑沌之地，浑沌待之甚善。儵与忽谋报浑沌之德，曰："人皆有七窍以视听食息，此独无有，尝试凿之。"日凿一窍，七日而浑沌死。

外篇

骈拇

骈拇枝指，出乎性哉，而侈于德；附赘县疣，出乎形哉，而侈于性；多方乎仁义而用之者，列于五藏哉，而非道德之正也。是故骈于足者，连无用之肉也；枝于手者，树无用之指也；多方骈枝于五藏之情者，淫僻于仁义之行，而多方于聪明之用也。

是故骈于明者，乱五色，淫文章，青黄黼黻之煌煌非乎？而离朱是已！多于聪者，乱五声，淫六律，金石丝竹黄钟大吕之声非乎？而师旷是已！枝于仁者，擢德塞性以收名声，使天下簧鼓以奉不及之法非乎？而曾、史是已！骈于辩者，累瓦结绳，窜句，游心于坚白同异之间，而敝跬誉无用之言非乎？而杨、墨是已！故此皆多骈旁枝之道，非天下之至正也。

彼正正者，不失其性命之情。故合者不为骈，而枝者不为跂；长者不为有余，短者不为不足。是故凫胫虽短，续之则忧；鹤胫虽长，断之则悲。故性长非所断，性短非所续，无所去忧也。

意仁义其非人情乎！彼仁人何其多忧也。且夫骈于拇者，决之则泣；枝于手者，龁之则啼。二者或有余于数，或不足于数，其于忧一也。今世之仁人，蒿目而忧世之患；不仁之人，决性命之情而饕贵富。故意仁义其非人情乎！自三代以下者，天下何其嚣嚣也。

且夫待钩绳规矩而正者，是削其性者也；待绳约胶漆而固者，是侵其德者也；屈折礼乐，呴俞仁义，以慰天下之心者，此失其常然也。天下有常然。常然者，曲者不以钩，直者不以绳，圆者不以规，方者不以矩，附离不以胶漆，约束不以纆索。故天下诱然皆生，而不知其所以生；同焉皆得，而不知其所以得。故古今不二，不可亏也。则仁义又奚连连如胶漆纆索而游乎道德之间为哉！使天下惑也！

夫小惑易方，大惑易性。何以知其然邪？自虞氏招仁义以挠天下也，天下莫不奔命于仁义。是非以仁义易其性与？故尝试论之：自三代以下者，天下莫不以物易其性矣！小人则以身殉利；士则以身殉名；大夫则以身殉家；圣人则以身殉天下。故此数子者，事业不同，名声异号，其于伤性以身为殉，一也。

臧与穀，二人相与牧羊，而俱亡其羊。问臧奚事，则挟策读书；问榖奚事，则博塞以游。二人者，事业不同，其于亡羊均也。

伯夷死名于首阳之下，盗跖死利于东陵之上。二人者，所死不同，其于残生伤性均也。奚必伯夷之是而盗跖之非乎？

天下尽殉也。彼其所殉仁义也，则俗谓之君子；其所殉货财也，则俗谓之小人。其殉一也，则有君子焉，有小人焉。若其残生损性，则盗跖亦伯夷已，又恶取君子小人于其间哉！

且夫属其性乎仁义者，虽通如曾、史，非吾所谓臧也；属其性于五味，虽通如俞儿，非吾所谓臧也；属其性乎五声，虽通如师旷，非吾所谓聪也；属其性乎五色，虽通如离朱，非吾所谓明也。吾所谓臧者，非仁义之谓也，臧于其德而已矣；吾所谓臧者，非所谓仁义之谓也，任其性命之情而已矣；吾所谓聪者，非谓其闻彼也，自闻而已矣；吾所谓明者，非谓其见彼也，自见而已矣。夫不自见而见彼，不自得而得彼者，是得人之得而不自得其得者也；适人之适而不自适其适者也。夫适人之适而不自适其适，虽盗跖与伯夷，是同为淫僻也。余愧乎道德，是以上不敢为仁义之操，而下不敢为淫僻之行也。

马蹄

马，蹄可以践霜雪，毛可以御风寒。龁草饮水，翘足而陆，此马之真性也。虽有义台路寝，无所用之。及至伯乐，曰："我善治马。"烧之，剔之，刻之，雒之，连之以羁䩭，编之以皁栈，马之死者十二三矣！饥之，渴之，驰之，骤之，整之，齐之，前有橛饰之患，而后有鞭策之威，而马之死者已过半矣！陶者曰："我善治埴。圆者中规，方者中矩。"匠人曰："我善治木。曲者中钩，直者应绳。"夫埴木之性，岂欲中规矩钩绳哉！然且世世称之曰："伯乐善治马，而陶匠善治埴木。"此亦治天下者之过也。

吾意善治天下者不然。彼民有常性，织而衣，耕而食，是谓同德。一而不党，命曰天放。故至德之世，其行填填，其视颠颠。当是时也，山无蹊隧，泽无舟梁；万物群生，连属其乡；禽兽成群，草木遂长。是故禽兽可系羁而游，鸟鹊之巢可攀援而窥。夫至德之世，同与禽兽居，族与万物并，恶乎知君子小人哉！同乎无知，其德不离；同乎无欲，是谓素朴。素朴，而民性得矣。及至圣人，蹩躠为仁，踶跂为义，而天下始疑矣。澶漫为乐，摘僻为礼，而天下始分矣。故纯朴不残，孰为牺尊？白玉不毁，孰为珪璋？道德不废，安取仁义？性情不离，安用礼乐？五色不乱，孰为文采？五声不乱，孰应六律？夫残朴以为器，工匠之罪也；毁道德以为仁义，圣人之过也。

夫马，陆居则食草饮水，喜则交颈相靡，怒则分背相踶。马知已此矣！夫加之以衡扼，齐之以月题，而马知介倪、闉扼、鸷曼、诡衔、窃辔。故马之知而態至盗者，伯乐之罪也。夫赫胥氏之时，民居不知所为，行不知所之，含哺而熙，鼓腹而游。民能以此矣！及至圣人，屈折礼乐以匡天下之形，县跂仁义以慰天下之心，而民乃始踶跂好知，争归于利，不可止也。此亦圣人之过也。

胠箧

将为胠箧、探囊、发匮之盗而为守备，则必摄缄縢，固扃鐍，此世俗之所谓知也。然而巨盗至，则负匮、揭箧、担囊而趋，唯恐缄縢扃鐍之不固也。然则乡之所谓知者，不乃为大盗积者也？

故尝试论之：世俗之所谓知者，有不为大盗积者乎？所谓圣者，有不为大盗守者乎？何以知其然邪？昔者齐国，邻邑相望，鸡狗之音相闻，罔罟之所布，耒耨之所刺，方二千余里。阖四竟之内，所以立宗庙社稷，治邑屋州闾乡曲者，曷尝不法圣人哉？然而田成子一旦杀齐君而盗其国，所盗者岂独其国邪？并与其圣知之法而盗之，故田成子有乎盗贼之名，而身处尧舜之安，小国不敢非，大国不敢诛，十二世有齐国。则是不乃窃齐国并与其圣知之法，以守其盗贼之身乎？

尝试论之：世俗之所谓至知者，有不为大盗积者乎？所谓至圣者，有不为大盗守者乎？何以知其然邪？昔者龙逢斩，比干剖，苌弘胣，子胥靡。故四子之贤，而身不免乎戮。故跖之徒问于跖曰："盗亦有道乎？"跖曰："何适而无有道邪？夫妄意室中之藏，圣也；入先，勇也；出后，义也；知可否，知也；分均，仁也。五者不备，而能成大盗者，天下未之有也。"由是观之，善人不得圣人之道不立，跖不得圣人之道不行。天下之善人少而不善人多，则圣人之利天下也少而害天下也多。

故曰：唇竭则齿寒，鲁酒薄而邯郸围，圣人生而大盗起。掊击圣人，纵舍盗贼，而天下始治矣。夫川竭而谷虚，丘夷而渊实。圣人已死，则大盗不起，天下平而无故矣！圣人不死，大盗不止。虽重圣人而治天下，则是重利盗跖也。为之斗斛以量之，则并与斗斛而窃之；为之权衡以称之，则并与权衡而窃之；为之符玺以信之，则并与符玺而窃之；为之仁义以矫之，则并与仁义而窃之。何以知其然邪？彼窃钩者诛，窃国者为诸侯，诸侯之门而仁义存焉。则是非窃仁义圣知邪？故逐于大盗，揭诸侯，窃仁义，并斗斛、权衡、符玺之利者，虽有轩冕之赏弗能劝，斧钺之威弗能禁。此重利盗跖而使不可禁者，是乃圣人之过也。

故曰："鱼不可脱于渊，国之利器不可以示人。"彼圣人者，天下之利器也，非所以明天下也。故绝圣弃知，大盗乃止；擿玉毁珠，小盗不起；焚符破玺，而民朴鄙；掊斗折衡，而民不争；殚残天下之圣法，而民始可与论议；擢乱六律，铄绝竽瑟，塞瞽旷之耳，而天下始人含其聪矣；灭文章，散五采，胶离朱之目，而天下始人含其明矣。毁绝钩绳，而弃规矩，㰻工倕之指，而天下始人有其巧矣。故曰："大巧若拙。"削曾、史之行，钳杨、墨之口，攘弃仁义，而天下之德始玄同矣。彼人含其明，则天下不铄矣；人含其聪，则天下不累矣；人含其知，则天下不惑矣；人含其德，则天下不僻矣。彼曾、史、杨、墨、师旷、工倕、离朱者，皆外立其德，而以爚乱天下者也，法之所无用也。

子独不知至德之世乎？昔者容成氏、大庭氏、伯皇氏、中央氏、栗陆氏、骊畜氏、轩辕氏、赫胥氏、尊卢氏、祝融氏、伏羲氏、神农氏，当是时也，民结绳而用之，甘其食，美其服，乐其俗，安其居，邻国相望，鸡狗之音相闻，民至老死而不相往来。若此之时，则至治已。今遂至使民延颈举踵，曰"某所有贤者"，赢粮而趣之，则内弃其亲而外去其主之事，足迹接乎诸侯之境，车轨结乎千里之外。则是上好知之过也！

上诚好知而无道，则天下大乱矣！何以知其然邪？夫弓弩、毕弋、机变之知多，则鸟乱于上矣；钩饵、罔罟、罾笱之知多，则鱼乱于水矣；削格、罗落、罝罘之知多，则兽乱于泽矣；知诈渐毒、颉滑坚白、解垢同异之变多，则俗惑于辩矣。故天下每每大乱，罪在于好知。故天下皆知求其所不知，而莫知求其所已知者，皆知非其所不善，而莫知非其所已善者，是以大乱。故上悖日月之明，下烁山川之精，中堕四时之施，惴耎之虫，肖翘之物，莫不失其性。甚矣，夫好知之乱天下也！自三代以下者是已！舍夫种种之民而悦夫役役之佞；释夫恬淡无为，而悦夫啍啍之意，啍啍已乱天下矣！

在宥

闻在宥天下，不闻治天下也。在之也者，恐天下之淫其性也；宥之也者，恐天下之迁其德也。天下不淫其性，不迁其德，有治天下者哉？昔尧之治天下也，使天下欣欣焉人乐其性，是不恬也；桀之治天下也，使天下瘁瘁焉人苦其性，是不愉也。夫不恬不愉。非德也。非德也而可长久者，天下无之。

人大喜邪，毗于阳；大怒邪，毗于阴。阴阳并毗，四时不至，寒暑之和不成，其反伤人之形乎！使人喜怒失位，居处无常，思虑不自得，中道不成章。于是乎天下始乔诘卓鸷，而后有盗跖、曾、史之行。故举天下以赏其善者不足，举天下以罚其恶者不给。故天下之大不足以赏罚。自三代以下者，匈匈焉，终以赏罚为事，彼何暇安其性命之情哉！

　　而且说明邪，是淫于色也；说聪邪，是淫于声也；说仁邪，是乱于德也；说义邪，是悖于理也；说礼邪，是相于技也；说乐邪，是相于淫也；说圣邪，是相于艺也；说知邪，是相于疵也。天下将安其性命之情，之八者，存可也，亡可也。天下将不安其性命之情，之八者，乃始脔卷狯囊而乱天下也。而天下乃始尊之惜。甚矣，天下之惑也！岂直过也而去之邪！乃齐戒以言之，跪坐以进之，鼓歌以儛之。吾若是何哉！故君子不得已而临莅天下，莫若无为。无为也，而后安其性命之情。

　　故贵以身于为天下，则可以托天下；爱以身于为天下，则可以寄天下。故君子苟能无解其五藏，无擢其聪明，尸居而龙见，渊默而雷声，神动而天随，从容无为，而万物炊累焉。吾又何暇治天下哉！

　　崔瞿问于老聃曰：“不治天下，安藏人心？”老聃曰：“女慎无撄人心。人心排下而进上，上下囚杀，淖约柔乎刚强，廉刿雕琢，其热焦火，其寒凝冰，其疾俯仰之间，而再抚四海之外。其居也渊而静；其动也县而天。偾骄而不可系者，其唯人心乎！昔者黄帝始以仁义撄人之心，尧、舜于是乎股无胈，胫无毛，以养天下之形，愁其五藏以为仁义，矜其血气以规法度。然犹有不胜也。尧于是谨放于崇山，投三苗于三峗，流共工于幽都，此不胜天下也。夫施及三王而天下大骇矣。下有桀、跖，上有曾、史，而儒墨毕起。于是乎喜怒相疑，愚知相欺，善否相非，诞信相讥，而天下衰矣；大德不同，而性命烂漫矣；天下好知，而百姓求竭矣。于是乎斤锯制焉，绳墨杀焉，椎凿决焉。天下脊脊大乱，罪在撄人心。故贤者伏处大山嵁岩之下，而万乘之君忧栗乎庙堂之上。今世殊死者相枕也，桁杨者相推也，形戮者相望也，而儒墨乃始离跂攘臂乎桎梏之间。意，甚矣哉！其无愧而不知耻也甚矣！吾未知圣知之不为桁杨椄槢也，仁义之不为桎梏凿枘也，焉知曾、史之不为桀、跖嚆矢也！故曰：绝圣弃知，而天下大治。"

黄帝立为天子十九年，令行天下，闻广成子在于空同之上，故往见之，曰："我闻吾子达于至道，敢问至道之精。吾欲取天地之精，以佐五谷，以养民人。吾又欲官阴阳以遂群生，为之奈何？"广成子曰："而所欲问者，物之质也；而所欲官者，物之残也。自而治天下，云气不待族而雨，草木不待黄而落，日月之光益以荒矣，而佞人之心翦翦者，又奚足以语至道！"

黄帝退，捐天下，筑特室，席白茅，闲居三月，复往邀之。广成子南首而卧，黄帝顺下风膝行而进，再拜稽首而问曰："闻吾子达于至道，敢问治身奈何而可以长久？"广成子蹶然而起，曰："善哉问乎！来，吾语女至道。至道之精，窈窈冥冥；至道之极，昏昏默默。无视无听，抱神以静，形将自正。必静必清，无劳女形，无摇女精，乃可以长生。目无所见，耳无所闻，心无所知，女神将守形，形乃长生。慎女内，闭女外，多知为败。我为女遂于大明之上矣，至彼至阳之原也；为女入于窈冥之门矣，至彼至阴之原也。天地有官，阴阳有藏。慎守女身，物将自壮。我守其一以处其和，故我修身千二百岁矣，吾形未尝衰。"黄帝再拜稽首曰："广成子之谓天矣！"广成子曰："来！余语女。彼其物无穷，而人皆以为有终；彼其物无测，而人皆以为有极。得吾道者，上为皇而下为王；失吾道者，上见光而下为土。今夫百昌，皆生于土而反于土。故余将去女，入无穷之门，以游无极之野。吾与日月参光，吾与天地为常。当我缗乎，远我昏乎！人其尽死，而我独存乎！"

云将东游，过扶摇之枝而适遭鸿蒙。鸿蒙方将拊髀雀跃而游。云将见之，倘然止，贽然立，曰："叟何人邪？叟何为此？"鸿蒙拊髀雀跃不辍，对云将曰："游！"云将曰："朕愿有问也。"鸿蒙仰而视云将曰："吁！"云将曰："天气不和，地气郁结，六气不调，四时不节。今我愿合六气之精以育群生，为之奈何？"鸿蒙拊髀雀跃掉头曰："吾弗知！吾弗知！"云将不得问。

又三年，东游，过有宋之野，而适遭鸿蒙。云将大喜，行趋而进曰："天忘朕邪？天忘朕邪？"再拜稽首，愿闻于鸿蒙。鸿蒙曰："浮游不知所求，猖狂不知所往，游者鞅掌，以观无妄。朕又何知！"云将曰："朕也自以为猖狂，而民随予所往；朕也不得已于民，今则民之放也！愿闻一言。"鸿蒙曰："乱天之经，逆物之情，玄天弗成，解兽之群，而鸟皆夜鸣，灾及草木，祸及止虫。意！治人之过也。"云将曰："然则吾奈何？"鸿蒙曰："意！毒哉！仙仙乎归矣！"云将曰："吾遇天难，愿闻一言。"鸿蒙曰："意！心养！汝徒处无为，而物自化。堕尔形体，吐尔聪明，伦与物忘，大同乎涬溟。解心释神，莫然无魂。万物云云，各复其根；各复其根而不知，浑浑沌沌，终身不离；若彼知之，乃是离之。无问其名，无窥其情，物固自生。"云将曰："天降朕以德，示朕以默。躬身求之，乃今得也。"再拜稽首，起辞而行。

世俗之人，皆喜人之同乎己，而恶人之异于己也。同于己而欲之，异于己而不欲者，以出乎众为心也。夫以出乎众为心者，曷常出乎众哉！因众以宁所闻，不如众技众矣。而欲为人之国者，此揽乎三王之利而不见其患者也。此以人之国侥幸也。几何侥幸而不丧人之国乎？其存人之国也，无万分之一；而丧人之国也，一不成而万有余丧矣！悲夫，有土者之不知也！夫有土者，有大物也。有大物者，不可以物物，而不物，故能物物。明乎物物者之非物也，岂独治天下百姓而已哉！出入六合，游乎九州，独往独来，是谓独有。独有之人，是谓至贵。

大人之教，若形之于影，声之于响。有问而应之，尽其所怀，为天下配。处乎无响，行乎无方。挈汝适复之挠挠，以游无端，出入无旁，与日无始。颂论形躯，合乎大同。大同而无己。无己，恶乎得有有。睹有者，昔之君子；睹无者，天地之友。

贱而不可不任者，物也；卑而不可不因者，民也；匿而不可不为者，事也；粗而不可不陈者，法也；远而不可不居者，义也；亲而不可不广者，仁也；节而不可不积者，礼也；中而不可不高者，德也；一而不可不易者，道也；神而不可不为者，天也。故圣人观于天而不助，成于德而不累，出于道而不谋，会于仁而不恃，薄于义而不积，应于礼而不讳，接于事而不辞，齐于法而不乱，恃于民而不轻，因于物而不去。物者莫足为也，而不可不为。不明于天者，不纯于德；不通于道者，无自而可。不明于道者，悲夫！何谓道？有天道，有人道。无为而尊者，天道也；有为而累者，人道也。主者，天道也；臣者，人道也。天道之与人道也，相去远矣，不可不察也。

天地

天地虽大，其化均也；万物虽多，其治一也；人卒虽众，其主君也。君原于德而成于天。故曰：玄古之君天下，无为也，天德而已矣。以道观言，而天下之君正；以道观分，而君臣之义明；以道观能，而天下之官治；以道泛观，而万物之应备。故通于天地者，德也；行于万物者，道也；上治人者，事也；能有所艺者，技也。技兼于事，事兼于义，义兼于德，德兼于道，道兼于天。故曰：古之畜天下者，无欲而天下足，无为而万物化，渊静而百姓定。《记》曰："通于一而万事毕，无心得而鬼神服。"

夫子曰："夫道，覆载万物者也，洋洋乎大哉！君子不可以不刳心焉。无为为之之谓天，无为言之之谓德，爱人利物之谓仁，不同同之之谓大，行不崖异之谓宽，有万不同之谓富。故执德之谓纪，德成之谓立，循于道之谓备，不以物挫志之谓完。君子明于此十者，则韬乎其事心之大也，沛乎其为万物逝也。若然者，藏金于山，藏珠于渊；不利货财，不近贵富；不乐寿，不哀夭；不荣通，不丑穷。不拘一世之利以为己私分，不以王天下为己处显。显则明，万物一府，死生同状。"

夫子曰："夫道，渊乎其居也，漻乎其清也。金石不得无以鸣。故金石有声，不考不鸣。万物孰能定之！夫王德之人，素逝而耻通于事，立之本原而知通于神，故其德广。其心之出，有物采之。故形非道不生，生非德不明。存形穷生，立德明道，非王德者邪！荡荡乎！忽然出，勃然动，而万物从之乎！此谓王德之人。视乎冥冥，听乎无声。冥冥之中，独见晓焉；无声之中，独闻和焉。故深之又深，而能物焉；神之又神而能精焉。

故其与万物接也，至无而供其求，时骋而要其宿，大小、长短、修远。"

黄帝游乎赤水之北，登乎昆仑之丘而南望。还归，遗其玄珠。使知索之而不得，使离朱索之而不得，使喫诟索之而不得也。乃使象罔，象罔得之。黄帝曰："异哉，象罔乃可以得之乎？"

尧之师曰许由，许由之师曰啮缺，啮缺之师曰王倪，王倪之师曰被衣。尧问于许由曰："啮缺可以配天乎？吾藉王倪以要之。"许由曰："殆哉圾乎天下！啮缺之为人也，聪明睿知，给数以敏，其性过人，而又乃以人受天。彼审乎禁过，而不知过之所由生。与之配天乎？彼且乘人而无天，方且本身而异形，方且尊知而火驰，方且为绪使，方且为物绲，方且四顾而物应，方且应众宜，方且与物化而未始有恒。夫何足以配天乎！虽然，有族有祖，可以为众父，而不可以为众父父。治，乱之率也，北面之祸也，南面之贼也。"

尧观乎华，华封人曰："嘻，圣人！请祝圣人，使圣人寿。"尧曰："辞。""使圣人富。"尧曰："辞。""使圣人多男子。"尧曰："辞。"封人曰："寿，富，多男子，人之所欲也。女独不欲，何邪？"尧曰："多男子则多惧，富则多事，寿则多辱。是三者，非所以养德也，故辞。"封人曰："始也我以女为圣人邪，今然君子也。天生万民，必授之职。多男子而授之职，则何惧之有？富而使人分之，则何事之有？夫圣人，鹑居而鷇食，鸟行而无彰。天下有道，则与物皆昌；天下无道，则修德就闲。千岁厌世，去而上仙，乘彼白云，至于帝乡。三患莫至，身常无殃，则何辱之有？"封人去之，尧随之，曰："请问。"

封人曰：“退已！”

尧治天下，伯成子高立为诸侯。尧授舜，舜授禹，伯成子高辞为诸侯而耕。禹往见之，则耕在野。禹趋就下风，立而问焉，曰：“昔尧治天下，吾子立为诸侯。尧授舜，舜授予，而吾子辞为诸侯而耕。敢问其故何也？”子高曰：“昔者尧治天下，不赏而民劝，不罚而民畏。今子赏罚而民且不仁，德自此衰，刑自此立，后世之乱自此始矣！夫子阖行邪？无落吾事！”俋俋乎耕而不顾。

泰初有无，无有无名。一之所起，有一而未形。物得以生，谓之德；未形者有分，且然无间，谓之命；留动而生物，物成生理，谓之形；形体保神，各有仪则，谓之性；性修反德，德至同于初。同乃虚，虚乃大。合喙鸣，喙鸣合。与天地为合，其合缗缗，若愚若昏，是谓玄德，同乎大顺。

夫子问于老聃曰：“有人治道若相放，可不可，然不然。辩者有言曰：‘离坚白，若县寓。’若是则可谓圣人乎？”老聃曰：“是胥易技系，劳形怵心者也。执留之狗成思，猿狙之便自山林来。丘，予告若，而所不能闻与而所不能言：凡有首有趾、无心无耳者众，有形者与无形无状而皆存者尽无。其动止也，其死生也，其废起也，此又非其所以也。有治在人，忘乎物，忘乎天，其名为忘己。忘己之人，是之谓入于天。”

将闾葂见季彻曰：“鲁君谓葂也曰：‘请受教。’辞不获命。既已告矣，未知中否。请尝荐之。吾谓鲁君曰：‘必服恭俭，拔出公忠之属而无阿私，民孰敢不辑！’”季彻局局然笑曰：“若夫子之言，于帝王之德，犹螳螂之怒臂以当车轶，则必不胜任矣！且若是，则其自为处危，其观台多物，将往投迹者众。"将闾葂觑觑然惊曰："葂也汒若于夫子之所言矣！虽然，愿先生之言其风也。"季彻曰："大圣之治天下也，摇荡民心，使之成教易俗，举灭其贼心而皆进其独志。若性之自为，而民不知其所由然。若然者，岂兄尧、舜之教民，溟涬然弟之哉？欲同乎德而心居矣！"

子贡南游于楚，反于晋，过汉阴，见一丈人方将为圃畦，凿隧而入井，抱瓮而出灌，搰搰然用力甚多而见功寡。子贡曰："有械于此，一日浸百畦，用力甚寡而见功多，夫子不欲乎？"为圃者卬而视之曰："奈何？"曰："凿木为机，后重前轻，挈水若抽，数如泆汤，其名为槔。"为圃者忿然作色而笑曰："吾闻之吾师，有机械者必有机事，有机事者必有机心。机心存于胸中则纯白不备，纯白不备则神生不定，神生不定者，道之所不载也。吾非不知，羞而不为也。"子贡瞒然惭，俯而不对。

有间，为圃者曰："子奚为者邪？曰："孔丘之徒也。"为圃者曰："子非夫博学以拟圣，於于以盖众，独弦哀歌以卖名声于天下者乎？汝方将忘汝神气，堕汝形骸，而庶几乎！而身之不能治，而何暇治天下乎！子往矣，无乏吾事。"

子贡卑陬失色，顼顼然不自得，行三十里而后愈。其弟子曰："向之人何为者邪？夫子何故见之变容失色，终日不自反邪？"曰："始吾以为天下一人耳，不知复有夫人也。吾闻之夫子，事求可，功求成，用力少，见功多者，圣人之道。今徒不然。执道者德全，德全者形全，形全者神全。神全者，圣人之道也。托生与民并行而不知其所之，汒乎谆备哉！功利机巧，必忘夫人之心。若夫人者，非其志不之，非其心不为。虽以天下誉之，得其所谓，謷然不顾；以天下非之，失其所谓，傥然不受。天下之非誉，无益损焉，是谓全德之人哉！我之谓风波之民。"

反于鲁，以告孔子。孔子曰："彼假修浑沌氏之术者也。识其一，不识其二；治其内而不治其外。夫明白入素，无为复朴，体性抱神，以游世俗之间者，汝将固惊邪？且浑沌氏之术，予与汝何足以识之哉！"

谆芒将东之大壑，适遇苑风于东海之滨。苑风曰："子将奚之？"曰："将之大壑。"曰："奚为焉？"曰："夫大壑之为物也，注焉而不满，酌焉而不竭。吾将游焉！"苑风曰："夫子无意于横目之民乎？愿闻圣治。"谆芒曰："圣治乎？官施而不失其宜，拔举而不失其能，毕见其情事而行其所为，行言自为而天下化。手挠顾指，四方之民莫不俱至，此之谓圣治。"

"愿闻德人。"曰："德人者，居无思，行无虑，不藏是非美恶。四海之内共利之之谓悦，共给之之谓安。怊乎若婴儿之失其母也，傥乎若行而失其道也。财用有余而不知其所自来，饮食取足而不知其所从，此谓德人之容。"

"愿闻神人。"曰："上神乘光，与形灭亡，是谓照旷。致命尽情，天地乐而万事销亡，万物复情，此之谓混冥。"

门无鬼与赤张满稽观于武王之师，赤张满稽曰："不及有虞氏乎！故离此患也。"门无鬼曰："天下均治而有虞氏治之邪？其乱而后治之与？"赤张满稽曰："天下均治之为愿，而何计以有虞氏为！有虞氏之药疡也，秃而施髢，病而求医。孝子操药以修慈父，其色燋然，圣人羞之。至德之世，不尚贤，不使能，上如标枝，民如野鹿。端正而不知以为义，相爱而不知以为仁，实而不知以为忠，当而不知以为信，蠢动而相使不以为赐。是故行而无迹，事而无传。"

孝子不谀其亲，忠臣不谄其君，臣、子之盛也。亲之所言而然，所行而善，则世俗谓之不肖子；君之所言而然，所行而善，则世俗谓之不肖臣。而未知此其必然邪？世俗之所谓然而然之，所谓善而善之，则不谓之道谀之人也！然则俗故严于亲而尊于君邪？谓己道人，则勃然作色；谓己谀人，则怫然作色。而终身道人也，终身谀人也，合譬饰辞聚众也，是终始本末不相坐。垂衣裳，设采色，动容貌，以媚一世，而不自谓道谀；与夫人之为徒，通是非，而不自谓众人也，愚之至也。知其愚者，非大愚也；知其惑者，非不惑也。大惑者，终身不解；大愚者，终身不灵。三人行而一人惑，所适者犹可致也，惑者少也；二人惑，则劳而不至，惑者胜也。而今也以天下惑，予虽有祈向，不可得也。不亦悲乎！大声不入于里耳，《折杨》《皇荂》，则嗑然而笑。是故高言不止于众人之心，至言不出，俗言胜也。以二缶钟惑，而所适不得矣。而今也以天下惑，予虽有祈向，其庸可得邪！知其不可得也而强之，又一惑也！故莫若释之而不推。不推，谁其比忧？厉之人，夜半生其子，遽取火而视之，汲汲然唯恐其似己也。

百年之木，破为牺尊，青黄而文之，其断在沟中。比牺尊于沟中之断，则美恶有间矣，其于失性一也。跖与曾、史，行义有间矣，然其失性均也。且夫失性有五：一曰五色乱目，使目不明；二曰五声乱耳，使耳不聪；三曰五臭熏鼻，困惾中颡；

四曰五味浊口，使口厉爽；五曰趣舍滑心，使性飞扬。此五者，皆生之害也。而杨、墨乃始离跂自以为得，非吾所谓得也。夫得者困，可以为得乎？则鸠鸮之在于笼也，亦可以为得矣。且夫趣舍、声色以柴其内，皮弁、鹬冠、搢笏、绅修以约其外。内支盈于柴栅，外重缠缴，睆睆然在缠缴之中而自以为得，则是罪人交臂历指而虎豹在于囊槛，亦可以为得矣！

天道

天道运而无所积，故万物成；帝道运而无所积，故天下归；圣道运而无所积，故海内服。明于天，通于圣，六通四辟于帝王之德者，其自为也，昧然无不静者矣！圣人之静也，非曰静也善，故静也。万物无足以铙心者，故静也。水静则明烛须眉，平中准，大匠取法焉。水静犹明，而况精神？圣人之心静乎！天地之鉴也，万物之镜也。夫虚静、恬淡、寂漠、无为者，天地之平而道德之至也。故帝王、圣人休焉。休则虚，虚则实，实者伦矣。虚则静，静则动，动则得矣。静则无为，无为也，则任事者责矣。无为则俞俞。俞俞者忧患不能处，年寿长矣。夫虚静、恬淡、寂漠、无为者，万物之本也。明此以南乡，尧之为君也；明此以北面，舜之为臣也。以此处上，帝王、天子之德也；以此处下，玄圣素王之道也。以此退居而闲游，江海、山林之士服；以此进为而抚世，则功大名显而天下一也。静而圣，动而王，无为也而尊，朴素而天下莫能与之争美。夫明白于天地之德者，此之谓大本大宗，与天和者也；所以均调天下，与人和者也。与人和者，谓之人乐；与天和者，谓之天乐。庄子曰："吾师乎，吾师乎！鳌万物而不为戾；泽及万世而不为仁，长于上古而不为寿，覆载天地、刻雕众形而不为巧。此之谓天乐。故曰：'知天乐者，其生也天行，其死也物化。静而与阴同德，动而与阳同波。'故知天乐者，无天怨，无人非，无物累，无鬼责。故曰：'其动也天，其静也地，一心定而王天下；其鬼不祟，其魂不疲，一心定而万物服。'言以虚静推于天地，通于万物，此之谓天乐。天乐者，圣人之心以畜天下也。"

夫帝王之德，以天地为宗，以道德为主，以无为为常。无为也，则用天下而有馀；有为也，则为天下用而不足。故古之人贵夫无为也。上无为也，下亦无为也，是下与上同德，下与上同德则不臣；下有为也，上亦有为也，是上与下同道，上与下同道则不主。上必无为而用无下，下必有为为天下用。此不易之道也。故古之王天下者，知虽落天地，不自虑也；辩虽雕万物，不自说也；能虽穷海内，不自为也。天不产而万物化，地不长而万物育，帝王无为而天下功。故曰：莫神于天，莫富于地，莫大于帝王。故曰：帝王之德配天地。此乘天地，驰万物，而用人群之道也。

本在于上，末在于下；要在于主，详在于臣。三军五兵之运，德之末也；赏罚利害，五刑之辟，教之末也；礼法度数，刑名比详，治之末也；钟鼓之音，羽旄之容，乐之末也；哭泣衰绖，隆杀之服，哀之末也。此五末者，须精神之运，心术之动，然后从之者也。末学者，古人有之，而非所以先也。君先而臣从，父先而子从，兄先而弟从，长先而少从，男先而女从，夫先而妇从。夫尊卑先后，天地之行也，故圣人取象焉。天尊地卑，神明之位也；春夏先，秋冬后，四时之序也；万物化作，萌区有状，盛衰之杀，变化之流也。夫天地至神，而有尊卑先后之序，而况人道乎！宗庙尚亲，朝廷尚尊，乡党尚齿，行事尚贤，大道之序也。语道而非其序者，非其道也。语道而非其道者，安取道！

是故古之明大道者，先明天而道德次之，道德已明而仁义次之，仁义已明而分守次之，分守已明而形名次之，形名已明而因任次之，因任已明而原省次之，原省已明而是非次之，是非已明而赏罚次之，赏罚已明而愚知处宜，贵贱履位，仁贤不肖袭情，必分其能，必由其名。以此事上，以此畜下，以此治物，以此修身，知谋不用，必归其天。此之谓大平，治之至也。故书曰："有形有名。"形名者，古人有之，而非所以先也。古之语大道者，五变而形名可举，九变而赏罚可言也。骤而语形名，不知其本也；骤而语赏罚，不知其始也。倒道而言，迕道而说者，人之所治也，安能治人！骤而语形名赏罚，此有知治之具，非知治之道。可用于天下，不足以用天下。此之谓辩士，一曲之人也。礼法数度，形名比详，古人有之。此下之所以事上，非上之所以畜下也。

昔者舜问于尧曰："天王之用心何如？"尧曰："吾不敖无告，不废穷民，苦死者，嘉孺子而哀妇人，此吾所以用心已。"舜曰："美则美矣，而未大也。"尧曰："然则何如？"舜曰："天德而出宁，日月照而四时行，若昼夜之有经，云行而雨施矣！"尧曰："胶胶扰扰乎！子，天之合也；我，人之合也。"夫天地者，古之所大也，而黄帝、尧、舜之所共美也。故古之王天下者，奚为哉？天地而已矣！

孔子西藏书于周室，子路谋曰："由闻周之征藏史有老聃者，免而归居，夫子欲藏书，则试往因焉。"孔子曰："善。"往见老聃，而老聃不许，于是繙十二经以说。老聃中其说，曰："大谩，愿闻其要。"孔子曰："要在仁义。"老聃曰："请问：仁义，人之性邪？"孔子曰："然，君子不仁则不成，不义则不生。仁义，真人之性也，又将奚为矣？"老聃曰："请问：何谓仁义？"孔子曰："中心物恺，兼爱无私，此仁义之情也。"老聃曰："意，几乎后言！夫兼爱，不亦迂夫！无私焉，乃私也。夫子若欲使天下无失其牧乎？则天地固有常矣，日月固有明矣，星辰固有列矣，禽兽固有群矣，树木固有立矣。夫子亦放德而行，循道而趋，已至矣！又何偈偈乎揭仁义，若击鼓而求亡子焉！意，夫子乱人之性也。"

士成绮见老子而问曰："吾闻夫子圣人也。吾固不辞远道而来愿见，百舍重趼而不敢息。今吾观子，非圣人也，鼠壤有余蔬而弃妹之者，不仁也！生熟不尽于前，而积敛无崖。"老子漠然不应。士成绮明日复见，曰："昔者吾有刺于子，今吾心正郤矣，何故也？"老子曰："夫巧知神圣之人，吾自以为脱焉。昔者子呼我牛也而谓之牛；呼我马也而谓之马。苟有其实，人与之名而弗受，再受其殃。吾服也恒服，吾非以服有服。"士成绮雁行避影，履行遂进而问："修身若何？"老子曰："而容崖然，而目冲然，而颡頯然，而口阚然，而状义然，似系马而止也；动而持，发也机，察而审，知巧而睹于泰，凡以为不信。边竟有人焉，其名为窃。"

夫子曰："夫道，于大不终，于小不遗，故万物备。广广乎其无不容也，渊渊乎其不可测也。形德仁义，神之末也，非至人孰能定之！夫至人有世，不亦大乎，而不足以为之累；天下奋棅而不与之偕；审乎无假而不与利迁；极物之真，能守其本。故外天地，遗万物，而神未尝有所困也。通乎道，合乎德，退仁义，宾礼乐，至人之心有所定矣！"

世之所贵道者，书也。书不过语，语有贵也。语之所贵者，意也，意有所随。意之所随者，不可以言传也，而世因贵言传书。世虽贵之，我犹不足贵也，为其贵非其贵也。故视而可见者，形与色也；听而可闻者，名与声也。悲夫！世人以形色名声为足以得彼之情。夫形色名声，果不足以得彼之情，则知者不言，言者不知，而世岂识之哉！

桓公读书于堂上，轮扁斫轮于堂下，释椎凿而上，问桓公曰："敢问：公之所读者，何言邪？"公曰："圣人之言也。"曰："圣人在乎？"公曰："已死矣。"曰："然则君之所读者，古人之糟魄已夫！"桓公曰："寡人读书，轮人安得议乎！有说则可，无说则死！"轮扁曰："臣也以臣之事观之。斫轮，徐则甘而不固，疾则苦而不入，不徐不疾，得之于手而应于心，口不能言，有数存焉于其间。臣不能以喻臣之子，臣之子亦不能受之于臣，是以行年七十而老斫轮。古之人与其不可传也死矣，然则君之所读者，古人之糟魄已夫！"

天运

"天其运乎？地其处乎？日月其争于所乎？孰主张是？孰维纲是？孰居无事推而行是？意者其有机缄而不得已邪？意者

其运转而不能自止邪？云者为雨乎？雨者为云乎？孰隆施是？孰居无事淫乐而劝是？风起北方，一西一东，有上仿徨。孰嘘吸是？孰居无事而披拂是？敢问何故？"巫咸祒曰："来，吾语女。天有六极五常，帝王顺之则治，逆之则凶。九洛之事，治成德备，监照下土，天下戴之，此谓上皇。"

商太宰荡问仁于庄子。庄子曰："虎狼，仁也。"曰："何谓也？"庄子曰："父子相亲，何为不仁？"曰："请问至仁。"庄子曰："至仁无亲。"太宰曰："荡闻之，无亲则不爱，不爱则不孝。谓至仁不孝，可乎？"庄子曰："不然，夫至仁尚矣，孝固不足以言之。此非过孝之言也，不及孝之言也。夫南行者至于郢，北面而不见冥山，是何也？则去之远也。故曰：以敬孝易，以爱孝难；以爱孝易，以忘亲难；忘亲易，使亲忘我难；使亲忘我易，兼忘天下难；兼忘天下易，使天下兼忘我难。夫德遗尧、舜而不为也，利泽施于万世，天下莫知也，岂直太息而言仁孝乎哉！夫孝悌仁义，忠信贞廉，此皆自勉以役其德者也，不足多也。故曰：至贵，国爵并焉；至富，国财并焉；至愿，名誉并焉。是以道不渝。"

北门成问于黄帝曰："帝张《咸池》之乐于洞庭之野，吾始闻之惧，复闻之怠，卒闻之而惑，荡荡默默，乃不自得。"帝曰："汝殆其然哉！吾奏之以人，征之以天，行之以礼义，建之以太清。四时迭起，万物循生。一盛一衰，文武伦经。一清一浊，阴阳调和，流光其声。蛰虫始作，吾惊之以雷霆。其卒无尾，其始无首。一死一生，一偾一起，所常无穷，而一不可待。汝故惧也。吾又奏之以阴阳之和，烛之以日月之明。其

声能短能长，能柔能刚，变化齐一，不主故常。在谷满谷，在
阬满阬。涂郄守神，以物为量。其声挥绰，其名高明。是故鬼
神守其幽，日月星辰行其纪。吾止之于有穷，流之于无止。子
欲虑之而不能知也，望之而不能见也，逐之而不能及也。傥然
立于四虚之道，倚于槁梧而吟；目知穷乎所欲见，力屈乎所欲逐，
吾既不及已夫！形充空虚，乃至委蛇。汝委蛇，故怠。吾又奏
之以无怠之声，调之以自然之命。故若混逐丛生，林乐而无形，
布挥而不曳，幽昏而无声。动于无方，居于窈冥，或谓之死，
或谓之生；或谓之实，或谓之荣。行流散徙，不主常声。世疑之，
稽于圣人。圣也者，达于情而遂于命也。天机不张而五官皆备。
此之谓天乐，无言而心说。故有焱氏为之颂曰：'听之不闻其
声，视之不见其形，充满天地，苞裹六极。'汝欲听之而无接焉，
而故惑也。乐也者，始于惧，惧故祟；吾又次之以怠，怠故遁；
卒之于惑，惑故愚；愚故道，道可载而与之俱也。"

　　孔子西游于卫，颜渊问师金曰："以夫子之行为奚如？"
师金曰："惜乎！而夫子其穷哉！"颜渊曰："何也？"师金曰：
"夫刍狗之未陈也，盛以箧衍，巾以文绣，尸祝齐戒以将之。
及其已陈也，行者践其首脊，苏者取而爨之而已。将复取而盛
以箧衍，巾以文绣，游居寝卧其下，彼不得梦，必且数眯焉。
今而夫子亦取先王已陈刍狗，聚弟子游居寝卧其下。故伐树于
宋，削迹于卫，穷于商周，是非其梦邪？围于陈蔡之间，七日
不火食，死生相与邻，是非其眯邪？夫水行莫如用舟，而陆行
莫如用车。以舟之可行于水也，而求推之于陆，则没世不行寻常。
古今非水陆与？周鲁非舟车与？今蕲行周于鲁，是犹推舟于陆

也！劳而无功，身必有殃。彼未知夫无方之传，应物而不穷者也。且子独不见夫桔槔者乎？引之则俯，舍之则仰。彼，人之所引，非引人也。故俯仰而不得罪于人。故夫三皇五帝之礼义法度，不矜于同，而矜于治。故譬三皇五帝之礼义法度，其犹相梨橘柚邪！其味相反而皆可于口。故礼义法度者，应时而变者也。今取猿狙而衣以周公之服，彼必龁啮挽裂，尽去而后慊。观古今之异，犹猿狙之异乎周公也。故西施病心而膑其里，其里之丑人见而美之，归亦捧心而膑其里。其里之富人见之，坚闭门而不出；贫人见之，挈妻子而去之走。彼知膑美而不知膑之所以美。惜乎，而夫子其穷哉！”

孔子行年五十有一，而不闻道，乃南之沛，见老聃。老聃曰：“子来乎？吾闻子，北方之贤者也！子亦得道乎？”孔子曰：“未得也。”老子曰：“子恶乎求之哉？”曰：“吾求之于度数，五年而未得也。”老子曰：“子又恶乎求之哉？”曰：“吾求之于阴阳，十有二年而未得也。”老子曰：“然，使道而可献，则人莫不献之于其君；使道而可进，则人莫不进之于其亲；使道而可以告人，则人莫不告其兄弟；使道而可以与人，则人莫不与其子孙。然而不可者，无佗也，中无主而不止，外无正而不行。由中出者，不受于外，圣人不出；由外入者，无主于中，圣人不隐。名，公器也，不可多取。仁义，先王之蘧庐也，止可以一宿，而不可久处，觏而多责。古之至人，假道于仁，托宿于义，以游逍遥之虚，食于苟简之田，立于不贷之圃。逍遥，无为也；苟简，易养也；不贷，无出也。古者谓是采真之游。以富为是者，不能让禄；以显为是者，不能让名；亲权者，不能与人柄。操之则栗，舍之则悲，而一无所鉴，以窥其所不休者，是天之戮民也。怨、恩、取、与、谏、教、生杀八者，正之器也，唯循大变无所湮者为能用之。故曰：正者，正也。其心以为不然者，天门弗开矣。"

孔子见老聃而语仁义。老聃曰："夫播穅眯目，则天地四方易位矣；蚊虻噆肤，则通昔不寐矣。夫仁义憯然，乃愤吾心，乱莫大焉。吾子使天下无失其朴，吾子亦放风而动，总德而立矣！又奚傑然若负建鼓而求亡子者邪？夫鹄不日浴而白，乌不日黔而黑。黑白之朴，不足以为辩；名誉之观，不足以为广。泉涸，鱼相与处于陆，相呴以湿，相濡以沫，不若相忘于江湖。"

孔子见老聃归，三日不谈。弟子问曰："夫子见老聃，亦将何规哉？"孔子曰："吾乃今于是乎见龙。龙，合而成体，散而成章，乘云气而养乎阴阳。予口张而不能嚅。予又何规老聃哉？"子贡曰："然则人固有尸居而龙见，雷声而渊默，发动如天地者乎？赐亦可得而观乎？"遂以孔子声见老聃。老聃方将倨堂而应微曰："予年运而往矣，子将何以戒我乎？"子贡曰："夫三王五帝之治天下不同，其系声名一也。而先生独以为非圣人，如何哉？"老聃曰："小子少进！子何以谓不同？"对曰："尧授舜，舜授禹。禹用力而汤用兵，文王顺纣而不敢逆，武王逆纣而不肯顺，故曰不同。"老聃曰："小子少进，余语汝三皇五帝之治天下。黄帝之治天下，使民心一，民有其亲死不哭而民不非也。尧之治天下，使民心亲，民有为其亲杀其杀而民不非也。舜之治天下，使民心竞，民孕妇十月生子，子生五月而能言，不至乎孩而始谁，则人始有夭矣。禹之治天下，使民心变，人有心而兵有顺，杀盗非杀人。自为种而天下耳。是以天下大骇，儒墨皆起。其作始有伦，而今乎妇女，何言哉！余语汝：三皇五帝之治天下，名曰治之，而乱莫甚焉。三皇之知，上悖日月之明，下睽山川之精，中堕四时之施。其知憯于蛎之尾，鲜规之兽，莫得安其性命之情者，而犹自以为圣人，不可耻乎？其无耻也？"子贡蹴蹴然立不安。

孔子谓老聃曰："丘治《诗》《书》《礼》《乐》《易》《春秋》六经，自以为久矣，孰知其故矣；以奸者七十二君，论先王之道而明周、召之迹，一君无所钩用。甚矣夫！人之难说也？道之难明邪？"老子曰："幸矣，子之不遇治世之君！夫六经，先王之陈迹也，岂其所以迹哉！今子之所言，犹迹也。夫迹，履之所出，而迹岂履哉！夫白鹢之相视，眸子不运而风化；虫，雄鸣于上风，雌应于下风而风化。类自为雌雄，故风化。性不可易，命不可变，时不可止，道不可壅。苟得于道，无自而不可；失焉者，无自而可。"孔子不出三月，复见曰："丘得之矣。乌鹊孺，鱼傅沫，细要者化，有弟而兄啼。久矣夫，丘不与化为人！不与化为人，安能化人。"老子曰："可，丘得之矣！"

刻意

刻意尚行，离世异俗，高论怨诽，为亢而已矣。此山谷之士，非世之人，枯槁赴渊者之所好也。语仁义忠信，恭俭推让，为修而已矣。此平世之士，教诲之人，游居学者之所好也。语大功，立大名，礼君臣，正上下，为治而已矣。此朝廷之士，尊主强国之人，致功并兼者之所好也。就薮泽，处闲旷，钓鱼闲处，无为而已矣。此江海之士，避世之人，闲暇者之所好也。吹呴呼吸，吐故纳新，熊经鸟申，为寿而已矣。此道引之士，养形之人，彭祖寿考者之所好也。若夫不刻意而高，无仁义而修，无功名而治，无江海而闲，不道引而寿，无不忘也，无不有也。澹然无极而众美从之。此天地之道，圣人之德也。

故曰：夫恬惔寂漠，虚无无为，此天地之平而道德之质也。故曰：圣人休休焉则平易矣。平易则恬淡矣。平易恬淡，则忧患不能入，邪气不能袭，故其德全而神不亏。故曰：圣人之生也天行，其死也物化；静而与阴同德，动而与阳同波。不为福先，不为祸始；感而后应，迫而后动，不得已而后起；去知与故，遁天之理。故无天灾，无物累，无人非，无鬼责。其生若浮，其死若休；不思虑，不豫谋；光矣而不耀，信矣而不期；其寝不梦，其觉无忧；其神纯粹，其魂不罢；虚无恬淡，乃合天德。故曰：悲乐者，德之邪；喜怒者，道之过；好恶者，德之失。故心不忧乐，德之至也；一而不变，静之至也；无所于忤，虚之至也；不与物交，惔之至也；无所于逆，粹之至也。故曰：形劳而不休则弊，精用而不已则劳，劳则竭。水之性，不杂则清，莫动则平；郁闭而不流，亦不能清；天德之象也。故曰：纯粹而不杂，静一而不变，惔而无为，动而以天行，此养神之道也。

夫有干越之剑者，柙而藏之，不敢用也，宝之至也。精神四达并流，无所不极，上际于天，下蟠于地，化育万物，不可为象，其名为同帝。纯素之道，唯神是守。守而勿失，与神为一。一之精通，合于天伦。野语有之曰："众人重利，廉士重名，贤人尚志，圣人贵精。"故素也者，谓其无所与杂也；纯也者，谓其不亏其神也。能体纯素，谓之真人。

缮性

缮性于俗学，以求复其初；滑欲于俗思，以求致其明，谓之蔽蒙之民。

古之治道者，以恬养知。生而无以知为也，谓之以知养恬。知与恬交相养，而和理出其性。夫德，和也；道，理也。德无不容，仁也；道无不理，义也；义明而物亲，忠也；中纯实而反乎情，乐也；信行容体而顺乎文，礼也。礼乐徧行，则天下乱矣。彼正而蒙己德，德则不冒，冒则物必失其性也。古之人，在混芒之中，与一世而得澹漠焉。当是时也，阴阳和静，鬼神不扰，四时得节，万物不伤，群生不夭，人虽有知，无所用之，此之谓至一。当是时也，莫之为而常自然。

逮德下衰，及燧人、伏羲始为天下，是故顺而不一。德又下衰，及神农、黄帝始为天下，是故安而不顺。德又下衰，及唐、虞始为天下，兴治化之流，澆淳散朴，离道以善，险德以行，然后去性而从于心。心与心识，知而不足以定天下，然后附之以文，益之以博。文灭质，博溺心，然后民始惑乱，无以反其性情而复其初。

由是观之，世丧道矣，道丧世矣，世与道交相丧也。道之人何由兴乎世，世亦何由兴乎道哉！道无以兴乎世，世无以兴乎道，虽圣人不在山林之中，其德隐矣。隐，故不自隐。

古之所谓隐士者，非伏其身而弗见也，非闭其言而不出也，非藏其知而不发也，时命大谬也。当时命而大行乎天下，则反一无迹；不当时命而大穷乎天下，则深根宁极而待，此存身之道也。

古之行身者，不以辩饰知，不以知穷天下，不以知穷德，危然处其所而反其性已，又何为哉！道固不小行，德固不小识。小识伤德，小行伤道。故曰：正己而已矣。乐全之谓得志。

古之所谓得志者，非轩冕之谓也，谓其无以益其乐而已矣。今之所谓得志者，轩冕之谓也。轩冕在身，非性命也，物之傥来，寄者也。寄之，其来不可圉，其去不可止。故不为轩冕肆志，不为穷约趋俗，其乐彼与此同，故无忧而已矣！今寄去则不乐。由是观之，虽乐，未尝不荒也。故曰：丧己于物，失性于俗者，谓之倒置之民。

秋水

秋水时至，百川灌河，泾流之大，两涘渚崖之间，不辩牛马。于是焉河伯欣然自喜，以天下之美为尽在己；顺流而东行，至于北海，东面而视，不见水端。于是焉河伯始旋其面目，望洋向若而叹曰："野语有之，曰'闻道百，以为莫己若'者，我之谓也。且夫我尝闻少仲尼之闻而轻伯夷之义者，始吾弗信；今我睹子之难穷也，吾非至于子之门则殆矣，吾长见笑于大方之家。"北海若曰："井蛙不可以语于海者，拘于虚也；夏虫不可以语于冰者，笃于时也；曲士不可以语于道者，束于教也。今尔出于崖涘，观于大海，乃知尔丑，尔将可与语大理矣。天下之水，莫大于海，万川归之，不知何时止而不盈；尾闾泄之，不知何时已而不虚；春秋不变，水旱不知。此其过江河之流，不可为量数。而吾未尝以此自多者，自以比形于天地，而受气于阴阳，吾在天地之间，犹小石小木之在大山也。方存乎见少，又奚以自多！计四海之在天地之间也，不似礨空之在大泽乎？计中国之在海内，不似稊米之在大仓乎？号物之数谓之万，人处一焉；人卒九州，谷食之所生，舟车之所通，人处一焉。此其比万物也，不似豪末之在于马体乎？五帝之所连，三王之所争，仁人之所忧，任士之所劳，尽此矣！伯夷辞之以为名，仲尼语之以为博，此其自多也，不似尔向之自多于水乎？"

河伯曰："然则吾大天地而小豪末，可乎？"北海若曰："否。夫物量无穷，时无止，分无常，终始无故。是故大知观于远近，故小而不寡，大而不多，知量无穷。证向今故，故遥而不闷，掇而不跂，知时无止。察乎盈虚，故得而不喜，失而不忧，知分之无常也。明乎坦涂，故生而不说，死而不祸，知终始之不可故也。计人之所知，不若其所不知；其生之时，不若未生之时；以其至小，求穷其至大之域，是故迷乱而不能自得也。由此观之，又何以知毫末之足以定至细之倪？又何以知天地之足以穷至大之域？"

河伯曰："世之议者皆曰：'至精无形，至大不可围。'是信情乎？"北海若曰："夫自细视大者不尽，自大视细者不明。夫精，小之微也；垺，大之殷也。故异便，此势之有也。夫精粗者，期于有形者也；无形者，数之所不能分也；不可围者，数之所不能穷也。可以言论者，物之粗也；可以意致者，物之精也；言之所不能论，意之所不能察致者，不期精粗焉。是故大人之行，不出乎害人，不多仁恩；动不为利，不贱门隶；货财弗争，不多辞让；事焉不借人，不多食乎力，不贱贪污；行殊乎俗，不多辟异；为在从众，不贱佞谄；世之爵禄不足以为劝，戮耻不足以为辱；知是非之不可为分，细大之不可为倪。闻曰：'道人不闻，至德不得，大人无己。'约分之至也。"

河伯曰："若物之外，若物之内，恶至而倪贵贱？恶至而倪小大？"北海若曰："以道观之，物无贵贱；以物观之，自贵而相贱；以俗观之，贵贱不在己。以差观之，因其所大而大之，则万物莫不大；因其所小而小之，则万物莫不小。知天地之为稊米也，知毫末之为丘山也，则差数睹矣。以功观之，因其所有而有之，则万物莫不有；因其所无而无之，则万物莫不无。知东西之相反而不可以相无，则功分定矣。以趣观之，因其所然而然之，则万物莫不然；因其所非而非之，则万物莫不非。知尧、桀之自然而相非，则趣操睹矣。昔者尧、舜让而帝，之、哙让而绝；汤、武争而王，白公争而灭。由此观之，争让之礼，尧、桀之行，贵贱有时，未可以为常也。梁丽可以冲城，而不可以窒穴，言殊器也；骐骥骅骝一日而驰千里，捕鼠不如狸狌，言殊技也；鸱鸺夜撮蚤，察毫末，昼出瞋目而不见丘山，言殊性也。故曰：'盖师是而无非，师治而无乱乎？'是未明天地之理，万物之情者也。是犹师天而无地，师阴而无阳，其不可行明矣！然且语而不舍，非愚则诬也！帝王殊禅，三代殊继。差其时，逆其俗者，谓之篡夫；当其时，顺其俗者，谓之义徒。默默乎河伯，女恶知贵贱之门，小大之家！"

河伯曰："然则我何为乎？何不为乎？吾辞受趣舍，吾终奈何？"北海若曰："以道观之，何贵何贱，是谓反衍；无拘而志，与道大蹇。何少何多，是谓谢施；无一而行，与道参差。严乎若国之有君，其无私德；繇繇乎若祭之有社，其无私福；泛泛乎其若四方之无穷，其无所畛域。兼怀万物，其孰承翼？是谓无方。万物一齐，孰短孰长？道无终始，物有死生，不恃其成。一虚一满，不位乎其形。年不可举，时不可止。消息盈虚，终则有始。是所以语大义之方，论万物之理也。物之生也，若骤若驰。无动而不变，无时而不移。何为乎，何不为乎？夫固将自化。"

河伯曰："然则何贵于道邪？"北海若曰："知道者必达于理，达于理者必明于权，明于权者不以物害己。至德者，火弗能热，水弗能溺，寒暑弗能害，禽兽弗能贼。非谓其薄之也，言察乎安危，宁于祸福，谨于去就，莫之能害也。故曰：'天在内，人在外，德在乎天。'知天人之行，本乎天，位乎得，蹢躅而屈伸，反要而语极。"曰："何谓天？何谓人？"北海若曰："牛马四足，是谓天；落马首，穿牛鼻，是谓人。故曰：'无以人灭天，无以故灭命，无以得殉名。谨守而勿失，是谓反其真。'"

夔怜蚿，蚿怜蛇，蛇怜风，风怜目，目怜心。夔谓蚿曰："吾以一足趻踔而行，予无如矣。今子之使万足，独奈何？"蚿曰："不然。子不见夫唾者乎？喷则大者如珠，小者如雾，杂而下者不可胜数也。今予动吾天机，而不知其所以然。"蚿谓蛇曰："吾以众足行，而不及子之无足，何也？"蛇曰："夫天机之所动，何可易邪？吾安用足哉！"蛇谓风曰："予动吾脊胁而行，则有似也。今子蓬蓬然起于北海，蓬蓬然入于南海，而似无有，何也？"风曰："然，予蓬蓬然起于北海而入于南海也，然而指我则胜我，鳍我亦胜我。虽然，夫折大木，蜚大屋者，唯我能也。故以众小不胜为大胜也。为大胜者，唯圣人能之。"

孔子游于匡，宋人围之数帀，而弦歌不辍。子路入见，曰："何夫子之娱也？"孔子曰："来，吾语女。我讳穷久矣，而不免，命也；求通久矣，而不得，时也。当尧、舜而天下无穷人，非知得也；当桀、纣而天下无通人，非知失也，时势适然。夫水行不避蛟龙者，渔父之勇也；陆行不避兕虎者，猎夫之勇也；白刃交于前，视死若生者，烈士之勇也；知穷之有命，知通之有时，临大难而不惧者，圣人之勇也。由，处矣！吾命有所制矣！"无几何，将甲者进，辞曰："以为阳虎也，故围之；今非也，请辞而退。"

公孙龙问于魏牟曰："龙少学先王之道，长而明仁义之行；合同异，离坚白；然不然，可不可；困百家之知，穷众口之辩，吾自以为至达已。今吾闻庄子之言，茫焉异之。不知论之不及与？知之弗若与？今吾无所开吾喙，敢问其方。"

公子牟隐机大息，仰天而笑曰："子独不闻夫埳井之鼃乎？谓东海之鳖曰：'吾乐与！出跳梁乎井干之上，入休乎缺甃之崖；赴水则接腋持颐，蹶泥则没足灭跗；还虷、蟹与科斗，莫吾能若也。且夫擅一壑之水，而跨跱埳井之乐，此亦至矣。夫子奚不时来入观乎？'东海之鳖左足未入，而右膝已絷矣。于是逡巡而却，告之海曰：'夫千里之远，不足以举其大；千仞之高，不足以极其深。禹之时，十年九潦，而水弗为加益；汤之时，八年七旱，而崖不为加损。夫不为顷久推移，不以多少进退者，此亦东海之大乐也。'于是埳井之鼃闻之，适适然惊，规规然自失也。且夫知不知是非之竟，而犹欲观于庄子之言，是犹使蚊负山，商蚷驰河也，必不胜任矣。且夫知不知论极妙之言，而自适一时之利者，是非埳井之鼃与？且彼方跐黄泉而登大皇，无南无北，奭然四解，沦于不测；无东无西，始于玄冥，反于大通。子乃规规然而求之以察，索之以辩，是直用管窥天，用锥指地也，不亦小乎？子往矣！且子独不闻夫寿陵馀子之学行于邯郸与？未得国能，又失其故行矣，直匍匐而归耳。今子不去，将忘子之故，失子之业。"公孙龙口呿而不合，舌举而不下，乃逸而走。

庄子钓于濮水。楚王使大夫二人往先焉，曰："愿以境内累矣！"庄子持竿不顾，曰："吾闻楚有神龟，死已三千岁矣。王巾笥而藏之庙堂之上。此龟者，宁其死为留骨而贵乎？宁其生而曳尾于涂中乎？"二大夫曰："宁生而曳尾涂中。"庄子曰："往矣！吾将曳尾于涂中。"

惠子相梁，庄子往见之。或谓惠子曰："庄子来，欲代子相。"于是惠子恐，搜于国中三日三夜。庄子往见之，曰："南方有鸟，其名为鹓鶵，子知之乎？夫鹓鶵发于南海而飞于北海，非梧桐不止，非练实不食，非醴泉不饮。于是鸱得腐鼠，鹓鶵过之，仰而视之曰：'吓！'今子欲以子之梁国而吓我邪？"

庄子与惠子游于濠梁之上。庄子曰："鯈鱼出游从容，是鱼之乐也。"惠子曰："子非鱼，安知鱼之乐？"庄子曰："子非我，安知我不知鱼之乐？"惠子曰："我非子，固不知子矣；子固非鱼也，子之不知鱼之乐，全矣！"庄子曰："请循其本。子曰'汝安知鱼乐'云者，既已知吾知之而问我，我知之濠上也。"

至乐

天下有至乐无有哉？有可以活身者无有哉？今奚为奚据？奚避奚处？奚就奚去？奚乐奚恶？

夫天下之所尊者，富、贵、寿善也；所乐者，身安、厚味、美服、好色、音声也；所下者，贫贱、夭恶也；所苦者，身不得安逸，口不得厚味，形不得美服，目不得好色，耳不得音声。若不得者，则大忧以惧，其为形也亦愚哉。夫富者，苦身疾作，多积财而不得尽用，其为形也亦外矣。夫贵者，夜以继日，思虑善否，其为形也亦疏矣。人之生也，与忧俱生。寿者惛惛，久忧不死，何苦也！其为形也亦远矣。烈士为天下见善矣，未足以活身。吾未知善之诚善邪？诚不善邪？若以为善矣，不足活身；以为不善矣，足以活人。故曰："忠谏不听，蹲循勿争。"故夫子胥争之，以残其形；不争，名亦不成。诚有善无有哉？

今俗之所为与其所乐，吾又未知乐之果乐邪？果不乐邪？吾观夫俗之所乐，举群趣者，诬诬然如将不得已，而皆曰乐者，吾未之乐也，亦未之不乐也。果有乐无有哉？吾以无为诚乐矣，又俗之所大苦也。故曰："至乐无乐，至誉无誉。"天下是非果未可定也。虽然，无为可以定是非。至乐活身，唯无为几存。请尝试言之：天无为以之清，地无为以之宁。故两无为相合，万物皆化。芒乎芴乎，而无从出乎！芴乎芒乎，而无有象乎！万物职职，皆从无为殖。故曰："天地无为也而无不为也。"人也孰能得无为哉！

庄子妻死，惠子吊之，庄子则方箕踞鼓盆而歌。惠子曰："与人居，长子、老、身死，不哭，亦足矣，又鼓盆而歌，不亦甚乎！"

庄子曰："不然。是其始死也，我独何能无概然！察其始而本无生；非徒无生也而本无形；非徒无形也而本无气。杂乎芒芴之间，变而有气，气变而有形，形变而有生。今又变而之死。是相与为春秋冬夏四时行也。人且偃然寝于巨室，而我噭噭然随而哭之，自以为不通乎命，故止也。"

支离叔与滑介叔观于冥伯之丘，昆仑之虚，黄帝之所休。俄而柳生其左肘，其意蹶蹶然恶之。支离叔曰："子恶之乎？"滑介叔曰："亡，予何恶！生者，假借也。假之而生生者，尘垢也。死生为昼夜。且吾与子观化而化及我，我又何恶焉！"

庄子之楚，见空髑髅，髐然有形，撽以马捶，因而问之，曰："夫子贪生失理而为此乎？将子有亡国之事、斧钺之诛而为此乎？将子有不善之行，愧遗父母妻子之丑而为此乎？将子有冻馁之患而为此乎？将子之春秋故及此乎？"于是语卒，援髑髅，枕而卧。

夜半，髑髅见梦曰："子之谈者似辩士。视子所言，皆生人之累也，死则无此矣。子欲闻死之说乎？"庄子曰："然。"髑髅曰："死，无君于上，无臣于下，亦无四时之事，从然以天地为春秋，虽南面王乐，不能过也。"庄子不信，曰："吾使司命复生子形，为子骨肉肌肤，反子父母、妻子、闾里、知识，子欲之乎？"髑髅深矉蹙頞曰："吾安能弃南面王乐而复为人间之劳乎！"

颜渊东之齐，孔子有忧色。子贡下席而问曰："小子敢问：回东之齐，夫子有忧色，何邪？"

孔子曰："善哉汝问。昔者管子有言，丘甚善之，曰：'褚小者不可以怀大，绠短者不可以汲深。'夫若是者，以为命有所成而形有所适也，夫不可损益。吾恐回与齐侯言尧、舜、黄帝之道，而重以燧人、神农之言。彼将内求于己而不得，不得则惑，人惑则死。且女独不闻邪？昔者海鸟止于鲁郊，鲁侯御而觞之于庙，奏《九韶》以为乐，具太牢以为膳。鸟乃眩视忧悲，不敢食一脔，不敢饮一杯，三日而死。此以己养养鸟也，非以鸟养养鸟也。夫以鸟养养鸟者，宜栖之深林，游之坛陆，浮之江湖，食之鳅鲦，随行列而止，委蛇而处。彼唯人言之恶闻，奚以夫诙诙为乎！《咸池》《九韶》之乐，张之洞庭之野，鸟闻之而飞，兽闻之而走，鱼闻之而下入，人卒闻之，相与还而观之。鱼处水而生，人处水而死。彼必相与异，其好恶故异也。故先圣不一其能，不同其事。名止于实，义设于适，是之谓条达而福持。"

列子行，食于道从，见百岁髑髅，攓蓬而指之曰："唯予与汝知而未尝死，未尝生也。若果养乎？予果欢乎？"种有几，得水则为継，得水土之际则为蛙蠙之衣，生于陵屯则为陵舃，陵舃得郁栖则为乌足，乌足之根为蛴螬，其叶为胡蝶。胡蝶胥也化而为虫，生于灶下，其状若脱，其名为鸲掇。鸲掇千日为鸟，其名为乾馀骨。乾馀骨之沫为斯弥，斯弥为食醯。颐辂生乎食醯，黄軦生乎九猷，瞀芮生乎腐蠸，羊奚比乎不箰，久竹生青宁，青宁生程，程生马，马生人，人又反入于机。万物皆出于机，皆入于机。

达生

达生之情者，不务生之所无以为；达命之情者，不务知之所无奈何。养形必先之以物，物有馀而形不养者有之矣。有生必先无离形，形不离而生亡者有之矣。生之来不能却，其去不能止。悲夫！世之人以为养形足以存生，而养形果不足以存生，则世奚足为哉！虽不足为而不可不为者，其为不免矣！

夫欲免为形者，莫如弃世。弃世则无累，无累则正平，正平则与彼更生，更生则几矣！事奚足弃而生奚足遗？弃事则形不劳，遗生则精不亏。夫形全精复，与天为一。天地者，万物之父母也。合则成体，散则成始。形精不亏，是谓能移。精而又精，反以相天。

子列子问关尹曰："至人潜行不窒，蹈火不热，行乎万物之上而不栗。请问何以至于此？"关尹曰："是纯气之守也，非知巧果敢之列。居，予语女。凡有貌象声色者，皆物也，物与物何以相远？夫奚足以至乎先？是色而已。则物之造乎不形而止乎无所化。夫得是而穷之者，物焉得而止焉！彼将处乎不淫之度，而藏乎无端之纪，游乎万物之所终始，壹其性，养其气，合其德，以通乎物之所造。夫若是者，其天守全，其神无郤，物奚自入焉！夫醉者之坠车，虽疾不死。骨节与人同而犯害与人异，其神全也。乘亦不知也，坠亦不知也，死生惊惧不入乎其胸中，是故遌物而不慑。彼得全于酒而犹若是，而况得全于天乎？圣人藏于天，故莫之能伤也。复仇者不折镆干，虽有忮心者，不怨飘瓦，是以天下平均。故无攻战之乱，无杀戮之刑者，由此道也。不开人之天，而开天之天。开天者德生，开人者贼生。

不厌其天，不忽于人，民几乎以其真。”

仲尼适楚，出于林中，见佝偻者承蜩，犹掇之也。仲尼曰：“子巧乎，有道邪？”曰：“我有道也。五六月累丸二而不坠，则失者锱铢；累三而不坠，则失者十一；累五而不坠，犹掇之也。吾处身也，若橛株拘；吾执臂也，若槁木之枝。虽天地之大，万物之多，而唯蜩翼之知。吾不反不侧，不以万物易蜩之翼，何为而不得！”孔子顾谓弟子曰：“用志不分，乃凝于神。其佝偻丈人之谓乎！”

颜渊问仲尼曰：“吾尝济乎觞深之渊，津人操舟若神。吾问焉，曰：‘操舟可学邪？’曰：‘可。善游者数能。若乃夫没人，则未尝见舟而便操之也。’吾问焉而不吾告，敢问何谓也？”仲尼曰：“善游者数能，忘水也；若乃夫没人之未尝见舟而便操之也，彼视渊若陵，视舟之覆，犹其车却也。覆却万方陈乎前而不得入其舍，恶往而不暇！以瓦注者巧，以钩注者惮，以黄金注者殙。其巧一也，而有所矜，则重外也。凡外重者内拙。”

田开之见周威公，威公曰：“吾闻祝肾学生，吾子与祝肾游，亦何闻焉？”田开之曰：“开之操拔篲以侍门庭，亦何闻于夫子！”威公曰：“田子无让，寡人愿闻之。”开之曰：“闻之夫子曰：‘善养生者，若牧羊然，视其后者而鞭之。’”威公曰：“何谓也？”田开之曰：“鲁有单豹者，岩居而水饮，不与民共利，行年七十而犹有婴儿之色，不幸遇饿虎，饿虎杀而食之。有张毅者，高门县薄，无不走也，行年四十而有内热之病以死。豹养其内而虎食其外，毅养其外而病攻其内。此二子者，皆不鞭其后者也。"仲尼曰："无入而藏，无出而阳，柴立其中央。三者若得，其名必极。夫畏涂者，十杀一人，则父子兄弟相戒也，必盛卒徒而后敢出焉，不亦知乎！人之所取畏者，衽席之上，饮食之间，而不知为之戒者，过也！"

祝宗人元端以临牢策，说彘曰："汝奚恶死？吾将三月㹩汝，十日戒，三日齐，藉白茅，加汝肩尻乎雕俎之上，则汝为之乎？"为彘谋，曰不如食以糠糟而错之牢策之中；自为谋，则苟生有轩冕之尊，死得于腞楯之上、聚偻之中则为之。为彘谋则去之，自为谋则取之，所异彘者何也！

桓公田于泽，管仲御，见鬼焉。公抚管仲之手曰："仲父何见？"对曰："臣无所见。"公反，诶诒为病，数日不出。

齐士有皇子告敖者，曰："公则自伤，鬼恶能伤公！夫忿滀之气，散而不反，则为不足；上而不下，则使人善怒；下而不上，则使人善忘；不上不下，中身当心，则为病。"

桓公曰："然则有鬼乎？"曰："有。沈有履。灶有髻。户内之烦壤，雷霆处之；东北方之下者，倍阿鲑蠪跃之；西北方之下者，则泆阳处之。水有罔象，丘有峷，山有夔，野有彷徨，泽有委蛇。"

公曰："请问，委蛇之状何如？"皇子曰："委蛇，其大如毂，其长如辕，紫衣而朱冠。其为物也，恶闻雷车之声，则捧其首而立。见之者殆乎霸。"桓公辴然而笑曰："此寡人之所见者也。"于是正衣冠与之坐，不终日而不知病之去也。

纪渻子为王养斗鸡。十日而问："鸡已乎？"曰："未也，方虚憍而恃气。"十日又问，曰："未也，犹应向景。"十日又问，曰：

"未也，犹疾视而盛气。"十日又问，曰："几矣，鸡虽有鸣者，已无变矣，望之似木鸡矣，其德全矣。异鸡无敢应者，反走矣。"

孔子观于吕梁，县水三十仞，流沫四十里，鼋鼍鱼鳖之所不能游也。见一丈夫游之，以为有苦而欲死也。使弟子并流而拯之。数百步而出，被发行歌而游于塘下。

孔子从而问焉，曰："吾以子为鬼，察子则人也。请问，蹈水有道乎？"曰："亡，吾无道。吾始乎故，长乎性，成乎命。与齐俱入，与汨偕出，从水之道而不为私焉。此吾所以蹈之也。"孔子曰："何谓始乎故，长乎性，成乎命？"曰："吾生于陵而安于陵，故也；长于水而安于水，性也；不知吾所以然而然，命也。"

梓庆削木为镰，日成，见者惊犹鬼神。鲁侯见而问焉，曰："子何术以为焉？"对曰："臣，工人，何术之有！虽然，有一焉：臣将为镰，未尝敢以耗气也，必齐以静心。齐三日，而不敢怀庆赏爵禄；齐五日，不敢怀非誉巧拙；齐七日，辄然忘吾有四枝形体也。当是时也，无公朝。其巧专而外骨消，然后入山林，观天性，形躯至矣，然后成见镰，然后加手焉，不然则已。则以天合天，器之所以疑神者，其是与！"

东野稷以御见庄公，进退中绳，左右旋中规。庄公以为文弗过也，使之钩百而反。颜阖遇之，入见曰："稷之马将败。"公密而不应。少焉，果败而反。公曰："子何以知之？"曰："其马力竭矣，而犹求焉，故曰败。"

工倕旋而盖规矩，指与物化而不以心稽，故其灵台一而不桎。忘足，屦之适也；忘要，带之适也；知忘是非，心之适也；

不内变，不外从，事会之适也；始乎适而未尝不适者，忘适之适也。

有孙休者，踵门而诧子扁庆子曰："休居乡不见谓不修，临难不见谓不勇。然而田原不遇岁，事君不遇世，宾于乡里，逐于州部，则胡罪乎天哉？休恶遇此命也？"

扁子曰："子独不闻夫至人之自行邪？忘其肝胆，遗其耳目，芒然彷徨乎尘垢之外，逍遥乎无事之业，是谓为而不恃，长而不宰。今汝饰知以惊愚，修身以明污，昭昭乎若揭日月而行也。汝得全而形躯，具而九窍，无中道夭于聋盲跛蹇而比于人数，亦幸矣，又何暇乎天之怨哉！子往矣！"孙子出，扁子入，坐有间，仰天而叹。弟子问曰："先生何为叹乎？"扁子曰："向者休来，吾告之以至人之德，吾恐其惊而遂至于惑也。"弟子曰："不然。孙子之所言是邪，先生之所言非邪，非固不能惑是；孙子所言非邪，先生所言是邪？彼固惑而来矣，又奚罪焉！"扁子曰："不然。昔者有鸟止于鲁郊，鲁君说之，为具太牢以飨之，奏《九韶》以乐之。鸟乃始忧悲眩视，不敢饮食。此之谓以己养养鸟也。若夫以鸟养养鸟者，宜栖之深林，浮之江湖，食之以委蛇，则平陆而已矣。今休，款启寡闻之民也，吾告以至人之德，譬之若载鼷以车马，乐鴳以钟鼓也，彼又恶能无惊乎哉！"

山木

庄子行于山中，见大木，枝叶盛茂。伐木者止其旁而不取也。问其故，曰："无所可用。"庄子曰："此木以不材得终其天年。"

夫子出于山，舍于故人之家。故人喜，命竖子杀雁而烹之。竖子请曰："其一能鸣，其一不能鸣，请奚杀？"主人曰："杀不能鸣者。"

明日，弟子问于庄子曰："昨日山中之木，以不材得终其天年；今主人之雁，以不材死。先生将何处？"庄子笑曰："周将处乎材与不材之间。材与不材之间，似之而非也，故未免乎累。若夫乘道德而浮游则不然，无誉无訾，一龙一蛇，与时俱化，而无肯专为。一上一下，以和为量，浮游乎万物之祖。物物而不物于物，则胡可得而累邪！此神农、黄帝之法则也。若夫万物之情，人伦之传则不然：合则离，成则毁，廉则挫，尊则议，有为则亏，贤则谋，不肖则欺。胡可得而必乎哉！悲夫，弟子志之，其唯道德之乡乎！"

市南宜僚见鲁侯，鲁侯有忧色。市南子曰："君有忧色，何也？"鲁侯曰："吾学先王之道，修先君之业；吾敬鬼尊贤，亲而行之，无须臾离居。然不免于患，吾是以忧。"市南子曰："君之除患之术浅矣！夫丰狐文豹，栖于山林，伏于岩穴，静也；夜行昼居，戒也；虽饥渴隐约，犹旦胥疏于江湖之上而求食焉，定也。然且不免于罔罗机辟之患，是何罪之有哉？其皮为之灾也。今鲁国独非君之皮邪？吾愿君刳形去皮，洒心去欲，而游于无人之野。南越有邑焉，名为建德之国。其民愚而朴，少私而寡欲；知作而不知藏，与而不求其报；不知义之所适，不知礼之所将；猖狂妄行，乃蹈乎大方；其生可乐，其死可葬。吾愿君去国捐俗，与道相辅而行。"

君曰："彼其道远而险，又有江山，我无舟车，奈何？"

市南子曰："君无形倨，无留居，以为君车。"君曰："彼其道幽远而无人，吾谁与为邻？吾无粮，我无食，安得而至焉？"市南子曰："少君之费，寡君之欲，虽无粮而乃足。君其涉于江而浮于海，望之而不见其崖，愈往而不知其所穷。送君者皆自崖而反。君自此远矣！故有人者累，见有于人者忧。故尧非有人，非见有于人也。吾愿去君之累，除君之忧，而独与道游于大莫之国。方舟而济于河，有虚舩来触舟，虽有惼心之人不怒。有一人在其上，则呼张歙之。一呼而不闻，再呼而不闻，于是三呼邪，则必以恶声随之。向也不怒而今也怒，向也虚而今也实。人能虚己以游世，其孰能害之！"

北宫奢为卫灵公赋敛以为钟，为坛乎郭门之外。三月而成上下之县。王子庆忌见而问焉，曰："子何术之设？"

奢曰："一之间，无敢设也。奢闻之：'既雕既琢，复归于朴。'侗乎其无识，傥乎其怠疑。萃乎芒乎，其送往而迎来。来者勿禁，往者勿止。从其强梁，随其曲傅，因其自穷。故朝夕赋敛而毫毛不挫，而况有大涂者乎！"

孔子围于陈蔡之间，七日不火食。大公任往吊之，曰："子几死乎？"曰："然。""子恶死乎？"曰："然。"任曰："予尝言不死之道。东海有鸟焉，其名曰意怠。其为鸟也，翂翂翐翐，而似无能；引援而飞，迫胁而栖；进不敢为前，退不敢为后；食不敢先尝，必取其绪。是故其行列不斥，而外人卒不得害，是以免于患。直木先伐，甘井先竭。子其意者饰知以惊愚，修身以明污，昭昭乎如揭日月而行，故不免也。昔吾闻之大成之人曰：'自伐者无功，功成者堕，名成者亏。'孰能去功与名，而还与众人？道流而不明居，得行而不名处；纯纯常常，乃比于狂；削迹捐势，不为功名。是故无责于人，人亦无责焉。至人不闻，子何喜哉？"孔子曰："善哉！"辞其交游，去其弟子，逃于大泽，衣裘褐，食杼栗，入兽不乱群，入鸟不乱行。鸟兽不恶，而况人乎！

孔子问子桑雽曰："吾再逐于鲁，伐树于宋，削迹于卫，穷于商周，围于陈蔡之间。吾犯此数患，亲交益疏，徒友益散，何与？"子桑雽曰："子独不闻假人之亡与？林回弃千金之璧，负赤子而趋。或曰：'为其布与？赤子之布寡矣；为其累与？赤子之累多矣。弃千金之璧，负赤子而趋，何也？'林回曰：'彼以利合，此以天属也。'夫以利合者，迫穷祸患害相弃也；以天属者，迫穷祸患害相收也。夫相收之与相弃亦远矣，且君子之交淡若水，小人之交甘若醴。君子淡以亲，小人甘以绝，彼无故以合者，则无故以离。"孔子曰："敬闻命矣！"徐行翔佯而归，绝学捐书，弟子无挹于前，其爱益加进。异日，桑雽又曰："舜之将死，真泠禹曰：'汝戒之哉！形莫若缘，情莫若率。'缘则不离，率则不劳。不离不劳，则不求文以待形。不求文以待形，固不待物。"

庄子衣大布而补之，正缅系履而过魏王。魏王曰："何先生之惫邪？"

庄子曰："贫也，非惫也。士有道德不能行，惫也；衣弊履穿，贫也，非惫也，此所谓非遭时也。王独不见夫腾猿乎？其得楠梓豫章也，揽蔓其枝而王长其间，虽羿、逢蒙不能眄睨也。及其得柘棘枳枸之间也，危行侧视，振动悼栗，此筋骨非有加急而不柔也，处势不便，未足以逞其能也。今处昏上乱相之间，而欲无惫，奚可得邪？此比干之见剖心征也夫！”

孔子穷于陈蔡之间，七日不火食。左据槁木，右击槁枝，而歌猋氏之风，有其具而无其数，有其声而无宫角。木声与人声，犁然有当于人之心。颜回端拱还目而窥之。仲尼恐其广己而造大也，爱己而造哀也，曰：“回，无受天损易，无受人益难。无始而非卒也，人与天一也。夫今之歌者，其谁乎！”回曰：“敢问无受天损易。”仲尼曰：“饥渴寒暑，穷桎不行，天地之行也，运物之泄也，言与之偕逝之谓也。为人臣者，不敢去之。执臣之道犹若是，而况乎所以待天乎？”“何谓无受人益难？”仲尼曰：“始用四达，爵禄并至而不穷。物之所利，乃非己也，吾命有在外者也。君子不为盗，贤人不为窃，吾若取之，何哉？故曰：鸟莫知于鹢鸸，目之所不宜处，不给视，虽落其实，弃之而走。其畏人也，而袭诸人间。社稷存焉尔！”“何谓无始而非卒？”仲尼曰：“化其万物而不知其禅之者，焉知其所终？焉知其所始？正而待之而已耳。”“何谓人与天一邪？”仲尼曰：“有人，天也；有天，亦天也。人之不能有天，性也。圣人晏然体逝而终矣！”

庄周游于雕陵之樊，睹一异鹊自南方来者。翼广七尺，目大运寸，感周之颡，而集于栗林。庄周曰：“此何鸟哉！翼殷不逝，目大不睹。”蹇裳躩步，执弹而留之。睹一蝉，方得美荫而忘其身。螳螂执翳而搏之，见得而忘其形。异鹊从而利之，见利而忘其真。庄周怵然曰：“噫！物固相累，二类相召也。”捐弹而反走，虞人逐而谇之。

庄周反入，三日不庭。蔺且从而问之："夫子何为顷间甚不庭乎？"庄周曰："吾守形而忘身，观于浊水而迷于清渊。且吾闻诸夫子曰：'入其俗，从其俗。'今吾游于雕陵而忘吾身，异鹊感吾颡，游于栗林而忘真。栗林虞人以吾为戮，吾所以不庭也。"

阳子之宋，宿于逆旅。逆旅人有妾二人，其一人美，其一人恶。恶者贵而美者贱。阳子问其故，逆旅小子对曰："其美者自美，吾不知其美也；其恶者自恶，吾不知其恶也。"阳子曰："弟子记之：行贤而去自贤之行，安往而不爱哉！"

田子方

田子方侍坐于魏文侯，数称谿工。文侯曰："谿工，子之师邪？"子方曰："非也，无择之里人也。称道数当，故无择称之。"文侯曰："然则子无师邪？"子方曰："有。"曰："子之师谁邪？"子方曰："东郭顺子。"文侯曰："然则夫子何故未尝称之？"子方曰："其为人也真。人貌而天虚，缘而葆真，清而容物。物无道，正容以悟之，使人之意也消。无择何足以称之！"

子方出，文侯傥然，终日不言。召前立臣而语之曰："远矣，全德之君子！始吾以圣知之言、仁义之行为至矣。吾闻子方之师，吾形解而不欲动，口钳而不欲言。吾所学者，直土埂耳！夫魏真为我累耳！"

温伯雪子适齐，舍于鲁。鲁人有请见之者，温伯雪子曰："不可。吾闻中国之君子，明乎礼义而陋于知人心。吾不欲见也。"

至于齐，反舍于鲁，是人也又请见。温伯雪子曰："往也蕲见我，今也又蕲见我，是必有以振我也。"出而见客，入而叹。

明日见客，又入而叹。其仆曰："每见之客也，必入而叹，何耶？"曰："吾固告子矣：'中国之民，明乎礼义而陋乎知人心。'昔之见我者，进退一成规、一成矩，从容一若龙、一若虎。其谏我也似子，其道我也似父，是以叹也。"

仲尼见之而不言。子路曰："吾子欲见温伯雪子久矣。见之而不言，何邪？"仲尼曰："若夫人者，目击而道存矣，亦不可以容声矣！"

颜渊问于仲尼曰："夫子步亦步，夫子趋亦趋，夫子驰亦驰，夫子奔逸绝尘，而回瞠若乎后矣！"夫子曰："回，何谓邪？"曰："夫子步，亦步也，夫子言，亦言也；夫子趋，亦趋也，夫子辩，亦辩也；夫子驰，亦驰也，夫子言道，回亦言道也；及奔逸绝尘而回瞠若乎后者，夫子不言而信，不比而周，无器而民滔乎前，而不知所以然而已矣。"

仲尼曰："恶！可不察与！夫哀莫大于心死，而人死亦次之。日出东方而入于西极，万物莫不比方，有目有趾者，待是而后成功，是出则存，是入则亡。万物亦然，有待也而死，有待也而生。吾一受其成形，而不化以待尽。效物而动，日夜无隙，而不知其所终；薰然其成形，知命不能规乎其前。丘以是日徂。吾终身与汝交一臂而失之，可不哀与？女殆著乎吾所以著也。彼已尽矣，而女求之以为有，是求马于唐肆也。吾服女也甚忘；女服吾也亦甚忘。虽然，女奚患焉！虽忘乎故吾，吾有不忘者存。"

孔子见老聃，老聃新沐，方将被发而干，慹然似非人。孔子便而待之。少焉见，曰：“丘也眩与？其信然与？向者先生形体掘若槁木，似遗物离人而立于独也。”老聃曰：“吾游心于物之初。”

孔子曰：“何谓邪？”曰：“心困焉而不能知，口辟焉而不能言。尝为汝议乎其将：至阴肃肃，至阳赫赫。肃肃出乎天，赫赫发乎地。两者交通成和而物生焉，或为之纪而莫见其形。消息满虚，一晦一明，日改月化，日有所为，而莫见其功。生有所乎萌，死有所乎归，始终相反乎无端，而莫知乎其所穷。非是也，且孰为之宗！”

孔子曰：“请问游是。”老聃曰：“夫得是至美至乐也。得至，美而游乎至乐，谓之至人。”

孔子曰：“愿闻其方。”曰：“草食之兽，不疾易薮；水生之虫，不疾易水。行小变而不失其大常也，喜怒哀乐不入于胸次。夫天下也者，万物之所一也。得其所一而同焉，则四支百体将为尘垢，而死生终始将为昼夜而莫之能滑，而况得丧祸福之所介乎！弃隶者若弃泥涂，知身贵于隶也。贵在于我而不失于变。且万化而未始有极也，夫孰足以患心！已为道者解乎此。”

孔子曰：“夫子德配天地，而犹假至言以修心。古之君子，孰能脱焉！”老聃曰：“不然。夫水之于汋也，无为而才自然矣；至人之于德也，不修而物不能离焉，若天之自高，地之自厚，日月之自明，夫何修焉！”

孔子出，以告颜回曰：“丘之于道也，其犹醯鸡与！微夫子之发吾覆也，吾不知天地之大全也。"

庄子见鲁哀公，哀公曰："鲁多儒士，少为先生方者。"庄子曰："鲁少儒。"哀公曰："举鲁国而儒服，何谓少乎？"庄子曰："周闻之：儒者冠圜冠者，知天时；履句屦者，知地形，缓佩玦者，事至而断。君子有其道者，未必为其服也；为其服者，未必知其道也。公固以为不然，何不号于国中曰：'无此道而为此服者，其罪死！'"于是哀公号之五日，而鲁国无敢儒服者。独有一丈夫，儒服而立乎公门。公即召而问以国事，千转万变而不穷。庄子曰："以鲁国而儒者一人耳，可谓多乎？"

百里奚爵禄不入于心，故饭牛而牛肥，使秦穆公忘其贱，与之政也。有虞氏死生不入于心，故足以动人。

宋元君将画图，众史皆至，受揖而立；舐笔和墨，在外者半。有一史后至者，儃儃然不趋，受揖不立，因之舍。公使人视之，则解衣般礴，臝。君曰："可矣，是真画者也。"

文王观于臧，见一丈夫钓，而其钓莫钓。非持其钓，有钓者也，常钓也。文王欲举而授之政，而恐大臣父兄之弗安也；欲终而释之，而不忍百姓之无天也。于是旦而属之大夫曰："昔者寡人梦见良人，黑色而颊，乘驳马而偏朱蹄，号曰：'寓而政于臧丈人，庶几乎民有瘳乎！'"诸大夫蹴然曰："先君王也。"文王曰："然则卜之。"诸大夫曰："先君之命，王其无它，又何卜焉。"遂迎臧丈人而授之政。典法无更，偏令无出。三年，文王观于国，则列士坏植散群，长官者不成德，斔斛不敢入于四竟。列士坏植散群，则尚同也；长官者不成德，则同务也，斔斛不敢入于四竟，则诸侯无二心也。文王于是焉以为大师，北面而问曰："政可以及天下乎？"臧丈人昧然而不应，泛然而辞，朝令而夜循，终身无闻。颜渊问于仲尼曰："文王其犹未邪？又何以梦为乎？"仲尼曰："默，汝无言！夫文王尽之也，而又何论刺焉！彼直以循斯须也。"

列御寇为伯昏无人射，引之盈贯，措杯水其肘上，发之，适矢复沓，方矢复寓。当是时，犹象人也。伯昏无人曰："是射之射，非不射之射也。尝与汝登高山，履危石，临百仞之渊，若能射乎？"于是无人遂登高山，履危石，临百仞之渊，背逡巡，足二分垂在外，揖御寇而进之。御寇伏地，汗流至踵。伯昏无人曰："夫至人者，上窥青天，下潜黄泉，挥斥八极，神气不变。今汝怵然有恂目之志，尔于中也殆矣夫！"

肩吾问于孙叔敖曰："子三为令尹而不荣华，三去之而无忧色。吾始也疑子，今视子之鼻间栩栩然，子之用心独奈何？"孙叔敖曰："吾何以过人哉！吾以其来不可却也，其去不可止也。吾以为得失之非我也，而无忧色而已矣。我何以过人哉！且不知其在彼乎？其在我乎？其在彼邪？亡乎我。在我邪？亡乎彼。方将踌躇，方将四顾，何暇至乎人贵人贱哉！"仲尼闻之曰："古之真人，知者不得说，美人不得滥，盗人不得劫，伏戏、黄帝不得友。死生亦大矣，而无变乎己，况爵禄乎！若然者，其神经乎大山而无介，入乎渊泉而不濡，处卑细而不惫，充满天地，既以与人，己愈有。"

楚王与凡君坐，少焉，楚王左右曰凡亡者三。凡君曰："凡之亡也，不足以丧吾存。夫'凡之亡不足以丧吾存'，则楚之存不足以存存。由是观之，则凡未始亡而楚未始存也。"

知北游

知北游于元水之上，登隐弅之丘，而适遭无为谓焉。知谓无为谓曰："予欲有问乎若：何思何虑则知道？何处何服则安道？何从何道则得道？"三问而无为谓不答也。非不答，不知答也。

知不得问，反于白水之南，登狐阕之上，而睹狂屈焉。知以之言也问乎狂屈。狂屈曰："唉！予知之，将语若，中欲言而忘其所欲言。"

知不得问，反于帝宫，见黄帝而问焉。黄帝曰："无思无虑始知道，无处无服始安道，无从无道始得道。"知问黄帝曰："我与若知之，彼与彼不知也，其孰是邪？"黄帝曰："彼无为谓真是也，狂屈似之，我与汝终不近也。夫知者不言，言者不知，故圣人行不言之教。道不可致，德不可至。仁可为也，义可亏也，礼相伪也。故曰：'失道而后德，失德而后仁，失仁而后义，失义而后礼。礼者，道之华而乱之首也。'故曰：'为道者日损，损之又损之，以至于无为，无为而无不为也。'今已为物也，欲复归根，不亦难乎！其易也，其唯大人乎！生也死之徒，死也生之始，孰知其纪！人之生，气之聚也。聚则为生，散则为死。若死生为徒，吾又何患！故万物一也。是其所美者为神奇，其所恶者为臭腐；臭腐复化为神奇，神奇复化为臭腐；故曰：'通天下一气耳。'圣人故贵一。"知谓黄帝曰："吾问无为谓，无为谓不应我，非不我应，不知应我也。吾问狂屈，狂屈中欲告我而不我告，非不我告，中欲告而忘之也。今予问乎若，若知之，奚故不近？"黄帝曰："彼其真是也，以其不知也；

此其似之也，以其忘之也；予与若终不近也，以其知之也。"
狂屈闻之，以黄帝为知言。

天地有大美而不言，四时有明法而不议，万物有成理而不说。圣人者，原天地之美而达万物之理。是故至人无为，大圣不作，观于天地之谓也。今彼神明至精，与彼百化。物已死生方圆，莫知其根也。扁然而万物自古以固存。六合为巨，未离其内；秋豪为小，待之成体；天下莫不沉浮，终身不故；阴阳四时运行，各得其序。惛然若亡而存，油然不形而神，万物畜而不知。此之谓本根，可以观于天矣！

啮缺问道乎被衣，被衣曰："若正汝形，一汝视，天和将至；摄汝知，一汝度，神将来舍。德将为汝美，道将为汝居。汝瞳焉如新生之犊，而无求其故。"言未卒，啮缺睡寐。被衣大说，行歌而去之，曰："形若槁骸，心若死灰，真其实知，不以故自持。媒媒晦晦，无心而不可与谋。彼何人哉！"

舜问乎丞曰："道可得而有乎？"曰："汝身非汝有也，汝何得有夫道！"舜曰："吾身非吾有也，孰有之哉？"曰："是天地之委形也；生非汝有，是天地之委和也；性命非汝有，是天地之委顺也；子孙非汝有，是天地之委蜕也。故行不知所往，处不知所持，食不知所味。天地之强阳气也，又胡可得而有邪！"

孔子问于老聃曰："今日晏间，敢问至道。"老聃曰："汝齐戒，疏瀹而心，澡雪而精神，掊击而知。夫道，窅然难言哉！将为汝言其崖略。夫昭昭生于冥冥，有伦生于无形，精神生于道，形本生于精，而万物以形相生。故九窍者胎生，八窍者卵生。其来无迹，其往无崖，无门无房，四达之皇皇也。邀于此者，四肢彊，思虑恂达，耳目聪明。其用心不劳，其应物无方，天不得不高，地不得不广，日月不得不行，万物不得不昌，此其道与！且夫博之不必知，辩之不必慧，圣人以断之矣！若夫益之而不加益，损之而不加损者，圣人之所保也。渊渊乎其若海，魏魏乎其终则复始也，运量万物而不匮，则君子之道，彼其外与！万物皆往资焉而不匮，此其道与！中国有人焉，非阴非阳，处于天地之间，直且为人，将反于宗。自本观之，生者，暗醷物也。虽有寿夭，相去几何？须臾之说也，奚足以为尧、桀之是非！果蓏有理，人伦虽难，所以相齿。圣人遭之而不违，过之而不守。调而应之，德也；偶而应之，道也。帝之所兴，王之所起也。人生天地之间，若白驹之过郤，忽然而已。注然勃然，莫不出焉；油然漻然，莫不入焉。已化而生，又化而死。生物哀之，人类悲之。解其天弢，堕其天袠。纷乎宛乎，魂魄将往，乃身从之，乃大归乎！不形之形，形之不形，是人之所同知也，非将至之所务也，此众人之所同论也。彼至则不论，论则不至；明见无值，辩不若默；道不可闻，闻不若塞。此之谓大得。"

东郭子问于庄子曰："所谓道，恶乎在？"庄子曰："无所不在。"东郭子曰："期而后可。"庄子曰："在蝼蚁。"曰："何其下邪？"曰："在稊稗。"曰："何其愈下邪？"曰："在瓦甓。"曰："何其愈甚邪？"曰："在屎溺。"东郭子不应。

庄子曰："夫子之问也，固不及质。正获之问于监市履狶也，每下愈况。汝唯莫必，无乎逃物。至道若是，大言亦然。周、遍、咸三者，异名同实，其指一也。尝相与游乎无何有之宫，同合而论，无所终穷乎！尝相与无为乎！澹而静乎！漠而清乎！调而闲乎！寥已吾志，无往焉而不知其所至，去而来不知其所止。吾已往来焉而不知其所终，彷徨乎冯闳，大知入焉而不知其所穷。物物者与物无际，而物有际者，所谓物际者也；不际之际，际之不际者也。谓盈虚衰杀，彼为盈虚非盈虚，彼为衰杀非衰杀，彼为本末非本末，彼为积散非积散也。"

妸荷甘与神农同学于老龙吉。神农隐几阖户昼瞑。妸荷甘日中奓户而入，曰："老龙死矣！"神农隐几拥杖而起，曝然放杖而笑，曰："天知予僻陋谩訑，故弃予而死。已矣，夫子无所发予之狂言而死矣夫！"

弇堈吊闻之，曰："夫体道者，天下之君子所系焉。今于道，秋豪之端万分未得处一焉，而犹知藏其狂言而死，又况夫体道者乎！视之无形，听之无声，于人之论者，谓之冥冥，所以论道而非道也。"

于是泰清问乎无穷曰："子知道乎？"无穷曰："吾不知。"又问乎无为，无为曰："吾知道。"曰："子之知道，亦有数乎？"曰："有。"曰："其数若何？"无为曰："吾知道之可以贵、可以贱、可以约、可以散，此吾所以知道之数也。"

泰清以之言也问乎无始曰："若是，则无穷之弗知与无为之知，孰是而孰非乎？"无始曰："不知深矣，知之浅矣；弗知内矣，知之外矣。"于是泰清中而叹曰："弗知乃知乎，知乃不知乎！孰知不知之知？"

无始曰："道不可闻，闻而非也；道不可见，见而非也；道不可言，言而非也！知形形之不形乎！道不当名。"

无始曰："有问道而应之者，不知道也；虽问道者，亦未闻道。

道无问，问无应。无问问之，是问穷也；无应应之，是无内也。以无内待问穷，若是者，外不观乎宇宙，内不知乎大初，是以不过乎昆仑，不游乎太虚。"

光曜问乎无有曰："夫子有乎？其无有乎？"光曜不得问，而孰视其状貌，窅然空然。终日视之而不见，听之而不闻，搏之而不得也。光曜曰："至矣，其孰能至此乎！予能有无矣，而未能无无也。及为无有矣，何从至此哉！"

大马之捶钩者，年八十矣，而不失豪芒。大马曰："子巧与，有道与？"曰："臣有守也。臣之年二十而好捶钩，于物无视也，非钩无察也。是用之者，假不用者也以长得其用，而况乎无不用者乎！物孰不资焉！"

冉求问于仲尼曰："未有天地可知邪？"仲尼曰："可。古犹今也。"冉求失问而退。明日复见，曰："昔者吾问'未有天地可知乎？'夫子曰：'可。古犹今也。'昔日吾昭然，今日吾昧然。敢问何谓也？"仲尼曰："昔之昭然也，神者先受之；今之昧然也，且又为不神者求邪！无古无今，无始无终。未有子孙而有子孙，可乎？"冉求未对。仲尼曰："已矣，未应矣！不以生生死，不以死死生。死生有待邪？皆有所一体。有先天地生者物邪？物物者非物，物出不得先物也，犹其有物也。犹其有物也，无已！圣人之爱人也终无已者，亦乃取于是者也。"

颜渊问乎仲尼曰："回尝闻诸夫子曰：'无有所将，无有所迎。'回敢问其游。"仲尼曰："古之人外化而内不化，今之人内化而外不化。与物化者，一不化者也。安化安不化？安与之相靡？必与之莫多。狶韦氏之囿、黄帝之圃、有虞氏之宫、汤武之室。君子之人，若儒墨者师，故以是非相齑也，而况今之人乎！圣人处物不伤物。不伤物者，物亦不能伤也。唯无所伤者，为能与人相将迎。山林与，皋壤与，使我欣欣然而乐与！乐未毕也，哀又继之。哀乐之来，吾不能御，其去弗能止。悲夫，世人直为物逆旅耳！夫知遇而不知所不遇，能能而不能所不能。无知无能者，固人之所不免也。夫务免乎人之所不免者，岂不亦悲哉！至言去言，至为去为。齐知之所知，则浅矣！"

杂篇

庚桑楚

老聃之役有庚桑楚者，偏得老聃之道，以北居畏垒之山。其臣之画然知者去之，其妾之挈然仁者远之；拥肿之与居，鞅掌之为使。居三年，畏垒大壤。畏垒之民相与言曰："庚桑子之始来，吾洒然异之。今吾日计之而不足，岁计之而有馀。庶几其圣人乎！子胡不相与尸而祝之，社而稷之乎？"

庚桑子闻之，南面而不释然。弟子异之。庚桑子曰："弟子何异于予？夫春气发而百草生，正得秋而万宝成。夫春与秋，岂无得而然哉？天道已行矣。吾闻至人，尸居环堵之室，而百姓猖狂不知所如往。今以畏垒之细民，而窃窃焉欲俎豆予于贤人之间，我其杓之人邪？吾是以不释于老聃之言。"

弟子曰："不然。夫寻常之沟，巨鱼无所还其体，而鲵鳅为之制；步仞之丘陵，巨兽无所隐其躯，而孽狐为之祥。且夫尊贤授能，先善与利，自古尧、舜以然，而况畏垒之民乎！夫子亦听矣！"庚桑子曰："小子来！夫函车之兽，介而离山，则不免于罔罟之患；吞舟之鱼，砀而失水，则蚁能苦之。故鸟兽不厌高，鱼鳖不厌深。夫全其形生之人，藏其身也，不厌深眇而已矣！且夫二子者，又何足以称扬哉！是其于辩也，将妄凿垣墙而殖蓬蒿也；简发而栉，数米而炊，窃窃乎又何足以济世哉！举贤则民相轧，任知则民相盗。之数物者，不足以厚民。民之于利甚勤，子有杀父，臣有杀君；正昼为盗，日中穴阫。吾语女：大乱之本，必生于尧、舜之间，其末存乎千世之后。千世之后，其必有人与人相食者也。"

南荣趎蹴然正坐曰："若趎之年者已长矣，将恶乎托业以及此言邪？"庚桑子曰："全汝形，抱汝生，无使汝思虑营营。若此三年，则可以及此言矣！"南荣趎曰："目之与形，吾不知其异也，而盲者不能自见；耳之与形，吾不知其异也，而聋者不能自闻；心之与形，吾不知其异也，而狂者不能自得。形之与形亦辟矣，而物或间之邪，欲相求而不能相得？今谓趎曰：'全汝形，抱汝生，无使汝思虑营营。'趎勉闻道达耳矣！"庚桑子曰："辞尽矣。曰：奔蜂不能化藿蠋，越鸡不能伏鹄卵，鲁鸡固能矣。鸡之与鸡，其德非不同也，有能与不能者，其才固有巨小也。今吾才小，小足以化子。子胡不南见老子！"

南荣趎赢粮，七日七夜至老子之所。老子曰："子自楚之所来乎？"南荣趎曰："唯。"老子曰："子何与人偕来之众也？"南荣趎惧然顾其后。老子曰："子不知吾所谓乎？"南荣趎俯而惭，仰而叹，曰："今者吾忘吾答，因失吾问。"老子曰：
"何谓也？"南荣趎曰："不知乎人谓我朱愚。知乎？反愁我
躯。不仁则害人，仁则反愁我身；不义则伤彼，义则反愁我己。
我安逃此而可？此三言者，趎之所患也。愿因楚而问之。"老
子曰："向吾见若眉睫之间，吾因以得汝矣。今汝又言而信之。
若规规然若丧父母，揭竿而求诸海也。女亡人哉！惘惘乎，汝
欲反汝情性而无由入，可怜哉！"

南荣趎请入就舍，召其所好，去其所恶。十日自愁，复见
老子。老子曰："汝自洒濯，孰哉郁郁乎！然而其中津津乎犹
有恶也。夫外韄者不可繁而捉，将内揵；内韄者不可缪而捉，
将外揵；外内韄者，道德不能持，而况放道而行者乎！"南荣
趎曰："里人有病，里人问之，病者能言其病，然其病病者犹
未病也。若趎之闻大道，譬犹饮药以加病也。趎愿闻卫生之经
而已矣。"老子曰："卫生之经，能抱一乎？能勿失乎？能无
卜筮而知吉凶乎？能止乎？能已乎？能舍诸人而求诸己乎？能
翛然乎？能侗然乎？能儿子乎？儿子终日嗥而嗌不嗄，和之至
也；终日握而手不掜，共其德也；终日视而目不瞚，偏不在外也。
行不知所之，居不知所为，与物委蛇而同其波。是卫生之经已。"
南荣趎曰："然则是至人之德已乎？"曰："非也。是乃所谓
冰解冻释者，能乎？夫至人者，相与交食乎地而交乐乎天，不
以人物利害相撄，不相与为怪，不相与为谋，不相与为事，翛
然而往，侗然而来。是谓卫生之经已。"曰："然则是至乎？"
曰："未也。吾固告汝曰：'能儿子乎？'儿子动不知所为，
行不知所之，身若槁木之枝而心若死灰。若是者，祸亦不至，

福亦不来。祸福无有，恶有人灾也！"

宇泰定者，发乎天光。发乎天光者，人见其人。人有修者，乃今有恒。有恒者，人舍之，天助之。人之所舍，谓之天民；天之所助，谓之天子。

学者，学其所不能学也；行者，行其所不能行也；辩者，辩其所不能辩也。知止乎其所不能知，至矣；若有不即是者，天钧败之。

备物以将形，藏不虞以生心，敬中以达彼。若是而万恶至者，皆天也，而非人也，不足以滑成，不可内于灵台。灵台者，有持而不知其所持，而不可持者也。

不见其诚己而发，每发而不当；业入而不舍，每更为失。为不善乎显明之中者，人得而诛之；为不善乎幽间之中者，鬼得而诛之。明乎人、明乎鬼者，然后能独行。

券内者，行乎无名；券外者，志乎期费。行乎无名者，唯庸有光；志乎期费者，唯贾人也，人见其跂，犹之魁然。与物穷者，物入焉；与物且者，其身之不能容，焉能容人！不能容人者无亲，无亲者尽人。兵莫憯于志，镆铘为下；寇莫大于阴阳，无所逃于天地之间。非阴阳贼之，心则使之也。

道通其分也，其成也，毁也。所恶乎分者，其分也以备；所以恶乎备者；其有以备。故出而不反，见其鬼；出而得，是谓得死。灭而有实，鬼之一也。以有形者象无形者而定矣！

出无本，入无窍，有实而无乎处，有长而无乎本剽，有所出而无窍者有实。有实而无乎处者，宇也；有长而无本剽者，宙也。有乎生，有乎死；有乎出，有乎入，入出而无见其形，是谓天门。天门者，无有也。万物出乎无有。有不能以有为有，必出乎无有，而无有一无有。圣人藏乎是。

古之人，其知有所至矣。恶乎至？有以为未始有物者，至矣，尽矣，弗可以加矣！其次以为有物矣，将以生为丧也，以死为反也，是以分已。其次曰始无有，既而有生，生俄而死。以无有为首，以生为体，以死为尻；孰知有无死生之一守者，吾与之为友。是三者虽异，公族也。昭景也，著戴也；甲氏也，著封也；非一也。

有生，黬也，披然曰移是。尝言移是，非所言也。虽然，不可知者也。腊者之有膍胲，可散而不可散也；观室者周于寝庙，又适其偃焉。为是举移是。

请常言移是：是以生为本，以知为师，因以乘是非。果有名实，因以己为质，使人以为己节，因以死偿节。若然者，以用为知，以不用为愚；以彻为名，以穷为辱。移是，今之人也，是蜩与学鸠同于同也。

蹍市人之足，则辞以放骜，兄则以妪，大亲则已矣。故曰：至礼有不人，至义不物，至知不谋，至仁无亲，至信辟金。

彻志之勃，解心之谬，去德之累，达道之塞。贵、富、显、严、名、利六者，勃志也；容、动、色、理、气、意六者，缪心也；恶、欲、喜、怒、哀、乐六者，累德也；去、就、取、与、知、能六者，塞道也。此四六者不荡胸中则正，正则静，静则明，明则虚，虚则无为而无不为也。道者，德之钦也；生者，德之光也；性者，生之质也。性之动谓之为，为之伪谓之失。知者，接也；知者，谟也；知者之所不知，犹睨也。动以不得已之谓德，动无非我之谓治，名相反而实相顺也。

羿工乎中微而拙乎使人无己誉，圣人工乎天而拙乎人。夫工乎天而俍乎人者，唯全人能之。唯虫能虫，唯虫能天。全人恶天？恶人之天？而况吾天乎人乎！

一雀适羿，羿必得之，威也；以天下为之笼，则雀无所逃。是故汤以胞人笼伊尹，秦穆公以五羊之皮笼百里奚。是故非以其所好笼之而可得者，无有也。

介者拸画，外非誉也；胥靡登高而不惧，遗死生也。夫复谇不馈而忘人，忘人，因以为天人矣。故敬之而不喜，侮之而不怒者，唯同乎天和者为然。出怒不怒，则怒出于不怒矣；出为无为，则为出于无为矣！欲静则平气，欲神则顺心，有为也。欲当则缘于不得已。不得已之类，圣人之道。

徐无鬼

徐无鬼因女商见魏武侯，武侯劳之曰："先生病矣，苦于山林之劳，故乃肯见于寡人。"

徐无鬼曰："我则劳于君，君有何劳于我！君将盈耆欲，长好恶，则性命之情病矣；君将黜耆欲，挚好恶，则耳目病矣。我将劳君，君有何劳于我！"武侯超然不对。

少焉，徐无鬼曰："尝语君吾相狗也。下之质，执饱而止，是狸德也；中之质，若视日；上之质，若亡其一。吾相狗，又不若吾相马也。吾相马，直者中绳，曲者中钩，方者中矩，圆者中规。是国马也，而未若天下马也。天下马有成材，若恤若失，若丧其一。若是者，超轶绝尘，不知其所。"武侯大悦而笑。

徐无鬼出，女商曰："先生独何以说吾君乎？吾所以说吾君者，横说之则以《诗》《书》《礼》《乐》，从说则以《金板》《六弢》，奉事而大有功者不可为数，而吾君未尝启齿。今先生何以说吾君？使吾君说若此乎？"

徐无鬼曰："吾直告之吾相狗马耳。"女商曰："若是乎？"曰："子不闻夫越之流人乎？去国数日，见其所知而喜；去国旬月，见所尝见于国中者喜；及期年也，见似人者而喜矣。不亦去人滋久，思人滋深乎？夫逃虚空者，藜藋柱乎鼪鼬之径，踉位其空，闻人足音跫然而喜矣，又况乎昆弟亲戚之謦欬其侧者乎！久矣夫，莫以真人之言謦欬吾君之侧乎！"

徐无鬼见武侯，武侯曰："先生居山林，食芋栗，厌葱韭，以宾寡人久矣夫！今老邪，其欲干酒肉之味邪，其寡人亦有社稷之福邪？"

徐无鬼曰："无鬼生于贫贱，未尝敢饮食君之酒肉，将来劳君也。"君曰："何哉，奚劳寡人？"曰："劳君之神与形。"武侯曰："何谓邪？"徐无鬼曰："天地之养也一，登高不可以为长，居下不可以为短。君独为万乘之主，以苦一国之民，以养耳目鼻口，夫神者不自许也。夫神者，好和而恶奸。夫奸，病也，故劳之。唯君所病之，何也？"

武侯曰："欲见先生久矣！吾欲爱民而为义偃兵，其可乎？"徐无鬼曰："不可。爱民，害民之始也；为义偃兵，造兵之本也。君自此为之，则殆不成。凡成美，恶器也。君虽为仁义，几且伪哉！形固造形，成固有伐，变固外战。君亦必无盛鹤列于丽谯之间，无徒骥于锱坛之宫，无藏逆于得，无以巧胜人，无以谋胜人，无以战胜人。夫杀人之士民，兼人之土地，以养吾私与吾神者，其战不知孰善？胜之恶乎在？君若勿已矣！修胸中之诚以应天地之情而勿撄。夫民死已脱矣，君将恶乎用夫偃兵哉！"

黄帝将见大隗乎具茨之山，方明为御，昌㝢骖乘，张若、谙朋前马，昆阍、滑稽后车。至于襄城之野，七圣皆迷，无所问涂。适遇牧马童子，问涂焉，曰："若知具茨之山乎？"曰："然。""若知大隗之所存乎？"曰："然。"黄帝曰："异哉小童！非徒知具茨之山，又知大隗之所存。请问为天下。"小童曰："夫为天下者，亦若此而已矣，又奚事焉！予少而自游于六合之内，予适有瞀病，有长者教予曰：'若乘日之车而游于襄城之野。'今予病少痊，予又且复游于六合之外。夫为天下亦若此而已。予又奚事焉！"黄帝曰："夫为天下者，则诚非吾子之事，虽然，请问为天下。"小童辞。黄帝又问，小童曰："夫为天下者，亦奚以异乎牧马者哉！亦去其害马者而已矣！"黄帝再拜稽首，称天师而退。

知士无思虑之变则不乐，辩士无谈说之序则不乐，察士无淩谇之事则不乐，皆囿于物者也。招世之士兴朝，中民之士荣官，筋国之士矜难，勇敢之士奋患，兵革之士乐战，枯槁之士宿名，法律之士广治，礼教之士敬容，仁义之士贵际。农夫无草莱之事则不比，商贾无市井之事则不比，庶人有旦暮之业则劝，百工有器械之巧则壮。钱财不积则贪者忧，权势不尤则夸者悲，势物之徒乐变，遭时有所用，不能无为也。此皆顺比于岁，不物于易者也。驰其形性，潜之万物，终身不反，悲夫！

庄子曰："射者非前期而中，谓之善射，天下皆羿也，可乎？"惠子曰："可。"庄子曰："天下非有公是也，而各是其所是，天下皆尧也，可乎？"惠子曰："可。"

庄子曰："然则儒墨杨秉四，与夫子为五，果孰是邪？或者若鲁遽者邪？其弟子曰：'我得夫子之道矣，吾能冬爨鼎而夏造冰矣！'鲁遽曰：'是直以阳召阳，以阴召阴，非吾所谓道也。吾示子乎吾道。'于是为之调瑟，废一于堂，废一于室，鼓宫宫动，鼓角角动，音律同矣！夫或改调一弦，于五音无当也；鼓之，二十五弦皆动，未始异于声而音之君已！且若是者邪！"

惠子曰："今乎儒墨杨秉，且方与我以辩，相拂以辞，相镇以声，而未始吾非也，则奚若矣？"

庄子曰："齐人蹢子于宋者，其命阍也不以完；其求钘钟也以束缚；其求唐子也而未始出域，有遗类矣！夫楚人寄而蹢阍者，夜半于无人之时而与舟人斗，未始离于岑而足以造于怨也。"

庄子送葬，过惠子之墓，顾谓从者曰："郢人垩慢其鼻端，若蝇翼，使匠石斫之。匠石运斤成风，听而斫之，尽垩而鼻不伤，郢人立不失容。宋元君闻之，召匠石曰：'尝试为寡人为之。'匠石曰：'臣则尝能斫之。虽然，臣之质死久矣！'自夫子之死也，吾无以为质矣，吾无与言之矣！"

管仲有病，桓公问之曰："仲父之病病矣，可不谓云，至于大病，则寡人恶乎属国而可？"管仲曰："公谁欲与？"公曰："鲍叔牙。"曰："不可。其为人絜廉，善士也。其于不己若者不比之；又一闻人之过，终身不忘。使之治国，上且钩乎君，下且逆乎民。其得罪于君也，将弗久矣！"

公曰："然则孰可？"对曰："勿已，则隰朋可。其为人也，上忘而下畔，愧不若黄帝而哀不己若者。以德分人谓之圣；以财分人谓之贤。以贤临人，未有得人者也；以贤下人，未有不得人者也。其于国有不闻也，其于家有不见也。勿已，则隰朋可。"

吴王浮于江，登乎狙之山，众狙见之，恂然弃而走，逃于深蓁。有一狙焉，委蛇攫搔，见巧乎王。王射之，敏给搏捷矢。王命相者趋射之，狙执死。王顾谓其友颜不疑曰："之狙也，伐其巧，恃其便，以敖予，以至此殛也。戒之哉！嗟乎！无以汝色骄人哉！"颜不疑归，而师董梧，以助锄其色，去乐辞显，三年而国人称之。

南伯子綦隐几而坐，仰天而嘘。颜成子入见曰："夫子，物之尤也。形固可使若槁骸，心固可使若死灰乎？"曰："吾尝居山穴之中矣。当是时也，田禾一睹我，而齐国之众三贺之。我必先之，彼故知之；我必卖之，彼故鬻之。若我而不有之，彼恶得而知之？若我而不卖之，彼恶得而鬻之？嗟乎！我悲人之自丧者，吾又悲夫悲人者，吾又悲夫悲人之悲者，其后而日远矣！"

仲尼之楚，楚王觞之。孙叔敖执爵而立。市南宜僚受酒而祭，曰："古之人乎！于此言已。"曰："丘也闻不言之言矣，未之尝言，于此乎言之。市南宜僚弄丸而两家之难解，孙叔敖甘寝秉羽而郢人投兵。丘愿有喙三尺！"

彼之谓不道之道，此之谓不言之辩。故德总乎道之所一，而言休乎知之所不知，至矣。道之所一者，德不能同也。知之所不能知者，辩不能举也。名若儒、墨而凶矣。故海不辞东流，大之至也。圣人并包天地，泽及天下，而不知其谁氏。是故生无爵，死无谥，实不聚，名不立，此之谓大人。狗不以善吠为良，人不以善言为贤，而况为大乎！夫为大不足以为大，而况为德乎！夫大备矣，莫若天地。然奚求焉，而大备矣！知大备者，无求，无失，无弃，不以物易己也。反己而不穷，循古而不摩，大人之诚！

子綦有八子，陈诸前，召九方歅曰："为我相吾子，孰为祥。"九方歅曰："梱也为祥。"子綦瞿然喜曰："奚若？"曰："梱也，将与国君同食以终其身。"子綦索然出涕曰："吾子何为以至于是极也！"九方歅曰："夫与国君同食，泽及三族，而况父母乎！今夫子闻之而泣，是御福也。子则祥矣，父则不祥。"

子綦曰："歅，汝何足以识之！而梱祥邪，尽于酒肉，入于鼻口矣，而何足以知其所自来？吾未尝为牧而牂生于奥，未尝好田而鹑生于宎，若勿怪，何邪？吾所与吾子游者，游于天地，吾与之邀乐于天，吾与之邀食于地；吾不与之为事，不与之为谋，不与之为怪；吾与之乘天地之诚而不以物与之相撄，吾与之一委蛇而不与之为事所宜。今也然有世俗之偿焉？凡有怪征者，必有怪行。殆乎！非我与吾子之罪，几天与之也！吾是以泣也。"

无几何而使梱之于燕，盗得之于道，全而鬻之则难，不若刖之则易。于是乎刖而鬻之于齐，适当渠公之街，然身食肉而终。

啮缺遇许由，曰："子将奚之？"曰："将逃尧。"曰："奚谓邪？"曰："夫尧，畜畜然仁，吾恐其为天下笑。后世其人与人相食与！夫民不难聚也，爱之则亲，利之则至，誉之则劝，致其所恶则散。爱利出乎仁义，捐仁义者寡，利仁义者众。夫仁义之行，唯且无诚，且假乎禽贪者器。是以一人之断制天下，譬之犹一覕也。夫尧知贤人之利天下也，而不知其贼天下也。夫唯外乎贤者知之矣。"

有暖姝者，有濡需者，有卷娄者。

所谓暖姝者，学一先生之言，则暖暖姝姝而私自说也，自以为足矣，而未知未始有物也，是以谓暖姝者也。

濡需者，豕虱是也，择疏鬣长毛，自以为广宫大囿。奎蹄曲隈，乳间股脚，自以为安室利处，不知屠者之一旦鼓臂布草操烟火，而己与豕俱焦也。此以域进，此以域退，此其所谓濡需者也。

卷娄者，舜也。羊肉不慕蚁，蚁慕羊肉，羊肉膻也。舜有膻行，百姓悦之，故三徙成都，至邓之虚而十有万家。尧闻舜之贤，举之童土之地，曰冀得其来之泽。舜举乎童土之地，年齿长矣，聪明衰矣，而不得休归，所谓卷娄者也。

是以神人恶众至，众至则不比，不比则不利也。故无所甚亲，无所甚疏，抱德炀和以顺天下，此谓真人。于蚁弃知，于鱼得计，于羊弃意。以目视目，以耳听耳，以心复心。若然者，其平也绳，其变也循。古之真人，以天待之，不以人入天。古之真人，得之也生，失之也死；得之也死，失之也生。

药也。其实堇也，桔梗也，鸡壅也，豕零也，是时为帝者也，何可胜言！

句践也以甲楯三千栖于会稽，唯种也能知亡之所以存，唯种也不知其身之所以愁。故曰：鸱目有所适，鹤胫有所节，解之也悲。

故曰：风之过河也有损焉，日之过河也有损焉。请只风与日相与守河，而河以为未始其撄也，恃源而往者也。故水之守土也审，影之守人也审，物之守物也审。

故目之于明也殆，耳之于聪也殆，心之于殉也殆，凡能其于府也殆，殆之成也不给改。祸之长也兹萃，其反也缘功，其果也待久。而人以为己宝，不亦悲乎！故有亡国戮民无已，不知问是也。

故足之于地也践，虽践，恃其所不蹍，而后善博也；人之于知也少，虽少，恃其所不知，而后知天之所谓也。知大一，知大阴，知大目，知大均，知大方，知大信，知大定，至矣！大一通之，大阴解之，大目视之，大均缘之，大方体之，大信稽之，大定持之。

尽有天，循有照，冥有枢，始有彼。则其解之也似不解之者，其知之也似不知之也，不知而后知之。其问之也，不可以有崖，而不可以无崖。颉滑有实，古今不代，而不可以亏，则可不谓有大扬榷乎！阖不亦问是已，奚惑然为！以不惑解惑，复于不惑，是尚大不惑。

则阳

则阳游于楚，夷节言之于王，王未之见。夷节归。彭阳见王果曰："夫子何不谭我于王？"王果曰："我不若公阅休。"彭阳曰："公阅休奚为者邪？"曰："冬则擉鳖于江，夏则休乎山樊。有过而问者，曰：'此予宅也。'夫夷节已不能，而况我乎！吾又不若夷节。夫夷节之为人也，无德而有知，不自许，以之神其交，固颠冥乎富贵之地。非相助以德，相助消也。夫冻者假衣于春，暍者反冬乎冷风。夫楚王之为人也，形尊而严；其于罪也，无赦如虎；非夫佞人正德，其孰能桡焉。故圣人，其穷也使家人忘其贫，其达也使王公忘爵禄而化卑；其于物也与之为娱矣，其于人也乐物之通而保己焉。故或不言而饮人以和，与人并立而使人化父子之宜。彼其乎归居，而一闲其所施。其于人心者，若是其远也。故曰待公阅休。"

圣人达绸缪，周尽一体矣，而不知其然，性也。复命摇作，而以天为师，人则从而命之也。忧乎知，而所行恒无几时，其有止也若之何！

生而美者，人与之鉴，不告则不知其美于人也。若知之，若不知之，若闻之，若不闻之，其可喜也终无已，人之好之亦无已，性也。圣人之爱人也，人与之名，不告则不知其爱人也。若知之，若不知之，若闻之，若不闻之，其爱人也终无已，人之安之亦无已，性也。

旧国旧都，望之畅然。虽使丘陵草木之缗，入之者十九，犹之畅然，况见见闻闻者也，以十仞之台县众闲者也。

冉相氏得其环中以随成，与物无终无始，无几无时。日与物化者，一不化者也，阖尝舍之！夫师天而不得师天，与物皆殉，其以为事也若之何？夫圣人未始有天，未始有人，未始有始，未始有物，与世偕行而不替，所行之备而不洫，其合之也若之何？汤得其司御门尹登恒为之傅之。从师而不囿，得其随成。为之司其名，之名嬴法，得其两见。仲尼之尽虑，为之傅之。

容成氏曰："除日无岁，无内无外。"

魏莹与田侯牟约，田侯牟背之，魏莹怒，将使人刺之。

犀首闻而耻之，曰："君为万乘之君也，而以匹夫从仇。衍请受甲二十万，为君攻之，虏其人民，系其牛马，使其君内热发于背，然后拔其国。忌也出走，然后抶其背，折其脊。"

季子闻而耻之曰："筑十仞之城，城者既十仞矣，则又坏之，此胥靡之所苦也。今兵不起七年矣，此王之基也。衍，乱人，不可听也。"

华子闻而丑之曰："善言伐齐者，乱人也；善言勿伐者，亦乱人也；谓伐之与不伐乱人也者，又乱人也。"君曰："然则若何？"曰："君求其道而已矣。"

惠子闻之而见戴晋人。戴晋人曰："有所谓蜗者，君知之乎？"曰："然。""有国于蜗之左角者曰触氏，有国于蜗之右角者曰蛮氏。时相与争地而战，伏尸数万，逐北旬有五日而后反。"

君曰："噫！其虚言与？"曰："臣请为君实之。君以意在四方上下有穷乎？"君曰："无穷。"曰："知游心于无穷，而反在通达之国，若存若亡乎？"君曰："然。"曰："通达之中有魏，于魏中有梁，于梁中有王，王与蛮氏有辩乎？"君曰："无辩。"客出而君惝然若有亡也。

惠子见，君曰："客，大人也，圣人不足以当之。"惠子曰："夫吹管也，犹有嗃也；吹剑首者，吷而已矣。尧、舜，人之所誉也。道尧、舜于戴晋人之前，譬犹一吷也。"

孔子之楚，舍于蚁丘之浆。其邻有夫妻臣妾登极者，子路曰：

"是稷稷何为者邪？"仲尼曰："是圣人仆也。是自埋于民，自藏于畔。其声销，其志无穷，其口虽言，其心未尝言，方且与世违，而心不屑与之俱。是陆沉者也，是其市南宜僚邪？"

子路请往召之。孔子曰："已矣！彼知丘之著于己也，知丘之适楚也，以丘为必使楚王之召己也。彼且以丘为佞人也。夫若然者，其于佞人也，羞闻其言，而况亲见其身乎！而何以为存！"子路往视之，其室虚矣。

长梧封人问子牢曰："君为政焉勿卤莽，治民焉勿灭裂。昔予为禾，耕而卤莽之，则其实亦卤莽而报予；芸而灭裂之，其实亦灭裂而报予。予来年变齐，深其耕而熟耰之，其禾繁以滋，予终年厌飧。"

庄子闻之曰："今人之治其形，理其心，多有似封人之所谓，遁其天，离其性，灭其情，亡其神，以众为。故卤莽其性者，欲恶之孽，为性萑苇；蒹葭始萌，以扶吾形，寻擢吾性；并溃漏发，不择所出，漂疽疥痈，内热溲膏是也。"

柏矩学于老聃，曰："请之天下游。"老聃曰："已矣！天下犹是也。"又请之，老聃曰："汝将何始？"曰："始于齐。"

至齐，见辜人焉，推而强之，解朝服而幕之，号天而哭之曰："子乎子乎！天下有大灾，子独先离之！"曰："莫为盗，莫为杀人？荣辱立然后睹所病，货财聚然后睹所争。今立人之所病，聚人之所争，穷困人之身使无休时，欲无至此，得乎！古之君人者，以得为在民，以失为在己；以正为在民，以枉为在己；故一形有失其形者，退而自责。今则不然，匿为物而愚不识，大为难而罪不敢，重为任而罚不胜，远其涂而诛不至。民知力竭，则以伪继之。日出多伪，士民安取不伪！夫力不足则伪，知不足则欺，财不足则盗。盗窃之行，于谁责而可乎？"

蘧伯玉行年六十而六十化，未尝不始于是之而卒诎之以非也，未知今之所谓是之非五十九非也。万物有乎生而莫见其根，有乎出而莫见其门。人皆尊其知之所知，而莫知恃其知之所不知而后知，可不谓大疑乎！已乎已乎！且无所逃。此所谓然与然乎！

仲尼问于大史大弢、伯常骞、狶韦曰："夫卫灵公饮酒湛乐，不听国家之政；田猎毕弋，不应诸侯之际：其所以为灵公者何邪？"

大弢曰："是因是也。"伯常骞曰："夫灵公有妻三人，同滥而浴。史鳅奉御而进所，搏币而扶翼。其慢若彼之甚也，见贤人若此其肃也，是其所以为灵公也。"狶韦曰："夫灵公也死，卜葬于故墓不吉，卜葬于沙丘而吉。掘之数仞，得石椁焉，洗而视之，有铭焉，曰：'不冯其子，灵公夺而里之。'夫灵公之为灵也久矣，之二人何足以识之！"

少知问于大公调曰："何谓丘里之言？"大公调曰："丘里者，合十姓百名而为风俗也，合异以为同，散同以为异。今指马之百体而不得马，而马系于前者，立其百体而谓之马也。是故丘山积卑而为高，江河合水而为大，大人合并而为公。是以自外入者，有主而不执；由中出者，有正而不距。四时殊气，天不赐，故岁成；五官殊职，君不私，故国治；文武，大人不赐，故德备；万物殊理，道不私，故无名。无名故无为，无为而无不为。时有终始，世有变化，祸福淳淳，至有所拂者而有所宜；自殉殊面，有所正者有所差。比于太泽，百材皆度；观于大山，木石同坛。此之谓丘里之言。"

少知曰："然则谓之道，足乎？"大公调曰："不然。今计物之数，不止于万，而期曰万物者，以数之多者号而读之也。是故天地者，形之大者也；阴阳者，气之大者也；道者为之公。因其大以号而读之，则可也，已有之矣，乃将得比哉？则若以斯辩，譬犹狗马，其不及远矣。"

少知曰："四方之内，六合之里，万物之所生恶起？"大公调曰："阴阳相照，相盖相治，四时相代，相生相杀。欲恶去就，于是桥起。雌雄片合，于是庸有。安危相易，祸福相生，缓急相摩，聚散以成。此名实之可纪，精微之可志也。随序之相理，桥运之相使，穷则反，终则始，此物之所有。言之所尽，知之所至，极物而已。睹道之人，不随其所废，不原其所起，此议之所止。"

少知曰："季真之莫为，接子之或使，二家之议，孰正于其情，孰偏于其理？"大公调曰："鸡鸣狗吠，是人之所知。虽有大知，不能以言读其所自化，又不能以意其所将为。斯而析之，精至于无伦，大至于不可围，或之使，莫之为，未免于物而终以为过。或使则实，莫为则虚。有名有实，是物之居；无名无实，在物之虚。可言可意，言而愈疏。未生不可忌，已死不可徂。死生非远也，理不可睹。或之使，莫之为，疑之所假。吾观之本，其往无穷；吾求之末，其来无止。无穷无止，言之无也，与物同理。或使莫为，言之本也，与物终始。道不可有，有不可无。道之为名，所假而行。或使莫为，在物一曲，夫胡为于大方？

言而足，则终日言而尽道；言而不足，则终日言而尽物。道物之极，言默不足以载；非言非默，议有所极。"

外物

外物不可必，故龙逢诛，比干戮，箕子狂，恶来死，桀、纣亡。人主莫不欲其臣之忠，而忠未必信，故伍员流于江，苌宏死于蜀，藏其血三年而化为碧。人亲莫不欲其子之孝，而孝未必爱，故孝己忧而曾参悲。木与木相摩则然，金与火相守则流。阴阳错行，则天地大绞，于是乎有雷有霆，水中有火，乃焚大槐。有甚忧两陷而无所逃。螴蜳不得成，心若县于天地之间，慰暋沉屯，利害相摩，生火甚多，众人焚和，月固不胜火，于是乎有偾然而道尽。

庄周家贫，故往贷粟于监河侯。监河侯曰："诺。我将得邑金，将贷子三百金，可乎？"

庄周忿然作色曰："周昨来，有中道而呼者，周顾视车辙中，有鲋鱼焉。周问之曰：'鲋鱼来，子何为者耶？'对曰：'我，东海之波臣也。君岂有斗升之水而活我哉！'周曰：'诺，我且南游吴越之王，激西江之水而迎子，可乎？'鲋鱼忿然作色曰：'吾失我常与，我无所处。吾得斗升之水然活耳。君乃言此，曾不如早索我于枯鱼之肆。'"

任公子为大钩巨缁，五十犗以为饵，蹲乎会稽，投竿东海，旦旦而钓，期年不得鱼。已而大鱼食之，牵巨钩，锠没而下，骛扬而奋鬐，白波若山，海水震荡，声侔鬼神，惮赫千里。任公子得若鱼，离而腊之，自制河以东，苍梧已北，莫不厌若鱼者。

已而后世轻才讽说之徒，皆惊而相告也。夫揭竿累，趣灌渎，守鲵鲋，其于得大鱼难矣。饰小说以干县令，其于大达亦远矣。是以未尝闻任氏之风俗，其不可与经于世亦远矣！

儒以《诗》《礼》发冢，大儒胪传曰："东方作矣，事之何若？"小儒曰："未解裙襦，口中有珠。""《诗》固有之曰：'青青之麦，生于陵陂。生不布施，死何含珠为！'接其鬓，压其顪，儒以金椎控其颐，徐别其颊，无伤口中珠。"

老莱子之弟子出薪，遇仲尼，反以告，曰："有人于彼，修上而趋下，末偻而后耳，视若营四海，不知其谁氏之子。"老莱子曰："是丘也，召而来。"

仲尼至。曰："丘，去汝躬矜与汝容知，斯为君子矣。"仲尼揖而退，蹙然改容而问曰："业可得进乎？"老莱子曰："夫不忍一世之伤而骜万世之患，抑固窭邪，亡其略弗及邪？惠以欢为骜，终身之丑，中民之行易进焉耳。相引以名，相结以隐。与其誉尧而非桀，不如两忘而闭其所誉。反无非伤也，动无非邪也。圣人踌躇以兴事，以每成功。奈何哉，其载焉终矜尔！"

宋元君夜半而梦人被发窥阿门，曰："予自宰路之渊，予为清江使河伯之所，渔者余且得予。"元君觉，使人占之，曰："此神龟也。"君曰："渔者有余且乎？"左右曰："有。"君曰："令余且会朝。"明日，余且朝。君曰："渔何得？"对曰："且之网得白龟焉，其圆五尺。"君曰："献若之龟。"龟至，君再欲杀之，再欲活之。心疑，卜之，曰："杀龟以卜，吉。"乃刳龟，七十二钻而无遗策。仲尼曰："神龟能见梦于元君，而不能避余且之网；知能七十二钻而无遗策，不能避刳肠之患。

如是，则知有所困，神有所不及也。虽有至知，万人谋之。鱼不畏网而畏鹈鹕。去小知而大知明，去善而自善矣。婴儿生无石师而能言，与能言者处也。"

惠子谓庄子曰："子言无用。"庄子曰："知无用而始可与言用矣。天地非不广且大也，人之所用容足耳。然则厕足而垫之，致黄泉，人尚有用乎？"惠子曰："无用。"庄子曰："然则无用之为用也亦明矣。"

庄子曰："人有能游，且得不游乎？人而不能游，且得游乎？夫流遁之志，决绝之行，噫，其非至知厚德之任与！覆坠而不反，火驰而不顾。虽相与为君臣，时也，易世而无以相贱。故曰至人不留行焉。夫尊古而卑今，学者之流也。且以狶韦氏之流观今之世，夫孰能不波？唯至人乃能游于世而不僻，顺人而不失己。彼教不学，承意不彼。目彻为明，耳彻为聪，鼻彻为颤，口彻为甘，心彻为知，知彻为德。凡道不欲壅，壅则哽，哽而不止则跈，跈则众害生。物之有知者恃息。其不殷，非天之罪。天之穿之，日夜无降，人则顾塞其窦。胞有重阆，心有天游。室无空虚，则妇姑勃豀；心无天游，则六凿相攘。大林丘山之善于人也，亦神者不胜。德溢乎名，名溢乎暴；谋稽乎誸，知出乎争；柴生乎守官，事果乎众宜。春雨日时，草木怒生，铫镈于是乎始修，草木之到植者过半而不知其然。静然可以补病，眦搣可以休老，宁可以止遽。虽然，若是劳者之务也，佚者之所未尝过而问焉；圣人之所以骇天下，神人未尝过而问焉；贤人所以骇世，圣人未尝过而问焉；君子所以骇国，贤人未尝过而问焉；小人所以合时，君子未尝过而问焉。演门有亲死者，以善毁爵为官师，其党人毁而死者半。尧与许由天下，许由逃之；汤与务光，务光怒之；纪他闻之，帅弟子而踆于窾水，诸侯吊之；三年，申徒狄因以踣河。荃者所以在鱼，得鱼而忘荃；蹄者所以在兔，得兔而忘蹄；言者所以在意，得意而忘言。吾安得夫忘言之人而与之言哉！"

寓言

寓言十九，重言十七，卮言日出，和以天倪。

寓言十九，藉外论之。亲父不为其子媒。亲父誉之，不若非其父者也。非吾罪也，人之罪也。与己同则应，不与己同则反。同于己为是之，异于己为非之。

重言十七，所以己言也。是为耆艾。年先矣，而无经纬本末以期年者，是非先也。人而无以先人，无人道也。人而无人道，是之谓陈人。

卮言日出，和以天倪，因以曼衍，所以穷年。不言则齐，齐与言不齐，言与齐不齐也。故曰无言。言无言，终身言，未尝言；终身不言，未尝不言。有自也而可，有自也而不可；有自也而然，有自也而不然。恶乎然？然于然。恶乎不然？不然于不然。恶乎可？可于可。恶乎不可？不可于不可。物固有所然，物固有所可。无物不然，无物不可。非卮言日出，和以天倪，孰得其久！万物皆种也，以不同形相禅，始卒若环，莫得其伦，是谓天均。天均者，天倪也。

庄子谓惠子曰："孔子行年六十而六十化。始时所是，卒而非之。未知今之所谓是之非五十九非也。"惠子曰："孔子勤志服知也？”庄子曰："孔子谢之矣，而其未之尝言也。孔子云：'夫受才乎大本，复灵以生。鸣而当律，言而当法。利义陈乎前，而好恶是非直服人之口而已矣。使人乃以心服而不敢蘁立，定天下之定。'已乎已乎！吾且不得及彼乎！"

曾子再仕而心再化，曰："吾及亲仕，三釜而心乐；后仕，三千钟而不洎，吾心悲。"弟子问于仲尼曰："若参者，可谓无所县其罪乎？"曰："既已县矣！夫无所县者，可以有哀乎？彼视三釜、三千钟，如观雀蚊虻相过乎前也。"

颜成子游谓东郭子綦曰："自吾闻子之言，一年而野，二年而从，三年而通，四年而物，五年而来，六年而鬼入，七年而天成，八年而不知死、不知生，九年而大妙。生有为，死也。劝公以其，死也有自也，而生阳也，无自也。而果然乎？恶乎其所适？恶乎其所不适？天有历数，地有人据，吾恶乎求之？莫知其所终，若之何其无命也？莫知其所始，若之何其有命也？有以相应也，若之何其无鬼邪？无以相应也，若之何其有鬼邪？"

众罔两问于景曰："若向也俯而今也仰，向也括撮而今也被发；向也坐而今也起；向也行而今也止，何也？"景曰："搜搜也，奚稍问也！予有而不知其所以。予，蜩甲也？蛇蜕也？似之而非也。火与日，吾屯也；阴与夜，吾代也。彼吾所以有待邪？而况乎以无有待者乎！彼来则我与之来，彼往则我与之往，彼强阳则我与之强阳。强阳者，又何以有问乎！"

阳子居南之沛，老聃西游于秦。邀于郊，至于梁而遇老子。老子中道仰天而叹曰："始以汝为可教，今不可也。"阳子居不答。

至舍，进盥漱巾栉，脱屦户外，膝行而前，曰："向者弟子欲请夫子，夫子行不闲，是以不敢。今闲矣，请问其故。"老子曰："而睢睢盱盱，而谁与居！大白若辱，盛德若不足。"阳子居蹴然变容曰："敬闻命矣！"其往也，舍者迎将，其家公执席，妻执巾栉，舍者避席，炀者避灶。其反也，舍者与之争席矣！

让王

尧以天下让许由，许由不受。又让于子州支父，子州之父曰："以我为天子，犹之可也。虽然，我适有幽忧之病，方且治之，未暇治天下也。"夫天下至重也，而不以害其生，又况他物乎！唯无以天下为者可以托天下也。

舜让天下于子州支伯，子州支伯曰："予适有幽忧之病，方且治之，未暇治天下也。"故天下大器也，而不以易生。此有道者之所以异乎俗者也。

舜以天下让善卷，善卷曰："余立于宇宙之中，冬日衣皮毛，夏日衣葛絺。春耕种，形足以劳动；秋收敛，身足以休食。日出而作，日入而息，逍遥于天地之间而心意自得。吾何以天下为哉！悲夫，子之不知余也。"遂不受。于是去而入深山，莫知其处。

舜以天下让其友石户之农。石户之农曰："卷卷乎后之为人，葆力之士也。"以舜之德为未至也。于是夫负妻戴，携子以入于海，终身不反也。

大王亶父居邠，狄人攻之。事之以皮帛而不受，事之以犬马而不受，事之以珠玉而不受。狄人之所求者土地也。大王亶父曰："与人之兄居而杀其弟，与人之父居而杀其子，吾不忍也。子皆勉居矣！为吾臣与为狄人臣，奚以异。且吾闻之，不以所用养害所养。"因杖策而去之。民相连而从之。遂成国于岐山之下。夫大王亶父可谓能尊生矣。能尊生者，虽贵富不以养伤身，虽贫贱不以利累形。今世之人居高官尊爵者，皆重失之，见利轻亡其身，岂不惑哉！

越人三世弑其君，王子搜患之，逃乎丹穴，而越国无君。求王子搜不得，从之丹穴。王子搜不肯出，越人薰之以艾。乘以王舆。王子搜援绥登车，仰天而呼曰："君乎，君乎，独不可以舍我乎！"王子搜非恶为君也，恶为君之患也。若王子搜者，可谓不以国伤生矣！此固越人之所欲得为君也。

韩魏相与争侵地，子华子见昭僖侯，昭僖侯有忧色。子华子曰："今使天下书铭于君之前，书之言曰：'左手攫之则右手废，右手攫之则左手废。然而攫之者必有天下。'君能攫之乎？"昭僖侯曰："寡人不攫也。"子华子曰："甚善！自是观之，两臂重于天下也。身亦重于两臂。韩之轻于天下亦远矣！今之所争者，其轻于韩又远。君固愁身伤生以忧戚不得也。"僖侯曰："善哉！教寡人者众矣，未尝得闻此言也。"子华子可谓知轻重矣！

鲁君闻颜阖得道之人也，使人以币先焉。颜阖守陋闾，苴布之衣而自饭牛。鲁君之使者至，颜阖自对之。使者曰："此颜阖之家与？"颜阖对曰："此阖之家也。"使者致币。颜阖对曰："恐听谬而遗使者罪，不若审之。"使者还，反审之，复来求之，则不得已。故若颜阖者，真恶富贵也。

　　故曰：道之真以治身，其绪馀以为国家，其土苴以治天下。由此观之，帝王之功，圣人之馀事也，非所以完身养生也。今世俗之君子，多危身弃生以殉物，岂不悲哉！凡圣人之动作也，必察其所以之与其所以为。今且有人于此，以随侯之珠，弹千仞之雀，世必笑之。是何也？则其所用者重而所要者轻也。夫生者，岂特随侯之重哉！

　　子列子穷，容貌有饥色。客有言之于郑子阳者曰："列御寇，盖有道之士也，居君之国而穷，君无乃为不好士乎？"郑子阳即令官遗之粟。子列子见使者，再拜而辞。

　　使者去，子列子入，其妻望之而拊心曰："妾闻为有道者之妻子，皆得佚乐。今有饥色，君过而遗先生食，先生不受，岂不命邪？"子列子笑谓之曰："君非自知我也，以人之言而遗我粟；至其罪我也，又且以人之言，此吾所以不受也。"其卒，民果作难而杀子阳。

　　楚昭王失国，屠羊说走而从于昭王。昭王反国，将赏从者，及屠羊说。屠羊说曰："大王失国，说失屠羊。大王反国，说亦反屠羊。臣之爵禄已复矣，又何赏之有。"王曰："强之。"屠羊说曰："大王失国，非臣之罪，故不敢伏其诛；大王反国，非臣之功，故不敢当其赏。"王曰："见之。"屠羊说曰："楚国之法，必有重赏大功而后得见。今臣之知不足以存国，而勇不足以死寇。吴军入郢，说畏难而避寇，非故随大王也。今大王欲废法毁约而见说，此非臣之所以闻于天下也。"王谓司马子綦曰："屠羊说居处卑贱而陈义甚高，子綦为我延之以三旌之位。"屠羊说曰："夫三旌之位，吾知其贵于屠羊之肆也；

万钟之禄，吾知其富于屠羊之利也。然岂可以贪爵禄而使吾君有妄施之名乎？说不敢当，愿复反吾屠羊之肆。"遂不受也。

原宪居鲁，环堵之室，茨以生草；蓬户不完，桑以为枢；而瓮牖二室，褐以为塞；上漏下湿，匡坐而弦。子贡乘大马，中绀而表素，轩车不容巷，往见原宪。原宪华冠纵履，杖藜而应门。子贡曰："嘻！先生何病？"原宪应之曰："宪闻之，无财谓之贫，学而不能行谓之病。今宪贫也，非病也。"子贡逡巡而有愧色。原宪笑曰："夫希世而行，比周而友，学以为人，教以为己，仁义之慝，舆马之饰，宪不忍为也。"

曾子居卫，缊袍无表，颜色肿哙，手足胼胝，三日不举火，十年不制衣。正冠而缨绝，捉襟而肘见，纳屦而踵决。曳纵而歌《商颂》，声满天地，若出金石。天子不得臣，诸侯不得友。故养志者忘形，养形者忘利，致道者忘心矣。

孔子谓颜回曰："回，来！家贫居卑，胡不仕乎？"颜回对曰："不愿仕。回有郭外之田五十亩，足以给馆粥；郭内之田十亩，足以为丝麻；鼓琴足以自娱，所学夫子之道者足以自乐也。回不愿仕。"孔子愀然变容，曰："善哉，回之意！丘闻之：'知足者不以利自累也，审自得者失之而不惧，行修于内者无位而不怍。'丘诵之久矣，今于回而后见之，是丘之得也。"

中山公子牟谓瞻子曰："身在江海之上，心居乎魏阙之下，奈何？"瞻子曰："重生。重生则利轻。"中山公子牟曰："虽知之，未能自胜也。"瞻子曰："不能自胜则从，神无恶乎！不能自胜而强不从者，此之谓重伤。重伤之人，无寿类矣！"魏牟，万乘之公子也，其隐岩穴也，难为于布衣之士，虽未至乎道，可谓有其意矣！

孔子穷于陈蔡之间，七日不火食，藜羹不糁，颜色甚惫，而弦歌于室。颜回择菜，子路、子贡相与言曰："夫子再逐于鲁，削迹于卫，伐树于宋，穷于商周，围于陈蔡。杀夫子者无罪，藉夫子者无禁。弦歌鼓琴，未尝绝音，君子之无耻也若此乎！"颜回无以应，入告孔子。孔子推琴喟然而叹曰："由与赐，细人也。召而来，吾语之。"子路、子贡入。子路曰："如此者，可谓穷矣！"孔子曰："是何言也！君子通于道之谓通，穷于道之谓穷。今丘抱仁义之道以遭乱世之患，其何穷之为！故内省而不穷于道，临难而不失其德。天寒既至，霜雪既降，吾是以知松柏之茂也。陈蔡之隘，于丘其幸乎。"孔子削然反琴而弦歌，子路扢然执干而舞。子贡曰："吾不知天之高也，地之下也。"古之得道者，穷亦乐，通亦乐，所乐非穷通也。道德于此，则穷通为寒暑风雨之序矣。故许由娱于颖阳，而共伯得乎丘首。

舜以天下让其友北人无择，北人无择曰："异哉后之为人也，居于畎亩之中而游尧之门。不若是而已，又欲以其辱行漫我。吾羞见之。"因自投清泠之渊。

汤将伐桀，因卞随而谋，卞随曰："非吾事也。"汤曰："孰可？"曰："吾不知也。"汤又因瞀光而谋，瞀光曰："非吾事也。"汤曰："孰可？"曰："吾不知也。"汤曰："伊尹何如？"曰："强力忍垢，吾不知其他也。"汤遂与伊尹谋伐桀，剋之。以让卞随，卞随辞曰："后之伐桀也谋乎我，必以我为贼也；胜桀而让我，必以我为贪也。吾生乎乱世，而无道之人再来漫我以其辱行，吾不忍数闻也！"乃自投稠水而死。

汤又让瞀光，曰："知者谋之，武者遂之，仁者居之，古之道也。吾子胡不立乎？"瞀光辞曰："废上，非义也；杀民，非仁也；人犯其难，我享其利，非廉也。吾闻之曰：'非其义者，不受其禄；无道之世，不践其土。'况尊我乎！吾不忍久见也。"乃负石而自沉于庐水。

昔周之兴，有士二人处于孤竹，曰伯夷、叔齐。二人相谓曰："吾闻西方有人，似有道者，试往观焉。"至于岐阳，武王闻之，使叔旦往见之。与盟曰："加富二等，就官一列。"血牲而埋之。

二人相视而笑，曰："嘻，异哉！此非吾所谓道也。昔者神农之有天下也，时祀尽敬而不祈喜；其于人也，忠信尽治而无求焉。乐与政为政，乐与治为治，不以人之坏自成也，不以人之卑自高也，不以遭时自利也。今周见殷之乱而遽为政，上谋而下行货，阻兵而保威，割牲而盟以为信，扬行以说众，杀伐以要利。是推乱以易暴也。吾闻古之士，遭治世不避其任，遇乱世不为苟存。今天下暗，周德衰，其并乎周以涂吾身也，不如避之以絜吾行。"二子北至于首阳之山，遂饿而死焉。若伯夷、叔齐者，其于富贵也，苟可得已，则必不赖。高节戾行，独乐其志，不事于世，此二士之节也。

盗跖

孔子与柳下季为友，柳下季之弟名曰盗跖。盗跖从卒九千人，横行天下，侵暴诸侯。穴室枢户，驱人牛马，取人妇女。贪得忘亲，不顾父母兄弟，不祭先祖。所过之邑，大国守城，小国入保，万民苦之。

孔子谓柳下季曰："夫为人父者，必能诏其子；为人兄者，必能教其弟。若父不能诏其子，兄不能教其弟，则无贵父子兄弟之亲矣。今先生，世之才士也，弟为盗跖，为天下害，而弗能教也，丘窃为先生羞之。丘请为先生往说之。"

柳下季曰："先生言为人父者必能诏其子，为人兄者必能教其弟，若子不听父之诏，弟不受兄之教，虽今先生之辩，将奈之何哉？且跖之为人也，心如涌泉，意如飘风，强足以距敌，辩足以饰非。顺其心则喜，逆其心则怒，易辱人以言。先生必无往。"

孔子不听，颜回为驭，子贡为右，往见盗跖。盗跖乃方休卒徒大山之阳，脍人肝而餔之。孔子下车而前，见谒者曰："鲁人孔丘，闻将军高义，敬再拜谒者。"

谒者入通。盗跖闻之大怒，目如明星，发上指冠，曰："此夫鲁国之巧伪人孔丘非邪？为我告之：'尔作言造语，妄称文武，冠枝木之冠，带死牛之胁，多辞缪说，不耕而食，不织而衣，摇唇鼓舌，擅生是非，以迷天下之主，使天下学士不反其本，妄作孝弟，而侥幸于封侯富贵者也。子之罪大极重，疾走归！不然，我将以子肝益昼餔之膳。'"

孔子复通曰："丘得幸于季，愿望履幕下。"谒者复通。盗跖曰：使来前！"孔子趋而进，避席反走，再拜盗跖。盗跖大怒，两展其足，案剑瞋目，声如乳虎，曰："丘来前！若所言，顺吾意则生，逆吾心则死。"

孔子曰："丘闻之，凡天下有三德：生而长大，美好无双，少长贵贱见而皆说之，此上德也；知维天地，能辩诸物，此中德也；勇悍果敢，聚众率兵，此下德也。凡人有此一德者，足以南面称孤矣。今将军兼此三者，身长八尺二寸，面目有光，唇如激丹，齿如齐贝，音中黄钟，而名曰盗跖，丘窃为将军耻不取焉。将军有意听臣，臣请南使吴越，北使齐鲁，东使宋卫，西使晋楚，使为将军造大城数百里，立数十万户之邑，尊将军为诸侯，与天下更始，罢兵休卒，收养昆弟，共祭先祖。此圣人才士之行，而天下之愿也。"

盗跖大怒曰："丘来前！夫可规以利而可谏以言者，皆愚陋恒民之谓耳。今长大美好，人见而悦之者，此吾父母之遗德也，丘虽不吾誉，吾独不自知邪？且吾闻之，好面誉人者，亦好背而毁之。今丘告我以大城众民，是欲规我以利而恒民畜我也，安可久长也！城之大者，莫大乎天下矣。尧、舜有天下，子孙无置锥之地；汤、武立为天子，而后世绝灭。非以其利大故邪？且吾闻之，古者禽兽多而人少，于是民皆巢居以避之。昼拾橡栗，暮栖木上，故命之曰有巢氏之民。古者民不知衣服，夏多积薪，冬则炀之，故命之曰知生之民。神农之世，卧则居居，起则于于，民知其母，不知其父，与麋鹿共处，耕而食，织而衣，无有相害之心，此至德之隆也。然而黄帝不能致德，与蚩尤战于涿鹿之野，流血百里。尧、舜作，立群臣，汤放其主，武王杀纣。自是之后，以强陵弱，以众暴寡。汤、武以来，皆乱人之徒也。今子修文、武之道，掌天下之辩，以教后世，缝衣浅带，矫言伪行，以迷惑天下之主，而欲求富贵焉。盗莫大于子，天下何故不谓子为盗丘，而乃谓我为盗跖？子以甘辞说子路而使从之。

使子路去其危冠，解其长剑，而受教于子。天下皆曰孔丘能止暴禁非。其卒之也，子路欲杀卫君而事不成，身菹于卫东门之上，是子教之不至也。子自谓才士圣人邪？则再逐于鲁，削迹于卫，穷于齐，围于陈蔡，不容身于天下。子教子路菹此患，上无以为身，下无以为人，子之道岂足贵邪？世之所高，莫若黄帝，黄帝尚不能全德，而战涿鹿之野，流血百里。尧不慈，舜不孝，禹偏枯，汤放其主，武王伐纣，文王拘羑里。此六子者，世之所高也。孰论之，皆以利惑其真而强反其情性，其行乃甚可羞也。世之所谓贤士，伯夷、叔齐。伯夷、叔齐辞孤竹之君，而饿死于首阳之山，骨肉不葬。鲍焦饰行非世，抱木而死。申徒狄谏而不听，负石自投于河，为鱼鳖所食。介子推至忠也，自割其股以食文公。文公后背之，子推怒而去，抱木而燔死。尾生与女子期于梁下，女子不来，水至不去，抱梁柱而死。此六子者，无异于磔犬流豕、操瓢而乞者，皆离名轻死，不念本养寿命者也。世之所谓忠臣者，莫若王子比干、伍子胥。子胥沉江，比干剖心。此二子者，世谓忠臣也，然卒为天下笑。自上观之，至于子胥、比干，皆不足贵也。丘之所以说我者，若告我以鬼事，则我不能知也；若告我以人事者，不过此矣，皆吾所闻知也。今吾告子以人之情：目欲视色，耳欲听声，口欲察味，志气欲盈。人上寿百岁，中寿八十，下寿六十，除病瘦死丧忧患，其中开口而笑者，一月之中不过四五日而已矣。天与地无穷，人死者有时。操有时之具，而托于无穷之间，忽然无异骐骥之驰过隙也。不能说其志意，养其寿命者，皆非通道者也。丘之所言，皆吾之所弃也。亟去走归，无复言之！子之道狂狂汲汲，诈巧虚伪事也，非可以全真也，奚足论哉！"

孔子再拜趋走，出门上车，执辔三失，目芒然无见，色若死灰，据轼低头，不能出气。

归到鲁东门外，适遇柳下季。柳下季曰："今者阙然数日不见，车马有行色，得微往见跖邪？"孔子仰天而叹曰："然！"柳下季曰："跖得无逆汝意若前乎？"孔子曰："然。丘所谓无病而自灸也。疾走料虎头，编虎须，几不免虎口哉！"

子张问于满苟得曰："盍不为行？无行则不信，不信则不任，不任则不利。故观之名，计之利，而义真是也。若弃名利，反之于心，则夫士之为行，不可一日不为乎！"满苟得曰："无耻者富，多信者显。夫名利之大者，几在无耻而信。故观之名，计之利，而信真是也。若弃名利，反之于心，则夫士之为行，抱其天乎！"子张曰："昔者桀、纣贵为天子，富有天下。今谓臧聚曰'汝行如桀、纣'，则有怍色，有不服之心者，小人所贱也。仲尼、墨翟，穷为匹夫，今谓宰相曰'子行如仲尼、墨翟'，则变容易色，称不足者，士诚贵也。故势为天子，未必贵也；穷为匹夫，未必贱也。贵贱之分，在行之美恶。"满苟得曰："小盗者拘，大盗者为诸侯。诸侯之门，义士存焉。昔者桓公小白杀兄入嫂，而管仲为臣；田成子常杀君窃国，而孔子受币。论则贱之，行则下之，则是言行之情悖战于胸中也，不亦拂乎！故《书》曰：'孰恶孰美，成者为首，不成者为尾。'"

子张曰："子不为行，即将疏戚无伦，贵贱无义，长幼无序，五纪六位，将何以为别乎？"

满苟得曰："尧杀长子，舜流母弟，疏戚有伦乎？汤放桀，武王杀纣，贵贱有义乎？王季为適，周公杀兄，长幼有序乎？儒者伪辞，墨子兼爱，五纪六位，将有别乎？且子正为名，我正为利。名利之实，不顺于理，不监于道。吾日与子讼于无约，曰：'小人殉财，君子殉名，其所以变其情，易其性，则异矣；乃至于弃其所为而殉其所不为，则一也。'故曰，无为小人，反殉而天；无为君子，从天之理。若枉若直，相而天极。面观四方，与时消息。若是若非，执而圆机。独成而意，与道徘徊。无转而行，无成而义，将失而所为。无赴而富，无殉而成，将弃而天。比干剖心，子胥抉眼，忠之祸也；直躬证父，尾生溺死，信之患也；鲍子立干，申子自理，廉之害也；孔子不见母，匡子不见父，义之失也。此上世之所传，下世之所语，以为士者正其言，必其行，故服其殃，离其患也。"

无足问于知和曰："人卒未有不兴名就利者。彼富，则人归之，归则下之，下则贵之。夫见下贵者，所以长生安体乐意之道也。今子独无意焉，知不足邪，意知而力不能行邪，故推正不忘邪？"

知和曰："今夫此人以为与己同时而生，同乡而处者，以为夫绝俗过世之士焉，是专无主正，所以览古今之时，是非之分也，与俗化世。去至重，弃至尊，以为其所为也。此其所以论长生安体乐意之道，不亦远乎！惨怛之疾，恬愉之安，不监于体；怵惕之恐，欣欣之喜，不监于心。知为为而不知所以为，是以贵为天子，富有天下，而不免于患也。"

无足曰："夫富之于人，无所不利。穷美究埶，至人之所不得逮，贤人之所不能及。侠人之勇力而以为威强，秉人之知谋以为明察，因人之德以为贤良，非享国而严若君父。且夫声色滋味权势之于人，心不待学而乐之，体不待象而安之。夫欲恶避就，固不待师，此人之性也。天下虽非我，孰能辞之！"

知和曰："知者之为，故动以百姓，不违其度，是以足而不争，无以为，故不求。不足，故求之，争四处而不自以为贪；有馀，故辞之，弃天下而不自以为廉。廉贪之实，非以迫外也，反监之度。势为天子，而不以贵骄人；富有天下，而不以财戏人。计其患，虑其反，以为害于性，故辞而不受也，非以要名誉也。尧、舜为帝而雍，非仁天下也，不以美害生也；善卷、许由得帝而不受，非虚辞让也，不以事害己。此皆就其利，辞其害，而天下称贤焉，则可以有之，彼非以兴名誉也。"

无足曰："必持其名，苦体绝甘，约养以持生，则亦久病长阨而不死者也。"

知和曰："平为福，有馀为害者，物莫不然，而财其甚者也。今富人，耳营钟鼓管籥之声，口嗛于刍豢醪醴之味，以感其意，遗忘其业，可谓乱矣；佚溺于冯气，若负重行而上也，可谓苦矣；贪财而取慰，贪权而取竭，静居则溺，体泽则冯，可谓疾矣；为欲富就利，故满若堵耳而不知避，且冯而不舍，可谓辱矣；财积而无用，服膺而不舍，满心戚醮，求益而不止，可谓忧矣；内则疑劫请之贼，外则畏寇盗之害，内周楼疏，外不敢独行，可谓畏矣。此六者，天下之至害也，皆遗忘而不知察。及其患至，求尽性竭财，单以反一日之无故而不可得也。故观之名则不见，求之利则不得，缭意体而争此，不亦惑乎！"

说剑

昔赵文王喜剑，剑士夹门而客三千馀人，日夜相击于前，死伤者岁百馀人，好之不厌。如是三年，国衰。诸侯谋之。

太子悝患之，募左右曰："孰能说王之意，止剑士者，赐之千金。"左右曰："庄子当能。"

太子乃使人以千金奉庄子。庄子弗受，与使者俱往见太子，曰："太子何以教周，赐周千金？"太子曰："闻夫子明圣，谨奉千金以币从者。夫子弗受，悝尚何敢言。"

庄子曰："闻太子所欲用周者，欲绝王之喜好也。使臣上说大王，而逆王意，下不当太子，则身刑而死，周尚安所事金乎？使臣上说大王，下当太子，赵国何求而不得也！"太子曰："然。吾王所见，唯剑士也。"庄子曰："诺。周善为剑。"

太子曰："然吾王所见剑士，皆蓬头突鬓，垂冠，曼胡之缨，短后之衣，瞋目而语难，王乃说之。今夫子必儒服而见王，事必大逆。"庄子曰："请治剑服。"

治剑服三日，乃见太子。太子乃与见王，王脱白刃待之。庄子入殿门不趋，见王不拜。王曰："子欲何以教寡人，使太子先。"曰："臣闻大王喜剑，故以剑见王。"王曰："子之剑何能禁制？"曰："臣之剑，十步一人，千里不留行。"王大悦之，曰："天下无敌矣。"

庄子曰："夫为剑者，示之以虚，开之以利，后之以发，先之以至。愿得试之。"王曰："夫子休就舍，待命令设戏请夫子。"

王乃校剑士七日，死伤者六十馀人，得五六人，使奉剑于殿下，乃召庄子。王曰："今日试使士敦剑。"庄子曰："望之久矣！"王曰："夫子所御杖，长短何如？"曰："臣之所奉皆可。然臣有三剑，唯王所用，请先言而后试。"王曰："愿闻三剑。"曰："有天子剑，有诸侯剑，有庶人剑。"

王曰："天子之剑何如？"曰："天子之剑，以燕谿石城为锋，齐岱为锷，晋魏为脊，周宋为镡，韩魏为夹，包以四夷，裹以四时，绕以渤海，带以常山，制以五行，论以刑德，开以阴阳，持以春夏，行以秋冬。此剑，直之无前，举之无上，案之无下，运之无旁，上决浮云，下绝地纪。此剑一用，匡诸侯，天下服矣。此天子之剑也。"

文王芒然自失，曰："诸侯之剑何如？"曰："诸侯之剑，以知勇士为锋，以清廉士为锷，以贤良士为脊，以忠圣士为镡，以豪桀士为夹。此剑，直之亦无前，举之亦无上，案之亦无下，运之亦无旁。上法圆天，以顺三光；下法方地，以顺四时；中和民意，以安四乡。此剑一用，如雷霆之震也，四封之内，无不宾服而听从君命者矣。此诸侯之剑也。"

王曰："庶人之剑何如？"曰："庶人之剑，蓬头突鬓，垂冠，曼胡之缨，短后之衣，瞋目而语难；相击于前，上斩颈领，下决肝肺。此庶人之剑，无异于斗鸡，一旦命已绝矣，无所用于国事。今大王有天子之位而好庶人之剑，臣窃为大王薄之。"

王乃牵而上殿，宰人上食，王三环之。庄子曰："大王安坐定气，剑事已毕奏矣！"于是文王不出宫三月，剑士皆服毙其处也。

渔父

　　孔子游乎缁帷之林，休坐乎杏坛之上。弟子读书，孔子弦歌鼓琴。奏曲未半，有渔父者，下船而来，须眉交白，被发揄袂，行原以上，距陆而止，左手据膝，右手持颐以听。曲终，而招子贡、子路，二人俱对。客指孔子曰："彼何为者也？"子路对曰："鲁之君子也。"客问其族。子路对曰："族孔氏。"客曰："孔氏者何治也？"子路未应，子贡对曰："孔氏者，性服忠信，身行仁义，饰礼乐，选人伦，上以忠于世主，下以化于齐民，将以利天下。此孔氏之所治也。"又问曰："有土之君与？"子贡曰："非也。""侯王之佐与？"子贡曰："非也。"客乃笑而还行，言曰："仁则仁矣，恐不免其身；苦心劳形以危其真。呜呼！远哉，其分于道也。"

　　子贡还，报孔子。孔子推琴而起，曰："其圣人与！"乃下求之。至于泽畔，方将杖拏而引其船，顾见孔子，还乡而立。孔子反走，再拜而进。

　　客曰："子将何求？"孔子曰："曩者先生有绪言而去，丘不肖，未知所谓，窃待于下风，幸闻咳唾之音，以卒相丘也。"

　　客曰："嘻！甚矣子之好学也！"孔子再拜而起，曰："丘少而修学，以至于今，六十九岁矣，无所得闻至教，敢不虚心！"

　　客曰："同类相从，同声相应，固天之理也。吾请释吾之所有而经子之所以。子之所以者，人事也。天子、诸侯、大夫、庶人，此四者自正，治之美也；四者离位而乱莫大焉。官治其职，人忧其事，乃无所陵。故田荒室露，衣食不足，征赋不属，妻妾不和，长少无序，庶人之忧也；能不胜任，官事不治，行不清白，群下荒怠，功美不有，爵禄不持，大夫之忧也；廷无忠臣，国家昏乱，工技不巧，贡职不美，春秋后伦，不顺天子，诸侯之忧也；阴阳不和，寒暑不时，以伤庶物，诸侯暴乱，擅相攘伐，以残民人，礼乐不节，财用穷匮，人伦不饬，百姓淫乱，天子有司之忧也。今子既上无君侯有司之势，而下无大臣职事之官，而擅饰礼乐，选人伦，以化齐民，不泰多事乎！且人有八疵，事有四患，不可不察也。非其事而事之，谓之摠；莫之顾而进之，谓之佞；希意道言，谓之谄；不择是非而言，谓之谀；好言人之恶，谓之谗；析交离亲，谓之贼；称誉诈伪以败恶人，谓之慝；不择善否，两容颊适，偷拔其所欲，谓之险。此八疵者，外以乱人，内以伤身，君子不友，明君不臣。所谓四患者：好经大事，变更易常，以挂功名，谓之叨；专知擅事，侵人自用，谓之贪；见过不更，闻谏愈甚，谓之很；人同于己则可，不同于己，虽善不善，谓之矜。此四患也。能去八疵，无行四患，而始可教已。"

孔子愀然而叹，再拜而起曰："丘再逐于鲁，削迹于卫，伐树于宋，围于陈蔡。丘不知所失，而离此四谤者何也？"

客凄然变容曰："甚矣，子之难悟也！人有畏影恶迹而去之走者，举足愈数而迹愈多，走愈疾而影不离身，自以为尚迟，疾走不休，绝力而死。不知处阴以休影，处静以息迹，愚亦甚矣！子审仁义之间，察同异之际，观动静之变，适受与之度，理好恶之情，和喜怒之节，而几于不免矣。谨修而身，慎守其真，还以物与人，则无所累矣。今不修之身而求之人，不亦外乎！"

孔子愀然曰："请问何谓真？"

客曰："真者，精诚之至也。不精不诚，不能动人。故强哭者，虽悲不哀；强怒者，虽严不威；强亲者，虽笑不和。真悲无声而哀，真怒未发而威，真亲未笑而和。真在内者，神动于外，是所以贵真也。其用于人理也，事亲则慈孝，事君则忠贞，饮酒则欢乐，处丧则悲哀。忠贞以功为主，饮酒以乐为主，处丧以哀为主，事亲以适为主。功成之美，无一其迹矣。事亲以适，不论所以矣；饮酒以乐，不选其具矣；处丧以哀，无问其礼矣。礼者，世俗之所为也；真者，所以受于天也，自然不可易也。故圣人法天贵真，不拘于俗。愚者反此。不能法天而恤于人，不知贵真，禄禄而受变于俗，故不足。惜哉，子之蚤湛于人伪而晚闻大道也！"

孔子又再拜而起曰："今者丘得遇也，若天幸然。先生不羞而比之服役，而身教之。敢问舍所在，请因受业而卒学大道。"

客曰："吾闻之，可与往者与之，至于妙道；不可与往者，不知其道，慎勿与之，身乃无咎。子勉之，吾去子矣，吾去子矣！"乃刺船而去，延缘苇间。

颜渊还车，子路授绥，孔子不顾，待水波定，不闻挐音而后敢乘。

子路旁车而问曰："由得为役久矣，未尝见夫子遇人如此其威也。万乘之主，千乘之君，见夫子未尝不分庭伉礼，夫子犹有倨敖之容。今渔父杖挐逆立，而夫子曲要磬折，言拜而应，得无太甚乎！门人皆怪夫子矣，渔父何以得此乎？"

孔子伏轼而叹曰："甚矣，由之难化也！湛于礼义有间矣，而朴鄙之心至今未去。进，吾语汝！夫遇长不敬，失礼也；见贤不尊，不仁也。彼非至人，不能下人。下人不精，不得其真，故长伤身。惜哉！不仁之于人也，祸莫大焉，而由独擅之。且道者，万物之所由也，庶物失之者死，得之者生。为事逆之则败，顺之则成。故道之所在，圣人尊之。今渔父之于道，可谓有矣，吾敢不敬乎！"

列御寇

列御寇之齐，中道而反，遇伯昏瞀人。伯昏瞀人曰："奚方而反？"曰："吾惊焉。"曰："恶乎惊？"曰："吾尝食于十浆，而五浆先馈。"伯昏瞀人曰："若是，则汝何为惊已？"曰："夫内诚不解，形谍成光，以外镇人心，使人轻乎贵老，而蟹其所患。夫浆人特为食羹之货，多馀之赢，其为利也薄，其为权也轻，而犹若是，而况于万乘之主乎！身劳于国而知尽于事。彼将任我以事，而效我以功。吾是以惊。"伯昏瞀人曰："善哉观乎！女处已，人将保女矣！"

无几何而往，则户外之屦满矣。伯昏瞀人北面而立，敦杖蹙之乎颐，立有间，不言而出。宾者以告列子，列子提屦，跣而走，暨乎门，曰："先生既来，曾不发药乎？"曰："已矣，吾固告汝曰人将保汝。果保汝矣。非汝能使人保汝，而汝不能使人无保汝也，而焉用之感豫出异也！必且有感，摇而本才，又无谓也。与汝游者，又莫汝告也。彼所小言，尽人毒也。莫觉莫悟，何相孰也！巧者劳而知者忧，无能者无所求，饱食而敖游，泛若不系之舟，虚而敖游者也！

郑人缓也，呻吟裘氏之地。只三年而缓为儒。河润九里，泽及三族，使其弟墨。儒墨相与辩，其父助翟。十年而缓自杀。

其父梦之，曰："使而子为墨者，予也，阖尝视其良？既为秋柏之实矣！"夫造物者之报人也，不报其人而报其人之天，彼故使彼。夫人以己为有以异于人，以贱其亲，齐人之井饮者相捽也。故曰今之世皆缓也。自是，有德者以不知也，而况有道者乎！古者谓之遁天之刑。圣人安其所安，不安其所不安；众人安其所不安，不安其所安。

庄子曰："知道易，勿言难。知而不言，所以之天也。知而言之，所以之人也。古之人，天而不人。"

朱泙漫学屠龙于支离益，单千金之家，三年技成而无所用其巧。

圣人以必不必，故无兵；众人以不必必之，故多兵。顺于兵，故行有求。兵，恃之则亡。

小夫之知，不离苞苴竿牍，敝精神乎蹇浅，而欲兼济道物，太一形虚。若是者，迷惑于宇宙，形累不知太初。彼至人者，归精神乎无始，而甘冥乎无何有之乡。水流乎无形，发泄乎太清。悲哉乎，汝为知在毫毛而不知大宁！

宋人有曹商者，为宋王使秦。其往也，得车数乘。王说之，益车百乘。反于宋，见庄子，曰："夫处穷闾阨巷，困窘织屦，槁项黄馘者，商之所短也；一悟万乘之主而从车百乘者，商之所长也。"

庄子曰："秦王有病召医。破痈溃痤者得车一乘，舐痔者得车五乘，所治愈下，得车愈多。子岂治其痔邪，何得车之多也？子行矣！"

鲁哀公问乎颜阖曰："吾以仲尼为贞干，国其有瘳乎？"曰：

“殆哉圾乎！仲尼方且饰羽而画，从事华辞，以支为旨，忍性以视民而不知不信。受乎心，宰乎神，夫何足以上民！彼宜女与？予颐与？误而可矣！今使民离实学伪，非所以视民也。为后世虑，不若休之。难治也！施于人而不忘，非天布也，商贾不齿。虽以事齿之，神者弗齿。为外刑者，金与木也；为内刑者，动与过也。宵人之离外刑者，金木讯之；离内刑者，阴阳食之。夫免乎外内之刑者，唯真人能之。”

孔子曰：“凡人心险于山川，难于知天。天犹有春秋冬夏旦暮之期，人者厚貌深情。故有貌愿而益，有长若不肖，有顺懁而达，有坚而缦，有缓而钎。故其就义若渴者，其去义若热。故君子远使之而观其忠，近使之而观其敬，烦使之而观其能，卒然问焉而观其知，急与之期而观其信，委之以财而观其仁，告之以危而观其节，醉之以酒而观其侧，杂之以处而观其色。九征至，不肖人得矣。”

正考父一命而伛，再命而偻，三命而俯，循墙而走，孰敢不轨！如而夫者，一命而吕钜，再命而于车上儛，三命而名诸父。孰协唐许！

贼莫大乎德有心而心有睫，及其有睫也而内视，内视而败矣！凶德有五，中德为首。何谓中德？中德也者，有以自好也而吡其所不为者也。

穷有八极，达有三必，形有六府。美、髯、长、大、壮、丽、勇、敢，八者俱过人也，因以是穷；缘循、偃佒、困畏不若人，三者俱通达；知慧外通，勇动多怨，仁义多责，六者所以相刑也。达生之情者傀，达于知者肖；达大命者随，达小命者遭。

　　人有见宋王者，锡车十乘。以其十乘骄稚庄子。庄子曰："河上有家贫，恃纬萧而食者，其子没于渊，得千金之珠。其父谓其子曰：'取石来锻之！夫千金之珠，必在九重之渊而骊龙颔下。子能得珠者，必遭其睡也。使骊龙而寤，子尚奚微之有哉！'今宋国之深，非直九重之渊也；宋王之猛，非直骊龙也。子能得车者，必遭其睡也；使宋王而寤，子为齑粉夫。"

　　或聘于庄子，庄子应其使曰："子见夫牺牛乎？衣以文绣，食以刍叔。及其牵而入于大庙，虽欲为孤犊，其可得乎！"

　　庄子将死，弟子欲厚葬之。庄子曰："吾以天地为棺椁，以日月为连璧，星辰为珠玑，万物为赍送。吾葬具岂不备邪？何以加此！"弟子曰："吾恐乌鸢之食夫子也。"庄子曰："在上为乌鸢食，在下为蝼蚁食，夺彼与此，何其偏也。"

　　以不平平，其平也不平；以不征征，其征也不征。明者唯为之使，神者征之。夫明之不胜神也久矣，而愚者恃其所见入于人，其功外也，不亦悲乎！

修己安人　流年含咀篇

诗经

千家诗

诗经

碎语

《诗经》，中国诗歌的源头，我国最早的一部诗歌总集，收集了从西周初年到春秋中叶（前 11 世纪至前 6 世纪）的诗篇共 311 首，另有笙诗 6 首，分别为《南陔》《白华》《华黍》《由庚》《崇丘》《由仪》，只有标题，没有内容（因此本书中未录入），反映了周初至周晚期五百年间的社会风貌。《诗经》现存诗歌 305 篇，分风、雅、颂三部分，其中国风 160 篇、雅 105 篇、颂 40 篇。《诗经》又名《诗三百》，其中诗篇作者皆佚名，绝大部分无从考证，相传是孔子从流传下的

3000 多首诗中整理编订而成。孔子终其一生
酷爱《诗经》，赞叹《诗经》"诗三百，一
言以蔽之，思无邪"，自己则"诵诗三百、
弦诗三百、歌诗三百、舞诗三百"，将《诗经》
演绎到极致。《诗经》熏陶了中华民族几千年，
养育了中华民族的性情，培育了中华民族的
审美，在兴观群怨中教育中华民族热爱生活。
读《诗经》，是读历史，更是读未来。

诗经

国风·周南

关雎

关关雎鸠，在河之洲。窈窕淑女，君子好逑。

参差荇菜，左右流之。窈窕淑女，寤寐求之。

求之不得，寤寐思服。悠哉悠哉，辗转反侧。

参差荇菜，左右采之。窈窕淑女，琴瑟友之。

参差荇菜，左右芼之。窈窕淑女，钟鼓乐之。

葛覃

葛之覃兮，施于中谷，维叶萋萋。黄鸟于飞，集于灌木，其鸣喈喈。

葛之覃兮，施于中谷，维叶莫莫。是刈是濩，为絺为绤，服之无斁。

言告师氏，言告言归。薄污我私，薄浣我衣。害浣害否，归宁父母。

卷耳

采采卷耳，不盈顷筐。嗟我怀人，置彼周行。

陟彼崔嵬，我马虺隤。我姑酌彼金罍，维以不永怀。

陟彼高冈，我马玄黄。我姑酌彼兕觥，维以不永伤。

陟彼砠矣，我马瘏矣，我仆痡矣，云何吁矣。

樛木

南有樛木，葛藟累之。乐只君子，福履绥之。

南有樛木，葛藟荒之。乐只君子，福履将之。

南有樛木，葛藟萦之。乐只君子，福履成之。

螽斯

螽斯羽，诜诜兮。宜尔子孙，振振兮。

螽斯羽，薨薨兮。宜尔子孙。绳绳兮。

螽斯羽，揖揖兮。宜尔子孙，蛰蛰兮。

桃夭

桃之夭夭，灼灼其华。之子于归，宜其室家。

桃之夭夭，有蕡其实。之子于归，宜其家室。

桃之夭夭，其叶蓁蓁。之子于归，宜其家人。

兔罝

肃肃兔罝，椓之丁丁。赳赳武夫，公侯干城。

肃肃兔罝，施于中逵。赳赳武夫，公侯好仇。

肃肃兔罝，施于中林。赳赳武夫，公侯腹心。

芣苢

采采芣苢，薄言采之。采采芣苢，薄言有之。

采采芣苢，薄言掇之。采采芣苢，薄言捋之。

采采芣苢，薄言袺之。采采芣苢，薄言襭之。

汉广

南有乔木，不可休思。汉有游女，不可求思。汉之广矣，不可泳思。江之永矣，不可方思。

翘翘错薪，言刈其楚。之子于归，言秣其马。汉之广矣，不可泳思。江之永矣，不可方思。

翘翘错薪，言刈其蒌。之子于归。言秣其驹。汉之广矣，不可泳思。江之永矣，不可方思。

汝坟

遵彼汝坟，伐其条枚。未见君子，惄如调饥。

遵彼汝坟，伐其条肄。既见君子，不我遐弃。

鲂鱼赪尾，王室如毁。虽则如毁，父母孔迩。

麟之趾

麟之趾，振振公子，于嗟麟兮。

麟之定，振振公姓，于嗟麟兮。

麟之角，振振公族，于嗟麟兮。

国风·召南

鹊巢

维鹊有巢，维鸠居之。之子于归，百两御之。

维鹊有巢，维鸠方之。之子于归，百两将之。

维鹊有巢，维鸠盈之。之子于归，百两成之。

采蘩

于以采蘩？于沼于沚。于以用之？公侯之事。

于以采蘩？于涧之中。于以用之？公侯之宫。

被之僮僮，夙夜在公。被之祁祁，薄言还归。

草虫

喓喓草虫，趯趯阜螽。未见君子，忧心忡忡。亦既见止，亦既觏止，我心则降。

陟彼南山，言采其蕨。未见君子，忧心惙惙。亦既见止，亦既觏止，我心则说。

陟彼南山，言采其薇。未见君子，我心伤悲。亦既见止，亦既觏止，我心则夷。

采蘋

于以采蘋？南涧之滨。于以采藻？于彼行潦。

于以盛之？维筐及筥。于以湘之？维锜及釜。

于以奠之？宗室牖下。谁其尸之？有齐季女。

甘棠

蔽芾甘棠，勿翦勿伐，召伯所茇。

蔽芾甘棠，勿翦勿败，召伯所憩。

蔽芾甘棠，勿翦勿拜，召伯所说。

行露

厌浥行露，岂不夙夜，谓行多露。

谁谓雀无角？何以穿我屋？谁谓女无家？何以速我狱？虽速我狱，室家不足！

谁谓鼠无牙？何以穿我墉？谁谓女无家？何以速我讼？虽速我讼，亦不女从！

羔羊

羔羊之皮，素丝五纻。退食自公，委蛇委蛇。

羔羊之革，素丝五緎。委蛇委蛇，自公退食。

羔羊之缝，素丝五总。委蛇委蛇，退食自公。

殷其雷

殷其雷，在南山之阳。何斯违斯，莫敢或遑？振振君子，归哉归哉！

殷其雷，在南山之侧。何斯违斯，莫敢遑息？振振君子，归哉归哉！

殷其雷，在南山之下。何斯违斯，莫或遑处？振振君子，归哉归哉！

摽有梅

摽有梅，其实七兮。求我庶士，迨其吉兮。

摽有梅，其实三兮。求我庶士，迨其今兮。

摽有梅，顷筐塈之。求我庶士，迨其谓之。

小星

嘒彼小星，三五在东。肃肃宵征，夙夜在公。实命不同！

嘒彼小星，维参与昴。肃肃宵征，抱衾与裯。实命不犹！

江有汜

江有汜，之子归，不我以。不我以，其后也悔。

江有渚，之子归，不我与。不我与，其后也处。

江有沱，之子归，不我过。不我过，其啸也歌。

野有死麕

野有死麕，白茅包之。有女怀春，吉士诱之。

林有朴樕，野有死鹿。白茅纯束，有女如玉。

舒而脱脱兮，无感我帨兮，无使尨也吠。

何彼襛矣

何彼襛矣，唐棣之华？曷不肃雍？王姬之车。

何彼襛矣，华如桃李？平王之孙，齐侯之子。

其钓维何？维丝伊缗。齐侯之子，平王之孙。

驺虞

彼茁者葭，壹发五豝，于嗟乎驺虞！

彼茁者蓬，壹发五豵，于嗟乎驺虞！

国风·邶风

柏舟

泛彼柏舟，亦泛其流。耿耿不寐，如有隐忧。微我无酒，以敖以游。

我心匪鉴，不可以茹。亦有兄弟，不可以据。薄言往愬，逢彼之怒。

我心匪石，不可转也。我心匪席，不可卷也。威仪棣棣，不可选也。

忧心悄悄，愠于群小。觏闵既多，受侮不少。静言思之，寤辟有摽。

日居月诸，胡迭而微？心之忧矣，如匪浣衣。静言思之，不能奋飞。

绿衣

绿兮衣兮，绿衣黄里。心之忧矣，曷维其已！

绿兮衣兮，绿衣黄裳。心之忧矣，曷维其亡！

绿兮丝兮，女所治兮。我思古人，俾无讥兮！

绤兮绤兮，凄其以风。我思古人，实获我心！

燕燕

燕燕于飞，差池其羽。之子于归，远送于野。瞻望弗及，泣涕如雨。

燕燕于飞，颉之颃之。之子于归，远于将之。瞻望弗及，伫立以泣。

燕燕于飞，下上其音。之子于归，远送于南。瞻望弗及，实劳我心。

仲氏任只，其心塞渊。终温且惠，淑慎其身。先君之思，以勖寡人。

日月

日居月诸，照临下土。乃如之人兮，逝不古处？胡能有定？宁不我顾。

日居月诸，下土是冒。乃如之人兮，逝不相好。胡能有定？宁不我报。

日居月诸，出自东方。乃如之人兮，德音无良。胡能有定？俾也可忘。

日居月诸，东方自出。父兮母兮，畜我不卒。胡能有定？

报我不述。

终风

终风且暴，顾我则笑，谑浪笑敖，中心是悼。

终风且霾，惠然肯来，莫往莫来，悠悠我思。

终风且曀，不日有曀，寤言不寐，愿言则嚏。

曀曀其阴，虺虺其雷，寤言不寐，愿言则怀。

击鼓

击鼓其镗，踊跃用兵。土国城漕，我独南行。

从孙子仲，平陈与宋。不我以归，忧心有忡。

爰居爰处？爰丧其马？于以求之？于林之下。

死生契阔，与子成说。执子之手，与子偕老。

于嗟阔兮，不我活兮。于嗟洵兮，不我信兮。

凯风

凯风自南，吹彼棘心。棘心夭夭，母氏劬劳。

凯风自南，吹彼棘薪。母氏圣善，我无令人。

爰有寒泉，在浚之下。有子七人，母氏劳苦。

睍睆黄鸟，载好其音。有子七人，莫慰母心。

雄雉

雄雉于飞，泄泄其羽。我之怀矣，自诒伊阻。

雄雉于飞，下上其音。展矣君子，实劳我心。

瞻彼日月，悠悠我思。道之云远，曷云能来？

百尔君子，不知德行。不忮不求，何用不臧。

匏有苦叶

匏有苦叶，济有深涉。深则厉，浅则揭。

有弥济盈，有鷕雉鸣。济盈不濡轨，雉鸣求其牡。

雍雍鸣雁，旭日始旦。士如归妻，迨冰未泮。

招招舟子，人涉卬否。不涉卬否，卬须我友。

谷风

习习谷风，以阴以雨。黾勉同心，不宜有怒。采葑采菲，无以下体。德音莫违，及尔同死。

行道迟迟，中心有违。不远伊迩，薄送我畿。谁谓荼苦，其甘如荠。宴尔新昏，如兄如弟。

泾以渭浊，湜湜其沚。宴尔新昏，不我屑以。毋逝我梁，毋发我笱。我躬不阅，遑恤我后。

就其深矣，方之舟之。就其浅矣，泳之游之。何有何亡，黾勉求之。凡民有丧，匍匐救之。

不我能慉，反以我为仇。既阻我德，贾用不售。昔育恐育鞫，及尔颠覆。既生既育，比予于毒。

我有旨蓄，亦以御冬。宴尔新昏，以我御穷。有洸有溃，既诒我肄。不念昔者，伊余来墍。

式微

式微，式微，胡不归？微君之故，胡为乎中露！

式微，式微，胡不归？微君之躬，胡为乎泥中！

旄丘

旄丘之葛兮，何诞之节兮。叔兮伯兮，何多日也？

何其处也？必有与也！何其久也？必有以也！

狐裘蒙戎，匪车不东。叔兮伯兮，靡所与同。

琐兮尾兮，流离之子。叔兮伯兮，褎如充耳。

简兮

简兮简兮，方将万舞。日之方中，在前上处。

硕人俣俣，公庭万舞。有力如虎，执辔如组。

左手执籥，右手秉翟。赫如渥赭，公言锡爵。

山有榛，隰有苓。云谁之思？西方美人。彼美人兮，西方之人兮。

泉水

毖彼泉水，亦流于淇。有怀于卫，靡日不思。娈彼诸姬，聊与之谋。

出宿于泲，饮饯于祢。女子有行，远父母兄弟，问我诸姑，遂及伯姊。

出宿于干，饮饯于言。载脂载舝，还车言迈。遄臻于卫，不瑕有害？

我思肥泉，兹之永叹。思须与漕，我心悠悠。驾言出游，以写我忧。

北门

出自北门，忧心殷殷。终窭且贫，莫知我艰。已焉哉！天实为之，谓之何哉！

王事适我，政事一埤益我。我入自外，室人交遍谪我。已焉哉！天实为之，谓之何哉！

王事敦我，政事一埤遗我。我入自外，室人交遍摧我。已焉哉！天实为之，谓之何哉！

北风

北风其凉，雨雪其雱。惠而好我，携手同行。其虚其邪？既亟只且！

北风其喈，雨雪其霏。惠而好我，携手同归。其虚其邪？既亟只且！

莫赤匪狐，莫黑匪乌。惠而好我，携手同车。其虚其邪？既亟只且！

静女

静女其姝，俟我于城隅。爱而不见，搔首踟蹰。

静女其娈，贻我彤管。彤管有炜，说怿女美。

自牧归荑，洵美且异。匪女之为美，美人之贻。

新台

新台有泚，河水弥弥。燕婉之求，籧篨不鲜。

新台有洒，河水浼浼。燕婉之求，籧篨不殄。

鱼网之设，鸿则离之。燕婉之求，得此戚施。

二子乘舟

二子乘舟，泛泛其景。愿言思子，中心养养。

二子乘舟，泛泛其逝。愿言思子，不瑕有害。

国风·鄘风

柏舟

泛彼柏舟，在彼中河。髧彼两髦，实维我仪。之死矢靡它。母也天只，不谅人只！

泛彼柏舟，在彼河侧。髧彼两髦，实维我特。之死矢靡慝。母也天只，不谅人只！

墙有茨

墙有茨，不可埽也。中冓之言，不可道也。所可道也，言之丑也。

墙有茨，不可襄也。中冓之言，不可详也。所可详也，言之长也。

墙有茨，不可束也。中冓之言，不可读也。所可读也，言之辱也。

君子偕老

君子偕老，副笄六珈。委委佗佗，如山如河。象服是宜。

子之不淑，云如之何？

班兮班兮，其之翟也。鬒发如云，不屑髢也。玉之瑱也，象之揥也。扬且之晳也。胡然而天也！胡然而帝也！

瑳兮瑳兮，其之展也，蒙彼绉絺，是绁袢也。子之清扬，扬且之颜也，展如之人兮，邦之媛也！

桑中

爰采唐矣？沬之乡矣。云谁之思？美孟姜矣。期我乎桑中，要我乎上宫，送我乎淇之上矣。

爰采麦矣？沬之北矣。云谁之思？美孟弋矣。期我乎桑中，要我乎上宫，送我乎淇之上矣。

爰采葑矣？沬之东矣。云谁之思？美孟庸矣。期我乎桑中，要我乎上宫，送我乎淇之上矣。

鹑之奔奔

鹑之奔奔，鹊之彊彊。人之无良，我以为兄！
鹊之彊彊，鹑之奔奔。人之无良，我以为君！

定之方中

定之方中，作于楚宫。揆之以日，作于楚室。树之榛栗，椅桐梓漆，爰伐琴桑。

升彼虚矣，以望楚矣。望楚与堂，景山与京。降观于桑，卜云其吉，终然允臧。

灵雨既零，命彼倌人，星言夙驾，说于桑田。匪直也人，秉心塞渊，騋牝三千。

蝃蝀

蝃蝀在东，莫之敢指。女子有行，远父母兄弟。

朝隮于西，崇朝其雨。女子有行，远兄弟父母。

乃如之人也，怀昏姻也。大无信也，不知命也！

相鼠

相鼠有皮，人而无仪！人而无仪，不死何为？

相鼠有齿，人而无止！人而无止，不死何俟？

相鼠有体，人而无礼，人而无礼！胡不遄死？

干旄

孑孑干旄，在浚之郊。素丝纰之，良马四之。彼姝者子，何以畀之？

孑孑干旟，在浚之都。素丝组之，良马五之。彼姝者子，何以予之？

孑孑干旌，在浚之城。素丝祝之，良马六之。彼姝者子，何以告之？

载驰

载驰载驱，归唁卫侯。驱马悠悠，言至于漕。大夫跋涉，我心则忧。

既不我嘉，不能旋反。视尔不臧，我思不远。

既不我嘉，不能旋济？视尔不臧，我思不閟。

陟彼阿丘，言采其蝱。女子善怀，亦各有行。许人尤之，众稚且狂。

我行其野，芃芃其麦。控于大邦，谁因谁极？大夫君子，无我有尤。百尔所思，不如我所之。

国风·卫风

淇奥

瞻彼淇奥，绿竹猗猗。有匪君子，如切如磋，如琢如磨，瑟兮僴兮，赫兮咺兮。有匪君子，终不可谖兮。

瞻彼淇奥，绿竹青青。有匪君子，充耳琇莹，会弁如星。瑟兮僴兮。赫兮咺兮，有匪君子，终不可谖兮。

瞻彼淇奥，绿竹如箦。有匪君子，如金如锡，如圭如璧。宽兮绰兮，猗重较兮。善戏谑兮，不为虐兮。

考槃

考槃在涧，硕人之宽。独寐寤言，永矢弗谖。

考槃在阿，硕人之薖。独寐寤歌，永矢弗过。

考槃在陆，硕人之轴。独寐寤宿，永矢弗告。

硕人

硕人其颀，衣锦褧衣。齐侯之子，卫侯之妻。东宫之妹，邢侯之姨，谭公维私。

手如柔荑，肤如凝脂，领如蝤蛴，齿如瓠犀，螓首蛾眉，巧笑倩兮，美目盼兮。

硕人敖敖，说于农郊。四牡有骄，朱幩镳镳。翟茀以朝。大夫夙退，无使君劳。

河水洋洋，北流活活。施罛濊濊，鳣鲔发发。葭菼揭揭，庶姜孽孽，庶士有朅。

氓

氓之蚩蚩，抱布贸丝。匪来贸丝，来即我谋。送子涉淇，至于顿丘。匪我愆期，子无良媒。将子无怒，秋以为期。

乘彼垝垣，以望复关。不见复关，泣涕涟涟。既见复关，载笑载言。尔卜尔筮，体无咎言。以尔车来，以我贿迁。

桑之未落，其叶沃若。于嗟鸠兮！无食桑葚。于嗟女兮！无与士耽。士之耽兮，犹可说也。女之耽兮，不可说也。

桑之落矣，其黄而陨。自我徂尔，三岁食贫。淇水汤汤，渐车帷裳。女也不爽，士贰其行。士也罔极，二三其德。

三岁为妇，靡室劳矣。夙兴夜寐，靡有朝矣。言既遂矣，至于暴矣。兄弟不知，咥其笑矣。静言思之，躬自悼矣。

及尔偕老，老使我怨。淇则有岸，隰则有泮。总角之宴，言笑晏晏，信誓旦旦，不思其反。反是不思，亦已焉哉！

竹竿

籊籊竹竿，以钓于淇。岂不尔思？远莫致之。

泉源在左，淇水在右。女子有行，远兄弟父母。

淇水在右，泉源在左。巧笑之瑳，佩玉之傩。

淇水滺滺，桧楫松舟。驾言出游，以写我忧。

芄兰

芄兰之支，童子佩觿。虽则佩觿，能不我知。容兮遂兮，
垂带悸兮。

芄兰之叶，童子佩韘。虽则佩韘，能不我甲。容兮遂兮，
垂带悸兮。

河广

谁谓河广？一苇杭之。谁谓宋远？跂予望之。

谁谓河广？曾不容刀。谁谓宋远？曾不崇朝。

伯兮

伯兮朅兮，邦之桀兮。伯也执殳，为王前驱。

自伯之东，首如飞蓬。岂无膏沐？谁适为容！

其雨其雨，杲杲出日。愿言思伯，甘心首疾。

焉得谖草？言树之背。愿言思伯。使我心痗。

有狐

有狐绥绥，在彼淇梁。心之忧矣，之子无裳。

有狐绥绥，在彼淇厉。心之忧矣，之子无带。

有狐绥绥，在彼淇侧。心之忧矣，之子无服。

木瓜

投我以木瓜，报之以琼琚。匪报也，永以为好也！

投我以木桃，报之以琼瑶。匪报也，永以为好也！

投我以木李，报之以琼玖。匪报也，永以为好也！

国风·王风

黍离

彼黍离离，彼稷之苗。行迈靡靡，中心摇摇。知我者，谓我心忧；不知我者，谓我何求。悠悠苍天，此何人哉？

彼黍离离，彼稷之穗。行迈靡靡，中心如醉。知我者，谓我心忧；不知我者，谓我何求。悠悠苍天，此何人哉？

彼黍离离，彼稷之实。行迈靡靡，中心如噎。知我者，谓我心忧；不知我者，谓我何求。悠悠苍天，此何人哉？

君子于役

君子于役，不知其期。曷至哉？鸡栖于埘。日之夕矣，羊牛下来。君子于役，如之何勿思！

君子于役，不日不月。曷其有佸？鸡栖于桀。日之夕矣，羊牛下括。君子于役，苟无饥渴？

君子阳阳

君子阳阳，左执簧，右招我由房，其乐只且！
君子陶陶，左执翿，右招我由敖，其乐只且！

扬之水

扬之水，不流束薪。彼其之子，不与我戍申。怀哉怀哉，曷月予还归哉？

扬之水，不流束楚。彼其之子，不与我戍甫。怀哉怀哉，曷月予还归哉？

扬之水，不流束蒲。彼其之子，不与我戍许。怀哉怀哉，曷月予还归哉？

中谷有蓷

中谷有蓷，暵其干矣。有女仳离，慨其叹矣。慨其叹矣，遇人之艰难矣。

中谷有蓷，暵其修矣。有女仳离，条其啸矣。条其啸矣，遇人之不淑矣。

中谷有蓷，暵其湿矣。有女仳离，啜其泣矣。啜其泣矣，何嗟及矣。

兔爰

有兔爰爰，雉离于罗。我生之初，尚无为，我生之后，逢此百罹。尚寐无吪。

有兔爰爰，雉离于罦。我生之初，尚无造；我生之后，逢此百忧。尚寐无觉。

有兔爰爰，雉离于罿。我生之初，尚无庸；我生之后，逢此百凶。尚寐无聪。

葛藟

绵绵葛藟，在河之浒。终远兄弟，谓他人父。谓他人父，亦莫我顾！

绵绵葛藟，在河之涘。终远兄弟，谓他人母。谓他人母，亦莫我有！

绵绵葛藟，在河之漘。终远兄弟，谓他人昆。谓他人昆，亦莫我闻!

采葛

彼采葛兮,一日不见,如三月兮!

彼采萧兮,一日不见,如三秋兮!

彼采艾兮!一日不见,如三岁兮!

大车

大车槛槛,毳衣如菼。岂不尔思?畏子不敢。

大车啍啍,毳衣如璊,岂不尔思?畏子不奔。

穀则异室,死则同穴。谓予不信,有如皦日。

丘中有麻

丘中有麻,彼留子嗟。彼留子嗟,将其来施。

丘中有麦,彼留子国。彼留子国,将其来食。

丘中有李,彼留之子。彼留之子,贻我佩玖。

国风·郑风

缁衣

缁衣之宜兮,敝予又改为兮。适子之馆兮。还予授子之
粲兮。

缁衣之好兮,敝予又改造兮。适子之馆兮,还予授子之
粲兮。

缁衣之席兮，敝予又改作兮。适子之馆兮，还予授子之粲兮。

将仲子

将仲子兮，无逾我里，无折我树杞。岂敢爱之？畏我父母。仲可怀也，父母之言，亦可畏也。

将仲子兮，无逾我墙，无折我树桑。岂敢爱之？畏我诸兄。仲可怀也，诸兄之言，亦可畏也。

将仲子兮，无逾我园，无折我树檀。岂敢爱之？畏人之多言。仲可怀也，人之多言，亦可畏也。

叔于田

叔于田，巷无居人。岂无居人？不如叔也。洵美且仁。

叔于狩，巷无饮酒。岂无饮酒？不如叔也。洵美且好。

叔适野，巷无服马。岂无服马？不如叔也。洵美且武。

大叔于田

叔于田，乘乘马。执辔如组，两骖如舞。叔在薮，火烈具举。襢裼暴虎，献于公所。将叔无狃，戒其伤女。

叔于田，乘乘黄。两服上襄，两骖雁行。叔在薮，火烈具扬。叔善射忌，又良御忌。抑磬控忌，抑纵送忌。

叔于田，乘乘鸨。两服齐首，两骖如手。叔在薮，火烈具阜。叔马慢忌，叔发罕忌，抑释掤忌，抑鬯弓忌。

清人

清人在彭，驷介旁旁。二矛重英，河上乎翱翔。

清人在消，驷介麃麃。二矛重乔，河上乎逍遥。

清人在轴，驷介陶陶。左旋右抽，中军作好。

羔裘

羔裘如濡，洵直且侯。彼其之子，舍命不渝。

羔裘豹饰，孔武有力。彼其之子，邦之司直。

羔裘晏兮，三英粲兮。彼其之子，邦之彦兮。

遵大路

遵大路兮，掺执子之祛兮。无我恶兮，不寁故也！

遵大路兮，掺执子之手兮。无我魗兮，不寁好也！

女曰鸡鸣

女曰鸡鸣，士曰昧旦。子兴视夜，明星有烂。将翱将翔，弋凫与雁。

弋言加之，与子宜之。宜言饮酒，与子偕老。琴瑟在御，莫不静好。

知子之来之，杂佩以赠之。知子之顺之，杂佩以问之。知子之好之，杂佩以报之。

有女同车

有女同车，颜如舜华。将翱将翔，佩玉琼琚。彼美孟姜，洵美且都。

有女同行，颜如舜英。将翱将翔，佩玉将将。彼美孟姜，德音不忘。

山有扶苏

山有扶苏，隰有荷华。不见子都，乃见狂且。

山有桥松，隰有游龙，不见子充，乃见狡童。

萚兮

萚兮萚兮，风其吹女。叔兮伯兮，倡予和女。

萚兮萚兮，风其漂女。叔兮伯兮，倡予要女。

狡童

彼狡童兮，不与我言兮。维子之故，使我不能餐兮。

彼狡童兮，不与我食兮。维子之故，使我不能息兮。

褰裳

子惠思我，褰裳涉溱。子不我思，岂无他人？狂童之狂也且！

子惠思我，褰裳涉洧。子不我思，岂无他士？狂童之狂也且！

丰

子之丰兮，俟我乎巷兮，悔予不送兮。

子之昌兮，俟我乎堂兮，悔予不将兮。

衣锦褧衣，裳锦褧裳。叔兮伯兮，驾予与行。

裳锦绸裳，衣锦绸衣。叔兮伯兮，驾予与归。

东门之墠

东门之墠，茹藘在阪。其室则迩，其人甚远。
东门之栗，有践家室。岂不尔思？子不我即！

风雨

风雨凄凄，鸡鸣喈喈，既见君子。云胡不夷？
风雨潇潇，鸡鸣胶胶。既见君子，云胡不瘳？
风雨如晦，鸡鸣不已。既见君子，云胡不喜？

子衿

青青子衿，悠悠我心。纵我不往，子宁不嗣音？
青青子佩，悠悠我思。纵我不往，子宁不来？
挑兮达兮，在城阙兮。一日不见，如三月兮。

扬之水

扬之水，不流束楚。终鲜兄弟，维予与女。无信人之言，
人实迋女。
扬之水，不流束薪。终鲜兄弟，维予二人。无信人之言，
人实不信。

出其东门

出其东门，有女如云。虽则如云。匪我思存。缟衣綦巾，
聊乐我员。

出其闉阇，有女如荼。虽则如荼，匪我思且。缟衣茹藘，聊可与娱。

野有蔓草

野有蔓草，零露溥兮。有美一人，清扬婉兮。邂逅相遇，适我愿兮。

野有蔓草，零露瀼瀼。有美一人，婉如清扬。邂逅相遇，与子偕臧。

溱洧

溱与洧，方涣涣兮。士与女，方秉蕑兮。女曰观乎？士曰既且。且往观乎？洧之外，洵订且乐。维士与女，伊其相谑，赠之以勺药。

溱与洧，浏其清矣。士与女，殷其盈矣。女曰观乎？士曰既且。且往观乎？洧之外，洵订且乐。维士与女，伊其将谑，赠之以勺药。

国风·齐风

鸡鸣

鸡既鸣矣，朝既盈矣。匪鸡则鸣，苍蝇之声。

东方明矣，朝既昌矣。匪东方则明，月出之光。

虫飞薨薨，甘与子同梦。会且归矣，无庶予子憎。

还

子之还兮，遭我乎峱之间兮。并驱从两肩兮，揖我谓我儇兮。

子之茂兮，遭我乎峱之道兮。并驱从两牡兮，揖我谓我好兮。

子之昌兮，遭我乎峱之阳兮。并驱从两狼兮，揖我谓我臧兮。

著

俟我于著乎而，充耳以素乎而，尚之以琼华乎而。

俟我于庭乎而，充耳以青乎而，尚之以琼莹乎而。

俟我于堂乎而，充耳以黄乎而，尚之以琼英乎而。

东方之日

东方之日兮，彼姝者子，在我室兮。在我室兮，履我即兮。

东方之月兮，彼姝者子，在我闼兮。在我闼兮，履我发兮。

东方未明

东方未明，颠倒衣裳。颠之倒之，自公召之。

东方未晞，颠倒裳衣。倒之颠之，自公令之。

折柳樊圃，狂夫瞿瞿。不能辰夜，不夙则莫。

南山

南山崔崔，雄狐绥绥。鲁道有荡，齐子由归。既曰归止，曷又怀止？

葛屦五两，冠緌双止。鲁道有荡，齐子庸止。既曰庸止，曷又从止？

蓺麻如之何？衡从其亩。取妻如之何？必告父母。既曰告止，曷又鞠止？

析薪如之何？匪斧不克。取妻如之何？匪媒不得。既曰得止，曷又极止？

甫田

无田甫田，维莠骄骄。无思远人，劳心忉忉。

无田甫田，维莠桀桀。无思远人，劳心怛怛。

婉兮娈兮。总角丱兮。未几见兮，突而弁兮！

卢令

卢令令，其人美且仁。

卢重环，其人美且鬈。

卢重鋂，其人美且偲。

敝笱

敝笱在梁，其鱼鲂鳏。齐子归止，其从如云。

敝笱在梁，其鱼鲂鲂。齐子归止，其从如雨。

敝笱在梁，其鱼唯唯。齐子归止，其从如水。

载驱

载驱薄薄，簟茀朱鞹。鲁道有荡，齐子发夕。

四骊济济，垂辔沵沵。鲁道有荡，齐子岂弟。

汶水汤汤，行人彭彭。鲁道有荡，齐子翱翔。

汶水滔滔，行人儦儦。鲁道有荡，齐了游敖。

猗嗟

猗嗟昌兮，颀而长兮。抑若扬兮，美目扬兮。巧趋跄兮，
射则臧兮。

猗嗟名兮，美目清兮。仪既成兮，终日射侯，不出正兮，
展我甥兮。

猗嗟娈兮，清扬婉兮。舞则选兮，射则贯兮，四矢反兮，
以御乱兮。

国风·魏风

葛屦

纠纠葛屦，可以履霜？掺掺女手，可以缝裳。要之襋之，
好人服之。

好人提提，宛然左辟，佩其象揥。维是褊心，是以为刺。

汾沮洳

彼汾沮洳，言采其莫。彼其之子，美无度。美无度，殊
异乎公路。

彼汾一方，言采其桑。彼其之子，美如英。美如英，殊
异乎公行。

彼汾一曲，言采其藚。彼其之子，美如玉。美如玉，殊异

乎公族。

园有桃

园有桃，其实之殽。心之忧矣，我歌且谣。不知我者，谓我士也骄。彼人是哉，子曰何其？心之忧矣，其谁知之？其谁知之，盖亦勿思！

园有棘，其实之食。心之忧矣，聊以行国。不知我者，谓我士也罔极。彼人是哉，子曰何其？心之忧矣，其谁知之？其谁知之，盖亦勿思！

陟岵

陟彼岵兮，瞻望父兮。父曰："嗟！予子行役，夙夜无已。上慎旃哉，犹来无止！"

陟彼屺兮，瞻望母兮。母曰："嗟！予季行役，夙夜无寐。上慎旃哉，犹来无弃！"

陟彼冈兮，瞻望兄兮。兄曰："嗟！予弟行役，夙夜必偕。上慎旃哉，犹来无死！"

十亩之间

十亩之间兮，桑者闲闲兮，行与子还兮。
十亩之外兮，桑者泄泄兮，行与子逝兮。

伐檀

坎坎伐檀兮，寘之河之干兮。河水清且涟猗。不稼不穑，胡取禾三百廛兮？不狩不猎，胡瞻尔庭有县貆兮？彼君子兮，不素餐兮！

坎坎伐辐兮，寘之河之侧兮。河水清且直猗。不稼不穑，胡取禾三百亿兮？不狩不猎，胡瞻尔庭有县特兮？彼君子兮，不素食兮！

坎坎伐轮兮，寘之河之漘兮。河水清且沦猗。不稼不穑，胡取禾三百囷兮？不狩不猎，胡瞻尔庭有县鹑兮？彼君子兮，不素飧兮！

硕鼠

硕鼠硕鼠，无食我黍！三岁贯女，莫我肯顾。逝将去女，适彼乐土。乐土乐土，爰得我所。

硕鼠硕鼠，无食我麦！三岁贯女，莫我肯德。逝将去女，适彼乐国。乐国乐国，爰得我直。

硕鼠硕鼠，无食我苗！三岁贯女，莫我肯劳。逝将去女，适彼乐郊。乐郊乐郊，谁之永号？

国风·唐风

蟋蟀

蟋蟀在堂，岁聿其莫。今我不乐，日月其除。无已大康，职思其居。好乐无荒，良士瞿瞿。

蟋蟀在堂，岁聿其逝。今我不乐，日月其迈。无已大康，职思其外。好乐无荒，良士蹶蹶。

蟋蟀在堂，役车其休。今我不乐，日月其慆。无已以大康，职思其忧。好乐无荒，良士休休。

山有枢

山有枢，隰有榆。子有衣裳，弗曳弗娄。子有车马，弗驰弗驱。宛其死矣，他人是愉。

山有栲，隰有杻。子有廷内，弗洒弗埽。子有钟鼓，弗鼓弗考。宛其死矣，他人是保。

山有漆，隰有栗。子有酒食，何不日鼓瑟？且以喜乐，且以永日。宛其死矣，他人入室。

扬之水

扬之水，白石凿凿。素衣朱襮，从子于沃。既见君子，云何不乐？

扬之水，白石皓皓。素衣朱绣，从子于鹄。既见君子，云何其忧？

扬之水，白石粼粼。我闻有命，不敢以告人。

椒聊

椒聊之实，蕃衍盈升。彼其之子，硕大无朋。椒聊且，远条且。

椒聊之实，蕃衍盈匊。彼其之子，硕大且笃。椒聊且，远条且。

绸缪

绸缪束薪，三星在天。今夕何夕，见此良人？子兮子兮，如此良人何?

绸缪束刍,三星在隅。今夕何夕,见此邂逅?子兮子兮,如此邂逅何?

绸缪束楚,三星在户。今夕何夕,见此粲者?子兮子兮,如此粲者何?

杕杜

有杕之杜,其叶湑湑。独行踽踽。岂无他人?不如我同父。嗟行之人,胡不比焉?人无兄弟,胡不佽焉?

有杕之杜,其叶菁菁。独行睘睘。岂无他人?不如我同姓。嗟行之人,胡不比焉?人无兄弟,胡不佽焉?

羔裘

羔裘豹祛,自我人居居。岂无他人?维子之故。

羔裘豹褎,自我人究究。岂无他人?维子之好。

鸨羽

肃肃鸨羽,集于苞栩。王事靡盬,不能蓺稷黍。父母何怙?悠悠苍天,曷其有所?

肃肃鸨翼,集于苞棘。王事靡盬,不能蓺黍稷。父母何食?悠悠苍天,曷其有极?

肃肃鸨行,集于苞桑,王事靡盬,不能蓺稻粱。父母何尝?悠悠苍天,曷其有常?

无衣

岂曰无衣，七兮，不如子之衣，安且吉兮！

岂曰无衣，六兮，不如子之衣，安且燠兮！

有杕之杜

有杕之杜，生于道左。彼君子兮，噬肯适我？中心好之，曷饮食之？

有杕之杜，生于道周。彼君子兮，噬肯来游？中心好之，曷饮食之？

葛生

葛生蒙楚，蔹蔓于野。予美亡此，谁与？独处？

葛生蒙棘，蔹蔓于域。予美亡此，谁与？独息？

角枕粲兮，锦衾烂兮。予美亡此，谁与？独旦？

夏之日，冬之夜。百岁之后，归于其居。

冬之夜，夏之日。百岁之后，归于其室。

采苓

采苓采苓，首阳之巅。人之为言，苟亦无信。舍旃舍旃，苟亦无然。人之为言，胡得焉？

采苦采苦，首阳之下。人之为言，苟亦无与。舍旃舍旃，苟亦无然。人之为言，胡得焉？

采葑采葑，首阳之东。人之为言，苟亦无从。舍旃舍旃，苟亦无然。人之为言，胡得焉？

国风·秦风

车邻

有车邻邻，有马白颠。未见君子，寺人之令。

阪有漆，隰有栗。既见君子，并坐鼓瑟。今者不乐，逝者其耋。

阪有桑，隰有杨。既见君子，并坐鼓簧。今者不乐，逝者其亡。

驷驖

驷驖孔阜，六辔在手。公之媚子，从公于狩。

奉时辰牡，辰牡孔硕。公曰左之，舍拔则获。

游于北园，四马既闲。輶车鸾镳，载猃歇骄。

小戎

小戎俴收，五楘梁辀。游环胁驱，阴靷鋈续。文茵畅毂，驾我骐馵。言念君子，温其如玉。在其板屋，乱我心曲。

四牡孔阜，六辔在手。骐駵是中，騧骊是骖。龙盾之合，鋈以觼軜。言念君子，温其在邑。方何为期？胡然我念之！

俴驷孔群，厹矛鋈錞。蒙伐有苑，虎韔镂膺。交韔二弓，竹闭绲縢。言念君子，载寝载兴。厌厌良人，秩秩德音。

蒹葭

蒹葭苍苍，白露为霜。所谓伊人，在水一方，溯洄从之，道阻且长。溯游从之，宛在水中央。

蒹葭凄凄，白露未晞。所谓伊人，在水之湄。溯洄从之，
道阻且跻。溯游从之，宛在水中坻。

蒹葭采采，白露未已。所谓伊人，在水之涘。溯洄从之，
道阻且右。溯游从之，宛在水中沚。

终南

终南何有？有条有梅。君子至止，锦衣狐裘。颜如渥丹，
其君也哉！

终南何有？有纪有堂。君子至止，黻衣绣裳。佩玉将将，
寿考不忘！

黄鸟

交交黄鸟，止于棘。谁从穆公？子车奄息。维此奄息，百
夫之特。临其穴，惴惴其栗。彼苍者天，歼我良人！如可赎兮，
人百其身！

交交黄鸟，止于桑。谁从穆公？子车仲行。维此仲行，百
夫之防。临其穴，惴惴其栗。彼苍者天，歼我良人！如可赎兮，
人百其身！

交交黄鸟，止于楚。谁从穆公？子车针虎。维此针虎，百
夫之御。临其穴，惴惴其栗。彼苍者天，歼我良人！如可赎兮，
人百其身！

晨风

鴥彼晨风，郁彼北林。未见君子，忧心钦钦。如何如何，
忘我实多！

山有苞栎，隰有六驳。未见君子，忧心靡乐。如何如何，忘我实多！

山有苞棣，隰有树檖。未见君子，忧心如醉。如何如何，忘我实多！

无衣

岂曰无衣？与子同袍。王于兴师，修我戈矛。与子同仇！

岂曰无衣？与子同泽。王于兴师，修我矛戟。与子偕作！

岂曰无衣？与子同裳。王于兴师，修我甲兵。与子偕行！

渭阳

我送舅氏，曰至渭阳。何以赠之？路车乘黄。

我送舅氏，悠悠我思。何以赠之？琼瑰玉佩。

权舆

於我乎，夏屋渠渠，今也每食无余。于嗟乎，不承权舆！

於我乎，每食四簋，今也每食不饱。于嗟乎，不承权舆！

国风·陈风

宛丘

子之汤兮，宛丘之上兮。洵有情兮，而无望兮。

坎其击鼓，宛丘之下。无冬无夏，值其鹭羽。

坎其击缶，宛丘之道。无冬无夏，值其鹭翿。

东门之枌

东门之枌，宛丘之栩。子仲之子，婆娑其下。

穀旦于差，南方之原。不绩其麻，市也婆娑。

穀旦于逝，越以鬷迈。视尔如荍，贻我握椒。

衡门

衡门之下，可以栖迟。泌之洋洋，可以乐饥。

岂其食鱼，必河之鲂？岂其取妻，必齐之姜？

岂其食鱼，必河之鲤？岂其取妻，必宋之子？

东门之池

东门之池，可以沤麻。彼美淑姬，可与晤歌。

东门之池，可以沤纻。彼美淑姬，可与晤语。

东门之池，可以沤菅。彼美淑姬，可与晤言。

东门之杨

东门之杨，其叶牂牂。昏以为期，明星煌煌。

东门之杨，其叶肺肺。昏以为期，明星晢晢。

墓门

墓门有棘，斧以斯之。夫也不良，国人知之。知而不已，谁昔然矣。

墓门有梅，有鸮萃止。夫也不良，歌以讯之。讯予不顾，颠倒思予。

防有鹊巢

防有鹊巢，邛有旨苕。谁侜予美？心焉忉忉。
中唐有甓，邛有旨鹝。谁侜予美？心焉惕惕。

月出

月出皎兮。佼人僚兮。舒窈纠兮。劳心悄兮。
月出皓兮。佼人懰兮。舒忧受兮。劳心慅兮。
月出照兮。佼人燎兮。舒夭绍兮。劳心惨兮。

株林

胡为乎株林？从夏南！匪适株林，从夏南！
驾我乘马，说于株野。乘我乘驹，朝食于株！

泽陂

彼泽之陂，有蒲与荷。有美一人，伤如之何？寤寐无为，
涕泗滂沱。

彼泽之陂，有蒲与蕳。有美一人，硕大且卷。寤寐无为，
中心悁悁。

彼泽之陂，有蒲菡萏。有美一人，硕大且俨。寤寐无为，
辗转伏枕。

国风·桧风

羔裘

羔裘逍遥，狐裘以朝。岂不尔思？劳心忉忉。

羔裘翱翔，狐裘在堂。岂不尔思？我心忧伤。

羔裘如膏，日出有曜。岂不尔思？中心是悼。

素冠

庶见素冠兮，棘人栾栾兮。劳心慱慱兮。

庶见素衣兮，我心伤悲兮。聊与子同归兮。

庶见素韠兮，我心蕴结兮。聊与子如一兮。

隰有苌楚

隰有苌楚，猗傩其枝，夭之沃沃，乐子之无知。

隰有苌楚，猗傩其华，夭之沃沃。乐子之无家。

隰有苌楚，猗傩其实，夭之沃沃。乐子之无室。

匪风

匪风发兮，匪车偈兮。顾瞻周道，中心怛兮。

匪风飘兮，匪车嘌兮。顾瞻周道，中心吊兮。

谁能亨鱼？溉之釜鬵。谁将西归？怀之好音。

国风·曹风

蜉蝣

蜉蝣之羽，衣裳楚楚。心之忧矣，于我归处。

蜉蝣之翼，采采衣服。心之忧矣，于我归息。

蜉蝣掘阅，麻衣如雪。心之忧矣，于我归说。

候人

彼候人兮，何戈与祋。彼其之子，三百赤芾。

维鹈在梁，不濡其翼。彼其之子，不称其服。

维鹈在梁，不濡其咮。彼其之子，不遂其媾。

荟兮蔚兮，南山朝隮。婉兮娈兮，季女斯饥。

鸤鸠

鸤鸠在桑，其子七兮。淑人君子，其仪一兮。其仪一兮，心如结兮。

鸤鸠在桑，其子在梅。淑人君子，其带伊丝。其带伊丝，其弁伊骐。

鸤鸠在桑，其子在棘。淑人君子，其仪不忒。其仪不忒，正是四国。

鸤鸠在桑，其子在榛。淑人君子，正是国人，正是国人。胡不万年？

下泉

冽彼下泉，浸彼苞稂。忾我寤叹，念彼周京。

冽彼下泉，浸彼苞萧。忾我寤叹，念彼京周。

冽彼下泉，浸彼苞蓍。忾我寤叹，念彼京师。

芃芃黍苗，阴雨膏之。四国有王，郇伯劳之。

国风·豳风

七月

七月流火，九月授衣。一之日觱发，二之日栗烈。无衣无褐，何以卒岁？三之日于耜，四之日举趾。同我妇子，馌彼南亩。田畯至喜。

七月流火，九月授衣。春日载阳，有鸣仓庚。女执懿筐，遵彼微行，爰求柔桑。春日迟迟，采蘩祁祁。女心伤悲，殆及公子同归。

七月流火，八月萑苇。蚕月条桑，取彼斧斨。以伐远扬，猗彼女桑。七月鸣鵙，八月载绩。载玄载黄，我朱孔阳，为公子裳。

四月秀葽，五月鸣蜩。八月其获，十月陨萚。一之日于貉，取彼狐狸，为公子裘。二之日其同，载缵武功。言私其豵，献豜于公。

五月斯螽动股，六月莎鸡振羽。七月在野，八月在宇，九月在户，十月蟋蟀入我床下。穹窒熏鼠，塞向墐户。嗟我妇子，曰为改岁，入此室处。

六月食郁及薁，七月亨葵及菽。八月剥枣，十月获稻。为此春酒，以介眉寿。七月食瓜，八月断壶，九月叔苴，采荼薪樗。食我农夫。

九月筑场圃，十月纳禾稼。黍稷重穋，禾麻菽麦。嗟我农夫，我稼既同，上入执宫功。昼尔于茅，宵尔索绹，亟其乘屋，其始播百谷。

二之日凿冰冲冲，三之日纳于凌阴。四之日其蚤，献羔祭韭。九月肃霜，十月涤场。朋酒斯飨，曰杀羔羊，跻彼公堂。称彼兕觥，万寿无疆！

鸱鸮

鸱鸮鸱鸮，既取我子，无毁我室。恩斯勤斯，鬻子之闵斯。

迨天之未阴雨，彻彼桑土，绸缪牖户。今女下民，或敢侮予？

予手拮据，予所捋荼。予所蓄租，予口卒瘏，曰予未有室家。

予羽谯谯，予尾翛翛，予室翘翘。风雨所漂摇，予维音哓哓！

东山

我徂东山，慆慆不归。我来自东，零雨其濛。我东曰归，我心西悲。制彼裳衣，勿士行枚。蜎蜎者蠋，烝在桑野。敦彼独宿，亦在车下。

我徂东山，慆慆不归。我来自东，零雨其濛。果臝之实，亦施于宇。伊威在室，蟏蛸在户。町畽鹿场，熠耀宵行。不可畏也，伊可怀也。

我徂东山，慆慆不归。我来自东，零雨其濛。鹳鸣于垤，妇叹于室。洒扫穹窒，我征聿至。有敦瓜苦，烝在栗薪。自我不见，于今三年。

我徂东山，慆慆不归。我来自东，零雨其濛。仓庚于飞，熠燿其羽。之子于归，皇驳其马。亲结其缡，九十其仪。其新孔嘉，其旧如之何？

破斧

既破我斧，又缺我斨。周公东征，四国是皇。哀我人斯，亦孔之将。

既破我斧，又缺我锜。周公东征，四国是吪。哀我人斯，亦孔之嘉。

既破我斧，又缺我銶。周公东征，四国是遒。哀我人斯，亦孔之休。

伐柯

伐柯如何？匪斧不克。取妻如何？匪媒不得。

伐柯伐柯，其则不远。我觏之子，笾豆有践。

九罭

九罭之鱼，鳟鲂。我觏之子，衮衣绣裳。

鸿飞遵渚，公归无所，于女信处。

鸿飞遵陆，公归不复，于女信宿。

是以有衮衣兮，无以我公归兮，无使我心悲兮。

狼跋

狼跋其胡，载疐其尾。公孙硕肤，赤舄几几。
狼疐其尾，载跋其胡。公孙硕肤，德音不瑕？

小雅·鹿鸣之什

鹿鸣

呦呦鹿鸣，食野之苹。我有嘉宾，鼓瑟吹笙。吹笙鼓簧，承筐是将。人之好我，示我周行。

呦呦鹿鸣，食野之蒿。我有嘉宾，德音孔昭。视民不恌，君子是则是效。我有旨酒，嘉宾式燕以敖。

呦呦鹿鸣，食野之芩。我有嘉宾，鼓瑟鼓琴。鼓瑟鼓琴，和乐且湛。我有旨酒，以燕乐嘉宾之心。

四牡

四牡騑騑，周道倭迟。岂不怀归？王事靡盬，我心伤悲。
四牡騑騑，啴啴骆马。岂不怀归？王事靡盬，不遑启处。
翩翩者鵻，载飞载下，集于苞栩。王事靡盬，不遑将父。
翩翩者鵻，载飞载止，集于苞杞。王事靡盬，不遑将母。
驾彼四骆，载骤骎骎。岂不怀归？是用作歌，将母来谂。

皇皇者华

皇皇者华，于彼原隰。駪駪征夫，每怀靡及。

我马维驹，六辔如濡。载驰载驱，周爰咨诹。

我马维骐，六辔如丝。载驰载驱，周爰咨谋。

我马维骆，六辔沃若。载驰载驱，周爰咨度。

我马维骃，六辔既均。载驰载驱，周爰咨询。

常棣

常棣之华，鄂不韡韡。凡今之人，莫如兄弟。

死丧之威，兄弟孔怀。原隰裒矣，兄弟求矣。

脊令在原，兄弟急难。每有良朋，况也永叹。

兄弟阋于墙，外御其务。每有良朋，烝也无戎。

丧乱既平，既安且宁。虽有兄弟，不如友生。

傧尔笾豆，饮酒之饫。兄弟既具，和乐且孺。

妻子好合，如鼓瑟琴。兄弟既翕，和乐且湛。

宜尔室家，乐尔妻帑。是究是图，亶其然乎？

伐木

伐木丁丁，鸟鸣嘤嘤。出自幽谷，迁于乔木。嘤其鸣矣，求其友声。相彼鸟矣，犹求友声。矧伊人矣，不求友生！神之听之，终和且平。

伐木许许，酾酒有藇！既有肥羜，以速诸父。宁适不来，微我弗顾。於粲洒埽，陈馈八簋。既有肥牡，以速诸舅。宁适不来，微我有咎。

伐木于阪，酾酒有衍。笾豆有践，兄弟无远。民之失德，乾餱以愆。有酒湑我，无酒酤我。坎坎鼓我，蹲蹲舞我。迨我暇矣，饮此湑矣。

天保

天保定尔，亦孔之固。俾尔单厚，何福不除？俾尔多益，以莫不庶。

天保定尔，俾尔戬穀。罄无不宜，受天百禄。降尔遐福，维日不足。

天保定尔，以莫不兴。如山如阜，如冈如陵，如川之方至，以莫不增。

吉蠲为饎，是用孝享。禴祠烝尝，于公先王。君曰卜尔，万寿无疆。

神之吊矣，诒尔多福。民之质矣，日用饮食。群黎百姓，遍为尔德。

如月之恒，如日之升。如南山之寿，不骞不崩。如松柏之茂，无不尔或承。

采薇

采薇采薇，薇亦作止。曰归曰归，岁亦莫止。靡室靡家，狁之故。不遑启居，狁之故。

采薇采薇，薇亦柔止。曰归曰归，心亦忧止。忧心烈烈，载饥载渴。我戍未定，靡使归聘。

采薇采薇，薇亦刚止。曰归曰归，岁亦阳止。王事靡盬，不遑启处。忧心孔疚，我行不来！

彼尔维何？维常之华。彼路斯何？君子之车。戎车既驾，四牡业业。岂敢定居？一月三捷。

驾彼四牡，四牡骙骙。君子所依，小人所腓。四牡翼翼，象弭鱼服。岂不日戒？猃狁孔棘！

昔我往矣，杨柳依依。今我来思，雨雪霏霏。行道迟迟，载渴载饥。我心伤悲，莫知我哀！

出车

我出我车，于彼牧矣。自天子所，谓我来矣。召彼仆夫，谓之载矣。王事多难，维其棘矣。

我出我车，于彼郊矣。设此旐矣，建彼旄矣。彼旟旐斯，胡不旆旆？忧心悄悄，仆夫况瘁。

王命南仲，往城于方。出车彭彭，旂旐央央。天子命我，城彼朔方。赫赫南仲，猃狁于襄。

昔我往矣，黍稷方华。今我来思，雨雪载涂。王事多难，不遑启居。岂不怀归？畏此简书。

喓喓草虫，趯趯阜螽。未见君子，忧心忡忡。既见君子，我心则降。赫赫南仲，薄伐西戎。

春日迟迟，卉木萋萋。仓庚喈喈，采蘩祁祁。执讯获丑，薄言还归。赫赫南仲，猃狁于夷。

杕杜

有杕之杜，有睍其实。王事靡盬，继嗣我日。日月阳止，女心伤止，征夫遑止。

有杕之杜，其叶萋萋。王事靡盬，我心伤悲。卉木萋止，女心悲止，征夫归止！

陟彼北山，言采其杞。王事靡盬，忧我父母。檀车幝幝，四牡痯痯，征夫不远！

匪载匪来，忧心孔疚。斯逝不至，而多为恤。卜筮偕止，会言近止，征夫迩止！

鱼丽

鱼丽于罶，鲿鲨。君子有酒，旨且多。

鱼丽于罶，鲂鳢。君子有酒，多且旨。

鱼丽于罶，鰋鲤。君子有酒，旨且有。

物其多矣，维其嘉矣！

物其旨矣，维其偕矣！

物其有矣，维其时矣！

小雅·南有嘉鱼之什

南有嘉鱼

南有嘉鱼，烝然罩罩。君子有酒，嘉宾式燕以乐。

南有嘉鱼，烝然汕汕。君子有酒，嘉宾式燕以衎。

南有樛木，甘瓠累之。君子有酒，嘉宾式燕绥之。

翩翩者雏，烝然来思。君子有酒，嘉宾式燕又思。

南山有台

南山有台，北山有莱。乐只君子，邦家之基。乐只君子，万寿无期。

南山有桑，北山有杨。乐只君子，邦家之光。乐只君子，万寿无疆。

南山有杞，北山有李。乐只君子，民之父母。乐只君子，德音不已。

南山有栲，北山有杻。乐只君子，遐不眉寿。乐只君子，德音是茂。

南山有枸，北山有楰。乐只君子，遐不黄耇。乐只君子，保艾尔后。

蓼萧

蓼彼萧斯，零露湑兮。既见君子，我心写兮。燕笑语兮，是以有誉处兮。

蓼彼萧斯，零露瀼瀼。既见君子，为龙为光。其德不爽，寿考不忘。

蓼彼萧斯，零露泥泥。既见君子，孔燕岂弟。宜兄宜弟，令德寿岂。

蓼彼萧斯，零露浓浓。既见君子，鞗革忡忡。和鸾雍雍，万福攸同。

湛露

湛湛露斯，匪阳不晞。厌厌夜饮，不醉无归。

湛湛露斯，在彼丰草。厌厌夜饮，在宗载考。

湛湛露斯，在彼杞棘。显允君子，莫不令德。

其桐其椅，其实离离。岂弟君子，莫不令仪。

彤弓

彤弓弨兮，受言藏之。我有嘉宾，中心贶之。钟鼓既设，一朝飨之。

彤弓弨兮，受言载之。我有嘉宾，中心喜之。钟鼓既设，一朝右之。

彤弓弨兮，受言櫜之。我有嘉宾，中心好之。钟鼓既设，一朝酬之。

菁菁者莪

菁菁者莪，在彼中阿。既见君子，乐且有仪。
菁菁者莪，在彼中沚。既见君子，我心则喜。
菁菁者莪，在彼中陵。既见君子，锡我百朋。
泛泛杨舟，载沉载浮。既见君子，我心则休。

六月

六月栖栖，戎车既饬。四牡骙骙，载是常服。狁狁孔炽，我是用急。王于出征，以匡王国。

比物四骊，闲之维则。维此六月，既成我服。我服既成，于三十里。王于出征，以佐天子。

四牡修广，其大有颙。薄伐狁狁，以奏肤公。有严有翼，共武之服。共武之服，以定王国。

狁狁匪茹，整居焦获。侵镐及方，至于泾阳。织文鸟章，白旆央央。元戎十乘，以先启行。

戎车既安，如轻如轩。四牡既佶，既佶且闲。薄伐猃狁，至于大原。文武吉甫，万邦为宪。

吉甫燕喜，既多受祉。来归自镐，我行永久。饮御诸友，炰鳖脍鲤。侯谁在矣？张仲孝友。

采芑

薄言采芑，于彼新田，于此菑亩。方叔涖止，其车三千。师干之试，方叔率止。乘其四骐，四骐翼翼。路车有奭，簟笰鱼服，钩膺鞗革。

薄言采芑，于彼新田，于此中乡。方叔莅止，其车三千。旂旐央央，方叔率止。约𫐄错衡，八鸾玱玱。服其命服，朱芾斯皇，有玱葱珩。

鴥彼飞隼，其飞戾天，亦集爰止。方叔涖止，其车三千。师干之试，方叔率止。钲人伐鼓，陈师鞠旅。显允方叔，伐鼓渊渊，振旅阗阗。

蠢尔蛮荆，大邦为仇。方叔元老，克壮其犹。方叔率止，执讯获丑。戎车啴啴，啴啴焞焞，如霆如雷。显允方叔，征伐猃狁，蛮荆来威。

车攻

我车既攻，我马既同。四牡庞庞，驾言徂东。

田车既好，田牡孔阜。东有甫草，驾言行狩。

之子于苗，选徒嚣嚣。建旐设旄，搏兽于敖。

驾彼四牡，四牡奕奕。赤芾金舃，会同有绎。

决拾既饮，弓矢既调。射夫既同，助我举柴。

四黄既驾，两骖不猗。不失其驰，舍矢如破。

萧萧马鸣，悠悠旆旌。徒御不惊，大庖不盈。

之子于征，有闻无声。允矣君子，展也大成。

吉日

吉日维戊，既伯既祷。田车既好，四牡孔阜。升彼大阜，从其群丑。

吉日庚午，既差我马。兽之所同，麀鹿麌麌。漆沮之从，天子之所。

瞻彼中原，其祁孔有。儦儦俟俟，或群或友。悉率左右，以燕天子。

既张我弓，既挟我矢。发彼小豝，殪此大兕。以御宾客，且以酌醴。

小雅·鸿雁之什

鸿雁

鸿雁于飞，肃肃其羽。之子于征，劬劳于野。爰及矜人，哀此鳏寡。

鸿雁于飞，集于中泽。之子于垣，百堵皆作。虽则劬劳，其究安宅？

鸿雁于飞，哀鸣嗷嗷。维此哲人，谓我劬劳。维彼愚人，谓我宣骄。

庭燎

夜如何其？夜未央，庭燎之光。君子至止，鸾声将将。

夜如何其？夜未艾，庭燎晰晰。君子至止，鸾声哕哕。

夜如何其？夜乡晨，庭燎有辉。君子至止，言观其旂。

沔水

沔彼流水，朝宗于海。鴥彼飞隼，载飞载止。嗟我兄弟，
邦人诸友。莫肯念乱，谁无父母？

沔彼流水，其流汤汤。鴥彼飞隼，载飞载扬。念彼不迹，
载起载行。心之忧矣，不可弭忘。

鴥彼飞隼，率彼中陵。民之讹言，宁莫之惩？我友敬矣，
谗言其兴。

鹤鸣

鹤鸣于九皋，声闻于野。鱼潜在渊，或在于渚。乐彼之园，
爰有树檀，其下维萚。他山之石，可以为错。

鹤鸣于九皋，声闻于天。鱼在于渚，或潜在渊。乐彼之园，
爰有树檀，其下维穀。他山之石，可以攻玉。

祈父

祈父，予王之爪牙。胡转予于恤，靡所止居？

祈父，予王之爪士。胡转予于恤，靡所厎止？

祈父，亶不聪。胡转予于恤？有母之尸饔。

白驹

皎皎白驹，食我场苗。絷之维之，以永今朝。所谓伊人，于焉逍遥？

皎皎白驹，食我场藿。絷之维之，以永今夕。所谓伊人，于焉嘉客？

皎皎白驹，贲然来思。尔公尔侯，逸豫无期？慎尔优游，勉尔遁思。

皎皎白驹，在彼空谷。生刍一束，其人如玉。毋金玉尔音，而有遐心。

黄鸟

黄鸟黄鸟，无集于穀，无啄我粟。此邦之人，不我肯穀。言旋言归，复我邦族。

黄鸟黄鸟，无集于桑，无啄我粱。此邦之人，不可与明。言旋言归，复我诸兄。

黄鸟黄鸟，无集于栩，无啄我黍。此邦之人，不可与处。言旋言归，复我诸父。

我行其野

我行其野，蔽芾其樗。昏姻之故，言就尔居。尔不我畜，复我邦家。

我行其野，言采其蓫。昏姻之故，言就尔宿。尔不我畜，言归斯复。

我行其野，言采其葍。不思旧姻，求尔新特。成不以富，亦祇以异。

斯干

秩秩斯干，幽幽南山。如竹苞矣，如松茂矣。兄及弟矣，式相好矣，无相犹矣。

似续妣祖，筑室百堵，西南其户。爰居爰处，爰笑爰语。

约之阁阁，椓之橐橐。风雨攸除，鸟鼠攸去，君子攸芋。

如跂斯翼，如矢斯棘，如鸟斯革，如翚斯飞，君子攸跻。

殖殖其庭，有觉其楹。哙哙其正，哕哕其冥。君子攸宁。

下莞上簟，乃安斯寝。乃寝乃兴，乃占我梦。吉梦维何？维熊维罴，维虺维蛇。

大人占之：维熊维罴，男子之祥；维虺维蛇，女子之祥。

乃生男子，载寝之床。载衣之裳，载弄之璋。其泣喤喤，朱芾斯皇，室家君王。

乃生女子，载寝之地。载衣之裼，载弄之瓦。无非无仪，唯酒食是议，无父母诒罹。

无羊

谁谓尔无羊？三百维群。谁谓尔无牛？九十其犉。尔羊来思，其角濈濈。尔牛来思，其耳湿湿。

或降于阿，或饮于池，或寝或讹。尔牧来思，何蓑何笠，或负其糇。三十维物，尔牲则具。

尔牧来思，以薪以蒸，以雌以雄。尔羊来思，矜矜兢兢，不骞不崩。麾之以肱，毕来既升。

牧人乃梦，众维鱼矣，旐维旟矣。大人占之：众维鱼矣，实维丰年；旐维旟矣，室家溱溱。

小雅·节南山之什

节南山

节彼南山，维石岩岩。赫赫师尹，民具尔瞻。忧心如惔，不敢戏谈。国既卒斩，何用不监！

节彼南山，有实其猗。赫赫师尹，不平谓何。天方荐瘥，丧乱弘多。民言无嘉，憯莫惩嗟。

尹氏大师，维周之氐；秉国之钧，四方是维。天子是毗，俾民不迷。不吊昊天，不宜空我师。

弗躬弗亲，庶民弗信。弗问弗仕，勿罔君子。式夷式已，无小人殆。琐琐姻亚，则无膴仕。

昊天不佣，降此鞠讻。昊天不惠，降此大戾。君子如届，俾民心阕。君子如夷，恶怒是违。

不吊昊天，乱靡有定。式月斯生，俾民不宁。忧心如酲，谁秉国成？不自为政，卒劳百姓。

驾彼四牡，四牡项领。我瞻四方，蹙蹙靡所骋。

方茂尔恶，相尔矛矣。既夷既怿，如相酬矣。

昊天不平，我王不宁。不惩其心，覆怨其正。

家父作诵，以究王讻。式讹尔心，以畜万邦。

正月

正月繁霜，我心忧伤。民之讹言，亦孔之将。念我独兮，忧心京京。哀我小心，癙忧以痒。

父母生我，胡俾我瘉？不自我先，不自我后。好言自口，莠言自口。忧心愈愈，是以有侮。

忧心惸惸，念我无禄。民之无辜，并其臣仆。哀我人斯，于何从禄？瞻乌爰止？于谁之屋？

瞻彼中林，侯薪侯蒸。民今方殆，视天梦梦。既克有定，靡人弗胜。有皇上帝，伊谁云憎？

谓山盖卑，为冈为陵。民之讹言，宁莫之惩。召彼故老，讯之占梦。具曰予圣，谁知乌之雌雄！

谓天盖高，不敢不局。谓地盖厚，不敢不蹐。维号斯言，有伦有脊。哀今之人，胡为虺蜴？

瞻彼阪田，有菀其特。天之扤我，如不我克。彼求我则，如不我得。执我仇仇，亦不我力。

心之忧矣，如或结之。今兹之正，胡然厉矣？燎之方扬，宁或灭之？赫赫宗周，褒姒灭之！

终其永怀，又窘阴雨。其车既载，乃弃尔辅。载输尔载，将伯助予！

无弃尔辅，员于尔辐。屡顾尔仆，不输尔载。终逾绝险，曾是不意。

鱼在于沼，亦匪克乐。潜虽伏矣，亦孔之炤。忧心惨惨，念国之为虐！

彼有旨酒，又有嘉肴。洽比其邻，昏姻孔云。念我独兮，忧心殷殷。

佌佌彼有屋，蔌蔌方有谷。民今之无禄，天夭是椓。哿矣富人，哀此惸独。

十月之交

十月之交，朔月辛卯。日有食之，亦孔之丑。彼月而微，此日而微；今此下民，亦孔之哀。

日月告凶，不用其行。四国无政，不用其良。彼月而食，则维其常；此日而食，于何不臧。

烨烨震电，不宁不令。百川沸腾，山冢崒崩。高岸为谷，深谷为陵。哀今之人，胡憯莫惩？

皇父卿士，番维司徒，家伯维宰，仲允膳夫，棸子内史，蹶维趣马，楀维师氏。艳妻煽方处。

抑此皇父，岂曰不时？胡为我作，不即我谋？彻我墙屋，田卒污莱。曰予不戕，礼则然矣。

皇父孔圣，作都于向。择三有事，亶侯多藏。不慭遗一老，俾守我王。择有车马，以居徂向。

黾勉从事，不敢告劳。无罪无辜，谗口嚣嚣。下民之孽，匪降自天。噂沓背憎，职竞由人。

悠悠我里，亦孔之痗。四方有羡，我独居忧。民莫不逸，我独不敢休。天命不彻，我不敢效我友自逸。

雨无正

浩浩昊天，不骏其德。降丧饥馑，斩伐四国。旻天疾威，弗虑弗图。舍彼有罪，既伏其辜。若此无罪，沦胥以铺。

　　周宗既灭，靡所止戾。正大夫离居，莫知我勚。三事大夫，莫肯夙夜。邦君诸侯，莫肯朝夕。庶曰式臧，覆出为恶。

　　如何昊天，辟言不信。如彼行迈，则靡所臻。凡百君子，各敬尔身。胡不相畏，不畏于天？

　　戎成不退，饥成不遂。曾我暬御，憯憯日瘁。凡百君子，莫肯用讯。听言则答，谮言则退。

　　哀哉不能言，匪舌是出，维躬是瘁。哿矣能言，巧言如流，俾躬处休！

　　维曰予仕，孔棘且殆。云不何使，得罪于天子；亦云可使，怨及朋友。

　　谓尔迁于王都。曰予未有室家。鼠思泣血，无言不疾。昔尔出居，谁从作尔室？

小旻

　　旻天疾威，敷于下土。谋犹回遹，何日斯沮？谋臧不从，不臧覆用。我视谋犹，亦孔之邛。

　　潝潝訿訿，亦孔之哀。谋之其臧，则具是违。谋之不臧，则具是依。我视谋犹，伊于胡底。

　　我龟既厌，不我告犹。谋夫孔多，是用不集。发言盈庭，谁敢执其咎？如匪行迈，谋是用不得于道。

　　哀哉为犹，匪先民是程，匪大犹是经。维迩言是听，维迩言是争。如彼筑室于道，谋是用不溃于成。

　　国虽靡止，或圣或否。民虽靡膴，或哲或谋，或肃或艾。

如彼泉流，无沦胥以败。

不敢暴虎，不敢冯河。人知其一，莫知其他。战战兢兢，如临深渊，如履薄冰。

小宛

宛彼鸣鸠，翰飞戾天。我心忧伤，念昔先人。明发不寐，有怀二人。

人之齐圣，饮酒温克。彼昏不知，壹醉日富。各敬尔仪，天命不又。

中原有菽，庶民采之。螟蛉有子，蜾蠃负之。教诲尔子，式穀似之。

题彼脊令，载飞载鸣。我日斯迈，而月斯征。夙兴夜寐，毋忝尔所生。

交交桑扈，率场啄粟。哀我填寡，宜岸宜狱。握粟出卜，自何能穀？

温温恭人，如集于木。惴惴小心，如临于谷。战战兢兢，如履薄冰。

小弁

弁彼鸒斯，归飞提提。民莫不穀，我独于罹。何辜于天？我罪伊何？心之忧矣，云如之何？

踧踧周道，鞫为茂草。我心忧伤，惄焉如捣。假寐永叹，维忧用老。心之忧矣，疢如疾首。

维桑与梓，必恭敬止。靡瞻匪父，靡依匪母。不属于毛？

不罹于里？天之生我，我辰安在？

菀彼柳斯，鸣蜩嘒嘒，有漼者渊，萑苇淠淠。譬彼舟流，不知所届，心之忧矣，不遑假寐。

鹿斯之奔，维足伎伎。雉之朝雊，尚求其雌。譬彼坏木，疾用无枝。心之忧矣，宁莫之知？

相彼投兔，尚或先之。行有死人，尚或墐之。君子秉心，维其忍之。心之忧矣，涕既陨之。

君子信谗，如或酬之。君子不惠，不舒究之。伐木掎矣，析薪扡矣。舍彼有罪，予之佗矣。

莫高匪山，莫浚匪泉。君子无易由言，耳属于垣。无逝我梁，无发我笱。我躬不阅，遑恤我后。

巧言

悠悠昊天，曰父母且。无罪无辜，乱如此帆。昊天已威，予慎无罪。昊天泰帆，予慎无辜。

乱之初生，僭始既涵。乱之又生，君子信谗。君子如怒，乱庶遄沮。君子如祉，乱庶遄已。

君子屡盟，乱是用长。君子信盗，乱是用暴。盗言孔甘，乱是用餤。匪其止共，维王之邛。

奕奕寝庙，君子作之。秩秩大猷，圣人莫之。他人有心，予忖度之。跃跃毚兔，遇犬获之。

荏染柔木，君子树之。往来行言，心焉数之。蛇蛇硕言，出自口矣。巧言如簧，颜之厚矣。

彼何人斯？居河之麋。无拳无勇，职为乱阶。既微且尰，尔勇伊何？为犹将多，尔居徒几何？

何人斯

彼何人斯？其心孔艰。胡逝我梁，不入我门？伊谁云从？维暴之云。

二人从行，谁为此祸？胡逝我梁，不入唁我？始者不如，今云不我可。

彼何人斯？胡逝我陈？我闻其声，不见其身。不愧于人？不畏于天？

彼何人斯？其为飘风。胡不自北？胡不自南？胡逝我梁？祇搅我心。

尔之安行，亦不遑舍。尔之亟行，遑脂尔车。壹者之来，云何其盱。

尔还而入，我心易也。还而不入，否难知也。壹者之来，俾我祇也。

伯氏吹壎，仲氏吹篪。及尔如贯，谅不我知，出此三物，以诅尔斯。

为鬼为蜮，则不可得。有靦面目，视人罔极。作此好歌，以极反侧。

巷伯

萋兮斐兮，成是贝锦。彼谮人者，亦已大甚！

哆兮侈兮，成是南箕。彼谮人者，谁适与谋。

缉缉翩翩，谋欲谮人。慎尔言也，谓尔不信。

捷捷幡幡，谋欲谮言。岂不尔受？既其女迁。

骄人好好，劳人草草。苍天苍天，视彼骄人，矜此劳人。

彼谮人者，谁适与谋？取彼谮人，投畀豺虎。豺虎不食，投畀有北。有北不受，投畀有昊！

杨园之道，猗于亩丘。寺人孟子，作为此诗。凡百君子，敬而听之。

小雅·谷风之什

谷风

习习谷风，维风及雨。将恐将惧，维予与女。将安将乐，女转弃予。

习习谷风，维风及颓。将恐将惧，寘予于怀。将安将乐，弃予如遗。

习习谷风，维山崔嵬。无草不死，无木不萎。忘我大德，思我小怨。

蓼莪

蓼蓼者莪，匪莪伊蒿。哀哀父母，生我劬劳。

蓼蓼者莪，匪莪伊蔚。哀哀父母，生我劳瘁。

瓶之罄矣，维罍之耻。鲜民之生，不如死之久矣。无父何怙？无母何恃？出则衔恤，入则靡至。

父兮生我，母兮鞠我。拊我畜我，长我育我，顾我复我，出入腹我。欲报之德。昊天罔极！

南山烈烈，飘风发发。民莫不穀，我独何害！南山律律，飘风弗弗。民莫不穀，我独不卒！

大东

有饛簋飧，有捄棘匕。周道如砥，其直如矢。君子所履，小人所视。睠言顾之，潸焉出涕。

小东大东，杼柚其空。纠纠葛屦，可以履霜。佻佻公子，行彼周行。既往既来，使我心疚。

有冽氿泉，无浸获薪。契契寤叹，哀我惮人。薪是获薪，尚可载也。哀我惮人，亦可息也。

东人之子，职劳不来。西人之子，粲粲衣服。舟人之子，熊罴是裘。私人之子，百僚是试。

或以其酒，不以其浆。鞙鞙佩璲，不以其长。维天有汉，监亦有光。跂彼织女，终日七襄。

虽则七襄，不成报章。睆彼牵牛，不以服箱。东有启明，西有长庚。有捄天毕，载施之行。

维南有箕，不可以簸扬。维北有斗，不可以挹酒浆。维南有箕，载翕其舌。维北有斗，西柄之揭。

四月

四月维夏，六月徂暑。先祖匪人，胡宁忍予？

秋日凄凄，百卉具腓。乱离瘼矣，爰其适归？

冬日烈烈，飘风发发。民莫不穀，我独何害？

山有嘉卉，侯栗侯梅。废为残贼，莫知其尤！

相彼泉水，载清载浊。我日构祸，曷云能穀？

滔滔江汉，南国之纪。尽瘁以仕，宁莫我有？

匪鹑匪鸢，翰飞戾天。匪鳣匪鲔，潜逃于渊。

山有蕨薇，隰有杞桋。君子作歌，维以告哀。

北山

陟彼北山，言采其杞。偕偕士子，朝夕从事。王事靡盬，忧我父母。

溥天之下，莫非王土；率土之滨，莫非王臣。大夫不均，我从事独贤。

四牡彭彭，王事傍傍。嘉我未老，鲜我方将。旅力方刚，经营四方。

或燕燕居息，或尽瘁事国；或息偃在床，或不已于行。

或不知叫号，或惨惨劬劳；或栖迟偃仰，或王事鞅掌。

或湛乐饮酒，或惨惨畏咎；或出入风议，或靡事不为。

无将大车

无将大车，祇自尘兮。无思百忧，祇自疧兮。

无将大车，维尘冥冥。无思百忧，不出于颎。

无将大车，维尘雍兮。无思百忧，祇自重兮。

小明

明明上天，照临下土。我征徂西，至于艽野。二月初吉，载离寒暑。心之忧矣，其毒大苦。念彼共人，涕零如雨。岂不怀归？畏此罪罟！

昔我往矣，日月方除。曷云其还？岁聿云莫。念我独兮，我事孔庶。心之忧矣，惮我不暇。念彼共人，睠睠怀顾！岂不怀归？畏此谴怒。

昔我往矣，日月方奥。曷云其还？政事愈蹙。岁聿云莫，采萧获菽。心之忧矣，自诒伊戚。念彼共人，兴言出宿。岂不怀归？畏此反覆。

嗟尔君子，无恒安处。靖共尔位，正直是与。神之听之，式穀以女。

嗟尔君子，无恒安息。靖共尔位，好是正直。神之听之，介尔景福。

鼓钟

鼓钟将将，淮水汤汤，忧心且伤。淑人君子，怀允不忘。
鼓钟喈喈，淮水湝湝，忧心且悲。淑人君子，其德不回。
鼓钟伐鼛，淮有三洲，忧心且妯。淑人君子，其德不犹。
鼓钟钦钦，鼓瑟鼓琴，笙磬同音。以雅以南，以籥不僭。

楚茨

楚楚者茨，言抽其棘，自昔何为？我蓺黍稷。我黍与与，我稷翼翼。我仓既盈，我庾维亿。以为酒食，以享以祀，以妥以侑，以介景福。

济济跄跄，絜尔牛羊，以往烝尝。或剥或亨，或肆或将。祝祭于祊，祀事孔明。先祖是皇，神保是飨。孝孙有庆，报以介福，万寿无疆！

执爨踖踖，为俎孔硕，或燔或炙。君妇莫莫，为豆孔庶。为宾为客，献酬交错。礼仪卒度，笑语卒获。神保是格，报以介福，万寿攸酢！

我孔熯矣，式礼莫愆。工祝致告，徂赉孝孙。苾芬孝祀，神嗜饮食。卜尔百福，如几如式。既齐既稷，既匡既敕。永锡尔极，时万时亿！

礼仪既备，钟鼓既戒，孝孙徂位，工祝致告，神具醉止，皇尸载起。鼓钟送尸，神保聿归。诸宰君妇，废彻不迟。诸父兄弟，备言燕私。

乐具入奏，以绥后禄。尔肴既将，莫怨具庆。既醉既饱，小大稽首。神嗜饮食，使君寿考。孔惠孔时，维其尽之。子子孙孙，勿替引之！

信南山

信彼南山，维禹甸之。畇畇原隰，曾孙田之。我疆我理，南东其亩。

上天同云。雨雪雰雰，益之以霡霂。既优既渥，既沾既足。生我百谷。

疆埸翼翼，黍稷彧彧。曾孙之穑，以为酒食。畀我尸宾，寿考万年。

中田有庐，疆埸有瓜。是剥是菹，献之皇祖。曾孙寿考，受天之祜。

祭以清酒，从以骍牡，享于祖考。执其鸾刀，以启其毛，取其血膋。

是烝是享，苾苾芬芬。祀事孔明，先祖是皇。报以介福。万寿无疆。

小雅·甫田之什

甫田

倬彼甫田，岁取十千。我取其陈，食我农人。自古有年。今适南亩，或耘或耔。黍稷薿薿，攸介攸止，烝我髦士。

以我齐明，与我牺羊，以社以方。我田既臧，农夫之庆。琴瑟击鼓，以御田祖。以祈甘雨，以介我稷黍，以谷我士女。

曾孙来止，以其妇子。馌彼南亩，田畯至喜。攘其左右，尝其旨否。禾易长亩，终善且有。曾孙不怒，农夫克敏。

曾孙之稼，如茨如梁。曾孙之庾，如坻如京。乃求千斯仓，乃求万斯箱。黍稷稻粱，农夫之庆。报以介福，万寿无疆。

大田

大田多稼，既种既戒，既备乃事。以我覃耜，俶载南亩。播厥百谷，既庭且硕，曾孙是若。

既方既皂，既坚既好，不稂不莠。去其螟螣，及其蟊贼，无害我田稚。田祖有神，秉畀炎火。

有渰萋萋，兴雨祈祈。雨我公田，遂及我私。彼有不获稚，此有不敛穧，彼有遗秉，此有滞穗，伊寡妇之利。

曾孙来止，以其妇子。馌彼南亩，田畯至喜。来方禋祀，以其骍黑，与其黍稷。以享以祀，以介景福。

瞻彼洛矣

瞻彼洛矣，维水泱泱。君子至止，福禄如茨。韎韐有奭，以作六师。

瞻彼洛矣，维水泱泱。君子至止，鞸琫有珌。君子万年，保其家室。

瞻彼洛矣，维水泱泱。君子至止，福禄既同。君子万年，保其家邦。

裳裳者华

裳裳者华，其叶湑兮。我觏之子，我心写兮。我心写兮，是以有誉处兮。

裳裳者华，芸其黄矣。我觏之子，维其有章矣。维其有章矣，是以有庆矣。

裳裳者华，或黄或白。我觏之子，乘其四骆。乘其四骆，六辔沃若。

左之左之，君子宜之。右之右之，君子有之。维其有之，是以似之。

桑扈

交交桑扈，有莺其羽。君子乐胥，受天之祜。

交交桑扈，有莺其领。君子乐胥，万邦之屏。

之屏之翰，百辟为宪。不戢不难，受福不那。

兕觥其觩，旨酒思柔。彼交匪敖，万福来求。

鸳鸯

鸳鸯于飞，毕之罗之。君子万年，福禄宜之。

鸳鸯在梁，戢其左翼。君子万年，宜其遐福。

乘马在厩，摧之秣之。君子万年，福禄艾之。

乘马在厩，秣之摧之。君子万年，福禄绥之。

頍弁

有頍者弁，实维伊何？尔酒既旨，尔肴既嘉。岂伊异人？兄弟匪他。茑与女萝，施于松柏。未见君子，忧心奕奕；既见君子，庶几说怿。

有頍者弁，实维何期？尔酒既旨，尔肴既时。岂伊异人？兄弟具来。茑与女萝，施于松上。未见君子，忧心恓恓；既见君子，庶几有臧。

有頍者弁，实维在首。尔酒既旨，尔肴既阜。岂伊异人？兄弟甥舅。如彼雨雪，先集维霰。死丧无日，无几相见。乐酒今夕，君子维宴。

车舝

间关车之舝兮，思娈季女逝兮。匪饥匪渴，德音来括。虽无好友？式燕且喜。

依彼平林，有集维鷮。辰彼硕女，令德来教。式燕且誉，好尔无射。

虽无旨酒？式饮庶几。虽无嘉肴？式食庶几。虽无德与女？式歌且舞？

陟彼高冈，析其柞薪。析其柞薪，其叶湑兮。鲜我觏尔，我心写兮。

高山仰止，景行行止。四牡骓骓，六辔如琴。觏尔新婚，以慰我心。

青蝇

营营青蝇，止于樊。岂弟君子，无信谗言。
营营青蝇，止于棘。谗人罔极，交乱四国。
营营青蝇，止于榛。谗人罔极，构我二人。

宾之初筵

宾之初筵，左右秩秩。笾豆有楚，殽核维旅。酒既和旨，饮酒孔偕。钟鼓既设，举酬逸逸。大侯既抗，弓矢斯张。射夫既同，献尔发功。发彼有的，以祈尔爵。

籥舞笙鼓，乐既和奏。烝衎烈祖，以洽百礼。百礼既至，有壬有林。锡尔纯嘏，子孙其湛。其湛曰乐，各奏尔能。宾载手仇，室人入又。酌彼康爵，以奏尔时。

宾之初筵，温温其恭。其未醉止，威仪反反。曰既醉止，威仪幡幡。舍其坐迁，屡舞仙仙。其未醉止，威仪抑抑。曰既醉止，威仪怭怭。是曰既醉，不知其秩。

宾既醉止，载号载呶。乱我笾豆，屡舞僛僛。是曰既醉，不知其邮。侧弁之俄，屡舞傞傞。既醉而出，并受其福。醉而不出，是谓伐德。饮酒孔嘉，维其令仪。

凡此饮酒，或醉或否。既立之监，或佐之史。彼醉不臧，不醉反耻。式勿从谓，无俾大怠。匪言勿言，匪由勿语。由醉之言，俾出童羖。三爵不识，矧敢多又。

小雅·鱼藻之什

鱼藻

鱼在在藻，有颁其首。王在在镐，岂乐饮酒。

鱼在在藻，有莘其尾。王在在镐，饮酒乐岂。

鱼在在藻，依于其蒲。王在在镐，有那其居。

采菽

采菽采菽，筐之筥之。君子来朝，何锡予之？虽无予之？路车乘马。又何予之？玄衮及黼。

觱沸槛泉，言采其芹。君子来朝，言观其旂。其旂淠淠，鸾声嘒嘒。载骖载驷，君子所届。

赤芾在股，邪幅在下。彼交匪纾，天子所予。乐只君子，天子命之。乐只君子，福禄申之。

维柞之枝，其叶蓬蓬。乐只君子，殿天子之邦。乐只君子，万福攸同。平平左右，亦是率从。

泛泛杨舟，绋𫄸维之。乐只君子，天子葵之。乐只君子，福禄膍之。优哉游哉，亦是戾矣。

角弓

骍骍角弓，翩其反矣。兄弟昏姻，无胥远矣。

尔之远矣，民胥然矣。尔之教矣，民胥效矣。

此令兄弟，绰绰有裕。不令兄弟，交相为瘉。

民之无良，相怨一方。受爵不让，至于己斯亡。

老马反为驹，不顾其后。如食宜饇，如酌孔取。

毋教猱升木，如涂涂附。君子有徽猷，小人与属。

雨雪瀌瀌，见晛曰消。莫肯下遗，式居娄骄。

雨雪浮浮，见晛曰流。如蛮如髦，我是用忧。

菀柳

有菀者柳，不尚息焉。上帝甚蹈，无自瘵焉。俾予靖之，后予极焉。

有菀者柳，不尚愒焉。上帝甚蹈，无自瘵焉。俾予靖之，后予迈焉。

有鸟高飞，亦傅于天。彼人之心，于何其臻。曷予靖之，居以凶矜。

都人士

彼都人士，狐裘黄黄。其容不改，出言有章。行归于周，万民所望。

彼都人士，台笠缁撮。彼君子女，绸直如发。我不见兮，我心不说。

彼都人士，充耳琇实。彼君子女，谓之尹吉。我不见兮，我心苑结。

彼都人士，垂带而厉。彼君子女，卷发如虿。我不见兮，言从之迈。

匪伊垂之，带则有余。匪伊卷之，发则有旟。我不见兮，云何盱矣。

采绿

终朝采绿，不盈一匊。予发曲局，薄言归沐。

终朝采蓝，不盈一襜。五日为期，六日不詹。

之子于狩，言韔其弓。之子于钓，言纶之绳。

其钓维何？维鲂及鱮。维鲂及鱮，薄言观者。

黍苗

芃芃黍苗，阴雨膏之。悠悠南行，召伯劳之。

我任我辇，我车我牛。我行既集，盖云归哉。

我徒我御，我师我旅。我行既集，盖云归处。

肃肃谢功，召伯营之。烈烈征师，召伯成之。

原隰既平，泉流既清。召伯有成，王心则宁。

隰桑

隰桑有阿，其叶有难。既见君子，其乐如何。

隰桑有阿，其叶有沃。既见君子，云何不乐。

隰桑有阿，其叶有幽。既见君子，德音孔胶。

心乎爱矣，遐不谓矣？中心藏之，何日忘之！

白华

白华菅兮，白茅束兮。之子之远，俾我独兮。

英英白云，露彼菅茅。天步艰难，之子不犹。

滮池北流，浸彼稻田。啸歌伤怀，念彼硕人。

樵彼桑薪，卬烘于煁。维彼硕人，实劳我心。

鼓钟于宫，声闻于外。念子懆懆，视我迈迈。

有鹙在梁，有鹤在林。维彼硕人，实劳我心。

鸳鸯在梁，戢其左翼。之子无良，二三其德。

有扁斯石，履之卑兮。之子之远，俾我疧兮。

绵蛮

绵蛮黄鸟，止于丘阿。道之云远，我劳如何。饮之食之，教之诲之。命彼后车，谓之载之。

绵蛮黄鸟，止于丘隅。岂敢惮行，畏不能趋。饮之食之。教之诲之。命彼后车，谓之载之。

绵蛮黄鸟，止于丘侧。岂敢惮行，畏不能极。饮之食之，教之诲之。命彼后车，谓之载之。

瓠叶

幡幡瓠叶，采之亨之。君子有酒，酌言尝之。

有兔斯首，炮之燔之。君子有酒，酌言献之。

有兔斯首，燔之炙之。君子有酒，酌言酢之。

有兔斯首，燔之炮之。君子有酒，酌言酬之。

渐渐之石

渐渐之石，维其高矣。山川悠远，维其劳矣。武人东征，不皇朝矣。

渐渐之石，维其卒矣。山川悠远，曷其没矣？武人东征，不皇出矣。

有豕白蹢，烝涉波矣。月离于毕，俾滂沱矣。武人东征，不皇他矣。

苕之华

苕之华，芸其黄矣。心之忧矣，维其伤矣！

苕之华，其叶青青。知我如此，不如无生！

牂羊坟首，三星在罶。人可以食，鲜可以饱！

何草不黄

何草不黄？何日不行？何人不将？经营四方。

何草不玄？何人不矜？哀我征夫，独为匪民。

匪兕匪虎，率彼旷野。哀我征夫，朝夕不暇。

有芃者狐，率彼幽草。有栈之车，行彼周道。

大雅·文王之什

文王

文王在上，於昭于天。周虽旧邦，其命维新。有周不显，帝命不时。文王陟降，在帝左右。

亹亹文王，令闻不已。陈锡哉周，侯文王孙子。文王孙子，本支百世，凡周之士，不显亦世。

世之不显，厥犹翼翼。思皇多士，生此王国。王国克生，维周之桢；济济多士，文王以宁。

穆穆文王，於缉熙敬止。假哉天命。有商孙子。商之孙子，其丽不亿。上帝既命，侯于周服。

侯服于周，天命靡常。殷士肤敏。裸将于京。厥作裸将，常服黼冔。王之荩臣。无念尔祖。

无念尔祖，聿修厥德。永言配命，自求多福。殷之未丧师，克配上帝。宜鉴于殷，骏命不易！

命之不易，无遏尔躬。宣昭义问，有虞殷自天。上天之载，无声无臭。仪刑文王，万邦作孚。

大明

明明在下，赫赫在上。天难忱斯，不易维王。天位殷适，使不挟四方。

挚仲氏任，自彼殷商，来嫁于周，曰嫔于京。乃及王季，维德之行。

大任有身，生此文王。维此文王，小心翼翼。昭事上帝，聿怀多福。厥德不回，以受方国。

天监在下，有命既集。文王初载，天作之合。在洽之阳，在渭之涘。

文王嘉止，大邦有子。大邦有子，伣天之妹。文定厥祥，亲迎于渭。造舟为梁，不显其光。

有命自天，命此文王。于周于京，缵女维莘。长子维行，笃生武王。保右命尔，燮伐大商。

殷商之旅，其会如林。矢于牧野，维予侯兴。上帝临女，无贰尔心。

牧野洋洋，檀车煌煌，驷骐彭彭。维师尚父，时维鹰扬。凉彼武王，肆伐大商，会朝清明。

绵

绵绵瓜瓞。民之初生，自土沮漆。古公亶父，陶复陶冗，未有家室。

古公亶父，来朝走马。率西水浒，至于岐下。爰及姜女，聿来胥宇。

周原朊朊，堇荼如饴。爰始爰谋，爰契我龟，曰止曰时，筑室于兹。

乃慰乃止，乃左乃右，乃疆乃理，乃宣乃亩。自西徂东，周爰执事。

乃召司空，乃召司徒，俾立室家。其绳则直，缩版以载，作庙翼翼。

捄之陾陾，度之薨薨，筑之登登，削屡冯冯。百堵皆兴，鼛鼓弗胜。

乃立皋门，皋门有伉。乃立应门，应门将将。乃立冢土，戎丑攸行。

肆不殄厥愠，亦不陨厥问。柞棫拔矣，行道兑矣。混夷駾矣，维其喙矣！

虞芮质厥成，文王蹶厥生。予曰有疏附，予曰有先后。予曰有奔奏，予曰有御侮！

棫朴

芃芃棫朴，薪之槱之。济济辟王，左右趣之。

济济辟王，左右奉璋。奉璋峨峨，髦士攸宜。

淠彼泾舟，烝徒楫之。周王于迈，六师及之。

倬彼云汉，为章于天。周王寿考，遐不作人？

追琢其章，金玉其相。勉勉我王，纲纪四方。

旱麓

瞻彼旱麓，榛楛济济。岂弟君子，干禄岂弟。

瑟彼玉瓒，黄流在中。岂弟君子，福禄攸降。

鸢飞戾天，鱼跃于渊。岂弟君子，遐不作人？

清酒既载，骍牡既备。以享以祀，以介景福。

瑟彼柞棫，民所燎矣。岂弟君子，神所劳矣。

莫莫葛藟，施于条枚。岂弟君子，求福不回。

思齐

思齐大任，文王之母，思媚周姜，京室之妇。大姒嗣徽音，则百斯男。

惠于宗公，神罔时怨，神罔时恫。刑于寡妻，至于兄弟，以御于家邦。

雍雍在宫，肃肃在庙。不显亦临，无射亦保。肆戎疾不殄，烈假不瑕。

不闻亦式，不谏亦入。肆成人有德，小子有造。古之人无斁，誉髦斯士。

皇矣

皇矣上帝，临下有赫。监观四方，求民之莫。维此二国，其政不获。维彼四国，爰究爰度。上帝耆之，憎其式廓。乃眷西顾，此维与宅。

作之屏之，其菑其翳。修之平之，其灌其栵。启之辟之，其柽其椐。攘之剔之，其檿其柘。帝迁明德，串夷载路。天立厥配，受命既固。

帝省其山，柞棫斯拔，松柏斯兑。帝作邦作对，自大伯王季。维此王季，因心则友。则友其兄，则笃其庆，载锡之光。受禄无丧，奄有四方。

维此王季，帝度其心。貊其德音，其德克明。克明克类，克长克君。王此大邦，克顺克比。比于文王，其德靡悔。既受帝祉，施于孙子。

帝谓文王：无然畔援，无然歆羡，诞先登于岸。密人不恭，敢距大邦，侵阮徂共。王赫斯怒，爰整其旅，以按徂旅。以笃于周祜，以对于天下。

依其在京，侵自阮疆。陟我高冈，无矢我陵。我陵我阿，无饮我泉，我泉我池。度其鲜原，居岐之阳，在渭之将。万邦之方，下民之王。

帝谓文王：予怀明德，不大声以色，不长夏以革。不识不知，顺帝之则。帝谓文王，询尔仇方，同尔弟兄。以尔钩援，与尔临冲，以伐崇墉。

临冲闲闲，崇墉言言。执讯连连，攸馘安安。是类是祃，是致是附，四方以无侮。临冲茀茀，崇墉仡仡。是伐是肆，是绝是忽。四方以无拂。

灵台

经始灵台，经之营之。庶民攻之，不日成之。

经始勿亟，庶民子来。王在灵囿，麀鹿攸伏。

麀鹿濯濯，白鸟翯翯。王在灵沼，於牣鱼跃。

虡业维枞，贲鼓维镛。於论鼓钟，於乐辟廱。

於论鼓钟，於乐辟廱。鼍鼓逢逢。矇瞍奏公。

下武

下武维周，世有哲王。三后在天，王配于京。

王配于京，世德作求。永言配命，成王之孚。

成王之孚，下土之式。永言孝思，孝思维则。

媚兹一人，应侯顺德。永言孝思，昭哉嗣服。

昭兹来许，绳其祖武。於万斯年，受天之祜。

受天之祜，四方来贺。於万斯年，不遐有佐。

文王有声

文王有声，遹骏有声。遹求厥宁，遹观厥成。文王烝哉！

文王受命，有此武功。既伐于崇，作邑于丰。文王烝哉！

筑城伊淢，作丰伊匹。匪棘其欲，遹追来孝。王后烝哉！

王公伊濯，维丰之垣。四方攸同，王后维翰。王后烝哉！

丰水东注，维禹之绩。四方攸同，皇王维辟。皇王烝哉！

镐京辟廱，自西自东，自南自北，无思不服。皇王烝哉！

考卜维王，宅是镐京。维龟正之，武王成之。武王烝哉！

丰水有芑，武王岂不仕？诒厥孙谋，以燕翼子。武王烝哉！

大雅·生民之什

生民

厥初生民，时维姜嫄。生民如何？克禋克祀，以弗无子。履帝武敏，歆，攸介攸止，载震载夙。载生载育，时维后稷。

诞弥厥月，先生如达。不坼不副，无灾无害。以赫厥灵。上帝不宁，不康禋祀，居然生子。

诞寘之隘巷，牛羊腓字之。诞寘之平林，会伐平林。诞寘之寒冰，鸟覆翼之。鸟乃去矣，后稷呱矣。实覃实讦，厥声载路。

诞实匍匐，克岐克嶷。以就口食。艺之荏菽，荏菽旆旆。禾役穟穟，麻麦幪幪，瓜瓞唪唪。

诞后稷之穑，有相之道。茀厥丰草，种之黄茂。实方实苞，实种实褎。实发实秀，实坚实好。实颖实栗，即有邰家室。

诞降嘉种，维秬维秠，维穈维芑。恒之秬秠，是获是亩。恒之穈芑，是任是负。以归肇祀。

诞我祀如何？或舂或揄，或簸或蹂。释之叟叟，烝之浮浮。载谋载惟。取萧祭脂，取羝以軷，载燔载烈，以兴嗣岁。

卬盛于豆，于豆于登。其香始升，上帝居歆。胡臭亶时。后稷肇祀。庶无罪悔，以迄于今。

行苇

敦彼行苇，牛羊勿践履。方苞方体，维叶泥泥。

戚戚兄弟，莫远具尔。或肆之筵，或授之几。

肆筵设席，授几有缉御。或献或酢，洗爵奠斝。

醓醢以荐，或燔或炙。嘉肴脾臄，或歌或咢。

敦弓既坚，四鍭既均，舍矢既均，序宾以贤。

敦弓既句，既挟四鍭。四鍭如树，序宾以不侮。

曾孙维主，酒醴维醹，酌以大斗，以祈黄耇。

黄耇台背，以引以翼。寿考维祺，以介景福。

既醉

既醉以酒，既饱以德。君子万年，介尔景福。

既醉以酒，尔殽既将。君子万年，介尔昭明。

昭明有融，高朗令终，令终有俶。公尸嘉告。

其告维何？笾豆静嘉。朋友攸摄，摄以威仪。

威仪孔时，君子有孝子。孝子不匮，永锡尔类。

其类维何？室家之壶。君子万年，永锡祚胤。

其胤维何？天被尔禄。君子万年，景命有仆。

其仆维何？釐尔女士。釐尔女士，从以孙子。

凫鹥

凫鹥在泾，公尸来燕来宁。尔酒既清，尔肴既馨。公尸燕饮，福禄来成。

凫鹥在沙，公尸来燕来宜。尔酒既多，尔肴既嘉。公尸燕饮，福禄来为。

凫鹥在渚，公尸来燕来处。尔酒既湑，尔肴伊脯。公尸燕饮，福禄来下。

凫鹥在渼，公尸来燕来宗，既燕于宗，福禄攸降。公尸燕饮，福禄来崇。

凫鹥在亹，公尸来止熏熏。旨酒欣欣，燔炙芬芬。公尸燕饮，无有后艰。

假乐

假乐君子，显显令德，宜民宜人。受禄于天，保右命之，自天申之。

干禄百福，子孙千亿。穆穆皇皇，宜君宜王。不愆不忘，率由旧章。

威仪抑抑，德音秩秩。无怨无恶，率由群匹。受福无疆，四方之纲。

之纲之纪，燕及朋友。百辟卿士，媚于天子。不解于位，民之攸墍。

公刘

笃公刘，匪居匪康。乃埸乃疆，乃积乃仓；乃裹餱粮，于橐于囊。思辑用光，弓矢斯张；干戈戚扬，爰方启行。

笃公刘，于胥斯原。既庶既繁，既顺迺宣，而无永叹。陟则在巘，复降在原。何以舟之？维玉及瑶，鞞琫容刀。

笃公刘，逝彼百泉。瞻彼溥原，乃陟南冈。乃觏于京，京师之野。于时处处，于时庐旅，于时言言，于时语语。

笃公刘，于京斯依。跄跄济济，俾筵俾几。既登乃依，乃造其曹。执豕于牢，酌之用匏。食之饮之，君之宗之。

笃公刘，既溥既长。既景乃冈，相其阴阳，观其流泉。其军三单，度其隰原。彻田为粮，度其夕阳。豳居允荒。

笃公刘，于豳斯馆。涉渭为乱，取厉取锻，止基乃理。爰众爰有，夹其皇涧。溯其过涧。止旅乃密，芮鞫之即。

泂酌

泂酌彼行潦，挹彼注兹，可以饎饐。岂弟君子，民之父母。

泂酌彼行潦，挹彼注兹，可以濯罍。岂弟君子，民之攸归。

泂酌彼行潦，挹彼注兹，可以濯溉。岂弟君子，民之攸墍。

卷阿

有卷者阿，飘风自南。岂弟君子，来游来歌，以矢其音。

伴奂尔游矣，优游尔休矣。岂弟君子，俾尔弥尔性，似先公酋矣。

尔土宇昄章，亦孔之厚矣。岂弟君子，俾尔弥尔性，百神尔主矣。

尔受命长矣，茀禄尔康矣。岂弟君子，俾尔弥尔性，纯嘏尔常矣。

有冯有翼，有孝有德，以引以翼。岂弟君子，四方为则。

颙颙卬卬，如圭如璋，令闻令望。岂弟君子，四方为纲。

凤皇于飞，翙翙其羽，亦集爰止。蔼蔼王多吉士，维君子使，媚于天子。

凤皇于飞，翙翙其羽，亦傅于天。蔼蔼王多吉人，维君子命，媚于庶人。

凤皇鸣矣，于彼高冈。梧桐生矣，于彼朝阳。菶菶萋萋，雍雍喈喈。

君子之车，既庶且多。君子之马，既闲且驰。矢诗不多，维以遂歌。

民劳

民亦劳止，汔可小康。惠此中国，以绥四方。无纵诡随，以谨无良。式遏寇虐，憯不畏明。柔远能迩，以定我王。

民亦劳止，汔可小休。惠此中国，以为民逑。无纵诡随，以谨惛怓。式遏寇虐，无俾民忧。无弃尔劳，以为王休。

民亦劳止，汔可小息。惠此京师，以绥四国。无纵诡随，以谨罔极。式遏寇虐，无俾作慝。敬慎威仪，以近有德。

民亦劳止，汔可小愒。惠此中国，俾民忧泄。无纵诡随，以谨丑厉。式遏寇虐，无俾正败。戎虽小子，而式弘大。

民亦劳止，汔可小安。惠此中国，国无有残。无纵诡随，以谨缱绻。式遏寇虐，无俾正反。王欲玉女，是用大谏。

板

上帝板板，下民卒瘅。出话不然，为犹不远。靡圣管管。不实于亶。犹之未远，是用大谏。

天之方难，无然宪宪。天之方蹶，无然泄泄。辞之辑矣，民之洽矣。辞之怿矣，民之莫矣。

我虽异事，及尔同寮。我即尔谋，听我嚣嚣。我言维服，勿以为笑。先民有言，询于刍荛。

天之方虐，无然谑谑。老夫灌灌，小子蹻蹻。匪我言耄，尔用忧谑。多将熇熇，不可救药。

天之方懠。无为夸毗。威仪卒迷，善人载尸。民之方殿屎，则莫我敢葵？丧乱蔑资，曾莫惠我师？

天之牖民，如埙如篪，如璋如圭，如取如携。携无曰益，牖民孔易。民之多辟，无自立辟。

价人维藩，大师维垣，大邦维屏，大宗维翰，怀德维宁，宗子维城。无俾城坏，无独斯畏。

敬天之怒，无敢戏豫。敬天之渝，无敢驰驱。昊天曰明，及尔出王。昊天曰旦，及尔游衍。

大雅·荡之什

荡

荡荡上帝，下民之辟。疾威上帝，其命多辟。天生烝民，其命匪谌。靡不有初，鲜克有终。

文王曰咨，咨女殷商。曾是彊御？曾是掊克？曾是在位？曾是在服？天降滔德，女兴是力。

文王曰咨，咨女殷商。而秉义类，彊御多怼。流言以对。寇攘式内。侯作侯祝，靡届靡究。

文王曰咨，咨女殷商。女炰烋于中国。敛怨以为德。不明尔德，时无背无侧。尔德不明，以无陪无卿。

文王曰咨，咨女殷商。天不湎尔以酒，不义从式。既衍尔止。靡明靡晦。式号式呼。俾昼作夜。

文王曰咨，咨女殷商。如蜩如螗，如沸如羹。小大近丧，人尚乎由行。内奰于中国，覃及鬼方。

文王曰咨，咨女殷商。匪上帝不时，殷不用旧。虽无老成人，尚有典刑。曾是莫听，大命以倾。

文王曰咨，咨女殷商。人亦有言：颠沛之揭，枝叶未有害，本实先拨。殷鉴不远，在夏后之世。

抑

抑抑威仪，维德之隅。人亦有言：靡哲不愚。庶人之愚，亦职维疾。哲人之愚，亦维斯戾。

无竞维人，四方其训之。有觉德行，四国顺之。讦谟定命，远犹辰告。敬慎威仪，维民之则。

其在于今，兴迷乱于政。颠覆厥德，荒湛于酒。女虽湛乐从，弗念厥绍。罔敷求先王，克共明刑。

肆皇天弗尚，如彼泉流，无沦胥以亡。夙兴夜寐，洒扫庭内，维民之章。修尔车马，弓矢戎兵，用戒戎作，用遏蛮方。

质尔人民，谨尔侯度，用戒不虞。慎尔出话，敬尔威仪，无不柔嘉。白圭之玷，尚可磨也；斯言之玷，不可为也！

无易由言，无曰苟矣，莫扪朕舌，言不可逝矣。无言不仇，无德不报。惠于朋友，庶民小子。子孙绳绳，万民靡不承。

视尔友君子，辑柔尔颜，不遐有愆。相在尔室，尚不愧于屋漏。无曰不显，莫予云觏。神之格思，不可度思，矧可射思！

辟尔为德，俾臧俾嘉。淑慎尔止，不愆于仪。不僭不贼，鲜不为则。投我以桃，报之以李。彼童而角，实虹小子。

荏染柔木，言缗之丝。温温恭人，维德之基。其维哲人，告之话言，顺德之行。其维愚人，覆谓我僭。民各有心。

於乎小子，未知臧否。匪手携之，言示之事。匪面命之，言提其耳。借曰未知，亦既抱子。民之靡盈，谁夙知而莫成？

昊天孔昭，我生靡乐。视尔梦梦，我心惨惨。诲尔谆谆，听我藐藐。匪用为教，覆用为虐。借曰未知，亦聿既耄。

於乎小子，告尔旧止。听用我谋，庶无大悔。天方艰难，曰丧厥国。取譬不远，昊天不忒。回遹其德，俾民大棘。

桑柔

菀彼桑柔，其下侯旬，捋采其刘，瘼此下民。不殄心忧，仓兄填兮。倬彼昊天，宁不我矜？

四牡骙骙，旟旐有翩。乱生不夷，靡国不泯。民靡有黎，具祸以烬。於乎有哀，国步斯频。

国步蔑资，天不我将。靡所止疑，云徂何往？君子实维，秉心无竞。谁生厉阶，至今为梗？

忧心殷殷，念我土宇。我生不辰，逢天僤怒。自西徂东，靡所定处。多我觏痻，孔棘我圉。

为谋为毖，乱况斯削。告尔忧恤，诲尔序爵。谁能执热，逝不以濯？其何能淑，载胥及溺。

如彼溯风，亦孔之僾。民有肃心，荓云不逮。好是稼穑，力民代食。稼穑维宝，代食维好？

天降丧乱，灭我立王。降此蟊贼，稼穑卒痒。哀恫中国，具赘卒荒。靡有旅力，以念穹苍。

维此惠君，民人所瞻。秉心宣犹，考慎其相。维彼不顺，自独俾臧。自有肺肠，俾民卒狂。

瞻彼中林，甡甡其鹿。朋友已谮，不胥以穀。人亦有言：进退维谷。

维此圣人，瞻言百里。维彼愚人，覆狂以喜。匪言不能，胡斯畏忌！

维此良人，弗求弗迪。维彼忍心，是顾是复。民之贪乱，宁为荼毒。

大风有隧，有空大谷。维此良人，作为式穀。维彼不顺，征以中垢。

大风有隧，贪人败类。听言则对，诵言如醉。匪用其良，复俾我悖。

嗟尔朋友，予岂不知而作。如彼飞虫，时亦弋获。既之阴女，反予来赫。

民之罔极，职凉善背。为民不利，如云不克。民之回遹，职竞用力。

民之未戾，职盗为寇。凉曰不可，覆背善詈。虽曰匪予，既作尔歌！

云汉

倬彼云汉，昭回于天。王曰：於乎！何辜今之人？天降丧乱，饥馑荐臻。靡神不举，靡爱斯牲。圭璧既卒，宁莫我听？

旱既大甚，蕴隆虫虫。不殄禋祀，自郊徂宫。上下奠瘗，靡神不宗。后稷不克，上帝不临。耗斁下土，宁丁我躬。

旱既大甚，则不可推。兢兢业业，如霆如雷。周余黎民，靡有孑遗。昊天上帝，则不我遗。胡不相畏？先祖于摧。

旱既大甚，则不可沮。赫赫炎炎，云我无所。大命近止，靡瞻靡顾。群公先正，则不我助。父母先祖，胡宁忍予？

旱既大甚，涤涤山川。旱魃为虐，如惔如焚。我心惮暑，忧心如熏。群公先正，则不我闻。昊天上帝，宁俾我遁？

旱既大甚，黾勉畏去。胡宁瘨我以旱？憯不知其故。祈年孔夙，方社不莫。昊天上帝，则不我虞。敬恭明神，宜无悔怒。

旱既大甚，散无友纪。鞫哉庶正，疚哉冢宰。趣马师氏，膳夫左右。靡人不周。无不能止，瞻卬昊天，云如何里！

瞻卬昊天，有嘒其星。大夫君子，昭假无赢。大命近止，无弃尔成。何求为我。以戾庶正。瞻卬昊天，曷惠其宁？

崧高

崧高维岳，骏极于天。维岳降神，生甫及申。维申及甫，维周之翰。四国于蕃。四方于宣。

亹亹申伯，王缵之事。于邑于谢，南国是式。王命召伯，定申伯之宅。登是南邦，世执其功。

王命申伯，式是南邦。因是谢人，以作尔庸。王命召伯，彻申伯土田。王命傅御，迁其私人。

申伯之功，召伯是营。有俶其城，寝庙既成。既成藐藐，王锡申伯。四牡蹻蹻，钩膺濯濯。

王遣申伯，路车乘马。我图尔居，莫如南土。锡尔介圭，以作尔宝。往近王舅，南土是保。

申伯信迈，王饯于郿。申伯还南，谢于诚归。王命召伯，彻申伯土疆。以峙其粻，式遄其行。

申伯番番，既入于谢。徒御啴啴。周邦咸喜，戎有良翰。不显申伯，王之元舅，文武是宪。

申伯之德，柔惠且直。揉此万邦，闻于四国。吉甫作诵，其诗孔硕。其风肆好，以赠申伯。

烝民

天生烝民，有物有则。民之秉彝，好是懿德。天监有周，昭假于下。保兹天子，生仲山甫。

仲山甫之德，柔嘉维则。令仪令色。小心翼翼。古训是式。威仪是力。天子是若，明命使赋。

王命仲山甫，式是百辟，缵戎祖考，王躬是保。出纳王命，王之喉舌。赋政于外，四方爰发。

肃肃王命，仲山甫将之。邦国若否，仲山甫明之。既明且哲，以保其身。夙夜匪解，以事一人。

人亦有言，柔则茹之，刚则吐之。维仲山甫，柔亦不茹，刚亦不吐。不侮矜寡，不畏彊御。

人亦有言，德輶如毛，民鲜克举之。我仪图之，维仲山甫举之。爱莫助之。衮职有阙，维仲山甫补之。

仲山甫出祖。四牡业业。征夫捷捷，每怀靡及。四牡彭彭，八鸾锵锵。王命仲山甫，城彼东方。

四牡骙骙，八鸾喈喈。仲山甫徂齐，式遄其归。吉甫作诵，穆如清风。仲山甫永怀，以慰其心。

韩奕

奕奕梁山，维禹甸之，有倬其道。韩侯受命，王亲命之：缵戎祖考，无废朕命。夙夜匪解，虔共尔位，朕命不易。榦不庭方，以佐戎辟。

四牡奕奕，孔修且张。韩侯入觐，以其介圭，入觐于王。王锡韩侯，淑旂绥章，簟茀错衡，玄衮赤舄，钩膺镂钖，鞹鞃浅幭，鞗革金厄。

韩侯出祖，出宿于屠。显父饯之，清酒百壶。其肴维何？炰鳖鲜鱼。其蔌维何？维笋及蒲。其赠维何？乘马路车。笾豆有且。侯氏燕胥。

韩侯取妻，汾王之甥，蹶父之子。韩侯迎止，于蹶之里。百两彭彭，八鸾锵锵，不显其光。诸娣从之，祁祁如云。韩侯顾之，烂其盈门。

蹶父孔武，靡国不到。为韩姞相攸，莫如韩乐。孔乐韩土，川泽訏訏，鲂鱮甫甫，麀鹿噳噳，有熊有罴，有猫有虎。庆既令居，韩姞燕誉。

溥彼韩城，燕师所完。以先祖受命，因时百蛮。王锡韩侯，其追其貊。奄受北国，因以其伯。实墉实壑，实亩实籍。献其貔皮，赤豹黄罴。

江汉

江汉浮浮，武夫滔滔。匪安匪游，淮夷来求。既出我车，既设我旟。匪安匪舒，淮夷来铺。

江汉汤汤，武夫洸洸。经营四方，告成于王。四方既平，王国庶定。时靡有争，王心载宁。

江汉之浒，王命召虎：式辟四方，彻我疆土。匪疚匪棘，王国来极。于疆于理，至于南海。

王命召虎，来旬来宣。文武受命，召公维翰。无曰予小子，召公是似。肇敏戎公，用锡尔祉。

釐尔圭瓒，秬鬯一卣。告于文人，锡山土田。于周受命，自召祖命，虎拜稽首：天子万年！

虎拜稽首，对扬王休，作召公考。天子万寿！明明天子，令闻不已，矢其文德，洽此四国。

常武

赫赫明明。王命卿士，南仲大祖，大师皇父。整我六师，以修我戎。既敬既戒，惠此南国。

王谓尹氏，命程伯休父，左右陈行。戒我师旅，率彼淮浦，省此徐土。不留不处，三事就绪。

赫赫业业，有严天子。王舒保作，匪绍匪游。徐方绎骚，震惊徐方。如雷如霆，徐方震惊。

王奋厥武，如震如怒。进厥虎臣，阚如虓虎。铺敦淮濆，仍执丑虏。截彼淮浦，王师之所。

王旅啴啴，如飞如翰。如江如汉，如山之苞。如川之流，绵绵翼翼。不测不克，濯征徐国。

王犹允塞，徐方既来。徐方既同，天子之功。四方既平，徐方来庭。徐方不回，王曰还归。

瞻卬

瞻卬昊天，则不我惠。孔填不宁，降此大厉。邦靡有定，士民其瘵。蟊贼蟊疾，靡有夷届。罪罟不收，靡有夷瘳。

人有土田，女反有之。人有民人，女覆夺之。此宜无罪，女反收之。彼宜有罪，女覆说之。哲夫成城，哲妇倾城。

懿厥哲妇，为枭为鸱。妇有长舌，维厉之阶。乱匪降自天，生自妇人。匪教匪诲，时维妇寺。

鞠人忮忒。谮始竟背。岂曰不极？伊胡为慝？如贾三倍，君子是识。妇无公事，休其蚕织。

天何以刺？何神不富？舍尔介狄，维予胥忌。不吊不祥，威仪不类。人之云亡，邦国殄瘁。

天之降罔，维其优矣。人之云亡，心之忧矣。天之降罔，维其几矣。人之云亡，心之悲矣。

觱沸槛泉，维其深矣。心之忧矣，宁自今矣？不自我先，不自我后。藐藐昊天，无不克巩。无忝皇祖，式救尔后。

召旻

旻天疾威，天笃降丧。瘨我饥馑，民卒流亡。我居圉卒荒。天降罪罟，蟊贼内讧。昏椓靡共，溃溃回遹，实靖夷我邦。皋皋訾訾，曾不知其玷。兢兢业业，孔填不宁，我位孔贬。

如彼岁旱，草不溃茂，如彼栖苴。我相此邦，无不溃止。

维昔之富不如时，维今之疚不如兹。彼疏斯粺，胡不自替？职兄斯引。

池之竭矣，不云自频。泉之竭矣，不云自中。溥斯害矣，职兄斯弘，不烖我躬。

昔先王受命，有如召公，日辟国百里，今也日蹙国百里。於乎哀哉！维今之人，不尚有旧！

周颂·清庙之什

清庙

於穆清庙，肃雍显相。济济多士，秉文之德。对越在天，骏奔走在庙。不显不承，无射于人斯。

维天之命

维天之命，於穆不已。於乎不显文王之德之纯。假以溢我，我其收之。骏惠我文王，曾孙笃之。

维清

维清缉熙，文王之典。肇禋，迄用有成，维周之祯。

烈文

烈文辟公，锡兹祉福。惠我无疆，子孙保之。无封靡于尔邦，维王其崇之。念兹戎功，继序其皇之。无竞维人，四方其训之。

不显维德，百辟其刑之。於乎前王不忘！

天作

天作高山，大王荒之。彼作矣，文王康之。彼徂矣，岐有夷之行。子孙保之。

昊天有成命

昊天有成命，二后受之。成王不敢康，夙夜基命宥密。於缉熙！单厥心，肆其靖之。

我将

我将我享，维羊维牛，维天其右之。仪式刑文王之典，日靖四方。伊嘏文王，既右飨之。我其夙夜畏天之威，于时保之。

时迈

时迈其邦，昊天其子之，实右序有周。

薄言震之，莫不震叠。怀柔百神，及河乔岳，允王维后。

明昭有周，式序在位。载戢干戈，载櫜弓矢。我求懿德，肆于时夏，允王保之。

执竞

执竞武王，无竞维烈。不显成康，上帝是皇。自彼成康，奄有四方，斤斤其明。钟鼓喤喤，磬莞将将，降福穰穰。降福简简，威仪反反。既醉既饱，福禄来反。

思文

思文后稷，克配彼天。立我烝民，莫匪尔极。贻我来牟，帝命率育，无此疆尔界。陈常于时夏。

周颂·臣工之什

臣工

嗟嗟臣工，敬尔在公。王厘尔成，来咨来茹。嗟嗟保介，维莫之春，亦又何求？如何新畲？於皇来牟，将受厥明。明昭上帝，迄用康年。命我众人，庤乃钱镈，奄观铚艾。

噫嘻

噫嘻成王，既昭假尔。率时农夫，播厥百谷。骏发尔私，终三十里。亦服尔耕，十千维耦。

振鹭

振鹭于飞，于彼西雍。我客戾止，亦有斯容。在彼无恶，在此无斁。庶几夙夜，以永终誉。

丰年

丰年多黍多稌，亦有高廪，万亿及秭。为酒为醴，烝畀祖妣。以洽百礼，降福孔皆。

有瞽

有瞽有瞽，在周之庭。设业设虡，崇牙树羽。应田县鼓，鞉磬柷圉。既备乃奏，箫管备举。喤喤厥声，肃雍和鸣，先祖是听。我客戾止，永观厥成。

潜

猗与漆沮，潜有多鱼。有鳣有鲔，鲦鲿鰋鲤。以享以祀，以介景福。

雍

有来雍雍，至止肃肃。相维辟公，天子穆穆。於荐广牡，相予肆祀。假哉皇考！绥予孝子。宣哲维人，文武维后。燕及皇天，克昌厥后。绥我眉寿，介以繁祉，既右烈考，亦右文母。

载见

载见辟王，曰求厥章。龙旂阳阳，和铃央央。鞗革有鸧，休有烈光。率见昭考，以孝以享。以介眉寿，永言保之，思皇多祜。烈文辟公，绥以多福，俾缉熙于纯嘏。

有客

有客有客，亦白其马。有萋有且，敦琢其旅。有客宿宿，有客信信。言授之絷，以絷其马。薄言追之，左右绥之。既有淫威，降福孔夷。

武

於皇武王！无竞维烈。允文文王，克开厥后。嗣武受之，胜殷遏刘，耆定尔功。

周颂·闵予小子之什

闵予小子

闵予小子，遭家不造，嬛嬛在疚。於乎皇考，永世克孝。念兹皇祖，陟降庭止。维予小子，夙夜敬止。於乎皇王，继序思不忘。

访落

访予落止，率时昭考。於乎悠哉，朕未有艾。将予就之，继犹判涣。维予小子，未堪家多难。绍庭上下，陟降厥家。休矣皇考，以明保其身。

敬之

敬之敬之，天维显思，命不易哉。无曰高高在上，陟降厥士，日监在兹。维予小子，不聪敬止。日就月将，学有缉熙于光明。佛时仔肩，示我显德行。

小毖

予其惩而毖后患。莫予荓蜂，自求辛螫。肇允彼桃虫，拚飞维鸟。未堪家多难，予又集于蓼。

载芟

载芟载柞，其耕泽泽。千耦其耘，徂隰徂畛。侯主侯伯，侯亚侯旅，侯彊侯以。有嗿其馌，思媚其妇，有依其士。有略其耜，俶载南亩，播厥百谷。实函斯活，驿驿其达。有厌其杰，厌厌其苗，绵绵其麃。载获济济，有实其积，万亿及秭。为酒为醴，烝畀祖妣，以洽百礼。有飶其香。邦家之光。有椒其馨，胡考之宁。匪且有且，匪今斯今，振古如兹。

良耜

畟畟良耜，俶载南亩。播厥百谷，实函斯活。或来瞻女，载筐及莒，其饷伊黍。其笠伊纠，其镈斯赵，以薅荼蓼。荼蓼朽止，黍稷茂止。获之挃挃，积之栗栗。其崇如墉，其比如栉。以开百室，百室盈止，妇子宁止。杀时犉牡，有捄其角。以似以续，续古之人。

丝衣

丝衣其紑，载弁俅俅。自堂徂基，自羊徂牛，鼐鼎及鼒，兕觥其觩。旨酒思柔。不吴不敖，胡考之休。

酌

於铄王师，遵养时晦。时纯熙矣，是用大介。我龙受之，蹻蹻王之造。载用有嗣，实维尔公允师。

桓

绥万邦，屡丰年。天命匪解，桓桓武王。保有厥士，于以四方，克定厥家。于昭于天，皇以间之。

赉

文王既勤止，我应受之。敷时绎思，我徂维求定。时周之命，於绎思。

般

於皇时周！陟其高山，嶞山乔岳，允犹翕河。敷天之下，裒时之对。时周之命。

鲁颂·骃之什

骃

骃骃牡马，在坰之野。薄言骃者，有骄有皇，有骊有黄，以车彭彭。思无疆，思马斯臧。

骃骃牡马，在坰之野。薄言骃者，有骓有骍，有骍有骐，以车伾伾。思无期，思马斯才。

骃骃牡马，在坰之野。薄言骃者，有驒有骆，有駵有雒，以车绎绎。思无斁，思马斯作。

骃骃牡马，在坰之野。薄言骃者，有骃有騢，有驔有鱼，以车祛祛。思无邪，思马斯徂。

有駜

有駜有駜，駜彼乘黄。夙夜在公，在公明明。振振鹭，鹭于下。鼓咽咽，醉言舞。于胥乐兮！

有驰有驰，驰彼乘牡。夙夜在公，在公饮酒。振振鹭，鹭于飞。鼓咽咽，醉言归。于胥乐兮！

有驰有驰，驰彼乘驹。夙夜在公，在公载燕。自今以始岁其有。君子有穀诒孙子。于胥乐兮！

泮水

思乐泮水，薄采其芹。鲁侯戾止，言观其旂。其旂茷茷，鸾声哕哕。无小无大，从公于迈。

思乐泮水，薄采其藻。鲁侯戾止，其马蹻蹻。其马蹻蹻，其音昭昭。载色载笑，匪怒伊教。

思乐泮水，薄采其茆。鲁侯戾止，在泮饮酒。既饮旨酒，永锡难老。顺彼长道，屈此群丑。

穆穆鲁侯，敬明其德。敬慎威仪，维民之则。允文允武，昭假烈祖。靡有不孝，自求伊祜。

明明鲁侯，克明其德。既作泮宫，淮夷攸服。矫矫虎臣，在泮献馘。淑问如皋陶，在泮献囚。

济济多士，克广德心。桓桓于征，狄彼东南。烝烝皇皇，不吴不扬。不告于訩，在泮献功。

角弓其觩。束矢其搜。戎车孔博。徒御无斁。既克淮夷，孔淑不逆。式固尔犹，淮夷卒获。

翩彼飞鸮，集于泮林。食我桑黮，怀我好音。憬彼淮夷，来献其琛。元龟象齿，大赂南金。

闷宫

闷宫有侐，实实枚枚。赫赫姜嫄，其德不回。上帝是依，无灾无害。弥月不迟，是生后稷。降之百福。黍稷重穋，植稚菽麦。奄有下国，俾民稼穑。有稷有黍，有稻有秬。奄有下土，缵禹之绪。

后稷之孙，实维大王。居岐之阳，实始剪商。至于文武，缵大王之绪，致天之届，于牧之野。无贰无虞，上帝临女。敦商之旅，克咸厥功。

王曰叔父，建尔元子，俾侯于鲁。大启尔宇，为周室辅。乃命鲁公，俾侯于东。锡之山川，土田附庸。

周公之孙，庄公之子。龙旂承祀。六辔耳耳。春秋匪解，享祀不忒。皇皇后帝！皇祖后稷！享以骍牺，是飨是宜。降福既多，周公皇祖，亦其福女。

秋而载尝，夏而楅衡，白牡骍刚。牺尊将将，毛炰胾羹。笾豆大房，万舞洋洋。孝孙有庆。俾尔炽而昌，俾尔寿而臧。保彼东方，鲁邦是尝。不亏不崩，不震不腾。三寿作朋，如冈如陵。

公车千乘，朱英绿縢。二矛重弓。公徒三万，贝胄朱綅。烝徒增增，戎狄是膺，荆舒是惩，则莫我敢承！俾尔昌而炽，

俾尔寿而富。黄发台背，寿胥与试。俾尔昌而大，俾尔耆而艾。万有千岁，眉寿无有害。

泰山岩岩，鲁邦所詹。奄有龟蒙，遂荒大东。至于海邦，淮夷来同。莫不率从，鲁侯之功。

保有凫绎，遂荒徐宅。至于海邦，淮夷蛮貊。及彼南夷，

莫不率从。莫敢不诺，鲁侯是若。

天锡公纯嘏，眉寿保鲁。居常与许，复周公之宇。鲁侯燕喜，令妻寿母。宜大夫庶士，邦国是有。既多受祉，黄发儿齿。

徂来之松，新甫之柏。是断是度，是寻是尺。松桷有舃，路寝孔硕，新庙奕奕。奚斯所作，孔曼且硕，万民是若。

商颂

那

猗与那与！置我鞉鼓。奏鼓简简，衎我烈祖。汤孙奏假，绥我思成。鞉鼓渊渊，嘒嘒管声。既和且平，依我磬声。於赫汤孙！穆穆厥声。庸鼓有斁，万舞有奕。我有嘉客，亦不夷怿。自古在昔，先民有作。温恭朝夕，执事有恪，顾予烝尝，汤孙之将。

烈祖

嗟嗟烈祖！有秩斯祜。申锡无疆，及尔斯所。既载清酤，赉我思成。亦有和羹，既戒既平。鬷假无言，时靡有争。绥我眉寿，黄耇无疆。约軧错衡，八鸾鸧鸧。以假以享，我受命溥将。

自天降康，丰年穰穰。来假来飨，降福无疆。顾予烝尝，汤孙之将。

玄鸟

天命玄鸟，降而生商，宅殷土芒芒。古帝命武汤，正域彼四方。

方命厥后，奄有九有。商之先后，受命不殆，在武丁孙子。武丁孙子，武王靡不胜。

龙旂十乘，大糦是承。邦畿千里，维民所止，肇域彼四海。

四海来假，来假祁祁。景员维河。殷受命咸宜，百禄是何。

长发

浚哲维商，长发其祥。洪水芒芒，禹敷下土方。外大国是疆，幅陨既长。有娀方将，帝立子生商。

玄王桓拨，受小国是达，受大国是达。率履不越，遂视既发。相土烈烈。海外有截。

帝命不违，至于汤齐。汤降不迟，圣敬日跻。昭假迟迟，上帝是祗，帝命式于九围。

受小球大球，为下国缀旒，何天之休。不竞不絿，不刚不柔。敷政优优。百禄是遒。

受小共大共，为下国骏厖。何天之龙，敷奏其勇。不震不动，不戁不竦，百禄是总。

武王载旆，有虔秉钺。如火烈烈，则莫我敢曷。苞有三蘗，莫遂莫达。九有有截，韦顾既伐，昆吾夏桀。

昔在中叶，有震且业。允也天子，降予卿士。实维阿衡，实左右商王。

殷武

挞彼殷武，奋伐荆楚。罙入其阻，裒荆之旅。有截其所，汤孙之绪。

维女荆楚，居国南乡。昔有成汤，自彼氐羌，莫敢不来享，莫敢不来王。曰商是常。

天命多辟，设都于禹之绩。岁事来辟，勿予祸適，稼穑匪解。

天命降监，下民有严。不僭不滥，不敢怠遑。命于下国，封建厥福。

商邑翼翼，四方之极。赫赫厥声，濯濯厥灵。寿考且宁，以保我后生。

陟彼景山，松伯丸丸。是断是迁，方斫是虔。松桷有梴，旅楹有闲，寝成孔安。

千家诗

　　《千家诗》是我国古代带有启蒙性质的诗歌选本，现流行《千家诗》版本是署名南宋谢枋得编辑的《重订千家诗》和清王相注释的《新镌五言千家诗》合并刊行而成，共122家226首，其中唐代65家，宋代53家，明代2家，年代不可考无名氏2家。《千家诗》服务于初学者，撷取篇幅短小、易于记诵的五言、七言近体诗；所选诗人既有大家名家，又有一流诗人，乃至帝王将相和无名氏；题材亦多种多样，包括山水景物、赠友送别、思乡怀人、侍宴应制等等。中国是诗的国度，诗教是中国传统教育的精粹，中国人不可没有一颗诗心，生活不可没有诗意，因此《千家诗》不可不读。

千家诗

千家诗卷一　七绝

春日偶成　程颢

云淡风轻近午天，傍花随柳过前川。
时人不识余心乐，将谓偷闲学少年。

春日　朱熹

胜日寻芳泗水滨，无边光景一时新。
等闲识得东风面，万紫千红总是春。

春宵　苏轼

春宵一刻值千金，花有清香月有阴。
歌管楼台声细细，秋千院落夜沉沉。

城东早春　杨巨源

诗家清景在新春，绿柳才黄半未匀。

若待上林花似锦，出门俱是看花人。

春夜　王安石

金炉香尽漏声残，剪剪轻风阵阵寒。
春色恼人眠不得，月移花影上栏杆。

初春小雨　韩愈

天街小雨润如酥，草色遥看近却无。
最是一年春好处，绝胜烟柳满皇都。

元日　王安石

爆竹声中一岁除，春风送暖入屠苏。
千门万户曈曈日，总把新桃换旧符。

上元侍宴　苏轼

淡月疏星绕建章，仙风吹下御炉香。
侍臣鹄立通明殿，一朵红云捧玉皇。

立春偶成　张栻

律回岁晚冰霜少，春到人间草木知。
便觉眼前生意满，东风吹水绿参差。

打球图　晁说之

阊阖千门万户开，三郎沉醉打球回。
九龄已老韩休死，无复明朝谏疏来。

宫词　王建

金殿当头紫阁重，仙人掌上玉芙蓉。

太平天子朝元日，五色云车驾六龙。

廷试　夏竦

殿上衮衣明日月，砚中旗影动龙蛇。

纵横礼乐三千字，独对丹墀日未斜。

咏华清宫　杜常

行尽江南数十程，晓风残月入华清。

朝元阁上西风急，都入长杨作雨声。

清平调词　李白

云想衣裳花想容，春风拂槛露华浓。

若非群玉山头见，会向瑶台月下逢。

题邸间壁　郑会

荼蘼香梦怯春寒，翠掩重门燕子闲。

敲断玉钗红烛冷，计程应说到常山。

绝句　杜甫

两个黄鹂鸣翠柳，一行白鹭上青天。

窗含西岭千秋雪，门泊东吴万里船。

海棠　苏轼

东风袅袅泛崇光，香雾空蒙月转廊。
只恐夜深花睡去，故烧高烛照红妆。

清明　杜牧

清明时节雨纷纷，路上行人欲断魂。
借问酒家何处有，牧童遥指杏花村。

清明　王禹偁

无花无酒过清明，兴味萧然似野僧。
昨日邻家乞新火，晓窗分与读书灯。

社日　王驾

鹅湖山下稻粱肥，豚栅鸡栖对掩扉。
桑柘影斜春社散，家家扶得醉人归。

寒食　韩翃

春城无处不飞花，寒食东风御柳斜。
日暮汉宫传蜡烛，轻烟散入五侯家。

江南春　杜牧

千里莺啼绿映红，水村山郭酒旗风。
南朝四百八十寺，多少楼台烟雨中。

上高侍郎　高蟾

天上碧桃和露种，日边红杏倚云栽。
芙蓉生在秋江上，不向东风怨未开。

绝句　僧志南

古木阴中系短篷，杖藜扶我过桥东。
沾衣欲湿杏花雨，吹面不寒杨柳风。

游园不值　叶绍翁

应怜屐齿印苍苔，小扣柴扉久不开。
春色满园关不住，一枝红杏出墙来。

客中行　李白

兰陵美酒郁金香，玉碗盛来琥珀光。
但使主人能醉客，不知何处是他乡。

题屏　刘季孙

呢喃燕子语梁间，底事来惊梦里闲。
说与旁人浑不解，杖藜携酒看芝山。

漫兴　杜甫

肠断春江欲尽头，杖藜徐步立芳洲。
颠狂柳絮随风舞，轻薄桃花逐水流。

庆全庵桃花　谢枋得

寻得桃源好避秦，桃红又是一年春。

花飞莫遣随流水，怕有渔郎来问津。

玄都观桃花　刘禹锡

紫陌红尘拂面来，无人不道看花回。

玄都观里桃千树，尽是刘郎去后栽。

再游玄都观　刘禹锡

百亩庭中半是苔，桃花净尽菜花开。

种桃道士归何处，前度刘郎今又来。

滁州西涧　韦应物

独怜幽草涧边生，上有黄鹂深树鸣。

春潮带雨晚来急，野渡无人舟自横。

花影　谢枋得

重重叠叠上瑶台，几度呼童扫不开。

刚被太阳收拾去，却教明月送将来。

北山　王安石

北山输绿涨横陂，直堑回塘滟滟时。

细数落花因坐久，缓寻芳草得归迟。

湖上　徐元杰

花开红树乱莺啼，草长平湖白鹭飞。
风日晴和人意好，夕阳箫鼓几船归。

漫兴　杜甫

糁径杨花铺白毡，点溪荷叶叠青钱。
笋根稚子无人见，沙上凫雏傍母眠。

春晴　王驾

雨前初见花间蕊，雨后全无叶底花。
蜂蝶纷纷过墙去，却疑春色在邻家。

春暮　曹豳

门外无人问落花，绿阴冉冉遍天涯。
林莺啼到无声处，青草池塘独听蛙。

落花　朱淑贞

连理枝头花正开，妒花风雨便相催。
愿教青帝常为主，莫遣纷纷点翠苔。

春暮游小园　王淇

一从梅粉褪残妆，涂抹新红上海棠。
开到荼蘼花事了，丝丝天棘出莓墙。

莺梭　刘克庄

掷柳迁乔太有情，交交时作弄机声。
洛阳三月花如锦，多少工夫织得成。

暮春即事　叶采

双双瓦雀行书案，点点杨花入砚池。
闲坐小窗读周易，不知春去几多时。

登山　李涉

终日昏昏醉梦间，忽闻春尽强登山。
因过竹院逢僧话，又得浮生半日闲。

蚕妇吟　谢枋得

子规啼彻四更时，起视蚕稠怕叶稀。
不信楼头杨柳月，玉人歌舞未曾归。

晚春　韩愈

草木知春不久归，百般红紫斗芳菲。
杨花榆荚无才思，惟解漫天作雪飞。

伤春　杨万里

准拟今春乐事浓，依然枉却一东风。
年年不带看花眼，不是愁中即病中。

送春　王逢源

三月残花落更开，小檐日日燕飞来。

子规夜半犹啼血，不信东风唤不回。

三月晦日送春　贾岛

三月正当三十日，风光别我苦吟身。

共君今夜不须睡，未到晓钟犹是春。

客中初夏　司马光

四月清和雨乍晴，南山当户转分明。

更无柳絮因风起，惟有葵花向日倾。

有约　赵师秀

黄梅时节家家雨，青草池塘处处蛙。

有约不来过夜半，闲敲棋子落灯花。

闲居初夏午睡起　杨万里

梅子流酸溅齿牙，芭蕉分绿上窗纱。

日长睡起无情思，闲看儿童捉柳花。

三衢道中　曾几

梅子黄时日日晴，小溪泛尽却山行。

绿阴不减来时路，添得黄鹂四五声。

即景　朱淑贞

竹摇清影罩幽窗，两两时禽噪夕阳。

谢却海棠飞尽絮，困人天气日初长。

初夏游张园　戴复古

乳鸭池塘水浅深，熟梅天气半晴阴。

东园载酒西园醉，摘尽枇杷一树金。

鄂州南楼书事　黄庭坚

四顾山光接水光，凭栏十里芰荷香。

清风明月无人管，并作南来一味凉。

山亭夏日　高骈

绿树阴浓夏日长，楼台倒影入池塘。

水晶帘动微风起，满架蔷薇一院香。

田家　范成大

昼出耘田夜绩麻，村庄儿女各当家。

童孙未解供耕织，也傍桑阴学种瓜。

村居即事　翁卷

绿遍山原白满川，子规声里雨如烟。

乡村四月闲人少，才了蚕桑又插田。

题榴花　韩愈

五月榴花照眼明，枝间时见子初成。

可怜此地无车马，颠倒苍苔落绛英。

村晚　雷震

草满池塘水满陂，山衔落日浸寒漪。

牧童归去横牛背，短笛无腔信口吹。

书湖阴先生壁　王安石

茅檐常扫净无苔，花木成蹊手自栽。

一水护田将绿绕，两山排闼送青来。

乌衣巷　刘禹锡

朱雀桥边野草花，乌衣巷口夕阳斜。

旧时王谢堂前燕，飞入寻常百姓家。

送元二使安西　王维

渭城朝雨浥轻尘，客舍青青柳色新。

劝君更尽一杯酒，西出阳关无故人。

题北榭碑　李白

一为迁客去长沙，西望长安不见家。

黄鹤楼中吹玉笛，江城五月落梅花。

题淮南寺 程颢

南去北来休便休，白蘋吹尽楚江秋。
道人不是悲秋客，一任晚山相对愁。

秋月 朱熹

清溪流过碧山头，空水澄鲜一色秋。
隔断红尘三十里，白云黄叶共悠悠。

七夕 杨朴

未会牵牛意若何，须邀织女弄金梭。
年年乞与人间巧，不道人间巧几多。

立秋 刘武子

乳鸦啼散玉屏空，一枕新凉一扇风。
睡起秋声无觅处，满阶梧叶月明中。

七夕 杜牧

银烛秋光冷画屏，轻罗小扇扑流萤。
天阶夜色凉如水，卧看牵牛织女星。

中秋月 苏轼

暮云收尽溢清寒，银汉无声转玉盘。
此生此夜不长好，明月明年何处看。

江楼有感　赵嘏

独上江楼思悄然，月光如水水如天。

同来玩月人何在，风景依稀似去年。

题临安邸　林升

山外青山楼外楼，西湖歌舞几时休。

暖风薰得游人醉，直把杭州作汴州。

晓出净慈寺送林子方　杨万里

毕竟西湖六月中，风光不与四时同。

接天莲叶无穷碧，映日荷花别样红。

饮湖上初雨晴后雨　苏轼

水光潋滟晴方好，山色空蒙雨亦奇。

欲把西湖比西子，淡妆浓抹总相宜。

入直　周必大

绿槐夹道集昏鸦，敕使传宣坐赐茶。

归到玉堂清不寐，月钩初上紫薇花。

夏日登车盖亭　蔡确

纸屏石枕竹方床，手倦抛书午梦长。

睡起莞然成独笑，数声渔笛在沧浪。

禁锁　洪舜俞

禁门深锁寂无哗，浓墨淋漓两相麻。
唱彻五更天未晓，一墀月浸紫薇花。

竹楼　李嘉祐

傲吏身闲笑五侯，西江取竹起高楼。
南风不用蒲葵扇，纱帽闲眠对水鸥。

直中书省　白居易

丝纶阁下文章静，钟鼓楼中刻漏长。
独坐黄昏谁是伴，紫薇花对紫薇郎。

观书有感　朱熹

半亩方塘一鉴开，天光云影共徘徊。
问渠那得清如许，为有源头活水来。

泛舟　朱熹

昨夜江边春水生，艨艟巨舰一毛轻。
向来枉费推移力，此日中流自在行。

冷泉亭　林稹

一泓清可沁诗脾，冷暖年来只自知。
流出西湖载歌舞，回头不似在山时。

冬景　苏轼

荷尽已无擎雨盖，菊残犹有傲霜枝。

一年好景君须记，最是橙黄橘绿时。

枫桥夜泊　张继

月落乌啼霜满天，江枫渔火对愁眠。

姑苏城外寒山寺，夜半钟声到客船。

寒夜　杜小山

寒夜客来茶当酒，竹炉汤沸火初红。

寻常一样窗前月，才有梅花便不同。

霜夜　李商隐

初闻征雁已无蝉，百尺楼台水接天。

青女素娥俱耐冷，月中霜里斗婵娟。

梅　王淇

不受尘埃半点侵，竹篱茅舍自甘心。

只因误识林和靖，惹得诗人说到今。

早春　白玉蟾

南枝才放两三花，雪里吟香弄粉些。

淡淡著烟浓著月，深深笼水浅笼沙。

雪梅（其一）　卢梅坡

梅雪争春未肯降，骚人阁笔费评章。

梅须逊雪三分白，雪却输梅一段香。

雪梅（其二）　卢梅坡

有梅无雪不精神，有雪无诗俗了人。

日暮诗成天又雪，与梅并作十分春。

答钟弱翁　牧童

草铺横野六七里，笛弄晚风三四声。

归来饱饭黄昏后，不脱蓑衣卧月明。

泊秦淮　杜牧

烟笼寒水月笼沙，夜泊秦淮近酒家。

商女不知亡国恨，隔江犹唱后庭花。

归雁　钱起

潇湘何事等闲回，水碧沙明两岸苔。

二十五弦弹夜月，不胜清怨却飞来。

题壁　无名氏

一团茅草乱蓬蓬，蓦地烧天蓦地空。

争似满炉煨榾柮，慢腾腾地暖烘烘。

千家诗卷二　七律

早朝大明宫　贾至

银烛朝天紫陌长，禁城春色晓苍苍。

千条弱柳垂青琐，百啭流莺绕建章。

剑佩声随玉墀步，衣冠身惹御炉香。

共沐恩波凤池上，朝朝染翰侍君王。

和贾舍人早朝　杜甫

五夜漏声催晓箭，九重春色醉仙桃。

旌旗日暖龙蛇动，宫殿风微燕雀高。

朝罢香烟携满袖，诗成珠玉在挥毫。

欲知世掌丝纶美，池上于今有凤毛。

和贾舍人早朝　王维

绛帻鸡人报晓筹，尚衣方进翠云裘，

九天阊阖开宫殿，万国衣冠拜冕旒。

日色才临仙掌动，香烟欲傍衮龙浮。

朝罢须裁五色诏，珮声归到凤池头。

和贾舍人早朝　岑参

鸡鸣紫陌曙光寒，莺啭皇州春色阑，

金阙晓钟开万户，玉阶仙仗拥千官。

花迎剑佩星初落，柳拂旌旗露未干。

独有凤凰池上客，阳春一曲和皆难。

上元应制　蔡襄

高列千峰宝炬森，端门方喜翠华临。

宸游不为三元夜，乐事还同万众心。

天上清光留此夕，人间和气阁春阴。

要知尽庆华封祝，四十余年惠爱深。

上元应制　王珪

雪消华月满仙台，万烛当楼宝扇开。

双凤云中扶辇下，六鳌海上驾山来。

镐京春酒沾周宴，汾水秋风陋汉才。

一曲升平人共乐，君王又进紫霞杯。

侍宴　沈佺期

皇家贵主好神仙，别业初开云汉边。

山出尽如鸣凤岭，池成不让饮龙川。

妆楼翠幌教春住，舞阁金铺借日悬。

敬从乘舆来此地，称觞献寿乐钧天。

答丁元珍　欧阳修

春风疑不到天涯，二月山城未见花，

残雪压枝犹有橘，冻雷惊笋欲抽芽。

夜闻啼雁生乡思，病入新年感物华。

曾是洛阳花下客，野芳虽晚不须嗟。

插花吟 邵雍

头上花枝照酒卮，酒卮中有好花枝，

身经两世太平日，眼见四朝全盛时。

况复筋骸粗康健，那堪时节正芳菲。

酒涵花影红光溜，争忍花前不醉归。

寓意 晏殊

油壁香车不再逢，峡云无迹任西东，

梨花院落溶溶月，柳絮池塘淡淡风。

几日寂寥伤酒后，一番萧瑟禁烟中。

鱼书欲寄何由达，水远山长处处同。

寒食书事 赵元镇

寂寂柴门村落里，也教插柳纪年华，

禁烟不到粤人国，上冢亦携庞老家。

汉寝唐陵无麦饭，山溪野径有梨花。

一樽竟藉青苔卧，莫管城头奏暮笳。

清明 黄庭坚

佳节清明桃李笑，野田荒冢只生愁。

雷惊天地龙蛇蛰，雨足郊原草木柔。

人乞祭余骄妾妇，士甘焚死不公侯。

贤愚千载知谁是，满眼蓬蒿共一丘。

清明　高翥

南北山头多墓田，清明祭扫各纷然。

纸灰飞作白蝴蝶，泪血染成红杜鹃。

日落狐狸眠冢上，夜归儿女笑灯前。

人生有酒须当醉，一滴何曾到九泉。

郊行即事　程颢

芳原绿野恣行时，春入遥山碧四围。

兴逐乱红穿柳巷，困临流水坐苔矶。

莫辞盏酒十分劝，只恐风花一片飞。

况是清明好天气，不妨游衍莫忘归。

秋千　释惠洪

画架双裁翠络偏，佳人春戏小楼前。

飘扬血色裙拖地，断送玉容人上天。

花板润沾红杏雨，彩绳斜挂绿杨烟。

下来闲处从容立，疑是蟾宫谪降仙。

曲江对酒（其一）　杜甫

一片花飞减却春，风飘万点正愁人。

且看欲尽花经眼，莫厌伤多酒入唇。

江上小堂巢翡翠，苑边高冢卧麒麟。

细推物理须行乐，何用浮名绊此身。

曲江对酒（其二）　杜甫

朝回日日典春衣，每日江头尽醉归。

酒债寻常行处有，人生七十古来稀。

穿花蛱蝶深深见，点水蜻蜓款款飞。

传语风光共流转，暂时相赏莫相违。

黄鹤楼　崔颢

昔人已乘黄鹤去，此地空余黄鹤楼。

黄鹤一去不复返，白云千载空悠悠。

晴川历历汉阳树，芳草萋萋鹦鹉洲。

日暮乡关何处是，烟波江上使人愁。

旅怀　崔涂

水流花谢两无情，送尽东风过楚城。

蝴蝶梦中家万里，杜鹃枝上月三更。

故园书动经年绝，华发春催两鬓生。

自是不归归便得，五湖烟景有谁争。

答李儋　韦应物

去年花里逢君别，今日花开又一年。

世事茫茫难自料，春愁黯黯独成眠。

身多疾病思田里，邑有流亡愧俸钱。

闻道欲来相问讯，西楼望月几回圆。

江村　杜甫

清江一曲抱村流，长夏江村事事幽。

自去自来梁上燕，相亲相近水中鸥。

老妻画纸为棋局，稚子敲针作钓钩。

多病所须惟药物，微躯此外更何求。

夏日　张耒

长夏江村风日清，檐牙燕雀已生成。

蝶衣晒粉花枝舞，蛛网添丝屋角晴。

落落疏帘邀月影，嘈嘈虚枕纳溪声。

久斑两鬓如霜雪，直欲樵渔过此生。

辋川积雨　王维

积雨空林烟火迟，蒸藜炊黍饷东菑。

漠漠水田飞白鹭，阴阴夏木啭黄鹂。

山中习静观朝槿，松下清斋折露葵。

野老与人争席罢，海鸥何事更相疑。

新竹　陆游

插棘编篱谨护持，养成寒碧映涟漪。

清风掠地秋先到，赤日行天午不知。

解箨时闻声簌簌，放梢初见影离离。

归闲我欲频来此，枕簟仍教到处随。

表兄话旧　窦叔向

夜合花开香满庭，夜深微雨醉初醒。

远书珍重何由达，旧事凄凉不可听。

去日儿童皆长大，昔年亲友半凋零。

明朝又是孤舟别，愁见河桥酒幔青。

偶成　程颢

闲来无事不从容，睡觉东窗日已红。

万物静观皆自得，四时佳兴与人同。

道通天地有形外，思入风云变态中。

富贵不淫贫贱乐，男儿到此是豪雄。

游月陂　程颢

月陂堤上四徘徊，北有中天百尺台。

万物已随秋气改，一樽聊为晚凉开。

水心云影闲相照，林下泉声静自来。

世事无端何足计，但逢佳节约重陪。

秋兴（其一）　杜甫

玉露凋伤枫树林，巫山巫峡气萧森。

江间波浪兼天涌，塞上风云接地阴。

丛菊两开他日泪，孤舟一系故园心。

寒衣处处催刀尺，白帝城高急暮砧。

秋兴（其三）　杜甫

千家山郭静朝晖，日日江楼坐翠微。

信宿渔人还泛泛，清秋燕子故飞飞。

匡衡抗疏功名薄，刘向传经心事违。

同学少年多不贱，五陵裘马自轻肥。

秋兴（其五）　杜甫

蓬莱宫阙对南山，承露金茎霄汉间。

西望瑶池降王母，东来紫气满函关。

云移雉尾开宫扇，日绕龙鳞识圣颜。

一卧沧江惊岁晚，几回青琐点朝班。

秋兴（其七）　杜甫

昆明池水汉时功，武帝旌旗在眼中。

织女机丝虚夜月，石鲸鳞甲动秋风。

波飘菰米沉云黑，露冷莲房坠粉红。

关塞极天惟鸟道，江湖满地一渔翁。

月夜舟中　戴复古

满船明月浸虚空，绿水无痕夜气冲。

诗思浮沉樯影里，梦魂摇拽橹声中。

星辰冷落碧潭水，鸿雁悲鸣红蓼风。

数点渔灯依古岸，断桥垂露滴梧桐。

长安秋望　赵嘏

云物凄凉拂曙流，汉家宫阙动高秋。

残星几点雁横塞，长笛一声人倚楼。

紫艳半开篱菊静，红衣落尽渚莲愁。

鲈鱼正美不归去，空戴南冠学楚囚。

新秋　杜甫

火云犹未敛奇峰，欹枕初惊一叶风。

几处园林萧瑟里，谁家砧杵寂寥中。

蝉声断续悲残月，萤焰高低照暮空。

赋就金门期再献，夜深搔首叹飞蓬。

中秋　李朴

皓魄当空宝镜升，云间仙籁寂无声。

平分秋色一轮满，长伴云衢千里明。

狡兔空从弦外落，妖蟆休向眼前生。

灵槎拟约同携手，更待银河彻底清。

九日蓝田会饮　杜甫

老去悲秋强自宽，兴来今日尽君欢。

羞将短发还吹帽，笑倩旁人为正冠。

蓝水远从千涧落，玉山高并两峰寒。

明年此会知谁健，醉把茱萸仔细看。

秋思　陆游

利欲驱人万火牛，江湖浪迹一沙鸥。

日长似岁闲方觉，事大如天醉亦休。

砧杵敲残深巷月，梧桐摇落故园秋。

欲舒老眼无高处，安得元龙百尺楼。

与朱山人　杜甫

锦里先生乌角巾，园收芋栗未全贫。

惯看宾客儿童喜，得食阶除鸟雀驯。

秋水才深四五尺，野航恰受两三人。

白沙翠竹江村暮，相送柴门月色新。

闻笛　赵嘏

谁家吹笛画楼中，断续声随断续风。

响遏行云横碧落，清和冷月到帘栊。

兴来三弄有桓子，赋就一篇怀马融。

曲罢不知人在否，余音嘹亮尚飘空。

冬景　刘克庄

晴窗早觉爱朝曦，竹外秋声渐作威。

命仆安排新暖阁，呼童熨贴旧寒衣。

叶浮嫩绿酒初熟，橙切香黄蟹正肥。

蓉菊满园皆可羡，赏心从此莫相违。

冬至　杜甫

天时人事日相催，冬至阳生春又来。

刺绣五纹添弱线，吹葭六管动飞灰。

岸容待腊将舒柳，山意冲寒欲放梅。

云物不殊乡国异，教儿且覆掌中杯。

梅花　林逋

众芳摇落独暄妍，占尽风情向小园。

疏影横斜水清浅，暗香浮动月黄昏。

霜禽欲下先偷眼，粉蝶如知合断魂。

幸有微吟可相狎，不须檀板共金樽。

自咏　韩愈

一封朝奏九重天，夕贬潮阳路八千。

本为圣明除弊政，敢将衰朽惜残年。

云横秦岭家何在，雪拥蓝关马不前。

知汝远来应有意，好收吾骨瘴江边。

干戈　王中

干戈未定欲何之，一事无成两鬓丝。

踪迹大纲王粲传，情怀小样杜陵诗。

鹡鸰音断人千里，乌鹊巢寒月一枝。

安得中山千日酒，酩然直到太平时。

归隐　陈抟

十年踪迹走红尘，回首青山入梦频。

紫绶纵荣争及睡，朱门虽富不如贫。

愁闻剑戟扶危主，闷听笙歌聒醉人。

携取旧书归旧隐，野花啼鸟一般春。

时世行　杜荀鹤

夫因兵乱守蓬茅，麻苎衣衫鬓发焦。

桑柘废来犹纳税，田园荒尽尚征苗。

时挑野菜和根煮，旋斫生柴带叶烧。

任是深山更深处，也应无计避征徭。

送天师　朱权

霜落芝城柳影疏，殷勤送客出鄱湖。

黄金甲锁雷霆印，红锦韬缠日月符。

天上晓行骑只鹤，人间夜宿解双凫。

匆匆归到神仙府，为问蟠桃熟也无。

送毛伯温　朱厚熜

大将南征胆气豪，腰横秋水雁翎刀。

风吹鼍鼓山河动，电闪旌旗日月高。

天上麒麟原有种，穴中蝼蚁岂能逃。

太平待诏归来日，朕与先生解战袍。

千家诗卷三　五绝

春眠　孟浩然

春眠不觉晓，处处闻啼鸟。夜来风雨声，花落知多少。

访袁拾遗不遇　孟浩然

洛阳访才子，江岭作流人。闻说梅花早，何如此地春。

送郭司仓　王昌龄

映门淮水绿，留骑主人心。明月随良掾，春潮夜夜深。

洛阳道　储光羲

大道直如发，春日佳气多。五陵贵公子，双双鸣玉珂。

独坐敬亭山　李白

众鸟高飞尽，孤云独去闲。相看两不厌，只有敬亭山。

登鹳鹊楼　王之涣

白日依山尽，黄河入海流。欲穷千里目，更上一层楼。

观永乐公主入蕃　孙逖

边地莺花少，年来未觉新。美人天上落，龙塞始应春。

春怨　金昌绪

打起黄莺儿，莫教枝上啼。啼时惊妾梦，不得到辽西。

左掖梨花　丘为

冷艳全欺雪，余香乍入衣。春风且莫定，吹向玉阶飞。

思君恩　令狐楚

小苑莺歌歇，长门蝶舞多。眼看春又去，翠辇不曾过。

题袁氏别业　贺知章

主人不相识，偶坐为林泉。莫谩愁沽酒，囊中自有钱。

夜送赵纵　杨炯

赵氏连城璧，由来天下传。送君还旧府，明月满前川。

竹里馆　王维

独坐幽篁里，弹琴复长啸。深林人不知，明月来相照。

送朱大入秦　孟浩然

游人五陵去，宝剑值千金。分手脱相赠，平生一片心。

长干行　崔颢

君家何处住，妾住在横塘。停船暂借问，或恐是同乡。

咏史　高适

尚有绨袍赠，应怜范叔寒。不知天下士，犹作布衣看。

罢相作　李适之

避贤初罢相，乐圣且衔杯。为问门前客，今朝几个来。

逢侠者　钱起

燕赵悲歌士，相逢剧孟家。寸心言不尽，前路日将斜。

江行望匡庐　钱起

咫尺愁风雨，匡庐不可登。只疑云雾窟，犹有六朝僧。

答李浣　韦应物

林中观易罢，溪上对鸥闲。楚俗饶词客，何人最往还。

秋风引　刘禹锡

何处秋风至，萧萧送雁群。朝来入庭树，孤客最先闻。

秋夜寄丘员外　韦应物

怀君属秋夜，散步咏凉天。山空松子落，幽人应未眠。

秋日　耿沣

返照入闾巷，忧来谁共语。古道少人行，秋风动禾黍。

秋日湖上　薛莹

落日五湖游，烟波处处愁。浮沉千古事，谁与问东流。

宫中题　李昂

辇路生秋草，上林花满枝。凭高何限意，无复侍臣知。

寻隐者不遇　贾岛

松下问童子，言师采药去。只在此山中，云深不知处。

汾上惊秋　苏颋

北风吹白云，万里渡河汾。心绪逢摇落，秋声不可闻。

蜀道后期　张说

客心争日月，来往预期程。秋风不相待，先至洛阳城。

静夜思　李白

床前明月光，疑是地上霜。举头望明月，低头思故乡。

秋浦歌　李白

白发三千丈，缘愁似个长。不知明镜里，何处得秋霜。

赠乔侍御　陈子昂

汉廷荣巧宦，云阁薄边功。可怜骢马使，白首为谁雄。

答五陵太守　王昌龄

仗剑行千里，微躯敢一言。曾为大梁客，不负信陵恩。

行军九日思长安故园　岑参

强欲登高去，无人送酒来。遥怜故园菊，应傍战场开。

婕妤怨　皇甫冉

花枝出建章，凤管发昭阳。借问承恩者，双蛾几许长。

题竹林寺　朱放

岁月人间促，烟霞此地多。殷勤竹林寺，更得几回过。

三间庙　戴叔伦

沅湘流不尽，屈子怨何深。日暮秋风起，萧萧枫树林。

易水送别　骆宾王

此地别燕丹，壮士发冲冠。昔时人已没，今日水犹寒。

别卢秦卿　司空曙

知有前期在，难分此夜中。无将故人酒，不及石尤风。

答人　太上隐者

偶来松树下，高枕石头眠。山中无历日，寒尽不知年。

千家诗卷四　五律

幸蜀回至剑门　李隆基

剑阁横云峻，銮舆出狩回。翠屏千仞合，丹嶂五丁开。
灌木萦旗转，仙云拂马来。乘时方在德，嗟尔勒铭才。

和晋陵陆丞早春游望　杜审言

独有宦游人，偏惊物候新。云霞出海曙，梅柳渡江春。
淑气催黄鸟，晴光转绿蘋。忽闻歌古调，归思欲沾巾。

蓬莱三殿侍宴奉敕咏终南山　杜审言

北斗挂城边，南山倚殿前。云标金阙迥，树杪玉堂悬。
半岭通佳气，中峰绕瑞烟。小臣持献寿，长此戴尧天。

春夜别友人　陈子昂

银烛吐清烟，金尊对绮筵。离堂思琴瑟，别路绕山川。
明月隐高树，长河没晓天。悠悠洛阳去，此会在何年。

长宁公主东庄侍宴　李峤

别业临青甸，鸣銮降紫霄。长筵鹓鹭集，仙管凤凰调。
树接南山近，烟含北渚遥。承恩咸已醉，恋赏未还镳。

恩赐丽正殿书院赐宴应制得林字　张说

东壁图书府，西园翰墨林。诵诗闻国政，讲易见天心。
位窃和羹重，恩叨醉酒深。载歌春兴曲，情竭为知音。

送友人　李白

青山横北郭，白水绕东城。此地一为别，孤蓬万里征。
浮云游子意，落日故人情。挥手自兹去，萧萧班马鸣。

送友人入蜀　李白

见说蚕丛路，崎岖不易行。山从人面起，云傍马头生。
芳树笼秦栈，春流绕蜀城。升沉应已定，不必问君平。

次北固山下　王湾

客路青山外，行舟绿水前。潮平两岸阔，风正一帆悬。
海日生残夜，江春入旧年。乡书何由达，归雁洛阳边。

苏氏别业　祖咏

别业居幽处，到来生隐心。南山当户牖，澧水映园林。
竹覆经冬雪，庭昏未夕阴。寥寥人境外，闲坐听春禽。

春宿左省　杜甫

花隐掖垣暮，啾啾栖鸟过。星临万户动，月傍九霄多。
不寝听金钥，因风想玉珂。明朝有封事，数问夜如何。

题玄武禅师屋壁　杜甫

何年顾虎头，满壁画沧州。赤日石林气，青天江海流。
锡飞常近鹤，杯渡不惊鸥。似得庐山路，真随惠远游。

终南山　王维

太乙近天都，连山到海隅。白云回望合，青霭入看无。
分野中峰变，阴晴众壑殊。欲投人处宿，隔水问樵夫。

寄左省杜拾遗　岑参

联步趋丹陛，分曹限紫薇。晓随天仗入，暮惹御香归。
白发悲花落，青云羡鸟飞。圣朝无阙事，自觉谏书稀。

登总持阁　岑参

高阁逼诸天，登临近日边。晴开万井树，愁看五陵烟。
槛外低秦岭，窗中小渭川。早知清净理，常愿奉金仙。

登兖州城楼　杜甫

东郡趋庭日，南楼纵目初。浮云连海岱，平野入青徐。
孤嶂秦碑在，荒城鲁殿余。从来多古意，临眺独踌躇。

送杜少府之任蜀川　王勃

城阙辅三秦，风烟望五津。与君离别意，同是宦游人。
海内存知己，天涯若比邻。无为在歧路，儿女共沾巾。

送崔融　杜审言

君王行出将，书记远从征。祖帐连河阙，军麾动洛城。
旌旗朝朔气，笳吹夜边声。坐觉烟尘扫，秋风古北平。

扈从登封途中作　宋之问

帐殿郁崔嵬，仙游实壮哉。晓云连幕卷，夜火杂星回。
谷暗千旗出，山鸣万乘来。扈从良可赋，终乏掞天才。

题义公禅房　孟浩然

义公习禅寂，结宇依空林。户外一峰秀，阶前众壑深。
夕阳连雨足，空翠落庭阴。看取莲花净，方知不染心。

醉后赠张九旭　高适

世上漫相识，此翁殊不然。兴来书自圣，醉后语尤颠。
白发老闲事，青云在目前。床头一壶酒，能更几回眠。

玉台观　杜甫

浩劫因王造，平台访古游。彩云萧史驻，文字鲁恭留。
宫阙通群帝，乾坤到十洲。人传有笙鹤，时过北山头。

观李固请司马弟山水图　杜甫

方丈浑连水，天台总映云。人间长见画，老去恨空闻。
范蠡舟偏小，王乔鹤不群。此生随万物，何处出尘氛。

旅夜书怀　杜甫

细草微风岸，危樯独夜舟。星垂平野阔，月涌大江流。
名岂文章著，官因老病休。飘飘何所似，天地一沙鸥。

登岳阳楼　杜甫

昔闻洞庭水，今上岳阳楼。吴楚东南坼，乾坤日月浮。
亲朋无一字，老病有孤舟。戎马关山北，凭轩涕泗流。

江南旅情　祖咏

楚山不可极，归路但萧条。海色晴看雨，江声夜听潮。
剑留南斗近，书寄北风遥。为报空潭橘，无媒寄洛桥。

宿龙兴寺　綦毋潜

香刹夜忘归，松清古殿扉。灯明方丈室，珠系比丘衣。
白日传心净，青莲喻法微。天花落不尽，处处鸟衔飞。

破山寺后禅院　常建

清晨入古寺，初日照高林。曲径通幽处，禅房花木深。
山光悦鸟性，潭影空人心。万籁此俱寂，惟闻钟磬音。

题松汀驿　张祜

山色远含空，苍茫泽国东。海明先见日，江白迥闻风。
鸟道高原去，人烟小径通。那知旧遗逸，不在五湖中。

圣果寺　释处默

路自中峰上，盘回出薜萝。到江吴地尽，隔岸越山多。
古木丛青蔼，遥天浸白波。下方城郭近，钟磬杂笙歌。

野望　王绩

东皋薄暮望，徙倚欲何依。树树皆秋色，山山惟落晖。
牧人驱犊返，猎马带禽归。相顾无相识，长歌怀采薇。

送别崔著作东征　陈子昂

金天方肃杀，白露始专征。王师非乐战，之子慎佳兵。
海气侵南部，边风扫北平。莫卖卢龙塞，归邀麟阁名。

携妓纳凉晚际遇雨（其一）　杜甫

落日放船好，轻风生浪迟。竹深留客处，荷净纳凉时。
公子调冰水，佳人雪藕丝。片云头上黑，应是雨催诗。

携妓纳凉晚际遇雨（其二）　杜甫

雨来沾席上，风急打船头。越女红裙湿，燕姬翠黛愁。
缆侵堤柳系，幔卷浪花浮。归路翻萧飒，陂塘五月秋。

宿云门寺阁　孙逖

香阁东山下，烟花象外幽。悬灯千嶂夕，卷幔五湖秋。
画壁余鸿雁，纱窗宿斗牛。更疑天路近，梦与白云游。

秋登宣城谢朓北楼　李白

江城如画里，山晚望晴空。两水夹明镜，双桥落彩虹。
人烟寒橘柚，秋色老梧桐。谁念北楼上，临风怀谢公。

临洞庭　孟浩然

八月湖水平，涵虚混太清。气蒸云梦泽，波撼岳阳城。
欲济无舟楫，端居耻圣明。坐观垂钓者，徒有羡鱼情。

过香积寺　王维

不知香积寺，数里入云峰。古木无人径，深山何处钟。
泉声咽危石，日色冷青松。薄暮空潭曲，安禅制毒龙。

送郑侍御谪闽中　高适

谪去君无恨，闽中我旧过。大都秋雁少，只是夜猿多。
东路云山合，南天瘴疠和。自当逢雨露，行矣慎风波。

秦州杂诗　杜甫

凤林戈未息，鱼海路常难。候火云峰峻，悬军幕井干。
风连西极动，月过北庭寒。故老思飞将，何时议筑坛。

禹庙　杜甫

禹庙空山里，秋风落日斜。荒庭垂橘柚，古屋画龙蛇。
云气生虚壁，江深走白沙。早知乘四载，疏凿控三巴。

望秦川　李颀

秦川朝望迥，日出正东峰。远近山河净，逶迤城阙重。
秋声万户竹，寒色五陵松。有客归欤叹，凄其霜露浓。

同王征君洞庭有怀　张谓

八月洞庭秋，潇湘水北流。还家万里梦，为客五更愁。
不用开书帙，偏宜上酒楼。故人京洛满，何日复同游。

渡扬子江　丁仙芝

桂楫中流望，空波两畔明。林开扬子驿，山出润州城。
海尽边阴静，江寒朔吹生。更闻枫叶下，淅沥度秋声。

幽州夜吟　张说

凉风吹夜雨，萧瑟动寒林。正有高堂宴，能忘迟暮心。
军中宜剑舞，塞上重笳音。不作边城将，谁知恩遇深。